UN PROTECTEUR POUR MAGGIE

FORCES TRÈS SPÉCIALES : ALLIANCE
TOME 4

SUSAN STOKER

DU MÊME AUTEUR

<u>Autres livres de Susan Stoker</u>

<u>Forces Très Spéciales : Alliance</u>

Un protecteur pour Remi

Un protecteur pour Wren

Un protecteur pour Josie

Un protecteur pour Maggie

Un protecteur pour Addison

Un protecteur pour Kelli

Un protecteur pour Bree

<u>Les Anges Gardiens</u>

Un ange pour Laryn (1 Juillet)

Un ange pour Amanda (4 Nov)

Un ange pour Zita

Un ange pour Penny

Un ange pour Kara

Un ange pour Jennifer

<u>*Le Fruit du Hasard*</u>

Le Protecteur

L'Aristocrate

Le Héros

Le Bûcheron

Hawaï : Soldats d'élite

Un paradis pour Élodie

Un paradis pour Lexie

Un paradis pour Kenna

Un paradis pour Monica

Un paradis pour Carly

Un paradis pour Ashlyn

Un paradis pour Jodelle

Sauvetage à Eagle Point

Un sauveteur pour Lilly

Un sauveteur pour Elsie

Un sauveteur pour Bristol

Un sauveteur pour Caryn

Un sauveteur pour Finley

Un sauveteur pour Heather

Un sauveteur pour Khloe

Le Refuge

Un soutien pour Alaska

Un soutien pour Henley

Un soutien pour Reese

Un soutien pour Cora

Un soutien pour Lara

Un soutien pour Maisy

Un soutien pour Ryleigh

Silverstone

Pour la confiance de Skylar

Pour la confiance de Taylor

Pour la confiance de Molly

Pour la confiance de Cassidy

Delta Force Deux

Un refuge pour Gillian

Un refuge pour Kinley

Un refuge pour Aspen

Un refuge pour Jayme

Un refuge pour Riley

Un refuge pour Devyn

Un refuge pour Ember

Un refuge pour Sierra

Forces Très Spéciales : L'Héritage

Un Sanctuaire pour Caite

Un Sanctuaire pour Brenae

Un Sanctuaire pour Sidney

Un Sanctuaire pour Piper

Un Sanctuaire pour Zoey

Un Sanctuaire pour Avery

Un Sanctuaire pour Kalee

Un Sanctuaire pour Jane

Mercenaires Rebelles

Un Défenseur pour Allye

Un Défenseur pour Chloé

Un Défenseur pour Morgan

Un Défenseur pour Harlow

Un Défenseur pour Everly

Un Défenseur pour Zara

Un Défenseur pour Raven

<u>Ace Sécurité</u>

Au Secours de Grace

Au Secours d'Alexis

Au Secours de Bailey

Au Secours de Felicity

Au Secours de Sarah

<u>Forces Très Spéciales Series</u>

Un Protecteur Pour Caroline

Un Protecteur Pour Alabama

Un Protecteur Pour Fiona

Un Mari Pour Caroline

Un Protecteur Pour Summer

Un Protecteur Pour Cheyenne

Un Protecteur Pour Jessyka

Un Protecteur Pour Julie

Un Protecteur Pour Melody

Un Protecteur pour l'avenir

Un Protecteur Pour Les Enfants de Alabama

Un Protecteur Pour Kiera

Un Protecteur Pour Dakota

1

Maggie Lionetti se tenait devant le placard vide depuis plusieurs minutes. Tout ce qu'il s'y trouvait, c'était une boîte de haricots et un peu de farine et de sucre. Et Maggie détestait les haricots. Cette boîte appartenait à sa colocataire, Adina, en déploiement depuis ces trois derniers mois.

Dans un soupir, Maggie referma le placard et prit un verre à la place. Elle le remplit d'eau et alla s'asseoir sur le canapé. Elle était bien sûr reconnaissante que son amie la laisse rester dans son appartement pendant son absence, mais elle n'avait pas réalisé à quel point la vie serait vraiment difficile en étant une reprise de justice.

Reprise de justice.

Ces mots résonnèrent dans la tête de Maggie, la firent frémir. Jamais, en un million d'années, elle n'aurait cru vivre ça. Dans sa « vie d'avant » – c'était ainsi qu'elle la voyait désormais –, elle était pharmacienne. Elle avait trimé pour obtenir son diplôme et devenir l'une des meilleures pharmaciennes du coin. Elle avait des clients loyaux qui ne seraient allés nulle part ailleurs avec leurs ordonnances. Elle avait de l'argent à la banque, vivait dans un appart sympa et avait beaucoup d'amis. Enfin, elle avait cru avoir beaucoup d'amis.

Il s'était avéré qu'ils avaient tous disparu lorsqu'elle avait été arrêtée. Maggie savait bien qu'elle ne pouvait pas leur en vouloir pour ça.

Elle se souvenait encore de la sensation d'avoir les menottes à ses poignets et de ce qu'elle avait ressenti quand elle avait été conduite à l'arrière de la voiture de police. L'humiliation, la confusion, la terreur.

Ces sentiments n'avaient fait que s'amplifier lorsqu'elle avait été envoyée dans la prison du coin après qu'on lui ait pris les empreintes et emmenée faire sa photo d'identité judiciaire. Après avoir été libérée sous caution, elle avait été virée de son boulot et, sans rentrée d'argent tout en ayant toujours un tas de factures à payer – tout en essayant également de trouver un avocat qui voudrait s'occuper de son cas –, elle s'était retrouvée complètement fauchée et désespérée en quelques mois.

Au final, sans aucun soutien des amis et sans famille sur laquelle compter, elle avait dû se contenter d'un avocat commis d'office. Elle ne le tenait pas pour responsable de sa peine de trois ans, il avait fait son possible. Les preuves contre elle s'étaient accumulées dès le début.

Et quand son ex-petit ami avait pris position pour l'accusation, son destin avait été scellé.

Elle était sortie plus tôt en raison de la surpopulation carcérale et d'une bonne conduite, mais elle n'était pas autorisée à quitter la Californie avant la fin de sa liberté conditionnelle. Elle devait voir son agent de probation régulièrement et rester loin des ennuis. Aujourd'hui, Maggie essayait de se reconstruire une vie et elle était extrêmement reconnaissante envers Adina pour lui avoir fourni un endroit où loger, mais il était impossible pour elle de joindre les deux bouts.

Elle ne pouvait pas retrouver son ancien boulot – personne n'embaucherait une pharmacienne inculpée de trafic de stupéfiants – et dégoter *n'importe quel* job rémunéré décemment était quasiment impossible pour une criminelle.

Alors, Maggie s'était résolue à faire ce que son agent de probation et sûrement toute personne n'ayant jamais vécu sa situation – à savoir la faim, le désespoir et la dépression – verraient d'un mauvais œil.

Elle se faisait passer pour Adina. Se servait de ses identifiants Uber pour se faire suffisamment d'argent pour survivre. À peine.

Elle n'aimait pas faire ça, mentir aux gens qui faisaient appel à elle, prétendant être sa colocataire, mais Uber n'allait pas lui permettre à *elle* d'ouvrir un compte. Pas avec ce délit dans son casier. Alors elle devait mentir. C'était ça ou mourir de faim.

Sentant son ventre gargouiller, Maggie avala l'eau d'un trait, espérant remplir un tant soit peu son estomac, le duper pour lui faire croire qu'il avait eu quelque chose de solide, puis elle se leva. Elle posa le verre dans l'évier et se dirigea vers la porte, attrapant les clés au passage.

Elle avait réussi à travailler suffisamment la veille pour faire le plein d'essence de la vieille Honda d'Adina et elle espérait que les pourboires du jour seraient plus généreux, pour qu'elle puisse aller à l'épicerie et se trouver autre chose que du ramen. Penser à une énorme salade fit saliver Maggie, mais les légumes frais coûtaient cher. Il fallait vraiment qu'elle se débrouille bien aujourd'hui pour pouvoir s'accorder une folie de ce genre.

Dans un soupir, Maggie s'assura que la porte de l'appartement s'était verrouillée derrière elle – la dernière chose qu'elle souhaitait, c'était que quelqu'un entre par effraction chez Adina pendant son absence – et descendit les escaliers.

Aujourd'hui serait une nouvelle longue journée passée au volant, mais quel autre choix avait-elle ?

* * *

Maggie était fatiguée. Cette journée avait été merdique. Presque tous ceux qu'elle était passée prendre s'étaient montrés radins en pourboires. Et de vrais enfoirés, en prime. Servir de chauffeur aux gens semblait être un boulot peinard, mais elle avait dû supporter l'impolitesse, les gens lui disant comment conduire, qu'elle allait dans la mauvaise direction ou s'énervant sur elle à cause de la circulation... Comme si elle pouvait y faire quelque chose !

Elle était au bout du rouleau et avait pris la décision de prendre un dernier client avant de rentrer à l'appartement vide et peut-être avaler ces haricots qu'elle détestait. C'étaient des protéines, non ? Bonnes pour elle.

Obtenant les informations sur son dernier ramassage de la journée, elle constata qu'il s'agissait de l'épicerie devant laquelle elle était passée plus tôt. Celle dans laquelle elle avait prévu de se rendre après le travail si les pourboires étaient bons, pour se payer un dîner. C'était comme si le karma se moquait d'elle.

Le nom de sa cliente était Remi Stephenson et elle était soulagée que sa dernière course soit une femme. Ça ne voulait pas dire qu'elle ne serait pas traitée comme de la merde – les femmes pouvaient se montrer aussi horribles que les hommes –, mais au moins, les risques d'être abordée ou harcelée sexuellement étaient moindres.

Maggie s'engagea sur le parking et vit une femme se tenant non loin de l'entrée du magasin, les yeux baissés sur son téléphone. Elle avait plusieurs sacs à ses pieds, du genre réutilisables. C'était l'indice flagrant qu'il s'agissait sûrement de sa passagère. Elle se gara à côté d'elle et descendit la vitre.

— Remi ? l'appela-t-elle, voulant être sûre qu'elle était vraiment la personne qui avait commandé un Uber avant de déverrouiller les portières.

— C'est moi. Adina ? demanda la femme.

Entendre le prénom de sa colocataire était toujours un peu désagréable. Elle sourit simplement et appuya sur le bouton du déverrouillage automatique. Remi ramassa ses sacs, ouvrit la portière arrière et monta. Puis elle prit rapidement une photo de la carte d'identification au dos de l'appuie-tête.

— Mon petit ami déteste que je prenne un Uber, mais je n'aime pas l'embêter, lui ou ses amis, dit Remi avec un petit sourire d'excuse.

Maggie n'aimait pas quand les gens prenaient en photo la carte d'identité. Heureusement, il n'y avait pas la photo d'Adina dessus, mais il y avait ses données : nom, numéro de licence d'Uber, des choses de ce genre. Des choses qui pourraient attirer de gros ennuis à Maggie s'il était révélé qu'elle se faisait passer pour son amie. Mais en même temps, elle approuvait quand des femmes comme Remi prenaient leurs précautions pour se protéger. On ne pouvait être trop prudent de nos jours. Elle trouvait amusant que, par le passé, on mettait en garde contre l'idée de monter en voiture avec des inconnus et voilà qu'aujourd'hui, on payait les inconnus pour nous conduire. C'était ironique.

— Pas de problème. Je ferais la même chose à votre place, dit Maggie aussi allègrement que possible.

Elle récita l'adresse qui avait été mémorisée dans l'application afin de vérifier si c'était bien là-bas que Remi voulait être déposée.

— C'est ça, répondit Remi en souriant, se tournant pour attraper la ceinture de sécurité.

Par chance, la destination n'était pas trop loin.

Maggie fit de son mieux pour faire un peu la conversation. Parfois, les gens qu'elle récupérait souhaitaient discuter et d'autres fois, ils regardaient simplement par la vitre et l'ignoraient. Mais Remi paraissait suffisamment amicale.

— Vous avez passé une bonne journée ? lui demanda Maggie, sortant du parking.

— Oui. J'ai passé la matinée avec l'une de mes meilleures amies et j'ai beaucoup travaillé. Elle m'avait ramenée chez moi, mais alors, je me suis dit que j'avais envie de surprendre mon petit ami avec un gâteau au chocolat.

— Oh, c'est sympa, dit Maggie.

Et ça l'était. Personne ne lui avait jamais fait de surprise. Enfin... pas de *bonne* surprise. Elle refusait de penser à cette *journée-là*, quelle surprise cela avait été quand les flics qui l'avaient forcée à s'arrêter sur l'autoroute avaient extirpé un sac du dessous de son siège passager.

— Je ne suis pas une grande cuisinière *ni* pâtissière, mais mon petit ami bosse vraiment dur. Lui comme ses amis. C'est un membre du SEAL. Et oui, je suis autorisée à vous dire ça, dit Remi en rigolant.

Maggie sourit également. C'était difficile de ne pas le faire avec quelqu'un comme la femme actuellement assise sur sa banquette arrière. Elle suintait la gentillesse et le bonheur. C'était un changement agréable par rapport aux personnes qu'elle rencontrait d'habitude.

— Bref, il a vraiment travaillé dur ces derniers temps et je voulais faire un truc sympa pour lui. Et si j'avais contacté l'un de ses amis pour m'emmener au magasin, ils lui auraient sans doute envoyé un message pour le lui dire et alors, ça aurait ruiné ma surprise.

À ces mots, Maggie fronça légèrement le nez. Ça semblait un peu... intrusif... de la part d'un ami d'aller dire au petit ami ce que sa copine était en train de faire et où elle allait. Elle n'avait pas dû très bien dissimuler sa réaction car Remi gloussa.

— Je sais, ça paraît bizarre. Mais croyez-moi, avec ce que nous avons vécu, mes amies et moi, et sans parler des trucs que mon copain voit dans son milieu, c'est parfaitement normal. Il est protecteur.

— Ça doit être agréable, laissa échapper Maggie qui le regretta immédiatement.

Son ton semblait un peu trop... mélancolique pour sa tranquillité d'esprit. Elle ne déplorait pas de ne pas avoir d'homme dans sa vie. Elle en avait assez des mecs. Elle était tout à fait capable de s'occuper d'elle, merci beaucoup.

Son estomac choisit ce moment pour gargouiller, comme pour l'interpeller publiquement sur ce mensonge. Ce n'était pas comme si elle faisait du super boulot pour prendre soin d'elle actuellement... Mais elle y arriverait. Dès qu'elle en aurait la permission, elle s'en irait de cet État, irait vivre quelque part où la vie était moins chère et trouverait comment se remettre sur pied.

— Oui, répondit nonchalamment Remi, ignorant poliment la façon dont le ventre de Maggie avait rugi. Enfin, il va quand même fulminer et me demander à quoi je pensais, en prenant un Uber pour aller et revenir de l'épicerie, mais alors je lui présenterai le gâteau et tout s'arrangera.

Maggie grimaça un sourire.

— Ça marchera vraiment ?

Remi ricana.

— Bon, sans doute pas. Mais quand je ne porterai rien d'autre que l'une de ses chemises boutonnées, je serai franchement pardonnée.

Maggie ne put se retenir d'éclater de rire.

— Mais sérieusement, reprit Remi, toujours l'air aussi joyeuse. J'ai décliné deux chauffeurs avant le vôtre parce que c'était des hommes. Je sais que ça a l'air sexiste, mais je préfère quand ce sont des femmes qui conduisent. Je sais que les femmes peuvent être aussi affreuses que les hommes, mais je fais ce que je peux pour rester prudente en prenant en photo les permis et je me sers des dispositifs de sécurité présents dans les applications de covoiturage.

— C'est malin, dit Maggie qui le pensait vraiment.

— L'une de mes amies a été kidnappée par deux femmes qu'elle connaissait et elles ont essayé de la vendre pour un trafic d'esclavage sexuel. Alors je *sais* que les femmes peuvent être horribles. Mais je me sens quand même plus en sécurité avec quelqu'un du même sexe.

Maggie hoqueta. Remi avait lâché cette bombe avec tant de nonchalance !

— Est-ce qu'elle va bien ? Votre amie ? ne put-elle s'empêcher de demander.

— Oh, ouais. Josie va très bien. Elle est incroyable. Une boule d'énergie d'un mètre cinquante. Elle est adorable et on ne peut faire autrement que d'avoir envie de la fourrer dans notre poche et de la ramener chez nous, mais elle est dure comme l'acier. Je l'aime tellement. C'est à elle que je rendais visite ce matin. Elle peut taper sur un clavier comme le vent aussi. Je veux dire, vraiment, je n'ai jamais vu quelqu'un taper aussi vite qu'elle. Elle a bâti sa carrière là-dessus. J'adore me rendre chez elle et m'asseoir à sa table pour dessiner pendant qu'elle tape. Je sais pas, quelque part, les ondes qu'elle envoie me rendent plus créative.

Cette femme changeait de sujet trop vite pour que Maggie parvienne à la suivre.

— Vous dessinez ?

— Ouais. J'ai créé un *cartoon*. Ça marche plutôt bien. C'est vraiment pour les *nerds*, mais les gens semblent apprécier.

— Un *cartoon* ?

— Ouais. Pecky, le Taco Voyageur.

La mâchoire de Maggie se décrocha.

— Oh mon Dieu, sérieux ? Vous avez dessiné ça ? J'adore Pecky !

Regardant dans le rétroviseur, Maggie vit Remi rougir. C'était inattendu ! Cette femme était extrêmement talentueuse. Et elle était dans *sa* voiture ! C'était surréaliste.

— Merci.

— Waouh… Je n'avais jamais conduit une personne connue avant, dit Maggie, ne la taquinant que légèrement.

— Oh, je vous en prie. Je ne suis pas connue.

Maggie ne partageait pas son avis. Elle voulait lui dire que toutes les femmes incarcérées avec elle adoraient sa bande dessinée. Quasiment le seul moment où elles s'entendaient bien, c'était quand elles riaient des dernières bêtises de Pecky. Ce taco avait été un rayon de soleil durant deux années assez malheureuses.

— Vous faites la différence, dit-elle avec sérieux. Je le pense. Vous devez estimer que ce que vous faites relève du passe-temps ou que c'est pour vous amuser. Mais il signifie beaucoup pour un tas de gens.

Remi n'ignora pas ses paroles. Au lieu de ça, elle s'avança sur son siège et dit :

— Merci. Ça compte vraiment beaucoup pour moi.

Maggie se gara devant une petite maison. Elle était mignonne et ne ressemblait pas du tout à ce qu'elle aurait imaginé comme maison où vivrait la créatrice de Pecky, le Taco Voyageur. Elle se tourna vers Remi.

— Bonne chance avec le gâteau. J'espère que votre petit ami ne vous en voudra pas trop d'avoir pris un Uber.

— Oh, je suis certaine que Vincent me pardonnera. Comme je l'ai dit, il s'inquiète, tout simplement. Franchement, c'est agréable. Même si je peux m'occuper de moi et que je l'ai *fait* pendant un temps, c'est bon de savoir que quelqu'un couvre mes arrières aujourd'hui, dit-elle avant de rassembler ses sacs et d'ouvrir la portière. Merci pour la course et de m'avoir laissée divaguer.

— Pas de quoi.

— J'espère que vous aurez une pause pour manger un truc. Ne soyez pas embarrassée, mais j'ai entendu votre ventre gargouiller.

Maggie ne put réprimer le rougissement mortifié qui lui chauffa les joues.

— Je rentre chez moi maintenant. Vous étiez ma dernière course aujourd'hui.

— Tant mieux.

— Et euh... Remi ? lâcha Maggie avant qu'elle ne referme la portière.

— Ouais ?

— Dès que vous aurez besoin d'un chauffeur... Je serais ravie de vous aider. Mon numéro se trouve sur le permis que vous avez pris en photo. Vous savez, si ça vous aidait à vous sentir plus en sécurité, votre petit ami et vous...

— Oh, c'est trop gentil ! Merci. Je ne fais pas beaucoup appel à Uber, mais si j'ai effectivement besoin qu'on me conduise à l'avenir, je vous appellerai certainement.

Maggie acquiesça. Elle se sentait un peu triste que ce soit probablement la première et dernière fois qu'elle voyait Remi. Elle ne s'attendait pas vraiment à ce qu'elle l'appelle pour une course à l'avenir, mais cela faisait longtemps qu'elle n'avait pas ressenti de connexion avec une autre personne. Remi était terre-à-terre, drôle et ouverte. Même ce court trajet pour la reconduire chez elle aidait Maggie à se sentir un peu plus comme l'ancienne Maggie. Moins dure, moins cynique.

Puis Remi lui tendit un billet replié.

— Pourboire, dit-elle avec le sourire. Je préfère donner en

espèces, car je ne sais pas si Uber prend un pourcentage dessus si je le fais sur l'appli.

— Merci. Passez une bonne soirée, lui dit-elle en lui rendant son sourire.

Remi hocha la tête.

— Vous aussi. Salut !

Elle sortit de la voiture et remonta le chemin jusqu'à la porte de sa maison.

Maggie mit un terme à la course sur l'application de covoiturage puis s'éloigna de la maison. Au panneau stop en bas de la rue, elle déplia le billet que Remi lui avait donné.

Elle cligna plusieurs fois des yeux. Elle était sûrement en train d'halluciner.

Eh non. Ce n'était pas juste un billet d'un dollar ou de cinq.

Remi lui avait filé un pourboire de cent cinquante dollars ! Pour une course de dix !

Des larmes surgirent dans les prunelles de Maggie. Ça faisait plus d'argent qu'elle n'en gagnait habituellement en trois jours à conduire les gens. Ça voulait dire qu'elle pouvait aller à l'épicerie et s'acheter plus que du ramen. Elle pouvait se prendre cette salade qui lui faisait tant envie.

Remi n'avait eu aucune raison de lui donner tant d'argent. Elle était sans doute désolée pour elle, mais Maggie ne pouvait même pas en être gênée. Elle avait besoin de cet argent plus que Remi pouvait possiblement le croire. Mais là encore, peut-être qu'elle le savait *bel et bien*.

Bifurquant à gauche vers l'épicerie au lieu de la droite vers son appartement, Maggie laissa les larmes qu'elle avait retenues couler sur ses joues. Parce que grâce à la générosité et la gentillesse d'une inconnue, elle aurait à manger ce soir. Un vrai repas. Et un peu de son désespoir et de sa dépression lui allégèrent les épaules. Soudain, le monde ne semblait plus être contre elle. Peut-être était-ce le signe que le vent tournait.

Maggie voulait y croire, toutefois la vie avait une façon de l'élever pour la rabattre ensuite sur le sol quand elle s'y attendait le moins. Cent cinquante dollars ne dureraient pas longtemps, mais pour ce soir en tout cas, elle allait mettre ses inquiétudes de côté.

— J'ai un problème.

Shawn Franklin, aka « Preacher », s'assit bien droit, afin de se débarrasser de son cafard. Il s'était écroulé sur son canapé après être rentré chez lui plus tôt de la base navale, trop sur les nerfs pour se préparer à dîner et il ne l'avait pas quitté depuis. Il adorait être un SEAL. Aimait son pays. Ses coéquipiers. Mais dernièrement, il s'était senti... instable.

Voir Kevlar, Safe et Blink avec leurs petites copines, des femmes qui avaient arrondi leurs angles tranchants, lui avaient donné envie d'avoir ce qu'*ils* avaient. Pas spécifiquement leurs femmes, bien sûr, mais quelqu'un à qui il pourrait confier ses pensées et sentiments à chaque fin de journée. Mais le truc, c'était que pour ce qui était des relations, Preacher n'était pas comme la plupart des membres du SEAL.

Il croyait en l'âme sœur.

Il avait été élevé dans la croyance qu'une seule personne n'attendait que lui, qu'il la reconnaîtrait quand il la verrait... et que fréquenter sexuellement quelqu'un avant de rencontrer son âme sœur était irrespectueux.

Être vierge à trente ans et quelques était pratiquement du jamais-vu. *Surtout* pour un Navy SEAL.

Des gars du camp d'entraînement lui avaient donné le surnom de Preacher, le « Pasteur ». Quand ils avaient appris qu'il attendait son âme sœur, que ça ne l'intéressait pas de choisir une groupie de militaires au hasard au bar du coin pendant son temps libre, ils avaient ri et l'avaient affublé de ce nom.

Ce n'était pas qu'il n'avait jamais été tenté... Mais chaque fois qu'il avait décidé que ses valeurs de vieux jeu étaient ridicules et qu'il devrait juste en finir et baiser quelqu'un tout de suite...

Il n'avait pu le faire.

Il n'avait pas honte de ses croyances non plus. Mais elles *commençaient* à le décourager. Il craignait l'avoir déjà manquée. Peut-être n'avait-il pas reconnu son âme sœur quand il l'avait croisée par le passé.

Ou pire : il ne la trouverait jamais.

Voilà la crainte qu'il avait en tête quand Kevlar l'appela. Mais entendre au téléphone le ton sérieux de son chef d'équipe fit s'envoler tout sentiment de solitude de son cerveau.

— Qu'est-ce qui ne va pas ? demanda-t-il brutalement.

— Désolé, je ne voulais pas que ça ait l'air dramatique, répondit Kevlar, penaud. Mais j'ai appris un truc perturbant ce soir et je voulais l'avis de quelqu'un.

— Je t'écoute, dit Preacher, sentant le rythme de son cœur battre plus lentement.

Il y avait eu tellement de *problèmes* dernièrement avec Wren, Josie et Remi qu'il ne pouvait s'empêcher de passer immédiatement en mode combat.

— Remi a fait un aller-retour au magasin aujourd'hui via l'une de ces applications de covoiturage et...

— Attends, pourquoi n'a-t-elle pas appelé quelqu'un ? Elle

va bien ? Quelque chose est arrivé ? demanda Preacher, interrompant son ami.

Kevlar trouva sa réaction amusante.

— Toutes des questions que je *lui* ai posées. Elle va bien. Il n'est rien arrivé. Et elle a précisé qu'elle ne voulait embêter personne. Qu'elle voulait me faire la surprise avec un gâteau au chocolat. Crois-moi, je me suis assuré qu'elle avait compris que ce n'était pas une corvée d'appeler un de nos amis pour l'aider. Tout le monde aurait été content de la conduire quelque part.

Preacher fronça les sourcils.

— Okay, alors… s'il n'est rien arrivé, quel est le problème ?

— Remi s'est super bien entendue avec la conductrice, évidemment qu'elle l'a fait… C'est Remi. Mais elle a fait ce que je lui ai appris, à savoir prendre en photo les infos du chauffeur, juste au cas où. La conductrice a également encouragé Remi à l'appeler si elle avait besoin d'un chauffeur à l'avenir. Mais voilà le truc, dit Kevlar, en venant au fait. Le nom de la conductrice était Adina Cornett. Et ça, c'est l'info qui était sur la pancarte que Remi a prise en photo.

— N'est-ce pas Adina, la femme qui bosse à l'approvisionnement ?

— Oui et elle est déployée, ce qui explique pourquoi nous ne l'avons pas croisée.

— Merde, commenta Preacher.

— Exactement. Quelqu'un est au volant de ce que je suppose être la voiture d'Adina, usurpe son identité et la vole sûrement impunément pendant son déploiement.

— Alors, qu'est-ce qu'on va faire ? On appelle le NCIS ?

— J'ai pensé qu'on allait d'abord voir ce qu'on allait trouver par nous-mêmes.

Preacher sourit, sentant un pic d'excitation couler dans ses veines.

— La fausse Adina a dit à Remi de l'appeler chaque fois

qu'elle aura besoin d'un chauffeur... Je me dis qu'on pourrait avoir besoin d'un chauffeur après le boulot demain.

— Est-ce que Remi est d'accord pour ça ? demanda Preacher, sur un ton on ne peut plus sceptique.

— Cette supercherie ne l'a pas ravie. Elle m'a dit que la fausse Adina était vraiment sympa. Qu'elle l'aimait vraiment bien. Elle m'a conseillé d'y aller doucement et a ajouté qu'elle avait sans doute une très bonne raison d'emprunter le nom et la voiture d'Adina.

Preacher renifla.

— Ça a été ma réponse, dit Kevlar. Elle a également filé à cette femme un pourboire de cent cinquante dollars.

— Sérieux ?

— Oui. Elle m'a assuré ne pas y avoir été forcée. Juste qu'elle avait senti un lien avec cette femme et qu'elle n'avait pas l'air d'aller bien. Oh et la cerise sur le gâteau ? Son ventre gargouillait quasi constamment.

Preacher voulait lever les yeux au ciel, mais ce n'était pas comme si on pouvait faire semblant d'avoir faim. Oui, peut-être s'était-elle retenue de manger dans l'espoir que son corps fasse savoir de quoi il avait besoin, de manière audible. Mais c'était peu probable. Et Remi n'était pas le genre de femme dont on abusait. Elle était l'une des femmes les plus douces que Preacher connaissait, mais elle avait grandi en ayant de l'argent et était plutôt douée pour reconnaître quelqu'un qui se montrait sympa juste pour lui soutirer quelques billets.

— J'en suis, déclara-t-il à son ami.

— Je verrai si Smiley veut aussi venir avec nous, dit Kevlar.

Preacher grimaça. Smiley était un peu brut de décoffrage, il flanquerait sans doute la trouille à la fausse Adina... ce qui était certainement l'intention de Kevlar. À la fin de la course demain, la femme y réfléchirait clairement à deux fois quant à la combine illégale qu'elle perpétrait.

— Peut-être que Safe ou MacGyver conviendraient mieux ?

— Non. Je veux que cette femme soit intimidée. Je veux qu'elle regrette ce qu'elle a fait. Elle ne peut pas déambuler en utilisant le nom de quelqu'un d'autre et une voiture volée. Et qui sait jusqu'où ça va...

— Doit-on essayer de contacter Adina ?

— Je le ferai. Après-demain.

— Très bien. À demain matin.

— Merci de m'avoir écouté et de ne pas m'avoir dit que je suis trop fou ou trop protecteur envers Remi.

— Tu es les deux, dit Preacher en riant. Mais si ça ne dérange pas Remi, pourquoi ça me dérangerait ?

Kevlar ricana.

— Pas faux. À plus.

Preacher appuya sur le bouton de fin d'appel et se pinça les lèvres. Dans son esprit tourbillonnaient les infos que Kevlar venait de lui communiquer. Aucun d'eux ne connaissait vraiment Adina, ils travaillaient juste avec elle dans le même domaine professionnel. Mais de savoir qu'elle était déployée et que quelqu'un en profitait ne lui convenait pas trop, tout comme pour Kevlar. Demain, ils découvriraient ce qui se tramait et prendraient les mesures nécessaires pour mettre fin à la fraude.

* * *

Maggie fut surprise d'avoir des nouvelles de Remi aussi tôt, surtout après avoir admis qu'elle n'avait pas si souvent recours au covoiturage. Mais elle était ravie de retourner aux affaires. Aujourd'hui avait passé lentement et tous ceux qu'elle avait pris en voiture ne lui avaient laissé que de maigres pourboires. C'était déprimant de ne recevoir qu'un dollar pour une course de quinze, mais ce n'était pas comme si elle pouvait y faire quelque chose.

Elle avait déjà dépensé la majeure partie du pourboire que Remi lui avait donné la veille, mais elle avait réussi à faire pas mal de courses. Du thon, des céréales sans marque, du pain en promo, des conserves de légumes cabossées et elle avait fait une folie pour un hamburger et s'était préparé un gratin plein de fromage la veille au soir, accompagné de l'une des meilleures salades qu'elle avait mangées depuis des lustres, ce qui devrait lui faire plusieurs repas.

La voiture d'Adina avait désespérément besoin d'une révision et c'était ce qui arrivait ensuite sur la liste des choses à faire de Maggie. Sans la voiture, elle serait en carafe. Littéralement. C'était le moyen qui l'empêchait de crever de faim.

Remi avait demandé à être récupérée près de l'entrée d'une énorme base navale et quand Maggie s'arrêta au bord du trottoir, devant la boutique d'un prêteur sur gages, là où Remi avait dit l'attendre, elle ne la vit pas immédiatement.

Au lieu de ça, dès qu'elle s'arrêta, Maggie aperçut trois hommes descendre du trottoir, la démarche déterminée. Tous les trois portaient les uniformes bleu camouflage que la Navy délivrait à son personnel.

C'était une fois qu'il fut trop tard pour débrayer et appuyer sur l'accélérateur que Maggie comprit qu'ils venaient pour *elle*.

L'un des hommes s'installa sur le siège de devant et les deux autres à l'arrière. Le cœur de Maggie cognait si fort que c'était presque douloureux. Elle l'avait échappé belle plusieurs fois ces trois derniers mois, mais elle ne s'était jamais sentie aussi menacée qu'elle ne l'était en cet instant. Ces hommes pouvaient facilement la maîtriser. S'ils voulaient lui faire du mal, elle ne pourrait rien y faire.

— Je n'ai pas d'espèces sur moi, dit-elle rapidement, mais vous pouvez prendre la voiture.

— On ne va pas te faire de mal ni te dépouiller. On veut juste parler, dit l'individu qui était assis à côté d'elle, sur le siège passager.

Il avait les yeux verts, des cheveux noirs ondulés, une barbe minutieusement taillée et une moustache. Les hommes à l'arrière avaient le visage renfrogné et la fixaient si intensément de leurs yeux si effrayants que Maggie faisait tout son possible pour continuer de respirer.

Elle avait la main sur la poignée de la portière et elle était à deux doigts de se barrer et de courir aussi vite qu'elle le pourrait. Mais abandonner la voiture d'Adina serait un désastre... alors elle hésitait.

— Parler ? parvint-elle à couiner.

— Ouais. C'est quoi, ton nom ? lui demanda l'homme assis juste derrière elle.

Maggie regarda dans le rétroviseur et le vit la fixer. Il s'était penché pour parler, tandis que l'autre homme sur la banquette arrière prenait une photo de la licence Uber apposée sur l'appuie-tête. C'était les infos d'Adina dessus, excepté le numéro de téléphone, où Maggie avait scotché le sien. Elle n'aimait pas sa façon de scruter la licence et soudain, elle eut l'intuition que ces hommes avaient découvert qu'elle n'était pas qui elle prétendait être.

— Adina, bégaya-t-elle. Adina Cornett.

— Conneries ! aboya l'homme derrière elle. On connaît Adina. On travaille avec elle sur la base. Elle a presque dix ans de moins que toi, elle est blonde aux yeux bleus et a quelques centimètres de plus que toi également. Et il se trouve précisément qu'elle est quelque part au Moyen-Orient, sur un navire, pile en ce moment. Alors il va falloir que tu parles, et vite. Pourquoi tu te fais passer pour elle, conduis sa voiture et fais Dieu sait quoi d'autre en *son* nom ?

Maggie déglutit avec difficulté. Elle savait que ce jour viendrait. Riverton était une ville relativement grande, mais ce n'était pas Los Angeles. Il était inévitable qu'elle tombe sur quelqu'un qui connaissait Adina à un moment. Son amie avait un nom plutôt unique et l'homme avait raison, Maggie ne lui ressemblait en rien.

Elle essaya de trouver de quoi démentir. De trouver ce qu'elle pourrait dire qui inciterait ces hommes à sortir de sa voiture et la laisser tranquille, mais rien de plausible ne lui venait à l'esprit.

— Alors ? demanda l'autre mec sur la banquette, l'air méchant, qui s'était désintéressé de la licence d'Adina pour la fixer également.

Maggie ouvrit la bouche afin de dire quelque chose, elle n'avait aucune idée de quoi, mais l'Accord, en temps normal fiable, choisit ce moment pour pétarader et s'arrêter. Le moteur se coupa et le silence qui emplit la voiture fut presque oppressant.

C'était le coup de grâce. Maggie n'avait aucune idée de ce qui n'allait pas avec la voiture, seulement que sans elle, elle était totalement fichue.

Elle s'agrippa au volant et regarda fixement droit devant, luttant avec difficulté pour ne pas éclater en sanglots. Elle ne pensait pas que cela plaiderait sa cause auprès de ces hommes.

— Maggie. Mon nom est Maggie Lionetti.

— Moi, c'est Preacher. À l'arrière, Kevlar et Smiley, dit l'individu à côté d'elle, d'un ton qui semblait adouci.

Mais Maggie n'était pas dupe ; il essayait sans doute de lui faire baisser la garde avant d'appeler les flics. S'il faisait ça, elle retournerait en prison. Son agent de probation lui avait répété sans relâche ce qui arriverait si elle merdait.

— Comment as-tu eu les clés de la voiture d'Adina ? lui demanda Kevlar.

Maggie avait froid. Certaines choses horribles qu'elle avait vécues derrière les barreaux lui apparurent rapidement en mémoire. Les agressions devant elle, les bagarres, les insultes. Elle ne pouvait pas y retourner... Elle ne le *pouvait pas*.

— Maggie ? répéta Preacher.

Ils n'allaient pas abandonner. N'allaient pas simplement sortir de sa voiture et la laisser tranquille. Submergée de chagrin, la tension de ces trois derniers mois faisant pression sur elle, Maggie capitula.

— Adina est mon amie. Ma *seule* amie. Je l'ai rencontrée... récemment. J'avais besoin d'un endroit où aller pendant quelques mois et elle m'a proposé de rester avec elle. Je l'ai prise au mot. Quand elle a été déployée, elle a dit que je pouvais utiliser sa voiture et elle sait que je me sers de son compte Uber. Nous en avons discuté. Elle était d'accord.

Ses mots étaient débités rapidement, succinctement, et Maggie refusait de regarder les hommes dans le petit véhicule tandis qu'elle parlait. Elle entendait le froissement de leurs vêtements quand ils remuaient sur leurs sièges, mais elle ne détourna pas les yeux de la rue devant elle.

— Pourquoi tu avais besoin d'un endroit où rester ? Tu as un autre boulot ? questionna Smiley.

Maggie trouvait le nom de cet homme particulièrement mal choisi. Il n'avait pas souri une seule fois et était plutôt effrayant.

Et il semblait clairement qu'ils n'allaient pas la laisser tranquille jusqu'à ce qu'elle leur raconte tout.

Très bien. Ils voulaient savoir ? Elle n'avait rien à cacher. Pas vraiment.

Elle souffla longuement et tourna la tête pour regarder l'homme à côté d'elle. Preacher. Il ne ressemblait en rien à un homme d'Église. Même si elle ne savait pas vraiment à quoi ils étaient censés ressembler. Mais des trois hommes dans la voiture en cet instant, il semblait être le moins... hostile.

— J'étais en prison. J'ai purgé presque deux ans sur mes

trois ans. Je suis sortie pour bonne conduite et parce qu'il n'y avait plus de lits disponibles pour les délinquants plus violents. J'ai rencontré Adina avant d'y aller. Elle m'a écrit chaque semaine. Est venue me récupérer à ma sortie. Je n'ai pas pu récupérer mon boulot et je n'avais pas d'argent, pas d'endroit où aller. C'est presque cruel, comment fonctionne le système... Oui, vous êtes libéré, mais les chances de retourner direct derrière les barreaux sont énormes car c'est impossible de se reconstruire une vie honnête dans le monde réel. Par chance, j'avais Adina. Le déploiement n'était pas prévu, mais elle a eu la générosité de me dire que je pouvais rester dans son appartement pendant son absence. Conduire sa voiture. Et c'était en fait *son* idée que je prenne son compte Uber. Ça m'a donné un moyen de me faire quelques dollars. Pour manger. Je ne vole pas Adina, je le jure. Oui, je me sers de son compte de covoiturage, mais je ne peux pas créer le mien à cause du délit dans mon casier. Vous savez comme c'est difficile de trouver un job décent quand vous avez été condamné pour un crime ? dit-elle avant de lâcher un rire criard ressemblant à un aboiement. Non, bien sûr que vous ne savez pas. Eh bien, je peux vous le dire, c'est quasi impossible. Et pour info, je suis innocente. Vous ne me croirez pas, personne ne le fait, mais c'est quand même vrai.

Elle était presque essoufflée, ayant épuisé tous ses mots. Elle voulait désespérément que ces hommes la croient, mais les chances étaient extrêmement faibles.

— Tu sais qu'on peut contacter Adina et vérifier ton histoire, n'est-ce pas ? dit Kevlar.

Maggie se tourna pour le regarder.

— Faites-le. Demandez-lui. Elle confirmera tout ce que je vous ai dit.

— Pourquoi t'as été envoyée derrière les barreaux ?

— Smiley..., l'avertit Preacher.

Maggie n'en fut pas surprise. Ce n'était pas comme si Smiley n'avait pas posé la question que les trois hommes se demandaient.

— Je ne suis pas une menace envers la société, dit-elle, fatiguée. Je sais que vous ne croirez pas ça non plus, mais j'ai été piégée. Je devais remonter sur L.A. pour mon boulot et mon petit ami m'a demandé si je pouvais ramener un truc pour un de ses amis. Je n'avais aucun problème avec ça et cet ami allait me retrouver à la pharmacie où j'allais travailler. On m'a arrêtée en chemin et pour une raison quelconque, le flic a décidé de fouiller ma voiture. Le sac que m'avait donné mon copain contenait des drogues. Un *paquet* de drogues. J'ai pris trois ans pour possession et intention de recel. Personne n'a voulu croire que ce n'était pas mon sac et que je n'emportais pas ces drogues à L.A. pour les vendre.

On aurait pu entendre une mouche voler dans la voiture tellement c'était silencieux.

— Je suppose que ton petit ami est maintenant ton *ex*-petit ami, ironisa Kevlar.

Maggie ne put s'en empêcher : elle ricana. Fort.

— Évidemment. Écoutez, je n'aime pas utiliser les identifiants d'Adina, mais je n'ai aucun autre moyen de me faire de l'argent pour me nourrir. Et si je n'ai pas à régler de loyer, j'essaie quand même de payer ma part. Je quitterais totalement Riverton si je le pouvais, mais je n'ai pas l'autorisation de quitter l'État jusqu'à la fin de mon sursis. Je suis littéralement coincée ici. J'essaie de faire de mon mieux, mais ça ne suffit pas. Ça ne suffit jamais.

Ces quatre derniers mots avaient été murmurés.

Maggie voulait leur demander s'ils allaient la dénoncer. À Uber. Aux flics. À son agent de probation. Cependant, les mots restaient bloqués dans sa gorge. Ce n'était pas la première fois qu'elle le pendait, mais elle aurait aimé n'avoir jamais connu son ex. Toutefois, elle l'avait fait. Elle avait été impressionnée par cette personnalité, une force de la nature, et par le fait qu'il était un officier supérieur de la marine. Elle avait appris à ses dépens que les militaires n'étaient pas tous des citoyens intègres.

Elle ne pouvait que prier que ceux assis dans sa voiture en ce moment soient plus compatissants que son serpent d'ex.

— Qu'est-ce qui ne va pas avec la voiture ? demanda Preacher.

Elle le scruta brièvement puis haussa les épaules.

— Je ne sais pas, admit-elle d'une petite voix. J'ai économisé pour l'emmener au garage. Elle fonctionne bizarrement. Elle cale et s'arrête d'elle-même quand je m'arrête.

Preacher échangea un regard avec les autres hommes à l'arrière avant de se retourner vers elle.

— Donne-moi les clés.

Maggie cligna des yeux.

— Non.

— Je ne veux pas voler ce tas de ferraille, lui dit Preacher. Je veux discuter avec mes amis et je veux m'assurer que tu ne t'en iras pas quand nous sortirons... si jamais ce truc redémarre.

Elle voulait protester. Tous les supplier de la laisser tranquille. Leur dire qu'elle arrêterait de conduire pour cette application de covoiturage. Mais elle ne le pouvait pas. Sauf si elle aspirait à bosser dans un club de strip-tease – ce qu'elle ne souhaitait absolument *pas* –, elle avait besoin de continuer de faire le taxi pour des clients.

— Donne-lui les clés, Maggie, lui ordonna Kevlar.

À sa grande surprise, elle se retrouva à lui obéir. Quelle importance ? Ces hommes tenaient littéralement sa vie entre leurs mains. S'ils la dénonçaient, elle retournerait fissa derrière les barreaux. La dernière chose qu'elle désirait, c'était de les énerver plus qu'elle ne l'avait déjà fait.

Ses doigts effleurèrent la paume de Preacher quand elle fit tomber les clés dans sa main et à son grand étonnement, elle sentit un frisson remonter le long de son bras.

Elle retira vivement sa main comme si elle s'était brûlée. Elle voulait se la protéger contre sa poitrine mais s'abstint, de justesse. Elle avait appris lors de son temps passé en prison que laisser quiconque savoir ce que vous pensiez ou ressentiez était dangereux.

Elle fit de son mieux pour effacer toute émotion de son visage... mais elle avait l'impression d'avoir misérablement échoué lorsque Preacher prit la parole.

— Respire, Maggie. On doit juste discuter un moment.

Respirer. Très bien. Tu parles !

Elle était pétrifiée sur son siège tandis que les trois hommes sortirent et claquèrent les portières derrière eux.

La détresse heurta Maggie à nouveau. Ils n'allaient pas la croire. Personne ne l'avait fait. Ils pensaient sûrement qu'elle était une grande dealeuse de drogues ou autre. Qu'elle se servait du boulot avec Uber comme couverture pour livrer de la drogue aux gens dans toute la ville. Elle était foutue. Elle ferait mieux de se préparer à enfiler les horribles pantalon et tee-shirt de prisonnier qu'elle avait été obligée de porter ces deux dernières années.

Les larmes qu'elle avait réussi à retenir jusque-là finirent par abonder dans ses yeux et couler sur ses joues.

Sa protection pour Maggie

3

Preacher s'éloigna de la voiture et attendit Kevlar et Smiley. Ils se regroupèrent contre le mur en briques du bâtiment, près de l'endroit où Maggie était garée.

— Je la crois, dit Kevlar sans préambule.

— Moi aussi, suivit Preacher.

Les deux hommes regardèrent Smiley. Il était le sceptique de la bande. Le mec qui présentait toujours les pires scénarios.

À la surprise de Preacher, il hocha la tête et déclara :

— Elle ne ment pas.

— Alors, qu'est-ce qu'on fait ? demanda Preacher.

— Je vais envoyer un message au chef d'Adina, juste pour vérifier son histoire, mais en même temps, je me dis qu'elle n'ira pas bien loin avec ce tas de boue sur roues, affirma Kevlar.

Preacher jeta un œil à la voiture en question et fronça les sourcils en découvrant Maggie effondrée sur le volant. Il ressentit une pointe de culpabilité pour la façon dont ils l'avaient piégée. Même si ça avait eu l'air mauvais, elle ne semblait pas avoir d'intentions malfaisantes en se servant du nom d'Adina et de sa licence Uber.

Il y avait aussi quelque chose chez cette femme qui lui donnait envie de la serrer dans ses bras et de la rassurer, de lui dire que tout irait bien.

Ce qui était dingue. Mais ça ne changeait rien à ce qu'il ressentait.

— Je la suivrai chez elle pour m'assurer qu'elle y arrive en toute sécurité, lâcha-t-il.

Kevlar comme Smiley l'étudièrent intensément.

Kevlar finit par dire :

— Ce ne serait pas très judicieux de fréquenter une délinquante...

Preacher se sentit irrité jusqu'aux veines.

— Je n'ai pas dit que j'allais la fréquenter. Et je m'assure juste qu'elle rentre bel et bien chez elle, sans prévoir de la faire parader à travers la base navale, à hurler son passif de criminelle devant tous ceux que je croiserais, dit-il d'un ton ferme.

Il fut surpris d'entendre Smiley rigoler.

— Je paierais pour voir ça, marmonna-t-il dans sa barbe.

— Okay, désolé, répondit sans hésiter Kevlar.

— Et puis... vous imaginez vraiment cette fille en dealeuse de drogues ? On lui a juste mis un peu de pression et elle a cédé. Si elle vend de la drogue, je suis un génie des mathématiques masqué sur le point de résoudre l'équation la plus compliquée du monde, ajouta Preacher, sarcastique.

— Ça existe ? demanda Smiley.

— Aucune idée. Sûrement.

— On peut s'en tenir au sujet qui nous concerne ? dit Kevlar.

— On le fait, réagit Smiley du tac au tac. C'est Preacher qui a évoqué les maths.

Il échangea un sourire amusé avec son coéquipier.

— Au-delà de mes compétences avec les maths ou du

manque de celles-ci… on va faire quelque chose pour sa situation ?

Kevlar prit un moment pour réfléchir à sa réponse avant de soupirer.

— Remi l'a bien aimée. Mais je ne suis pas certain que ce soit dans son intérêt de continuer de faire ce qu'elle fait. Si son agent de probation apprend qu'elle se fait passer pour Adina et se sert de son permis pour bosser, ça pourrait finir mal pour elle.

Preacher montra son accord.

— On connaît un tas de gens… Je suppose qu'on peut lui venir en aide. Peut-être lui dégoter un job.

— Tu crois qu'elle acceptera notre aide ? demanda Smiley.

Preacher se tourna pour regarder Maggie. Elle avait l'air si abattue ! Comme si elle attendait simplement qu'une sale chose arrive. Il retrouva les yeux de son coéquipier.

— Ouais, je crois qu'elle le fera. Elle a l'air de toucher le fond. Elle a besoin qu'on lui prouve que tout le monde n'est pas là pour la coincer.

— Après avoir vérifié auprès d'Adina qu'elle autorise Maggie à vivre dans son appartement, je passerai un coup de fil à Wolf.

— Je le ferai, dit Preacher à son ami.

— Très bien. Tu veux voir si la voiture va redémarrer ? Si c'est le cas, accompagne-la, au cas où autre chose arriverait au véhicule en chemin. On retournera à la base et on te ramènera ta voiture. Envoie-moi juste l'adresse de l'immeuble où elle vit, lui dit Kevlar.

— Merci. C'est gentil.

Ce qui était *vraiment* gentil, c'était que ses amis ne lui disaient pas qu'il était stupide ou qu'il se mêlait de la vie de Maggie. Oui, Kevlar l'avait prévenu que ça pourrait ne pas être une bonne idée, cependant il lui aurait ouvertement dit qu'il était un crétin s'il pensait *vraiment* que Preacher commettait une erreur.

Mais Preacher sentait dans ses tripes qu'elle avait besoin de quelqu'un de son côté. L'histoire de son arrestation pour contrebande de drogue paraissait trop exagérée pour être vraie, toutefois il n'était pas un idiot ; il était parfaitement au courant qu'un tas de gens étaient mis en prison pour des faits qu'ils n'avaient pas perpétrés ou pour des accusations bidon.

Smiley lui donna une tape sur l'épaule et Kevlar lui fit un signe du menton. Puis ils se tournèrent sans un autre mot et se dirigèrent vers la base et leurs véhicules. Preacher marcha jusqu'à l'Accord et y monta. Il tendit les clés.

— Voyons si elle démarre, d'accord ?

Maggie renifla et ne cacha pas le fait qu'elle était en train de pleurer. Le cœur de Preacher fit une embardée dans sa cage thoracique. Il détestait la voir pleurer mais ne fit aucun commentaire à ce sujet.

Elle s'essuya les joues d'un coup d'épaule et tendit la main pour prendre le porte-clés. Elle mit la clé de contact et pendant une seconde, il ne crut pas que le moteur allait repartir, mais il finit par le faire... après ce qu'il avait imaginé être un long grognement de la part de la voiture surmenée.

— Alors ? demanda Maggie, se tournant pour le regarder. Et maintenant ? Vous allez me dénoncer ?

— Non.

Elle eut l'air surprise.

— Non ?

— Non, confirma Preacher. Maintenant, je vais t'escorter chez toi. Mes amis conduiront ma voiture là-bas.

Maggie se raidit et s'assit plus droite.

— Si vous croyez que vous pouvez foutre ma vie en l'air encore plus qu'elle ne l'est déjà, car je suis en position de faiblesse ici, vous avez tort. Je peux et je *vais* me défendre et je pourrais retourner en prison pour agression, mais je ne vous laisserai pas me toucher.

Preacher fut sincèrement horrifié qu'elle ait cru qu'il pourrait la faire chanter ou lui faire du mal. Il s'appuya contre la portière, s'éloignant d'elle, et secoua la tête.

— Je veux juste m'assurer que vous rentrez chez vous sans encombre. C'est tout. Je le jure.

Aucun des deux ne parla pendant un moment plein de tension.

— Pourquoi ? demanda ensuite Maggie.

— Pourquoi quoi ?

— Pourquoi vous souciez-vous de moi ? Je ne suis personne pour vous. Une criminelle. Une trafiquante de drogues reconnue coupable. Mais pourquoi donc vous feriez quelque chose pour m'aider ?

— Parce que Remi t'aime bien, répondit simplement Preacher.

Maggie fronça les sourcils.

Preacher tenta de s'expliquer.

— Remi est... elle est comme une sœur pour moi. Kevlar et elle ont vécu de sales trucs et elle en est ressortie comme la même personne solaire et heureuse qu'elle était auparavant. Et crois-moi, c'est un putain de miracle. Nous ferions tous n'importe quoi pour être sûrs qu'elle reste comme ça. Et étant donné la façon dont elle a parlé de toi à Kevlar, il est clair que tu lui as fait bonne impression.

Quand il s'arrêta de parler, Maggie dit :

— Je l'ai bien aimée aussi. Elle était... gentille. Je n'ai pas beaucoup connu ça dernièrement.

— Je me doute. C'est pour cela que je veux t'aider. De plus, ma maman me regarderait avec un air désapprobateur – et crois-moi, c'est la pire des sensations, de décevoir sa mère – si je ne faisais pas tout mon possible pour t'apporter mon aide.

— Je ne peux pas l'imaginer. J'ai été adoptée quand j'étais bébé. Et disons qu'entre mes parents adoptifs et moi, les choses n'ont pas fonctionné. J'ai quitté la maison à dix-huit ans sans un regard en arrière.

— Je suis désolé.

— Ne le soyez pas. Je vais bien.

— Bon. Alors... Tu verrais une objection à ce que j'appelle quelques amis et me renseigne pour que tu trouves un job ?

Maggie fixait Preacher de ses grands yeux bruns. Ses cheveux noirs étaient tirés en une queue de cheval et son visage lui parut un peu trop pâle. C'était l'incrédulité qu'une personne soit prête à l'aider qui la rongeait ; personne ne devrait être surpris face à la décence la plus élémentaire de la part d'un autre être humain.

— Tant que c'est légal, non. Et je devrai en parler à mon agent de probation, alors ça ne peut pas être au black, finit-elle par répondre.

— Bien sûr que non, lui assura-t-il calmement. Tu as faim ? Je suis affamé. Nous avons eu une longue journée de réunions ennuyeuses et je tuerais pour un Del Taco. Si tu passes devant en rentrant chez toi, c'est moi qui régale.

— Je ne coucherai pas avec toi, répliqua sèchement Maggie. Et si tu me tends un piège, si tu es un genre de tueur en série, je ne me laisserai pas faire sans me battre. J'aurai ton ADN sous mes ongles, je hurlerai comme une enragée et serai la dernière personne que tu tueras.

— Je ne suis pas un tueur en série. Je ne peux nier avoir tué auparavant, mais ils le méritaient tous, dit Preacher sans ménagement.

À sa grande surprise, Maggie inclina simplement la tête et le fixa. Il aurait aimé savoir à quoi elle pensait.

— Pour la Navy, dit-elle au bout d'un moment. Ce n'était pas une question.

— Pour la Navy, confirma Preacher. Je suis un Navy SEAL.

Ça, ça la fit réagir.

— Ah oui ?

Il ne put que rire de sa réponse.

— C'est si surprenant ?

— Eh bien, ouais. Tu ne ressembles pas à l'image que je me faisais d'un SEAL. Tu es…, dit-elle sans terminer.

— Je suis quoi ? demanda Preacher, véritablement intéressé d'entendre ce qu'elle pensait.

— Tu n'as pas cet air arrogant que je supposais chez quelqu'un qui fait ce que tu fais.

Preacher haussa les épaules.

— Honnêtement, c'est un drôle de boulot. Nous passons un temps fou à faire des recherches, avoir des réunions et faire des briefings. Si j'avais eu un dollar pour chaque kilomètre parcouru dans les airs vers tel ou tel pays, je serais millionnaire. Parfois, nous sautons de très bons avions, marchons pendant des kilomètres juste pour tirer une seule balle puis revenir sur nos pas jusqu'à notre point d'extraction. J'ai vu des choses horribles, fait des trucs dont je ne suis pas fier mais j'en ai fait davantage dont je suis extrêmement fier. Je n'aime pas la bureaucratie, mais j'aime les gars de mon équipe comme s'ils étaient mes frères et j'adore servir mon pays. Je déteste les tyrans et je trouve absolument abjecte la façon dont sont traités les pauvres, les femmes et les enfants dans le monde. Je soutiens le droit des gens de pratiquer toutes les religions qu'ils souhaitent mais aucune oppression au nom d'une religion. J'aime les animaux, les enfants et ma famille. Et je sais que cette dernière partie digresse un peu, mais j'essaie de te rassurer quant au fait que je ne vais pas te faire de mal, Maggie. Je veux simplement t'aider.

— Je peux prendre une photo de ta carte d'identité ? demanda-t-elle au bout d'un bref moment.

En réponse, Preacher prit son portefeuille. Il en sortit ses papiers de la Navy et les lui tendit.

— Shawn Franklin, lut-elle avec un petit sourire juste avant de prendre en photo celle de la pièce d'identité et de la lui rendre. C'est un nom si... normal.

Preacher ricana.

— Tu es vraiment un pasteur ?

— Non. Pas même un peu.

— Alors, c'est l'opposé ? Tu as ce surnom car tu es un coureur de jupons ou autre ?

— Non. Pas même un peu, répéta-t-il.

Maggie fronça les sourcils.

— Alors, pourquoi ?

— Je te le dirai peut-être un jour. J'ai faim. Est-ce qu'on peut y aller s'il te plaît avant que je ne me liquéfie sur ton siège avant ?

Ce n'était ni le moment ni le lieu pour révéler la raison derrière ce surnom. Il pouvait toujours lui dire ce qu'il répondait quand d'autres voulaient savoir comment il l'avait obtenu... qu'il était la boussole morale de son équipe. Pour une raison, il ne souhaitait pas mentir à cette femme. Mais il ne voulait pas non plus lui dire qu'il était encore puceau. Alors ouais, c'était une conversation pour un autre moment et un autre lieu, si jamais ça devait arriver.

— Okay. Shawn ? Je peux t'appeler comme ça ?

Les cheveux sur sa nuque se dressèrent. Preacher était parfaitement au courant que Remi, Wren et Josie appelaient toutes leurs mecs par leurs vrais noms au lieu de leurs surnoms. Il n'y avait pas vraiment réfléchi... mais maintenant, entendre son prénom sur les lèvres de Maggie le ramenait au désir de vivre ce que partageaient ses coéquipiers avec leurs femmes.

— Ouais. Tu peux m'appeler Shawn.

— Je me battrai vraiment avec tout ce que j'ai si tu essaies quoi que ce soit...

Preacher hocha la tête avec sérieux.

— C'est noté.

Elle regarda autour d'elle et la voie étant libre, quitta le trottoir.

— Il y a un Del Taco pas très loin de mon appartement.

— Ça me va. J'enverrai un message à Kevlar pour lui dire que nous nous arrêtons pour prendre de quoi dîner avant de retourner chez toi. Je peux avoir ton adresse, qu'il sache où passer me prendre ?

Maggie accepta et lui donna l'info dont il avait besoin pour la transmettre à Kevlar.

Le trajet jusqu'au Del Taco fut sans histoire, excepté quand il doubla la commande de Maggie pour qu'elle ait assez de restes. Les hamburgers et les frites n'étaient pas meilleurs réchauffés le lendemain, mais elle s'en fichait, selon lui. Elle essaya de protester, cependant il l'ignora, appréciant qu'elle n'hésite pas à se jeter sur le contenu du sac une fois qu'ils eurent quitté le restaurant.

Elle se gara sur le parking de l'immeuble résidentiel où elle vivait et coupa le moteur avant de le regarder.

— Je... Tu ne vas vraiment pas me dénoncer ? Auprès d'Uber ou de mon agent de probation ?

— Je ne vais pas te dénoncer, lui dit Preacher.

— J'ai besoin de ce boulot. C'est le seul moyen que j'ai trouvé de me faire un peu d'argent, à part bosser dans un fast-food ou faire un truc dangereux comme du strip-tease ou travailler dans l'une de ces supérettes ouvertes toute la nuit. Pas que bosser dans un fast-food ne soit pas correct, c'est juste que...

— Je comprends. Je contacterai quelques personnes ce soir. Si tu me fais confiance, juste un peu, et que tu ne fais aucun covoiturage ce soir ou demain, je reviendrai vers toi pour te dire ce que j'ai trouvé. Tu peux faire ça ?

Maggie acquiesça.

— Merci. Et pour info, si ça ne marche pas, ce sera quand même gentil d'avoir essayé.

— Pourquoi ça ne marcherait pas ?

Elle haussa les épaules.

— Quand les gens apprennent que j'ai été reconnue coupable de trafic de drogues, tout ce qui les intéressait pour m'embaucher semble se tarir.

— Ce ne sera pas le cas ici, la rassura-t-il.

Maggie haussa de nouveau les épaules.

— Même, j'apprécie l'effort.

Preacher était contrarié qu'elle ne le croie clairement pas. Mais après ce qu'elle avait traversé, il ne pouvait pas vraiment lui en vouloir.

— Je vais te filer mon numéro. Si tu as besoin de quoi que ce soit, et je dis bien *n'importe quoi*, tu m'appelles. Je ferai ce que je peux pour t'aider.

Elle eut l'air confuse, ce qui agaça de nouveau Preacher. Est-ce que *quelqu'un* lui avait proposé de l'aide ces dernières années ? Hormis Adina ? Il supposait que non, vu sa réaction.

Ils échangèrent leurs numéros et rien qu'en voyant son nom dans ses contacts, Preacher se sentait... il n'était pas vraiment sûr de *ce* qu'il ressentait. Il était content ? Excité ?

— Encore merci pour le dîner. Ça va aller d'attendre ici que ton ami arrive ? lui demanda-t-elle.

Pour Preacher, ce fut trop.

— Sérieux ? rétorqua-t-il. La Navy m'envoie traverser les frontières les plus dangereuses du monde et tu veux savoir si tout ira bien si j'attends dans un parking bien éclairé pendant dix minutes que mon pote arrive ici avec ma voiture ?

Maggie rougit, mais elle redressa le menton.

— Ouais.

Il ricana.

— Alors oui, tout ira bien pour moi.

Ils sortirent tous les deux de l'Accord et Maggie serra son sac de nourriture devant elle, presque sur la défensive.

— Eh bien, merci encore. Pour tout. Le dîner, de ne pas avoir appelé les flics. Et puis... tu sais... de ne pas être un tueur en série.

Cette femme l'avait fait sourire plus qu'il ne se souvenait l'avoir fait depuis longtemps.

— De rien. Je te recontacterai, Maggie. Et pour info, tout le monde n'est pas un enfoiré comme ton ex.

— Encore heureux, répondit-elle en reniflant.

Puis elle lui fit maladroitement signe et se dirigea vers la porte du bâtiment. Preacher ne se détendit pas d'un pouce avant qu'elle ne soit en sécurité à l'intérieur de la résidence. Il regarda autour de lui. Cette zone de la ville était relativement sûre et le parking avait pas mal d'éclairages. Ces deux aspects lui permettaient de se sentir mieux.

Pourquoi se souciait-il tant d'une femme qu'il venait de rencontrer, ça, il l'ignorait. Mais il ne pouvait nier ce sentiment. Son esprit tournait à plein régime, il se demandait qui il pourrait appeler pour aider Maggie à trouver un emploi.

Il songeait toujours à ses options quand Kevlar arriva. Il sortit de la voiture et laissa Preacher s'installer au volant.

— Tout est OK ?

— Tout est OK, confirma Preacher.

— Toujours la même impression ? Qu'elle n'a pas commis ce pour quoi elle a été accusée ?

— Encore plus même, admit-il.

Il ne pouvait simplement pas imaginer Maggie transporter de la drogue pour la revendre. Il était peut-être naïf, mais il ne le pensait pas.

— Bien. Alors... est-ce qu'on embarque la voiture pour l'examiner ?

Preacher sourit. C'était l'une des raisons pour lesquels il respectait son chef d'équipe.

— Ouais !

Kevlar soupira.

— Tu sais qu'après avoir appris l'histoire de Maggie, Remi et les autres voudront certainement être amies avec elle. Je suis pas sûr d'être à l'aise avec ça...

— Évidemment qu'elles le voudront ! Remi sait cerner les gens.

— Je sais mais je m'inquiète quand même.

— Bonne chance pour lui dire que tu ne veux pas qu'elle contacte Maggie, dit Preacher avec un petit rictus amusé.

— Merde, répondit Kevlar.

Il poussa un soupir et passa une main dans ses cheveux avant de demander à son coéquipier :

— Tu ne penses sincèrement pas qu'elle représente un danger ?

— Non.

— Je verrai si je peux convaincre Remi d'y aller en douceur. Peut-être commencer par apprendre à la connaître par message ou par d'autres moyens. Ça nous donnerait une chance de mieux comprendre la situation.

Preacher sourit de plus belle. Il avait l'intuition que Remi n'allait pas y « aller en douceur ».

Cela lui semblait logique d'amener Maggie dans leur giron. Si quelqu'un avait besoin d'un ami, c'était cette femme. Elle était susceptible et méfiante, mais il ne pouvait lui en vouloir. Il ne pouvait imaginer à quoi ressemblaient deux ans passés en prison. Mais aujourd'hui, elle avait croisé le chemin des bonnes personnes. Ses amis et lui s'assureraient que tout irait bien pour elle.

4

Maggie était allongée sur le canapé d'Adina, les yeux rivés au plafond. Elle avait le ventre plein, avait en réalité passé une bonne nuit de sommeil et c'était très agréable de prendre une journée de congé sans stresser à propos de trouver un autre boulot, d'avoir assez d'argent pour manger et sans se demander si la voiture de son amie allait finir par tomber en panne pour de bon.

En parlant de la voiture... elle avait reçu tout à l'heure un message de Shawn, lui demandant si elle l'autorisait à conduire la voiture auprès d'un mécanicien fiable de sa connaissance. Elle n'avait pas encore répondu, car elle n'était pas certaine de vouloir fréquenter Shawn ou ses amis plus qu'elle ne l'avait fait. Faire confiance à quelqu'un, en particulier un homme, n'était pas une chose avec laquelle elle était à l'aise. Roman Robertson n'avait même pas cillé quand il l'avait piégée. Les quatre mois pendant lesquels ils étaient sortis ensemble n'avaient visiblement pas compté pour lui. Elle avait juste été un moyen de parvenir à ses fins. Et ça faisait mal. Terriblement.

Alors Maggie ne pouvait faire autrement que se demander

pourquoi Shawn était si soucieux de l'aider. Elle était soulagée qu'il ne se soit pas rendu avec ses collègues à la police parce qu'elle empruntait le profil de l'application de covoiturage d'Adina, mais ils pouvaient encore le faire à tout moment.

La meilleure chose à faire serait de bloquer le numéro de Shawn et de faire comme si elle ne l'avait jamais rencontré. *En particulier* parce qu'il faisait partie de la Navy. Mais cet homme savait où elle vivait. Il pouvait facilement contacter son agent de probation et la dénoncer. À ce stade, la meilleure chose serait de le laisser faire son acte de charité et de se faufiler discrètement hors de sa vie. Elle n'aurait pas dû l'autoriser à l'accompagner jusque chez elle la nuit dernière, mais elle avait été faible. Elle avait été soulagée que les trois hommes ne semblent pas vouloir lui causer d'ennuis. Cependant, maintenant, elle regrettait toutes ses décisions.

Là encore, s'il était honnête et souhaitait vraiment lui trouver un boulot, elle ne pouvait se permettre de le bloquer.

Elle détestait être redevable envers quiconque et soupira. Puis elle s'assit et prit son téléphone. Elle devait répondre au message de Shawn.

Maggie : D'accord.

Elle se disait que ce serait mieux que les choses restent concises et aillent droit au but, alors cette réponse la satisfaisait.

Shawn : Ça fait mal, hein ?

Maggie ne put que sourire.

. . .

Maggie : Un peu *sourire*

Shawn : Écoute, je comprends. Tu ne me connais pas. Mais je t'assure, je suis de ton côté.

Le jury délibérait toujours à ce propos, mais Maggie était déterminée à ce que les choses entre Shawn et elle restent professionnelles. S'il voulait être un bon samaritain, elle le laisserait l'aider. Ça n'aurait pas d'importance en définitive. À la seconde où elle aurait le droit de quitter cet État, elle serait partie.

Maggie : Très bien.

Elle se montrait froide intentionnellement, dans l'espoir qu'il pige le message : qu'elle ne voulait rien de lui... autre que les contacts qu'il voulait solliciter pour lui dénicher un boulot.

Shawn : Bien. J'ai fait en sorte qu'une dépanneuse vienne récupérer l'Accord plus tard dans la matinée. Le gars que je connais et qui travaille là-bas jettera un œil et te dira ce qu'il a trouvé. Avec de la chance, ce ne sera rien d'important. Kevlar a parlé avec le chef d'Adina et elle a confirmé tout ce que tu nous as dit. Je ne m'en faisais pas, mais j'ai pensé que ça pourrait t'aider à te sentir mieux en le sachant. J'ai aussi parlé à une de mes amies et si ça t'intéresse, tu as un entretien cet après-midi. Je peux passer te prendre et t'emmener là-bas puis te ramener chez toi ensuite. Tiens-moi au courant.

. . .

Le message était long... et Maggie eut l'impression qu'elle allait le vexer d'une manière ou d'une autre. Pourquoi elle s'en souciait, ça, c'était un mystère, mais c'était le cas.

Maggie : C'est dur pour moi. Après ce qui est arrivé, c'est presque impossible de faire confiance à quelqu'un. Et oui, je suis très intéressée par ce travail.

Shawn : Tu ne veux pas savoir ce que c'est ?

Maggie : Ça n'a pas d'importance. Au point où j'en suis, je ferais n'importe quoi à part retirer mes vêtements pour que les hommes reluquent mon corps... Pas que je méprise les femmes qui le font. Ce n'est juste pas pour moi.

Shawn : Ça implique des vêtements mais pas de les enlever. Ça te va si je passe te prendre à 15 h ?

Maggie ne put être autrement qu'intriguée.

Maggie : Ce n'est pas comme si mon agenda n'avait plus de place. LOL. 15 h, c'est parfait.

Shawn : À tout à l'heure alors. Oh... et j'espère que ça ne te dérange pas, mais j'ai donné ton numéro à d'autres de mes amies... des femmes. Ce sont les copines de certains de mes coéquipiers. Je leur ai demandé de ne pas en faire trop, mais je suppose qu'elles le feront quand même. Je m'excuserais bien, mais ce sont de bonnes personnes. À plus tard.

. . .

Maggie fixa les mots sur l'écran de son téléphone. Il avait donné son numéro à d'autres gens ? Elle aurait dû en être furieuse, mais elle n'eut pas vraiment le temps d'y penser, car pile à ce moment-là, son portable vibra dans sa main, lui fichant la trouille.

C'était un message groupé. Apparemment, ces femmes n'étaient pas du genre à procrastiner.

Inconnu, Inconnu, + 1 autre : Salut ! C'est Remi ! On s'est rencontrées l'autre jour quand tu es passée me prendre au magasin.

Inconnu, Inconnu, + 1 autre : Et je suis Josie.

Inconnu, Inconnu, + 1 autre : Et moi, c'est Wren. On voulait juste t'écrire et te saluer !

Inconnu, Inconnu, + 1 autre : Ouais, coucou !

Inconnu, Inconnu, + 1 autre : J'aimerais m'excuser pour le rôle que j'ai joué hier... Mon homme et ses amis t'ont tendu une embuscade. Il avait peur que tu sois un escroc. Ou une escroc. Je lui ai dit qu'il se trompait, que tu étais gentille au possible. L'unique raison pour laquelle j'ai accepté d'organiser ce point de rencontre, c'est parce que j'étais certaine que tu convaincrais Vincent et les autres. Et j'avais raison :)

Inconnu, Inconnu, + 1 autre : Remi, comment tu arrives à rencontrer les gens cool la première ?

Inconnu, Inconnu, + 1 autre : Peut-être parce que je sors de ma maison plus souvent que toi, Wren.

Inconnu, Inconnu, + 1 autre : Tu marques un point.

Inconnu, Inconnu, + 1 autre : Tu me pardonnes, Maggie ?

Les doigts de Maggie se mirent à remuer avant même qu'elle y pense.

· · ·

Maggie : Bien sûr.

Inconnu, Inconnu, + 1 autre : Tant mieux. Car je me serais sentie très mal si ça t'avait traumatisée ou autre...

Maggie : Je ne suis pas traumatisée.

Inconnu, Inconnu, + 1 autre : Dieu merci. Tu veux déjeuner avec nous ?

Maggie fixait son téléphone. Ces femmes existaient-elles vraiment ? Selon son expérience, les gens n'étaient pas aussi amicaux. Surtout avec quelqu'un qu'ils ne connaissaient pas.

Maggie : Est-ce que ton petit ami t'a raconté pour moi ? Que je suis une criminelle ? Que je suis sortie de prison il y a quelques mois seulement ? Que j'y étais après avoir été condamnée pour trafic de drogue ?

Inconnu, Inconnu, + 1 autre : Ouais. Mais Vincent m'a aussi précisé que tu as dit ne pas l'avoir fait.

Inconnu, Inconnu, + 1 autre : Au passage, meuf, ça craint.

Inconnu, Inconnu, + 1 autre : Je me demande si on peut demander à quelqu'un de se renseigner pour t'acquitter... Parce que toute cette histoire, c'est des conneries pour moi.

Les yeux de Maggie se remplirent instantanément de larmes. Elle ne connaissait littéralement pas ces femmes, n'avait vu Remi qu'une fois et elles lui avaient davantage prouvé leur foi que les gens qu'elle avait connus pendant des années. Quand on l'avait arrêtée, tous ses soi-disant amis s'étaient évaporés dans les airs. Tout le monde sauf Adina.

Elle ajouta rapidement les numéros des filles dans sa liste de contacts.

Wren, Remi + 1 autre : Alors... Déjeuner ?

Maggie : J'aimerais mais je n'ai pas de voiture pour le moment. Ironique, hein ?

Wren, Remi + 1 autre : Pas de problème ! On peut passer te prendre. Bo est parti travailler avec Flash aujourd'hui, alors je peux utiliser sa Wrangler.

Maggie : Okay.

Wren, Remi + 1 autre : Tu m'enverras ton adresse. On sera là vers midi. Ça t'ira ?

Maggie : Ouais. Sans voiture, je ne bosse pas de toute manière.

Wren, Remi + 1 autre : Okay. On se voit à midi alors !

Wren, Remi + 1 autre : Ça va être génial !

Wren, Remi + 1 autre : J'ai un dernier dessin à faire et j'en aurai terminé pour la journée. J'ai hâte de te revoir, Maggie !

Maggie avait l'impression d'être dans une dimension parallèle. Elle n'avait pas vraiment les moyens de sortir déjeuner. Le fait que des personnes soient intéressées pour devenir ses amis ne faisait pas disparaître ses déboires financiers. Il lui restait un peu d'argent du pourboire de Remi, mais réparer la voiture d'Adina ne serait pas donné. Cependant, les trois femmes étaient si chaleureuses et gentilles qu'il était impossible de dire non.

Avoir des amis lui avait manqué. Des gens avec qui sortir. Avec qui rire. Avec qui simplement coexister. Maggie n'avait aucun problème à rester seule, elle aimait ça en fait. Mais elle avait passé ces deux dernières années enfermée dans sa tête pendant son incarcération. Ce serait agréable de sortir avec d'autres gens qu'elle-même pour la première fois depuis longtemps.

Inévitablement, ses pensées s'orientèrent vers Shawn. C'est lui qui avait donné son numéro aux autres filles. Que cherchait-il ? Il avait dit ne pas être à la recherche de sexe, mais *tous* les hommes voulaient ça... non ?

Maggie prit la décision de refuser net s'il lui proposait de payer les réparations sur la voiture d'Adina et cela l'aida à se sentir mieux. Elle n'avait pas besoin d'un mec pour lui « sauver » la vie. C'était un homme qui l'avait mise dans cette situation délicate et il était hors de question qu'elle répète ses erreurs passées.

Elle trouverait un moyen de payer elle-même la voiture. D'une façon ou d'une autre.

* * *

À midi pile, par la fenêtre de son appartement, Maggie vit une Jeep Wrangler noire se garer sur le parking. Elle pouvait discerner trois femmes à l'intérieur du véhicule, alors elle envoya rapidement un message au groupe pour les prévenir qu'elle arrivait. Elle attrapa son sac à main et ferma la porte à clé derrière elle avant de descendre les escaliers.

Elle avait douté de cette décision une douzaine de fois depuis qu'elle avait donné son accord pour aller déjeuner, mais elle ne pouvait plus reculer maintenant. Elle sortit de l'immeuble et vit Remi, debout à côté de la Jeep.

— Salut ! dit-elle joyeusement à l'approche de Maggie.

— Salut, lui répondit Maggie.

Puis, à sa grande surprise, Remi avança et l'enlaça. Des larmes inattendues jaillirent de ses yeux. Ça remontait à quand, la dernière fois où on l'avait touchée avec gentillesse ? La dernière fois où on lui avait fait un câlin ? Des années.

— On s'est dit que *Hob Nob Hill* était parfait pour aujourd'hui. J'espère que ça te va ? demanda Remi quand elle se recula.

Maggie haussa les épaules.

— Je ne mange pas souvent à l'extérieur. Je suis sûre que c'est très bien.

— C'est plus que bien ! s'exclama la femme au volant de la Jeep. Je suis Wren, au fait. Et c'est génial. De bons petits plats à la cool sans une atmosphère prétentieuse. Mon plat préféré, c'est le Iowa Porker ; c'est un énorme sandwich au filet de porc frit. Je n'arrive jamais à tout manger, mais Bo s'en fiche car il prend les restes.

Maggie ne put s'empêcher de sourire à cela. Elle grimpa sur la banquette arrière à côté de Remi.

— Je suis Josie. Ravie de te rencontrer.

— De même, répondit Maggie.

La conversation en route vers le restaurant était détendue et Maggie était soulagée de ne pas avoir à beaucoup y participer. Les trois femmes semblaient sincèrement s'aimer les unes les autres et elle avait l'impression qu'elles ne s'étaient pas vues depuis longtemps. Elle en fit la remarque et fut surprise que cela fasse rire Remi.

— J'ai vu Wren il y a deux jours quand nous avons travaillé ensemble en matinée et Josie est passée hier soir et nous avons regardé un film.

— Oh, répondit Maggie. J'ai juste cru... on dirait que vous ne vous étiez pas parlé depuis un moment.

— Nous sommes juste comme ça quand nous sommes ensemble, dit Josie en souriant. Seules, nous sommes toutes plutôt timides, crois-le ou non. Mais quand nous sommes réunies, c'est comme si nous étions des personnes différentes. Sociables et bavardes.

Tout le monde pouffa et même Maggie se joignit à elles. Elle pouvait le comprendre. Autrefois, elle était pareille. Réservée lorsqu'elle était entourée d'inconnus, mais elle sortait de sa coquille quand elle était en compagnie de gens qu'elle connaissait et appréciait. Mais la vie l'avait changée. Aujourd'hui, elle se sentait spectatrice. Consciente au fond d'elle que si les gens savaient qui elle était, de quoi elle avait été accusée, où elle avait passé les deux dernières années de sa vie, ils lui tourneraient le dos. Elle avait l'impression d'être sale. Même si elle n'avait pas commis ce dont on l'avait accusée, la sensation demeurait.

Wren s'arrêta à l'extérieur du petit restaurant dans le centre de Riverton et annonça qu'elle reviendrait juste après s'être garée. Elles entrèrent et furent immédiatement installées dans un box. L'intérieur du restaurant était original et cool, ce qui était un soulagement pour Maggie puisqu'elle portait un jean et un tee-shirt.

Wren les rejoignit et après une courte discussion concernant les choix du menu, elles passèrent commande auprès de la serveuse. Maggie s'inquiétait un peu des prix puisqu'ils n'étaient pas tout à fait abordables, mais elle décida de s'en moquer. Elle méritait ce petit moment de bonheur. Elle se soucierait de son prochain repas plus tard.

— Alors, dit Josie, une fois les boissons apportées par la serveuse. Sur une échelle de un à dix, à quel point les mecs se sont montrés dominants hier ?

Maggie afficha une moue amusée.

— Ils n'ont pas été si méchants...

Les trois femmes levèrent les yeux au ciel.

— C'est ça. Ils peuvent être intimidants quand ils le veulent. Je pense que c'est dans leurs gènes de SEAL ou un truc du genre.

— Je suis vraiment désolée d'avoir participé à leur guet-apens, dit Remi. Je savais que Vincent se faisait du souci pour cette femme de la Navy qu'il connaît, mais je n'avais pas compris qu'il allait amener Preacher et Smiley avec lui pour en découdre avec toi.

— Ça va, répondit Maggie.

— Non, ça ne va pas... Mais je suis soulagée que les choses se soient arrangées. Comment tu connais Adina ?

La conversation était facile et fluide. Maggie se détendit, le sujet concernant son incarcération ne se présentant pas. Elle pouvait prétendre être une femme normale, sortie déjeuner avec ses amies.

On leur amena leurs repas et les yeux de Maggie s'agrandirent devant la taille des portions.

— Pas étonnant que les Américains soient en surpoids, hein ? commenta Wren en rigolant.

Maggie avait choisi un sandwich Reuben et les frites débordaient réellement de son assiette. Le sandwich Iowa Porker que Remi avait commandé était pareil, excepté que c'était le filet de porc pané et frit qui dépassait du pain *et* de l'assiette. Le BLT que Wren avait pris était si épais qu'elle n'allait pas réussir à ouvrir suffisamment grand la bouche. Et la salade Cobb de Josie était aussi grande que sa tête.

Au moins, le problème quant à ce qu'elle allait manger au dîner ou au déjeuner demain était résolu. Elle aurait assez de restes pour encore un repas. Peut-être deux. Et la bouffe était délicieuse. Certainement parce que tout ce qu'elle avait mangé pendant des semaines était du ramen et des hot-dogs, mais quand même.

Entre deux bouchées, Wren dit :

— J'ai appris que tu reviendras dans le coin plus tard dans l'après-midi pour parler à Julie.

Maggie la regarda fixement.

— Tu ne savais pas que Preacher t'emmenait à un entretien avec elle plus tard ? demanda Remi.

— Euh oui, je savais qu'il avait parlé à quelqu'un pour que je trouve un boulot, mais je ne connais pas les détails, admit Maggie, se sentant un peu stupide de ne pas avoir posé plus de questions.

— Julie est géniale. Elle est mariée à un ancien commandant du SEAL. Elle possède cet incroyable magasin de seconde main ici, dans le centre de Riverton. Elle aide les lycéens à avoir des tenues habillées à prix coûtant ou gratuitement pour leurs danses, tout ça, tout comme des vêtements plus décontractés à ceux qui en ont besoin. Elle m'a vraiment aidée quand je suis arrivée en ville, expliqua Wren.

— Moi aussi, dit Josie.

Les commentaires de Shawn sur les vêtements avaient davantage de sens maintenant. Mais apprendre avec qui se passait son entretien et pour quel genre de boulot n'aida pas Maggie à se relaxer.

— Je ne connais rien à la mode, admit-elle d'une petite voix. Mais aucune des filles ne parut s'en inquiéter.

— Oh, peu importe, dit Remi avec un geste de la main désinvolte.

— Ça n'a pas d'importance, insista Wren en voyant la moue sceptique sur le visage de Maggie. Julie n'a pas toujours eu la vie facile. Elle est la fille d'un ancien sénateur et a été élevée avec une cuillère en argent dans la bouche. Mais c'est quand elle a été kidnappée et emmenée vers le sud de la frontière pour devenir esclave sexuelle qu'elle a compris qu'il y avait plus important dans la vie que du thé avec des *crumpets*.

— Des *crumpets* ? demanda Josie en riant. Mais qu'est-ce que c'est ?

— Je n'en ai aucune idée, avoua Wren.

— Je ne sais pas non plus, mais j'ai désormais une idée

géniale pour un dessin de Pecky. Il se fait des amis avec une *crumpet* et n'a aucune idée de ce que c'est, dit Remi.

Tout le monde rit, mais Maggie continuait de se tracasser pour l'entretien qu'elle aurait plus tard avec cette Julie.

Remi se pencha et posa une main sur le bras de Maggie. Là encore, c'était étrange d'être touchée d'une façon amicale et non pas agrippée par un gardien ou une autre prisonnière.

— Julie est super. Comme le sont tous ses amis que, je suis sûre, tu rencontreras tôt ou tard. Caroline et les autres sont les femmes d'anciens SEAL. Nous avons tant appris d'elles ! Et de savoir qu'elles ont réussi, forment de belles relations et familles avec des hommes qui ont fait la même chose que ce que font nos petits amis ? C'est rassurant.

— Alors... Preacher, hein ? dit Wren.

Maggie la regarda, les sourcils froncés.

— Toi et Preacher ? clarifia Wren.

Elle fit rapidement non de la tête.

— Oh, non. Je ne l'ai vu qu'une fois.

— Et pourtant, il a fait en sorte que ta voiture soit réparée, nous a donné ton numéro et a proposé ce travail avec Julie..., dit Wren en laissant sa phrase en suspens, de manière suggestive.

Mais Maggie secoua de nouveau la tête, s'exprimant plus fermement cette fois.

— Non. Ce n'est pas comme ça. Je n'ai rencontré cet homme qu'hier. Je ne sais rien de lui. Il ne s'agit pas de ça. *Du tout*. Je ne cherche pas de copain. Il ne s'intéresse même pas à moi de cette façon...

Elle semblait protester un peu trop, mais la dernière chose qu'elle souhaitait, c'était que ces femmes pensent qu'il pourrait y avoir quelque chose entre leur ami et elle.

Peut-être était-ce pour cela qu'elles l'avaient invitée

aujourd'hui... Car elles supposaient qu'il se passait un truc entre Shawn et elle ?

La désillusion la heurta de plein fouet. *Bien entendu* qu'il y avait un piège dans cette invitation à déjeuner.

— Preacher est différent, dit Remi d'un air songeur. Ça reste un dur à cuire comme tous les gars de la bande. Mais il est... réservé. Il ne drague pas. Ne va pas dans les bars pour cueillir des nanas. De ce que Vincent m'a dit, il n'a même jamais eu de petite copine. Alors pour qu'il ait pris l'initiative de t'aider... ça veut dire quelque chose.

Maggie n'était pas intéressée par la vie amoureuse de Shawn, ou de son inexistence.

— Tu ne comprends pas. Dès que je le pourrai, je quitterai la Californie. Je ne cherche aucune relation.

Wren et Josie s'adossèrent toutes les deux dans le box, l'air surprises et... déçues.

Merde. Maggie n'avait pas voulu insinuer qu'elle ne voulait pas de leur amitié, mais c'était apparemment exactement ce qu'elle avait fait.

— Oh, on comprend, dit Remi, désignant les deux autres filles. Aucune de nous ne souhaitait de relation non plus quand nous avons rencontré nos mecs. J'ai fait la connaissance de Vincent alors que nous étions échoués à des kilomètres des côtes d'Hawaï. Nous avions été laissés pour morts dans l'océan. Le *dernier* truc que j'avais en tête, c'était d'avoir une relation avec le gars qui était coincé avec moi. Quant à Josie..., continua-t-elle avant de marquer une pause et de tendre la main pour presser la sienne. On l'a laissée pourrir dans une prison iranienne et Blink a été traîné dans la cellule à côté de la sienne, en tant que prisonnier de guerre.

— Crois-moi, aucune de nous ne s'attendait ou ne cherchait une quelconque relation non plus. Nous essayions simplement de survivre. Mais voilà le truc : parfois, la chose dont tu as pile besoin se pointe quand tu t'y attends le moins. Tu ignorais peut-être avoir besoin de quelqu'un à tes côtés, mais soudain, voilà qu'il est là, et soudain, tu n'arrives pas à imaginer vivre un jour de plus sans lui.

Maggie peina à déglutir. Elle se sentait très mal pour ces filles. Elle s'était lamentée de se retrouver en prison, mais ce que Wren, Josie et Remi avaient traversé semblait tellement pire.

— Je suis navrée, murmura-t-elle.

— Non, ne le sois pas, lui dit Wren. Preacher et toi pourriez ne rien être d'autre que des amis. Mais qui n'a pas besoin d'amis supplémentaires ?

Elle avait raison. Maggie s'était tant souciée de maintenir Shawn à distance qu'elle n'avait pas pensé au fait qu'il pourrait être un ami. Et voilà où elle en était aujourd'hui : elle déjeunait avec des femmes qu'elle n'avait jamais rencontrées et qu'elle appréciait pourtant réellement. Qui pouvait dire qu'elle ne finirait pas par ressentir la même chose pour Shawn ? Avoir d'autres personnes à ses côtés lui serait sans doute utile.

Le fait qu'il soit dans la Navy était dur à ignorer, mais les chances pour que Shawn et Roman se connaissent étaient minces... Elle l'espérait.

— Vous avez raison, dit-elle, faisant de son mieux pour sourire et rassurer les autres.

— Évidemment qu'on a raison ! dit Remi avec un sourire en coin.

Le téléphone de Maggie vibra dans son sac à la hanche et comme elle pensait qu'il s'agissait de Shawn – il était peu probable que ce soit quelqu'un d'autre puisque les seules autres personnes ayant son numéro en dehors d'Adina et de son agent de probation étaient assises à table avec elle , elle ouvrit son sac pour voir qui l'appelait.

C'était un numéro inconnu.

— Ça vous ennuie si je prends cet appel ? demanda Maggie.

Si c'était son agent de probation, elle ne pouvait se permettre d'ignorer l'appel. Et si c'était quelqu'un qui la contactait pour une course, elle devait lui dire qu'elle ne travaillait pas pour le moment.

— Bien sûr que non.

— Vas-y.

— Non.

Appuyant sur le bouton vert, Maggie porta le mobile à son oreille.

— Allô ?

— J'ai su que tu étais sortie. Félicitations. Si tu dis quoi que ce soit sur moi à quelqu'un, tu le regretteras. Si tu essaies encore de me reprocher ce qui s'est passé, tu découvriras à quel point tu n'es qu'un pion. Boucle-la, salope.

Puis la ligne coupa.

Maggie se sentit mal.

— Est-ce que tu vas bien ? Tu es pâle comme un linge, dit Remi, inquiète.

Comment Roman avait-il eu son nouveau numéro ? Elle avait bloqué son numéro de portable juste au cas où, celui qu'elle avait d'avant... et il était maintenant évident qu'il gardait un œil sur elle. Il attendait sûrement le jour de sa libération pour pouvoir la menacer. Comment avait-elle pu croire aimer ce type, c'était un vrai mystère. Il n'était rien d'autre qu'un tyran. Un enfoiré avec du pouvoir.

— Je vais bien, murmura Maggie, se sentant tout sauf bien.

— Non, tu ne vas pas bien, répondit Remi, Josie faisant signe à leur serveuse.

— Je vais aller chercher la voiture, annonça Wren.

— Non, je vais bien, insista Maggie, mais les trois femmes ignorèrent ses protestations.

Et en vérité, elle allait tout *sauf* bien.

Avec un seul appel, Roman avait dit clairement qu'elle ne serait jamais libérée de lui. Qu'à tout moment, il pouvait faire un truc qui la renverrait derrière les barreaux. Il pouvait placer des drogues dans sa voiture, dans son appartement, puis contacter son agent de probation. Elle ne serait pas en sécurité avant d'avoir quitté cet État, de le laisser, *lui*, loin derrière elle.

Et peut-être que même alors…

Avant de s'en rendre compte, Remi avait réglé leurs repas, ignorant Maggie qui protestait qu'elle pouvait payer son propre sandwich. Josie avait demandé à la serveuse d'emballer leurs restes et Wren les attendait sur le trottoir à leur sortie du restaurant.

Elles étaient à mi-chemin de l'appartement de Maggie quand son téléphone se remit à sonner. La terreur surgit en elle, mais elle le sortit et scruta l'écran.

Elle cligna des yeux en voyant qui l'appelait.

Shawn.

Le soulagement qu'elle ressentit fut immense et immédiat.

— Allô ?

— Est-ce que tu vas bien ? Remi m'a envoyé un message et dit que tu avais reçu un appel qui t'avait fait flipper.

Le regard de Maggie se posa sur Remi. Elle semblait légèrement embarrassée et haussa les épaules pour s'excuser.

— Maggie ? résonna la voix impatiente de Shawn dans son oreille.

— Je vais bien.

— Tu es sûre ? Tu veux reporter l'entretien d'aujourd'hui ?

— À ce propos… Je ne suis pas sûre d'en savoir suffisamment pour bosser dans un magasin de vêtements. Je suis plutôt du genre scientifique.

— J'ai parlé à plusieurs personnes. Caroline est pharmacienne et elle était encline à voir si elle pouvait t'aider à être embauchée dans sa société, mais après lui avoir parlé, nous avons pensé que Julie conviendrait mieux. Si tu ne veux vraiment pas l'envisager, je trouverai autre chose.

À présent, Maggie se sentait mal.

— Non, c'est bon. J'irai au moins lui parler.

— Bien. Et maintenant, dois-tu reporter ?

Il se montrait vraiment... gentil.

— Non, ça ira.

— Bien. D'accord. On m'a dit que quand une femme disait que ça allait, ça n'allait pas vraiment.

Elle fut elle-même surprise de se mettre à glousser.

— C'est sans doute vrai, mais dans ce cas, je le pense.

— Okay. Je vais dire un truc et ça aura sans doute l'air d'une connerie ou d'une réplique, mais je suis sérieux. Tu peux me parler, Maggie. Je sais qu'on vient de se rencontrer, mais si je peux faire quoi que ce soit pour t'aider, tu dois juste le dire. Et si tu n'es pas à l'aise pour me parler, il y a trois femmes dans cette voiture avec toi qui ont vécu l'enfer et peuvent comprendre *tout* ce que tu traverses.

Maggie n'était pas sûre de ça... Elles avaient des copains qui les soutenaient, qui les protégeraient avec tout ce qu'ils avaient, elle en avait l'intuition. Il suffisait de voir comment le petit ami de Remi avait agi en découvrant que Maggie empruntait le nom et le compte de covoiturage d'Adina. Il ne sortait même pas avec Adina et il avait fait son possible pour s'assurer que Maggie ne volait pas cette femme en cachette.

Sa situation n'avait rien à voir avec ce que ces femmes avaient visiblement vécu. Elles n'avaient pas quelqu'un à leurs trousses qui n'hésiterait pas à mettre un innocent en prison pour se protéger.

— Okay, dit-elle tardivement.

Elle entendit Shawn soupirer et elle se sentit de nouveau mal.

— Je serai là vers 15 h. Avec de la chance, j'aurai des

nouvelles de ta voiture d'ici deux heures. Envoie un message si tu changes d'avis pour l'entretien.

— Je le ferai. Shawn ?

— Ouais ?

— Merci.

Elle ne savait pas trop pourquoi elle le remerciait, mais elle ne fut pas surprise de l'entendre répondre simplement :

— De rien. À plus tard.

— Tu es fâchée ? lui demanda Remi dès que Maggie eut raccroché. Parce que je l'ai prévenu pour l'appel ?

L'était-elle ? Curieusement, Maggie réalisa que non.

— Non.

— Tant mieux. Tu veux en parler ?

— Pas vraiment.

— Très bien. Mais nous sommes là si tu le désires. Nous sommes peut-être insouciantes et un peu étranges, mais nous savons écouter. Et nous avons des mecs *badass* que nous pouvons lâcher sur quelqu'un si c'est nécessaire.

Maggie ne put faire autrement que rire. Roman Robertson n'était pas un sujet de plaisanterie et pourtant elle le faisait. La chose qu'elle ne ferait jamais serait de mettre l'un des SEAL proches de ces femmes dans le viseur de Roman. Elle ne savait pas exactement quel était son boulot dans la Navy, mais il avait mentionné son grade à Maggie quand ils s'étaient vus pour la première fois, ce qui n'avait rien signifié pour elle. Elle avait dû rechercher sur Google les grades militaires pour voir où il se situait dans la hiérarchie. Elle ne se souvenait plus de son rang, mais elle avait en mémoire qu'il était assez haut placé.

— Merci, dit-elle à Remi.

Le reste de la route jusqu'à chez elle fut moins tendu et Maggie était vraiment triste de dire au revoir au trio. Elles se promirent de rester en contact et des invitations pour de futurs déjeuners et soirée films furent promises.

Quand Maggie déverrouilla la porte de son appartement quelques minutes après avoir fait signe aux filles, elle se sentait bien plus légère qu'après le coup de fil de Roman. Plus humaine. Moins comme un monstre enfermé depuis si longtemps. Elle se voyait comme une graine perçant la terre au printemps après une longue hibernation en hiver. C'était super niais mais approprié.

Sa vie était compliquée. Avec son manque d'argent, la voiture au garage, la réapparition de Roman dans sa vie et ses menaces, l'amitié naissante avec Remi, Wren et Josie... et Shawn.

Elle ne savait toujours pas quoi penser de lui. Elle ne connaissait pas cet homme, pas du tout, et pourtant, elle lui avait quand même permis de s'occuper de la voiture d'Adina, de lui trouver un job, et il avait pris la liberté de donner son numéro à des femmes, sachant qu'elles la prendraient sous leurs ailes. Il était curieux qu'elle se sente peu inquiète en ce moment, étant donné l'ampleur du contrôle qu'elle avait accordée à un inconnu.

Maggie supposait qu'elle aurait le temps plus tard dans la journée pour en découvrir plus sur lui.

Elle percuta qu'elle serait seule dans la voiture avec lui. Il pourrait vraiment faire n'importe quoi, la conduire n'importe où. Mais là encore, elle avait également été seule avec lui la veille au soir et chaque jour où elle acceptait un client sur une application de covoiturage, elle risquait sa sécurité.

S'il fallait faire un choix entre faire confiance à Shawn ou un inconnu, elle devait admettre... qu'elle choisirait Shawn chaque fois.

C'était cette pensée qui surprenait vraiment Maggie. Qu'est-ce qui, chez lui, lui donnait envie de balancer toutes ses convictions quant à ne plus jamais faire confiance à un homme ?

Elle n'en avait aucune idée. Mais c'était effrayant.

En poussant un soupir, Maggie mit les restes dans le frigo et sortit l'argent de son porte-monnaie pour le compter, tâchant de faire mentalement une liste de ce dont elle avait besoin pour se maintenir à flot pour le reste du mois. Elle y arriverait... à peine. Dans sa vie d'avant, elle avait eu un solde positif sur son compte en banque, avait été une pharmacienne respectée avec très peu de soucis.

C'était fou comme la vie pouvait changer en un instant. Le temps dirait si le fait de s'ouvrir à Shawn et aux filles se retournerait contre elle. Pour la première fois depuis très longtemps... elle avait un soupçon d'espoir.

5

Preacher n'était pas sûr que ce soit une bonne idée. Aider Maggie à avoir un travail ? Oui. Se mêler de sa vie ? Non.

Mais il ne pouvait faire autrement. Il y avait quelque chose chez elle qui le rendait peu disposé à rester à l'écart. Flash avait proposé de l'emmener à *My Sister's Closet* pour son entretien avec Julie, mais il n'avait fallu que deux demi-secondes à Preacher pour décliner.

Il voulait passer du temps avec Maggie. Apprendre à la connaître. Il s'était pris d'affection pour elle en moins de vingt-quatre heures et même s'il était conscient que cela risquait de lui briser le cœur, Preacher faisait son possible pour avoir des occasions de la revoir.

Cette femme avait elle-même annoncé qu'elle quitterait la Californie dès qu'elle le pourrait. Elle s'était brûlée auprès d'un homme – pas juste brûlée, carbonisée. Mais le fait que Remi lui avait envoyé un message durant le déjeuner car elle se faisait du souci pour Maggie indiquait à Preacher qu'elle était spéciale. Remi avait le cœur tendre alors si elle n'aimait pas Maggie, elle n'aurait pas réussi à ce qu'il s'intéresse à elle.

Il y avait un tas de trucs dans la situation de Maggie avec son ex qui l'inquiétait... Le plus important était de ne pas connaître son nom. Il pouvait toujours contacter Tex et voir ce que le génie de l'informatique pouvait déterrer sur cet homme. S'il était prêt à jeter sa petite amie sous les roues d'un bus et la faire condamner pour transport de drogue, impossible de dire ce qu'il avait fait d'autre... ou pourrait encore faire.

Mais il fallait commencer par le commencement. Maggie avait besoin d'un travail et Julie désirait la rencontrer. Les dons comme les clients avaient augmenté dans sa boutique de vêtements de seconde main et elle avait dit qu'elle accueillerait volontiers une paire de mains en plus pour l'aider.

Après être entré sur le parking de l'appartement de Maggie, il lui envoya un message pour la prévenir qu'il était arrivé. Preacher aurait préféré aller jusqu'à sa porte et l'accompagner pour descendre, mais ses problèmes de confiance l'avaient empêchée de lui communiquer le numéro de son logement. Ce qui était intelligent.

En guise de compromis, il se tint à la portière passager, attendant que Maggie le rejoigne. Ce qui ne fut pas long.

La veille, il avait été trop préoccupé par l'envie de découvrir qui elle était et pourquoi elle utilisait la voiture et les données d'Adina pour conduire les gens pour intégrer d'autres infos. Aujourd'hui, ses yeux parcouraient le corps de Maggie de la tête aux pieds, l'étudiant attentivement. Elle était un peu plus petite que son mètre quatre-vingt-dix, peut-être un mètre soixante ou soixante-dix. Elle était probablement dans le milieu de sa trentaine, comme lui. Elle avait des cheveux noirs brillants qui, comme hier, étaient tirés en queue de cheval sur sa nuque et qui se balançait de gauche à droite tandis qu'elle marchait vers lui.

Elle portait un jean qui moulait ses jambes harmonieuses... et bien qu'il se détestait de l'avoir remarqué, la taille de ses seins dépassait largement celle de ses mains. Le tee-shirt qu'elle avait revêtu soulignait sa silhouette tout en la couvrant entièrement. D'autres trouveraient qu'elle avait un visage ordinaire, mais aux yeux de Preacher, il n'y avait rien d'*ordinaire* chez elle. Elle avait l'air en forme.

Et actuellement, elle paraissait ne se soucier de rien au monde. Ce qui rendait encore plus vrai le vieux diction disant qu'on ne pouvait savoir ce qu'une personne vivait en se fiant à son apparence.

— Hé, dit Preacher quand elle s'approcha.

Il luttait pour repousser ses pensées concernant son visage... et à quel point il mourait soudain d'envie de voir ce qu'il y avait sous ses vêtements.

— Salut, lui répondit Maggie.

Elle s'arrêta à presque deux mètres de lui pour simplement le regarder.

— Quoi ? lui demanda-t-il, troublé par la façon dont elle l'observait.

— Rien. Tu as juste... l'air différent sans ton uniforme.

Preacher se détendit et ricana.

— Les tenues de camouflage ne me dérangent pas, mais puisque je les porte vingt-quatre heures sur vingt-quatre et sept jours sur sept en mission, j'essaie de mettre des vêtements de civil quand je peux. Tu es prête ?

Elle opina du chef tout en répondant « non ».

Preacher avait la main posée sur la poignée de la portière mais hésita en entendant sa réponse.

— Tu as changé d'avis ?

— Non. Oui. Je ne sais pas.

Il ne put faire autrement que rire légèrement.

— C'était aussi clair que de la boue.

Elle le regarda, gênée.

— C'est juste que... il me faut un job. Je n'aime pas prendre le compte Uber d'Adina car ça pourrait me renvoyer direct en prison, mais tout ça semble... Je ne sais pas... trop beau pour être vrai ?

Preacher fit de son mieux pour avoir l'air détendu. Imaginer cette femme enfermée à nouveau lui semblait *mal*.

— Ce n'est pas par pitié, lui dit-il. Tu obtiendras les fruits de ton travail. Julie est un ange mais elle travaille très dur et s'attend à ce que tous ceux qui bossent pour elle fassent de même. D'après ce que j'ai compris, c'est extrêmement gratifiant de voir des femmes et des filles trouver la robe parfaite ou la tenue qu'elles recherchent pour une raison particulière ou de procurer à une famille qui a tout perdu dans un incendie ce dont elle a besoin en matière de vêtements dans l'immédiat, ou de participer à des collectes de fonds et d'en ressortir avec un gros paquet de fric... mais c'est un travail difficile. Si tu acceptes ce boulot, tu ne resteras pas le cul assis toute la journée. Tu feras le tri dans les vêtements collectés, tu te rendras dans des écoles pour donner des présentations et tu géreras les clients classiques qui viendront au magasin.

— Waouh... drôle de façon de rendre le boulot attrayant, dit Maggie en riant.

Mais Preacher ne fit pas même l'once d'un sourire.

— Je suis sûr que certains jours, c'est le merdier. Mais les jours où tu vois une fille qui n'a jamais eu les moyens de s'acheter un truc aussi simple que des nouveaux vêtements se trouver jolie, quand elle essaie une robe de créateur pour la première fois, c'est là, la vraie récompense.

Maggie inclina la tête tout en croisant son regard.

— C'est ce que tu ressens ? Dans ton travail ? Enfin, je sais que tu n'es pas créateur de mode, cependant je suis certaine que certaines journées sont affreuses mais que la satisfaction que tu ressens quand tu voles au secours de gens innocents ou quand tu élimines un horrible terroriste qui veut faire le plus de victimes possible est bouleversante.

Preacher cligna des yeux sous la surprise. Elle n'avait pas tort. Pas du tout.

— Ouais, répondit-il en hochant légèrement la tête.

— Okay. Faisons-le. Je ne sais toujours pas si je serai douée pour ce truc de vêtements. Je n'ai absolument aucun sens de la mode, je ne saurais différencier une robe de Walmart d'une robe de Louis Vuitton, mais je n'ai pas peur de travailler dur.

Preacher était fier de cette femme. Elle n'avait pas l'air du genre hystérique ou encline aux dramas. Elle faisait ce qui devait être fait et n'attendait pas une gentille tape sur la tête pour ça. Il ouvrit la portière de la voiture et désigna le siège.

— Votre carrosse, madame.

Maggie gloussa et s'avança.

C'est alors que quelque chose se déclencha chez Preacher. Une folle envie d'être toujours là pour cette femme, même dans plusieurs années. Lui ouvrir la portière juste avant qu'ils ne partent à l'aventure ou quelque chose du genre.

C'était absolument improbable, mais soudain, il sut : Maggie était la femme qu'il avait cherchée toute sa vie.

Tout aussi soudainement, il comprit également que la convaincre de lui accorder une chance serait la chose la plus difficile qu'il aurait jamais faite. Mais elle en valait la peine.

Il n'était pas un idiot. Il savait sans aucun doute que les chances pour qu'elle baisse suffisamment sa garde afin de le laisser approcher étaient extrêmement minces. Et pourquoi le choisirait-elle *lui* alors qu'il y avait tant d'autres hommes plus expérimentés, avec des boulots plus sûrs et qui avaient meilleure allure ?

Même s'il y avait un très petit pourcentage de chance qu'elle songe seulement à sortir avec lui – oublions la décision de passer le reste de sa vie avec lui –, Preacher ferait tout ce qu'il pourrait pour lui montrer qu'il faisait partie des gars gentils. Il n'était pas comme son dégonflé d'ex. Il ne la laisserait jamais endosser la responsabilité d'une chose qu'il aurait commise. Elle avait besoin de quelqu'un qui la défende, qui soit à ses côtés et même devant elle parfois.

Et il voulait être cet homme.

D'instinct, Preacher savait qu'il était fait pour elle.

Il claqua la portière et ferma les yeux un moment. L'idée écrasante du périple qu'il avait devant le fit presque changer d'avis... Mais il ne reculerait jamais face au défi. Face à quelque chose qui l'effrayait. Et Maggie Lionetti le terrifiait complètement. Elle pourrait bien être tout ce qu'il avait toujours voulu et en un seul faux mouvement, il suffirait d'un seul faux pas pour la perdre avant même de l'avoir conquise.

Ouvrant les paupières, il fit le tour de sa pratique Chevy Malibu couleur bleu nuit et espérait vraiment que tout se passerait très bien avec Julie aujourd'hui. Permettre à Maggie de devenir plus autonome, consolider son estime d'elle était la première étape pour l'aider à se remettre debout. Il pouvait attendre de la courtiser jusqu'à ce qu'elle se sente plus forte d'elle-même. Peut-être.

* * *

Maggie serra la main de Julie et lui retourna son grand sourire. C'était en train d'arriver ! Elle avait été sceptique au sujet de ce poste... jusqu'à ce qu'elle parle avec la propriétaire de l'adorable boutique. De l'extérieur, le magasin semblait haut de gamme, luxueux, contraire à un endroit où Maggie voudrait travailler. Mais à cheval donné, on ne regardait pas les dents et elle avait déjà décidé qu'elle n'avait pas d'autre choix que d'accepter ce travail.

Ensuite, Julie l'avait emmenée à l'arrière du magasin et

Maggie avait pu se faire une idée du chaos là derrière... elle avait un peu plus compris pourquoi Julie avait besoin d'aide. Il y avait des sacs de vêtements *partout*. Et bien d'autres encore étaient suspendus à des cintres dans les moindres recoins du lieu. Alors que Julie expliquait comment fonctionnaient les choses – les dons, les requêtes pour des vêtements de la Croix-Rouge et autres organismes, les dons hebdomadaires aux foyers pour sans-abri et les visites dans les lycées avec des robes pour que les filles en choisissent – la clochette devant la porte d'entrée tintait régulièrement et elle avait dû saluer tous ceux qui venaient explorer le magasin ou acheter.

Cette femme avait *clairement* besoin d'aide.

Mais ce qui impressionnait Maggie le plus, c'était la sérénité dont Julie semblait faire preuve. Elle avait besoin et souhaitait de l'aide, mais elle avait été claire sur le fait que travailler là ne serait pas un travail intense. Elle-même rentrait chez elle à 17 h tous les jours. Passer du temps avec son époux était plus important que le reste. Et d'après le peu que Maggie savait sur l'histoire de cette femme, elle n'en était pas surprise. Comme Remi, Wren et Josie, Julie avait eu son propre trauma et avait appris par la manière forte ce qui était essentiel dans la vie : les amis et la famille. Et non pas travailler une centaine d'heures par semaine.

Quand elles eurent terminé de discuter, une heure et demie s'était écoulée. Elle avait davantage eu l'impression de passer un moment avec une bonne amie plutôt que d'avoir eu un entretien. Maggie était impatiente de commencer. La paye était légèrement en dessous de ce qu'elle gagnait avant de se faire arrêter, mais carrément au-dessus de ce qu'elle obtenait en jouant au chauffeur pour des clients. Et le truc chouette, c'était que c'était légal à cent pour cent, ce qui était un soulagement.

Quand Maggie avait abordé le fait qu'elle était une reprise de justice, Julie n'avait pas paru s'en soucier.

— Tu comptes me voler ? avait-elle simplement demandé.

Maggie avait répondu fermement par la négative et c'était tout.

Ça semblait trop beau pour être vrai, mais elle essayait de repousser cette pensée négative au fond de son esprit.

— Tu veux envoyer un message à Preacher et lui dire qu'on en a terminé ? demanda Julie quand elles revinrent dans la zone principale du magasin, après s'être serré la main et mises d'accord pour que Maggie commence à travailler dans quelques jours, quand elle aurait retrouvé sa voiture et qu'elle aurait un moyen de transport fiable.

— Oh, je ne veux pas l'embêter chez lui. Je peux prendre un Uber.

— Il n'est pas chez lui, dit Julie, apparemment confuse. Je suis quasi certaine qu'il est en bas de la rue, dans la petite librairie.

— Mais je lui ai dit qu'il pouvait s'en aller...

Julie pouffa.

— Tu apprendras une chose sur les Navy SEAL... Ils ne font généralement jamais ce que tu penses qu'ils font. Ils font ce qu'ils estiment juste. Chaque fois.

Maggie avait du mal à se faire à cette idée. De toute évidence, elle avait fréquenté les mauvaises personnes bien trop longtemps. Elle sortit son portable de son sac à main et envoya un message à Shawn.

Tandis qu'elle discutait avec Julie de sujets légers, Shawn franchit la porte et la clochette tinta quand il entra.

— Alors ? demanda-t-il, l'air anxieux.

— Preacher, je te présente la nouvelle employée de *My Sister's Closet*, annonça Julie avec un grand sourire.

— Super ! répondit-il et Maggie put voir ses épaules se détendre visiblement.

S'était-il vraiment inquiété à ce point ? Et s'inquiétait-il que Julie ne veuille pas l'embaucher ou d'autre chose ?

Elle n'eut pas à réfléchir là-dessus longtemps, car Julie dit :

— Dis donc, tu es à ce point soulagé parce que je l'ai engagée ou parce qu'elle a accepté ?

Shawn haussa les épaules.

— Je ne doutais pas que Maggie serait parfaite lors de l'entretien ou que tu serais enchantée d'avoir de l'aide. Mais parfois, ça ne colle pas entre les gens.

— Ça a collé, le rassura Julie. N'est-ce pas, Maggie ?

— C'est vrai.

Et elle s'étonna de découvrir qu'elle ne mentait pas. Elle appréciait Julie. Elle était pragmatique et ce qu'elle faisait pour les autres avec son magasin était inspirant.

— Il est tard. Tu vas l'emmener manger quelque part, n'est-ce pas ? demanda Julie.

Maggie ouvrit la bouche pour protester, mais Shawn la devança.

— Bien sûr.

Puis il s'avança et se pencha pour embrasser Julie sur la joue.

— Merci, Julie. Tu es la meilleure.

Elle leva les yeux au ciel.

— C'est moi qui devrais *te* remercier d'avoir amené Maggie ici.

— Et je crois que c'est moi qui devrais vous remercier tous les *deux*, contra Maggie.

— On verra si tu penses toujours ça après ton premier service, dit Julie en souriant. Allez, ouste. On se voit plus tard. Envoie-moi un message s'il y a du changement et que tu dois commencer plus tard que ce qu'on a décidé. Contrairement à ce que ça a l'air ici, je suis vraiment souple. Si tu dois modifier les horaires ou quoi que ce soit, on peut trouver une solution.

Les choses semblaient *vraiment* trop belles pour être vraies.

— C'est gentil.

— Et j'apprécie ta volonté de travailler dur. On se reparle plus tard.

Maggie fit signe à Julie, elle sentait le bout des doigts de Shawn dans le bas de son dos, et ils marchèrent jusqu'à la porte.

Si quelqu'un d'autre avait osé la toucher alors qu'il la connaissait seulement depuis la veille, Maggie lui aurait dit de garder les mains dans les poches. Mais curieusement, que Shawn la touche ne la mettait pas mal à l'aise. Même le souvenir de la façon dont les gardiens de prison lui attrapaient le bras et le tordaient parfois dans son dos quand elle marchait ne lui fit pas changer d'avis concernant le fait de sentir Shawn derrière elle.

Une fois sur le trottoir, il se déplaça et se retrouva ainsi sur le côté le plus près de la route, tandis qu'ils se dirigeaient vers le parking où il s'était garé plus tôt.

— Tu étais vraiment à la librairie tout ce temps ? lui demanda Maggie.

Shawn haussa les épaules.

— Oui, globalement. Je me suis arrêté dans d'autres magasins pour flâner avant de me rendre à la librairie.

— Tu as trouvé quelque chose ?

À sa grande surprise, Maggie aurait juré voir le rouge lui monter progressivement de la nuque aux joues.

— C'est une librairie. Évidemment que j'ai trouvé quelque chose. Tu ne peux pas entrer là-dedans et en sortir sans avoir acheté un livre ou deux.

— Ça fait longtemps que je n'ai pas fait une folie de ce genre, mais j'avais l'habitude d'aller tout le temps à la librairie. Je devrais y retourner. Ça me manque de lire.

Ce n'était pas une chose que Maggie aurait avouée devant

un tas de gens. Mais là encore, Shawn la mettait à l'aise pour confier ce qu'elle n'aurait pas fait en temps normal. C'était déconcertant mais aussi... agréable.

— Tu veux y aller après avoir mangé ? Je crois qu'il y a une boutique non loin de ton appartement.

Maggie s'arrêta net et leva des yeux fixes sur l'homme à côté d'elle. De la part d'un tout autre mec, elle aurait pensé que cette proposition était le précurseur d'une autre. Mais elle était quasi sûre que Shawn était sincère.

— Quoi ? Qu'est-ce qui ne va pas ? demanda-t-il, scrutant autour d'eux à la recherche d'un quelconque danger qui l'aurait stoppée si brutalement sur le trottoir.

— Je ne coucherai pas avec toi, lâcha Maggie.

Elle le lui avait déjà dit, mais elle ressentait le besoin de le répéter... juste au cas où elle aurait tort quant à ses intentions.

Le regard inquiet de Shawn se transforma en autre chose. De l'irritation. De la déception.

C'était cette dernière qui rendait Maggie honteuse de s'être emportée.

— Je sais. Nous avons déjà abordé ce sujet, mais d'accord. Je vais y revenir. Cette idée ne m'a même pas traversé l'esprit. Je t'ai proposé de t'emmener à la librairie, car j'ai pensé que tu pourrais apprécier de faire un truc que tu n'as pas fait depuis un moment, à savoir avoir un nouveau livre. Je t'aurais emmenée à la librairie et t'aurais *acheté* quelque chose, mais je me suis dit que ça pourrait te froisser. Crois-le ou non, j'ai vécu ce que tu vis, Maggie. Pas exactement pareil évidemment, mais j'ai été suffisamment à sec pour n'être capable de me payer que des nouilles et, quand j'avais de la chance, de l'essence pour ma voiture. La dernière chose que je ferais maintenant, c'est de tenter de te séduire. Et honnêtement, je ne saurais pas comment faire, de toute manière.

— C'est ça, répondit sarcastiquement Maggie.

Elle essayait vraiment de ne pas se sentir mal pour la façon dont elle traitait cet homme. Il n'avait pas été autrement que formidable avec elle et elle se comportait comme une pétasse. Mais elle ne semblait pas pouvoir s'en empêcher. Ses boucliers s'étaient délabrés et elle avait désespérément besoin de les blinder pour éviter d'être de nouveau blessée.

— Tu es un Navy SEAL. Je suis sûre que les femmes se jettent sur toi tout le temps. Mais si tu crois que c'est ce qui se passera en m'aidant, tu dois encore y réfléchir. Je ne serai pas une coche en plus sur ton tableau de chasse.

— Il n'y a *pas* de coches, dit Shawn.

Maggie le fixa, ignorant ce qu'il voulait dire.

— Ouais. Si tu veux.

— Tu veux savoir pourquoi on m'appelle Preacher ? Le Pasteur ?

C'était bizarre qu'ils soient en train d'avoir cette conversation alors qu'ils se tenaient au milieu du trottoir, mais maintenant qu'elle était lancée, Maggie ne savait pas comment s'arrêter.

Il ne lui donna pas l'occasion de répondre.

— Au camp d'entraînement, quand on était de repos, tous les gars allaient dans les bars pour ramasser une nana. Je n'y suis jamais allé. Même pas une fois. Ce n'est pas mon truc. Ils ont commencé à m'appeler Preacher pour se moquer. Mais je m'en fichais. Déjà à l'époque et encore plus aujourd'hui. Quand je coucherai avec une femme, ce sera parce qu'elle est celle avec qui je voudrai passer le reste de ma vie. Pas parce qu'elle est bourrée et veut se vanter d'avoir couché avec un SEAL. Dis que je suis vieux jeu, ça ne m'embête pas. Je sais ce que je veux, c'est attendre de trouver la femme qui me convient.

Maggie hoqueta. Était-il en train de dire ce qu'elle *pensait* qu'il était en train de dire ?

— Quel âge as-tu ?

Il sourit.

— Trente-trois.

— Et tu…

La voix de Maggie mourut.

Elle n'allait pas demander. Non, ce n'était pas à elle de le faire et c'était impoli.

Mais il répondit à la question qu'elle n'osait pas formuler, par peur.

— Je te l'ai dit, j'attends. Alors tu n'as rien à craindre de moi quant à te forcer ou faire pression pour coucher.

Cet homme était *vierge* ?! C'était incroyable… Il était… *sublime*. Musclé. Séduisant. Beau, en fait. Mais ce qui était le plus important : il était gentil. Généreux. Sympa. Un super ami. Loyal. *Tous les adjectifs.*

Mais comment pouvait-il être vierge ?!

Shawn soupira.

— Ta réaction montre exactement pourquoi je ne confie pas ça à beaucoup de monde. Je ne vois juste pas l'intérêt de coucher juste pour coucher. J'ai des jouets alors je ne suis pas ignorant sur le fonctionnement de tout ça. Et ma libido est saine. C'est juste que je m'en charge moi-même en général. Je ne dépends pas des femmes pour satisfaire mes besoins. Je veux une connexion avec quelqu'un avant de partager une chose aussi intime que le sexe.

Plus il parlait, plus Maggie était estomaquée. Et plus elle était intéressée. C'était ironique quelque part que le fait qu'il lui avoue être vierge le rende *plus* attirant à ses yeux, pas moins.

— Donc… Tu veux aller à la librairie ou pas ?

Il avait l'air si calme. Pas du tout inquiet qu'elle révèle aux autres des choses extrêmement personnelles et privées sur son compte. Oui, il essayait de la rassurer quant au fait qu'il n'allait pas lui mettre la main à la culotte, mais quand même…

— Oui, finit-elle par répondre.

— Super. Ça te dit de l'italien pour le dîner ? Il y a une petite entreprise familiale géniale, pas trop loin d'ici. Je connais les propriétaires. Ils sont formidables. Et je te garantis que tu ne partiras pas de là-bas en ayant encore faim.

— C'est possible de quitter un restaurant italien en ayant encore faim ?

Shawn grimaça un sourire.

— Tu serais surprise.

Ils se remirent en marche et ce faisant, la main de Maggie effleura accidentellement celle de Shawn.

— Désolé, dit-il en haussant timidement des épaules tout en la regardant.

C'est à ce moment que Maggie comprit qu'elle voyait Shawn sous un tout nouveau jour.

Elle l'avait imaginé fait de la même étoffe que son ex. Ils étaient tous deux dans la Navy, tous deux très dominants, bien dans leur peau. Mais Shawn et Roman étaient si différents que ça n'était même pas drôle. Oui, s'ils s'étaient trouvés côte à côte, ils auraient semblé très similaires. Mais maintenant qu'elle apprenait à connaître Shawn, elle pouvait voir qu'ils étaient le jour et la nuit.

Roman était la nuit noire et Shawn, la lumière du jour. Et en réalité, elle appréciait être en compagnie de Shawn. Elle voulait le connaître mieux.

— Qu'est-ce que tu aimes lire ? demanda-t-elle pendant qu'ils marchaient.

Le sourire qu'il lui offrit provoqua des frissons qui remontèrent le long de sa nuque. Elle aimait bien quand il la regardait comme ça. Elle aimait beaucoup.

* * *

Le cœur de Preacher semblait vouloir bondir hors de sa poitrine. Il n'arrivait pas à croire avoir confié à Maggie qu'il n'avait jamais eu de relation avec une femme. Elle devait le prendre pour l'homme le plus pathétique qu'elle ait rencontré. Qui était vierge à trente-trois ans ? Mais il avait dû faire quelque chose pour lui assurer qu'il n'était pas gentil envers elle juste pour la mettre dans son lit.

Heureusement, son aveu avait l'air de la détendre, ce qui avait été son but. Mais il se remettait encore en question. Lui avoir proposé de l'emmener dîner puis à la librairie n'avait vraiment eu aucune condition. Il voulait simplement prolonger leur temps passé ensemble.

Et il semblait qu'elle le souhaitait également. Leur conversation était fluide et il n'y avait pas eu un moment de gêne quand ils n'avaient pas su quoi se dire. Il lui avait parlé de sa famille dans le Maine, comment il s'était intéressé aux SEAL et avait même évoqué quelques-unes de ses missions top secret.

En retour, il avait appris pour son adoption quand elle était bébé et comment elle avait découvert plus tard l'identité de sa mère biologique qui était morte il y avait de ça environ une décennie, avant que Maggie ait vraiment l'occasion de la connaître. Elle n'avait pas de frère ou sœur, adoptés ou biologiques. Elle lui raconta des histoires sur certaines choses qu'elle avait faites à la fac et il ne se souvenait pas d'avoir autant ri avant.

Après avoir trop mangé et être sortis du restaurant, ils avaient passé plus d'une heure à la librairie. Il aurait pu en passer une de plus, mais Maggie paraissait fatiguée et elle ne protesta pas quand il lui demanda si elle était prête à partir. Elle avait une pile de livres dans les bras quand ils s'en allèrent, ce qui, curieusement, rendait Preacher fier.

La seule ombre au tableau de leur soirée fut quand le téléphone de Maggie sonna. Elle répondit et alors, sans dire un mot, mit fin à la conversation avec la personne qui était au bout du fil. Elle avait refusé de lui dire qui c'était, mais il était évident pour Preacher que cet appel l'avait ébranlée. Il détestait qu'elle ne lui fasse pas suffisamment confiance pour lui parler, mais ils ne se connaissaient que depuis une journée, même s'il avait l'impression que ça faisait plus longtemps.

— Je suis navré de ne pas encore avoir du nouveau au sujet de ta voiture, lui dit-il quand il arriva sur le parking de Maggie.

— Ce n'est rien. J'appellerai demain.

Il garda en tête que la première chose de la matinée à faire était de mettre la main sur le mécanicien. Il ignorait ce qui clochait avec sa voiture, mais il voulait être sûr que Maggie puisse payer. Il avait déjà conclu un marché avec le gars ; Preacher paierait la moitié de ce que ça coûterait, mais il voulait s'assurer que Maggie puisse payer les cinquante pour cent restants.

Il n'avait pas menti en lui disant plus tôt qu'il savait ce que c'était d'avoir des problèmes d'argent. Il avait une bonne situation désormais, cependant il souhaitait rendre les faveurs qu'il avait reçues à Maggie.

— J'ai passé une bonne journée, dit Preacher... qui se sentit aussitôt stupide.

Ça n'avait pas été un rencard. Même pas un peu. Et pourtant, c'était tout de même les meilleurs moments qu'il avait passés depuis des années, avec cette fille.

— Moi aussi, lui confia Maggie.

Il désirait prolonger ce moment, voir si elle voulait faire autre chose avec lui. Mais il ne savait pas comment aborder le sujet. Il n'était simplement pas très doué pour ce genre de chose. Les rencards.

— Merci de m'avoir présentée à Julie. Et d'avoir donné mon numéro aux autres. Depuis ma libération, je n'avais pas réalisé à quel point je m'étais isolée.

Preacher se sentit bien en entendant ces paroles.

— De rien.

— Alors…, dit-elle, laissant sa phrase en suspens.

— Ouais. Je dois y aller. J'ai entraînement demain matin, dit Preacher, qui se sentait aussi bête qu'un adolescent. Tu veux retourner dîner avec moi un jour ? laissa-t-il échapper.

À son soulagement, Maggie hocha la tête.

— Ouais. Je crois que oui.

— Super ! Je t'appellerai.

— Okay.

— Okay.

Preacher savait qu'il souriait comme un idiot, mais il ne pouvait s'en empêcher. Impulsivement, il s'approcha d'elle et se pencha pour lui embrasser la joue. Elle se raidit mais ne recula pas.

— Dors bien.

— Je le ferai. Toi aussi.

— Appelle si t'as besoin de quoi que ce soit.

Elle plissa le nez.

— Je n'aurai besoin de rien.

Elle avait sans doute raison, mais Preacher ne put se retenir de dire :

— On ne sait jamais. On se reparle plus tard, Maggie.

— Bye, Shawn.

Preacher eut le sourire durant tout le trajet jusque chez lui.

6

— Tu as été affreusement souriant ces derniers jours, dit MacGyver. À quoi c'est dû ?

Preacher regarda son coéquipier. Ils étaient en train de faire des abdominaux dans le sable et dans un moment, ils se remettraient debout pour courir sur la plage. Il était tôt, le soleil venait de pointer à l'horizon et Kevlar les faisait travailler dur ce matin. Et pourtant, Preacher avait l'impression d'être un autre homme. Cette dernière semaine avait été... géniale.

Il avait parlé avec Maggie au téléphone toutes les nuits, même celles où il l'avait vue après leurs sorties du boulot à tous les deux. Son job à *My Sister's Closet* se passait très bien. Elle disait que c'était mouvementé, mais elle aimait ça plus qu'elle ne l'aurait cru. Ils s'étaient vus trois fois depuis qu'il l'avait emmenée pour son entretien avec Julie, et la nuit dernière, elle l'avait enfin laissé la raccompagner jusqu'à la porte de son appartement.

Les choses progressaient. Lentement, mais tout progrès était un pas de plus dans la bonne direction, selon Preacher.

— Je suppose que ça se passe bien avec la meuf qui usurpait l'identité d'Adina, dit Flash.

— Son nom est Maggie. Et elle ne faisait qu'utiliser ses identifiants Uber, car elle ne trouvait pas d'autre boulot, répliqua Preacher, légèrement agacé.

— On est convaincu qu'elle est innocente ? demanda Safe.

Preacher fit de son mieux pour ne pas sauter à la gorge de son ami. Il n'avait pas eu l'air sceptique, avait simplement posé une question. Mais ça l'avait quand même irrité. Il fut étonné quand Smiley répondit :

— Elle est innocente, dit-il fermement.

— Comment tu le sais ? insista Safe.

— Quand tu la rencontreras, tu le sauras, dit Smiley sans hésiter. Il y a un truc chez elle qui hurle qu'elle est innocente.

— Alors... on peut faire quelque chose ? s'enquit Flash.

— À quel propos ? lui demanda Kevlar.

— Du fait qu'elle ait passé deux ans sous les verrous pour un truc qu'elle n'a pas fait, clarifia Flash. Y a-t-il quelqu'un qu'on peut appeler pour enquêter et faire annuler sa condamnation ? Attendez... elle sait qui l'a piégée ? Il se passe quoi avec *cette* personne ?

— Ouais, c'est qui le connard qui lui a fait porter le chapeau ? demanda Blink, en colère pour elle.

Voilà pourquoi il aimait travailler avec ces hommes. Ils étaient toujours prêts à en découdre pour défendre les innocents.

— Preacher ? Tu sais quoi sur ce mec ? C'était un ex, c'est ça ? questionna Kevlar.

Preacher se leva tout comme le reste de son équipe et descendit la plage d'un jogging rapide. Il se plaignait peut-être de ses exercices physiques tôt le matin, mais secrètement, il adorait ça. Ils faisaient battre son cœur et circuler son sang. L'aidaient à avoir les pensées plus claires.

— Ouais, c'était un ex, confirma-t-il. Mais Maggie et moi n'en avons pas vraiment parlé. Elle est très sensible concernant tout ce qui est arrivé et je ne peux lui en vouloir. Elle vit dans la peur de faire la moindre erreur et de retourner en taule. Ça craint.

— Je me doute, dit MacGyver. Son ex est encore dans le coin ? Genre, pourrait-il faire un truc qui la renvoie en prison ? Comme faire un faux rapport à son agent de probation ?

Preacher se stoppa net. Le reste de la bande continua de courir un moment avant de s'arrêter et de pivoter pour le regarder.

— Preacher ? l'appela Kevlar, inquiet.

Il se sentait comme un idiot. Il n'avait même pas *pensé* à ça. Preacher savait que Maggie voulait quitter la Californie, mais il n'avait pas insisté pour avoir les détails. Il s'était simplement dit que c'étaient les mauvais souvenirs et le coût élevé de la vie ici qui lui donnaient désespérément envie de partir. Mais maintenant que MacGyver en parlait, elle devait être terrifiée que son ex fasse quelque chose pour la renvoyer en prison. Surtout si c'était lui qui l'y avait envoyée, en premier lieu.

Et elle avait laissé entendre durant l'une de leurs conversations qu'il était une personne assez haut placée dans la Navy.

Ses coéquipiers revinrent là où il se tenait.

— Que se passe-t-il ? demanda Smiley, les sourcils froncés.

— Il pourrait tout à fait faire un truc qui la renverrait en taule, dit Preacher, répondant à la question de MacGyver. Je crois que c'est exactement ça qui la terrorise.

— Alors, qu'est-ce qu'on fait ? s'enquit Safe. Pour empêcher que ça arrive ?

Preacher déglutit avec peine.

— Je ne sais pas. Sans savoir qui est ce mec, on avance à l'aveuglette. Elle m'a certifié qu'il était dans la Navy.

— Quoi ?!

— Vraiment ?

— Merde. Ça complique les choses.

Preacher avait pensé exactement les mêmes choses que ses coéquipiers exprimaient lorsque Maggie avait admis que son ex était un officier de la marine.

— Tu dois trouver qui c'est. L'inciter à te dire son nom, dit Flash.

— Je ne pense pas que ce soit si simple.

— Ça devrait. Elle le protège pour une raison en particulier ? Elle l'aime toujours ? demanda Safe.

— *Non*, grogna presque Preacher car il en était certain.

— Je sais pas... Parfois, c'est dur pour les femmes maltraitées de quitter leur conjoint violent. Elles pensent l'aimer et veulent les changer, dit Kevlar.

— Ça ne concerne pas Maggie, déclara fermement Preacher. Elle a peur de lui. Et elle a reçu des appels téléphoniques... Elle ne me dit pas qui c'est et elle raccroche quasi dans l'immédiat, mais je peux voir que ça la touche. Ça lui fait peur. Mais maintenant... je pense que c'est son ex.

Kevlar afficha un air soucieux.

— C'est pas bon...

— Non, ça ne l'est pas, en convint Preacher.

— Si ce mec est bien dans la Navy, il nous faudra une preuve avant de nous rendre au NCIS, dit Flash.

— Ne pouvons-nous pas juste leur soumettre ce qui nous préoccupe et les faire enquêter ? proposa MacGyver. Et tu n'auras même pas à demander le nom à Maggie. S'il a témoigné contre elle, son nom devrait apparaître dans les documents judiciaires, non ?

— Oui. Mais je ne veux pas faire ça dans son dos. Pas alors qu'on commence seulement à se fréquenter. Ce serait comme une énorme trahison de confiance. Elle était *vraiment* réticente rien que pour me dire qu'il était dans la Navy. Si je me mets à enquêter sur son affaire et découvre qui est ce connard sans qu'elle le sache, je ne doute pas que ça ruinerait tout ce que nous avons entrepris ensemble. Je veux qu'elle me fasse suffisamment confiance pour me révéler d'elle-même qui il est, expliqua Preacher à ses amis.

— Je peux le comprendre, dit Kevlar. Mais s'il la menace…, ajouta-t-il sans finir sa phrase.

— Putain, jura Blink dans sa barbe. C'est sans issue.

Preacher était d'accord à cent pour cent. Il avait été un idiot. Courtisant aveuglément Maggie comme si sa situation était banale. Mais maintenant qu'il avait pris le temps d'y réfléchir, sa situation n'avait *rien* de normal.

— Tu es sûr que tu veux fréquenter cette femme ? L'interrogea Flash. Et je ne te demande pas de te comporter comme un connard. Elle a été reconnue coupable, il y a un tas de choses qui seront difficiles ou impossibles pour elle ou pour vous deux, si vous êtes ensemble.

Preacher fit de son mieux pour ne pas s'en prendre à son ami. Il était parfaitement conscient des conséquences que devrait affronter Maggie à l'avenir à cause de ce qui était arrivé. Elle ne pourrait voter pendant son sursis, il lui serait plus compliqué d'obtenir des prêts, que ce soit pour des voitures ou des maisons, et elle était déjà au courant de la difficulté à trouver un boulot.

Mais à l'idée de ne plus jamais la revoir, il en avait la chair de poule.

Le truc, c'était que Preacher *aimait bien* Maggie. Elle était drôle, gentille, prévenante. Et elle était carrément futée. Plus il passait de temps avec elle, plus il *voulait* en passer davantage. Jamais il n'avait rencontré une femme qui lui faisait ressentir ça.

— J'en suis sûr, finit-il par répondre à Flash.

— Okay, alors il faut qu'on règle ça, dit fermement Kevlar.

Tu dois tâcher d'obtenir le nom de son ex, qu'on puisse savoir à qui on a affaire.

Tout le monde hocha la tête, ils étaient tous du même avis.

Ça. C'était la raison numéro cent soixante-sept pour laquelle Preacher donnerait sa vie pour ces hommes s'il était amené à le faire. Ils étaient loyaux, presque trop, et ça ne leur posait pas de problème de se battre pour quelqu'un dont ils se souciaient.

— Je verrai ce que je peux faire, dit Preacher, redoutant déjà la conversation inévitable avec Maggie.

Elle n'allait pas vouloir parler de son ex. Pas seulement parce que parler de lui faisait remonter de mauvais souvenirs, mais parce que Preacher croyait sincèrement que cet homme la terrifiait.

— Bien. Ceci étant réglé, tout le monde se remue les fesses ! On a sept kilomètres à parcourir avant de faire demi-tour et de retourner à la base.

Tout le monde rouspéta mais obéit à ce qu'on leur demandait.

Tout au long du reste de la matinée, Preacher réfléchit à comment aborder le sujet de l'ex de Maggie la prochaine fois qu'ils se verraient et lorsqu'ils furent de retour à l'endroit où ils avaient garé leurs véhicules, il n'était pas plus proche d'un plan viable.

Mais ses amis avaient raison. Maggie avait besoin d'aide. Et elle n'avait possiblement pas mesuré dans quoi elle était tombée quand elle était passée prendre Remi l'autre semaine, mais elle était sur le point de découvrir que Preacher et ses amis n'étaient pas que des jolies gueules. Ils avaient des relations extraordinaires et n'hésiteraient pas à y faire appel pour aider quelqu'un dans le besoin. Et Maggie avait clairement besoin de quelqu'un à ses côtés.

***

C'était curieux à quel point Maggie avait hâte de revoir Shawn ce soir. Les trois fois où ils s'étaient retrouvés la semaine dernière avaient vraiment été sympas. Elle ne s'était jamais sentie si... excitée d'être avec quelqu'un avant. Ce qui, ironiquement, l'incitait également à se montrer plus prudente.

Le souvenir de ce qu'avait fait Roman était encore frais dans son esprit. Comment pourrait-il en être autrement ? Parfois, la nuit, quand elle était seule, elle pouvait encore sentir l'odeur de la cellule de prison dans laquelle elle avait passé deux longues années. C'était comme si la puanteur émanant de tant de gens qui vivaient dans un petit espace s'était infiltrée par ses pores.

L'idée de faire un seul faux pas et d'être renvoyée là-bas suffisait à lui donner envie de se cacher sous les couvertures et de ne jamais en ressortir.

Mais quand elle était avec Shawn, elle ne se demandait pas comment ni quand il allait l'entuber. Elle pouvait baisser la garde et être simplement... elle-même. Ce qui était étrange en soi, car elle était encore en train de se demander qui était la nouvelle Maggie Lionetti. La prison l'avait changée, comme elle changerait n'importe qui. Mais elle ne savait pas si elle l'avait rendue plus forte ou juste plus cynique.

Ce soir, Shawn passait la prendre et ils s'en allaient dîner dans un endroit appelé *Aces Bar et Grill*. Il lui avait assuré que c'était cool et non un pub typique. Adina l'avait également évoqué avant d'être déployée. Les bars, ce n'était pas le truc de Maggie, mais elle était partante pour tenter le coup.

Cela dit, désormais, elle hésitait. Quand Shawn lui avait téléphoné plus tôt, il avait eu l'air... ailleurs. Il lui avait demandé s'il pouvait passer chez elle pour discuter un peu avant qu'ils ne partent dîner. Alors, bien entendu, elle était nerveuse à propos du sujet qu'il souhaitait aborder. Elle ne pensait pas qu'il lui dise avoir changé d'avis sur leur sortie, car il avait confirmé qu'ils iraient dîner comme prévu. Mais elle ne voyait pas de quelle autre chose il voudrait discuter avec elle avec un tel sérieux.

Même si... elle avait une idée. Le tabou par excellence.

Maggie savait mieux que quiconque qu'être avec elle n'était pas exactement aisé. Son passé se faisait ressentir dans tout ce qu'elle faisait ces jours-ci. Elle ne dépassait jamais la limite de vitesse, n'attirait jamais l'attention sur elle en public, demeurait dans son coin la majeure partie du temps.

Et peut-être que tout ça, c'était trop pour Shawn. Peut-être allait-il essayer de la larguer gentiment en vue de rester simplement amis mais qu'il prévoyait toujours de l'emmener dîner comme lot de consolation. Un dernier repas ensemble avant de la plaquer.

L'imagination de Maggie débordait, hors de contrôle, et elle était sur le point d'appeler Shawn et de lui dire qu'elle ne voulait plus le voir ni lui parler – pour se protéger, non pas parce que c'était ce qu'elle voulait vraiment – quand son téléphone sonna.

Ça lui ficha la trouille. Elle avait oublié qu'elle avait augmenté le volume de la sonnerie aujourd'hui, afin de pouvoir l'entendre quand elle travaillait ; heureusement, à son nouveau boulot, elle pouvait prendre les appels et répondre aux messages tant qu'il n'y avait pas de clients dans le magasin. Elle avait loupé quelques-uns des messages de Shawn la semaine passée et la déception qu'elle avait ressentie lui avait étonnamment fait très mal, alors elle avait fait son possible pour éviter de les manquer encore.

Elle baissa les yeux, et son estomac se tordit quand elle vit le mot « inconnu » s'afficher sur l'écran. Ce n'était pas la première fois qu'elle espérait pouvoir l'ignorer. Pouvoir faire basculer l'appel sur la boîte vocale. Mais elle voulait se montrer disponible à tout moment pour son agent de probation. Cette dame ne la dénoncerait pas juste pour avoir laissé un appel atterrir sur le répondeur, mais Maggie tâchait désespérément de faire tout ce qui était en son pouvoir pour suivre les règles mises en place pour elle lorsqu'elle avait été libérée. Bien entendu, elle avait le numéro de son agent mémorisé dans son portable, mais il était toujours possible qu'elle appelle d'un autre téléphone.

Elle ne pouvait ignorer cet appel, peu importait à quel point elle le voulait ou avec quelle violence voir s'afficher « inconnu » sur son écran lui filait des crampes d'estomac.

Se préparant au pire, Maggie décrocha.

— Allô ?

— Tu sors avec un SEAL ?! dit l'homme au bout du fil, le venin suintant de chacun de ses mots. Tu te fous de ma gueule ?

— Laisse-moi tranquille, Roman, répondit Maggie, se fâchant pour la première fois.

Ça faisait du bien. En général, elle lui raccrochait simplement au nez et bloquait le numéro avec lequel il l'appelait, mais ce soir, elle en avait marre. M.A.R.R.E. *Marre.*

— Je pense que tu m'as assez gâché la vie. Je n'ai cessé de me taire et je continuerai de le faire. Mais tu dois arrêter de m'appeler.

— Écoute, salope, ne me dis pas quoi faire. C'est moi qui tiens les cartes. Et un peu que tu vas continuer de la boucler ! Je peux te renvoyer direct en taule avec un seul coup de fil.

Les jambes de Maggie faiblirent et elle s'effondra sur le sol à l'endroit où elle se tenait.

— Pourquoi ? murmura-t-elle. Pourquoi tu fais ça ? Tu as foutu en l'air ma vie entière, Roman ! Pourquoi tu continues ?

— Parce que c'est marrant, dit-il en réponse.

Et le rire qui suivit cette déclaration abrupte fit comprendre à Maggie qu'il ne plaisantait pas. Il pensait vraiment que c'était *drôle*. Ruiner sa vie était un divertissement pour lui.

En un éclair, elle comprit à quel point elle avait merdé. Elle aurait dû enregistrer tous ses appels entrants. Pour avoir des preuves que Roman la harcelait. Que c'était lui qui l'avait piégée deux ans auparavant.

Dès qu'elle aurait raccroché, elle rectifierait ça, trouverait l'une de ses applications enregistreur. Elle ne savait pas comment elles fonctionnaient, mais elle trouverait. Peut-être que Shawn voudrait l'aider.

La pensée qu'il arriverait à son appartement à tout moment la fit se raidir de nouveau. Et comme si ses pensées tournées vers Shawn avaient été comme transférées à Roman, ce dernier se remit à parler.

— Je te préviens, si tu dis quoi que ce soit à cet homme-grenouille ou à ses amis, tu le regretteras. Je découvrirai tôt ou tard qui il est et je lui ferai regretter de t'avoir rencontrée. Je t'ai dit que j'étais important sur cette base et je ne mentais pas. Je peux m'assurer que son équipe pourrisse dans une jungle ou que leur sang bouille dans un putain de désert à l'autre bout du monde. Une fois que je saurai qui c'est, si j'entends un seul mot comme quoi ils posent des questions sur moi, ce sera comme déjà fait. Je te *tiens*, Maggie. N'oublie surtout pas ça.

Comment pourrait-elle ? Il ne le lui permettrait pas.

Maggie ouvrit la bouche pour supplier une fois de plus son ex de la laisser tranquille, mais il était trop tard. La ligne était coupée.

Comme un robot, elle appuya sur le numéro via lequel il l'avait appelée et le bloqua, en dépit du fait qu'elle avait conscience que ça n'amènerait rien de bon. Roman avait apparemment une réserve sans fin de portables prépayés pour la contacter. Elle pouvait obtenir un nouveau numéro, mais il avait trouvé *celui-ci* – un nouveau numéro qu'elle avait eu à sa sortie – assez facilement. Elle n'avait aucune raison de douter qu'il ne trouve pas son prochain aussi aisément.

Elle s'assit sur le carrelage, les yeux perdus dans le vague, se creusant la cervelle pour trouver quoi faire. Elle pouvait fuir, quitter l'État, se cacher, mais cela ne ferait que lui attirer des ennuis pires encore. Elle ignorait complètement comment disparaître ou avoir une nouvelle identité. De plus, malgré ce que son casier mentionnait, elle n'était pas une criminelle. N'aimait pas avoir des ennuis. Elle suivait les règles et rien que l'idée de vivre le restant de sa vie en se cachant des autorités lui filait des boutons.

Mais la menace de Roman envers Shawn et ses amis avait eu l'air réelle. Elle ne doutait pas une seconde qu'il pouvait vraiment faire un sale coup à leur détachement et elle savait aussi qu'il n'hésiterait pas à le faire. La dernière chose qu'elle voulait, c'était que quelqu'un d'autre soit blessé ou ait des ennuis à cause de ses mauvaises décisions. Et sortir avec Roman Robertson était la pire des décisions de sa vie. Il avait littéralement ruiné sa vie.

Il était hors de question que cela ruine également celle de Shawn.

Consciente de ce qu'elle avait à faire, Maggie se sentait encore plus impuissante et effrayée.

Quand un coup retentit sur sa porte, elle sursauta sous la surprise. Lentement, elle se releva, des fourmillements dans les pieds d'être restée assise dessus trop longtemps. Mécaniquement, elle marcha jusqu'à la porte et regarda par le judas. C'était Shawn, comme elle s'y attendait.

Ouvrant la porte, elle déglutit difficilement. Il avait belle allure. Très belle allure. Il portait une chemise en flanelle blanc et bleu à carreaux, ce qui aurait pu lui donner un air ridicule dans le sud de la Californie, mais elle ne faisait que le rendre encore plus beau que d'habitude. Il semblait également qu'il avait tenté de discipliner ses cheveux, plutôt que de simplement y passer une main comme il le faisait habituellement. Sa barbe était soigneusement taillée et le sourire sur son visage quand il la vit aurait dû faire se retrousser les orteils de Maggie. Au lieu de ça, elle se sentit nauséeuse, étant donné ce qu'elle était sur le point de faire.

Le sourire sur le visage de Shawn s'effaça lentement.

— Qu'est-ce qui ne va pas ? lui demanda-t-il.

Prenant une profonde inspiration, Maggie recula.

— Rien. Entre.

L'inviter à entrer était un grand pas pour elle. Cela prouvait un niveau de confiance qu'elle croyait pulvérisée à la suite de tout ce qu'elle avait traversé. Mais cet homme avait comme réussi à percer ses boucliers et à l'amener à avoir confiance en lui en un temps record. Quel dommage qu'elle soit sur le point de tout gâcher avec ce qu'elle allait lui dire.

Ils avancèrent dans son appartement et, se sentant mal, Maggie se tourna vers Shawn.

— Tu veux boire quelque chose ?

— Non. Je veux que tu me dises ce qui te fait tant peur. Tu ne veux pas que je sois là ? Je peux partir. Ou tu as changé d'avis pour *Aces* ? On peut aller ailleurs.

C'était l'une des choses qu'elle aimait le plus chez cet homme : il faisait son possible pour être toujours sûr qu'elle se sentait à l'aise. Et il n'avait pas peur d'être direct et de lui demander ce qu'elle pensait et ressentait. Selon son expérience, les hommes ne faisaient pas ça. Ils prétendaient que tout allait bien même quand ça n'était clairement pas le cas.

Elle devait en finir avec ça. L'arracher comme un pansement.

— Ça ne marche pas pour moi, Shawn. Je pense qu'on ne devrait plus se voir ni se parler.

Stupéfait, Shawn ne savait que répondre. Il la fixait, simplement.

Pour combler ce moment étrange, mal à l'aise, Maggie poursuivit :

— Ce n'est pas que je ne t'apprécie pas. Au contraire. C'est juste... Je suis débordée. Tu sais, avec le boulot que tu m'as aidée à trouver, et pour faire en sorte que je ne fasse rien qui puisse enfreindre mon sursis... Adina reviendra chez elle dans quelques mois et je dois rester concentrée pour trouver un nouvel endroit où vivre.

— Je vois, répondit-il quand elle eut terminé.

Mais il ne se retournait pas pour s'en aller. Il ne faisait rien d'autre que demeurer là et continuer de l'observer avec ses yeux d'un vert profond.

— Shawn ? demanda-t-elle, nerveuse.

Elle fut surprise qu'il tende le bras et prenne le téléphone qu'elle serrait encore comme si c'était une corde de sécurité. Elle le laissa faire et le regarda le déverrouiller pour se mettre à défiler l'écran.

— Comment tu connaissais le code de mon téléphone ? lâcha-t-elle.

— J'ai été suffisamment à tes côtés pour te voir le déverrouiller quelques fois.

Ah merde. Évidemment qu'il avait fait ça. C'était un Navy SEAL. Observateur. Et elle devait s'améliorer pour se protéger. Surtout avec son ex qui en avait apparemment après elle.

— Il a rappelé, dit Shawn et ce n'était pas une question.

Maggie retenait son souffle tout en le dévisageant. Elle n'était pas certaine de vouloir qu'il découvre tous ses secrets et la convainque de le laisser rester ou de vouloir qu'il fasse demi-tour et s'en aille.

Bon Dieu, de qui se moquait-elle, elle ne voulait pas qu'il parte. Pas du tout. Avec lui, elle se sentait en sécurité, ce qui était une chose incroyable après ne pas s'être sentie en sécurité pendant une seule minute de la journée ces deux dernières années. Même quand elle dormait, Maggie était sur les nerfs. Elle s'était bien entendue avec sa camarade de cellule, mais il aurait fallu un seul mot de travers pour découvrir un surin bricolé contre sa poitrine.

— Je peux t'aider, dit Shawn, doucement et calmement. Avec mes amis, nous avons des relations. C'est de ça que je voulais te parler. Tout ce qu'il me faut, c'est un nom et on peut s'occuper du reste. Tu n'aurais rien d'autre à dire, dis-moi juste qui est ton ex et je m'assurerai qu'il ne fasse rien qui t'attire d'autres ennuis.

Maggie avait envie de plonger dans ses bras et de lui raconter tous ses secrets. Mais elle avait les jambes bloquées. L'appel de Roman était encore trop frais dans son esprit. Il ferait exactement ce dont il l'avait menacée. D'une manière ou d'une autre, il parviendrait à envoyer Shawn et son équipe du SEAL aux confins du monde s'ils se mettaient à enquêter sur lui. Ils seraient en danger. Si Roman agissait à sa guise, il tenterait probablement de les faire tuer en service, juste pour qu'elle n'ait vraiment personne de son côté.

— Je ne peux pas.

Elle avait l'intention de maintenir sa position et de lui dire que sa décision n'était pas à cause de son ex, mais au lieu de ça, ces quatre petits mots étaient sortis.

— Il t'a menacée, dit Shawn.

Et pour la première fois, Maggie perçut l'émotion dans sa voix. Il était en colère. Pas contre elle mais pour elle.

Elle s'effondra. À quand remontait la dernière fois où quelqu'un avait été offusqué et énervé à la suite de ce qu'on lui avait fait, à elle ? Des années.

Des larmes emplirent ses yeux alors qu'elle secouait la tête.

— C'est bon, tu peux me le dire, l'amadoua Shawn.

Mais elle ne pouvait pas. Elle protégerait cet homme de son ex si c'était la dernière chose à faire. C'était peut-être stupide, ça l'était sûrement, mais elle avait si peur de Roman, de ce qu'il pourrait faire, qu'elle ne pouvait pas faire courir de risque à Shawn.

Il fit un pas vers elle et soudain, elle se retrouva dans ses bras. Le nez enfoui dans son cou tandis qu'elle s'agrippait à lui aussi fort que possible. C'était si bouleversant, elle ne se souvenait plus à quel point être touché par un autre humain était agréable. Elle comprenait maintenant pourquoi les nouveau-nés avaient besoin du contact de leur mère ou d'un corps humain chaud. Il y avait quelque chose de si naturel quand quelqu'un nous prenait dans ses bras, comme si on était la chose la plus importante dans la vie d'une autre personne.

— Je suis là. Tout va bien, murmura Shawn, les cheveux de Maggie entortillés sur une de ses mains, l'autre lui recouvrant le bas du dos.

Elle se sentait couvée avec lui. En sécurité.

Mais il avait tort... Elle n'allait pas bien. Aucunement.

Maggie sentit Shawn les déplacer vers l'arrière, vers son canapé. Il les assit tous les deux mais ne la lâcha pas, ce dont avait exactement besoin Maggie en cet instant.

Combien de temps restèrent-ils sur le canapé, les bras de Shawn autour de Maggie, qui se serrait contre lui aussi fort que possible, elle n'en avait aucune idée. Mais au bout d'un moment, elle s'adossa. Shawn ne la lâchait toujours pas, mais il la laissa mettre un peu d'espace entre eux.

— Okay, lui dit-il.

Maggie fronça les sourcils.

— Okay à quoi ?

— Je vais me retirer. Te donner le temps de te persuader que je suis vraiment de ton côté. Que je peux te soutenir. Je n'ai pas peur de ton ex, Maggie. C'est un tyran et les tyrans ne gagnent jamais.

Maggie n'était pas vraiment sûre de ça...

— Avec mes amis, on peut t'aider, mais je comprends que tu aies besoin de plus de temps pour le concevoir. On connaît des gens. Des gens qui peuvent empêcher ce connard de bousiller ta vie plus qu'il ne l'a déjà fait. Non seulement ça, mais ils peuvent se renseigner quant à ce qu'il faudrait faire pour qu'on revienne sur ta condamnation.

Il ne l'aurait pas choquée plus s'il s'était levé pour retirer tous ses vêtements et s'était mis à faire le tour de la pièce en dansant comme un strip-teaseur.

— Quoi ? s'enquit-elle d'une petite voix.

— Je ne sais pas si ça peut se faire, mais nos relations feront tout ce qu'elles peuvent pour au moins voir si c'est possible.

L'envie de dévoiler tous ses problèmes à cet homme était puissante. Mais une infime partie d'elle demeurait sceptique. Bien qu'elle avait suffisamment confiance en lui pour lui demander :

— Tu peux m'apprendre comment enregistrer des appels sur mon téléphone ?

— Oui.

La réponse fut immédiate et sincère.

Rien que de savoir qu'elle serait en mesure d'enregistrer les menaces futures de Roman et peut-être le choper en train de se compromettre lui-même l'aida à se sentir mieux. Plus forte.

— Merci.

— Tu n'as pas à me remercier de faire ce que toute personne digne ferait.

Si. Il ne comprenait pas le peu de gentillesse et de dignité qu'elle avait connu récemment. Adina la laissant vivre dans son appartement en avait clairement fait preuve, avant que Shawn débarque dans sa vie.

Prenant une grande inspiration, Maggie se raidit et les bras de Shawn finirent par se séparer d'elle. Le pincement de regret la surprit, mais elle le repoussa.

— Tu voulais discuter ? se força-t-elle à demander.

Shawn la fixa un moment.

— Moi oui. Toi, non. Alors nous ne le ferons pas.

C'est alors que cela la frappa : il avait voulu parler de son ex. Il n'avait pas prévu de mettre fin à leur amitié. Le soulagement se ressentit jusque dans ses veines.

— Mais quand tu te sentiras prête, peu importe quand, à quel moment de la journée, dans combien de temps... Je t'écouterai. D'accord ?

Maggie acquiesça.

— Tu as faim ?

Et comme si son estomac avait entendu sa question, il gargouilla.

Shawn eut un sourire satisfait.

Mon Dieu, comme cet homme était séduisant. L'air juvénile parfois, presque effrayant par son intensité envers les autres. Mais insouciant et beau comme un acteur en cet instant.

— Viens. Et juste pour t'avertir...

Maggie attendit qu'il continue.

— Je n'avais pas prévu que d'autres gens viennent se joindre à nous. Mais j'ai évoqué devant Kevlar que je t'emmenais à *Aces* ce soir et ce qu'il s'est passé ensuite, c'est que Remi m'a envoyé un message pour savoir à quelle heure nous y serions. Puis les gars se sont dit qu'ils n'avaient pas joué au billard depuis longtemps. Et quelqu'un en a parlé à Julie qui a appelé Caroline, Fiona et Summer. Jessyka, la propriétaire du bar, l'a découvert... et désormais, c'est carrément une fiesta ! Alors, si tu veux aller au McDonald ou même rester ici et faire livrer, on peut.

Maggie était réellement stupéfaite. Un tas de gens n'avaient jamais voulu sortir au même endroit qu'elle, juste parce qu'elle y était. Il était vrai que rien de ce que venait de dire Shawn n'indiquait véritablement que c'était pour *elle*.

Mais ses paroles suivantes firent disparaître cette pensée.

— Bien que si nous allons au McDonald, tout le monde modifiera sûrement ses plans et nous suivra là-bas. Ils sont déterminés à te rencontrer et à te souhaiter la bienvenue.

Ayant l'impression d'être comme le Grinch quand son cœur devenait trois fois plus gros avec la gentillesse des Chou de Chouville, Maggie déglutit avec difficulté.

— La bouffe est bonne à *Aces* ? parvint-elle à demander.

— La meilleure.

— Alors, on peut aller là-bas.

— Tu es sûre ? Il n'y a rien que je désire plus que le fait que tu rejoignes les rangs de ma famille de la Navy mais pas au prix de te sentir mal à l'aise ou incertaine.

— Tant qu'il n'y a pas mon ex dans tes amis, alors tout ira bien.

Il cligna des yeux puis fronça les sourcils.

— Ils ne sont pas ton ex, répondit-il fermement. D'abord, aucune des personnes que je fréquente ne serait suffisamment conne pour permettre qu'une femme reste en prison pendant deux ans pour de la drogue. Puis la plupart de mes amis sont soit mariés, soit en relation avec une femme avec qui ils finiront par vouloir se marier. Et enfin... on l'emmerde. Ton ex.

Maggie ne put que sourire à ces mots-là.

— J'aime ça. Te voir sourire. Tu ne le fais pas assez, lui dit doucement Shawn.

Il s'humidifia les lèvres et ses yeux descendirent sur la bouche de Maggie.

Son souffle s'accéléra et son ventre se tordit mais pas sous la faim cette fois. Cela faisait des siècles qu'elle n'avait pas ressenti de désir. L'envie de se protéger elle-même l'avait trop consumée. Mais aujourd'hui ? Assise si proche de Shawn, humer son odeur de propre, voir l'obsession qu'il semblait avoir pour ses lèvres… Maggie sentit ses tétons se durcir et elle résista à l'envie de se tortiller, de presser ses cuisses l'une contre l'autre pour tenter d'apaiser le désir ardent entre ses jambes.

L'imitant en se léchant elle-même les lèvres, Maggie se pencha de quelques centimètres.

Cet encouragement était tout ce dont avait besoin Shawn. Sa main remonta et se posa sur la joue de Maggie, son regard allant enfin vers le haut pour croiser le sien.

— Puis-je ? murmura-t-il.

Le fait que Shawn demande son consentement pour une chose aussi innocente qu'un baiser fit quelque chose à Maggie. Les boucliers qu'elle avait désespérément brandis volèrent en un million d'éclats.

Au lieu de lui répondre oralement, elle se pencha, réduisant la distance entre eux.

Leurs lèvres se rencontrèrent et toute pensée d'innocence envers le fait d'embrasser cet homme s'envola par la fenêtre. Elle avait l'impression d'avoir touché un fil électrique. Si elle avait cru que Shawn ne savait pas embrasser car il était vierge, elle aurait eu tort.

La main de Shawn quitta sa joue pour revenir dans ses cheveux et il inclina la tête. Il passa un coup de langue sur les lèvres de Maggie et elle ouvrit la bouche pour lui.

Il laissa échapper un gémissement tandis qu'il la dévorait. Il léchait, suçait, mordillait, faisant perdre à Maggie toute notion de temps et d'espace. Il avait un goût de menthe, s'étant brossé les dents récemment, et elle en voulait plus.

La main de Shawn la maintenait immobile pendant leur baiser et Maggie ne s'était jamais sentie aussi féminine de sa vie. Elle était désormais un tas de bouillie et était en train de fondre contre lui.

Il se recula bien avant qu'elle ne soit prête et à sa façon

d'être essoufflé, elle fut rassurée car il était aussi ému qu'elle par leur baiser.

Se léchant les lèvres, elle sentit le goût de Shawn. Instantanément, les yeux de Shawn revinrent à la bouche de Maggie et il caressa sa lèvre inférieure du pouce avec respect. Certaines femmes penseraient le geste calculé, un truc qu'il faisait pour séduire. Mais Maggie pouvait voir l'émerveillement dans les yeux de Shawn.

— Merci, murmura-t-il au bout d'un moment.

— De quoi ? demanda-t-elle, luttant pour retrouver l'équilibre après ce baiser qui l'avait fait chavirer.

— Pour m'avoir fait confiance.

Était-ce qu'elle avait fait ? À la surprise de Maggie, elle réalisa que oui. En général, lors du premier baiser avec un homme, elle se retenait. Mais il n'y avait pas eu de retenue avec Shawn. Elle lui avait montré du désir, ses envies et ses besoins et il n'avait pas brisé cette confiance en l'allongeant sur le canapé pour la pousser à aller plus loin.

— Je croyais que tu étais vierge, dit-elle sans ménagement. On n'aurait pas dit le baiser d'un vierge.

Shawn pouffa.

— Je le suis. Et même si j'ai embrassé des femmes par le passé, c'était la première fois que je ressentais *ça*.

Elle savait ce qu'il voulait dire sans avoir à le demander. Elle savait ce que signifiait ce *ça*. C'était le sentiment profondément enraciné qu'elle se trouvait finalement avec la bonne personne.

— Et pour info, tant qu'on aborde ce sujet... Je n'ai peut-être jamais eu de rapport sexuel avec une femme, mais j'ai *partagé* des orgasmes avec l'une d'elles.

Maggie rougit mais demanda :

— Qu'est-ce que ça veut dire ?

— Disons juste que je suis un fan de l'oral.

À ces mots, elle sentit ses joues se réchauffer encore plus.

— Oh…

— Ouais. Oh. Je veux juste être sûr que tu ne crois pas que je vais me comporter comme un gosse de quinze ans, à tâtonner sans savoir ce que je fais au lit.

— Je crois que ce baiser m'a dit tout ce que j'avais besoin de savoir.

Mais Maggie ne fit pas de commentaire sur le fait que les propos de Shawn impliquaient clairement qu'ils finiraient au lit ensemble. Elle fut surprise de réaliser qu'elle le voulait. Presque désespérément.

Cet homme avait changé sa vie en un si court laps de temps ! Ça aurait dû la faire super flipper, mais au lieu de ça, elle se sentait… bien. Pendant une seconde, elle aurait aimé l'avoir rencontré dans sa vie d'avant. Mais là encore, puisqu'elle n'était plus la même femme qu'à l'époque, elle n'aurait probablement pas compris à quel point il était spécial, deux ans auparavant.

— Je ne vais pas tout faire foirer, dit Shawn, plus pour lui que pour elle.

— Je *ferai* certainement quelque chose qui fera foirer ça, ne put-elle se retenir de dire.

— Alors, je tâcherai d'être la voix de la raison pour nous deux. Allez, viens. Mon portable vibre dans ma poche depuis quelques minutes. Je suis sûr que tout le monde est à *Aces*, à se demander où on est. Tu es sûre de vouloir faire ça ?

— J'en suis sûre.

Et elle l'était. Soudain, Maggie eut hâte de retrouver les amis de Shawn.

— Et je ne vais même pas faire de commentaire sur ton téléphone vibrant dans ta poche, ajouta-t-elle.

Il éclata de rire et se leva, lui prenant la main pour l'aider à se mettre debout en même temps.

— C'est gentil, dit-il avant de se pencher et de lui déposer sur la bouche un baiser brutal et rapide, et de se tourner pour se diriger vers la porte.

Les lèvres de Maggie picotaient encore à la suite de leur *dernier* baiser et ce bécot désinvolte qu'il lui avait donné juste parce qu'il en avait eu envie, fit presque perdre les pédales à Maggie.

— Attends ! Mon sac à main. Tu as toujours mon téléphone ?

Il attendit patiemment que Maggie se prépare et soit prête à partir.

Ils franchirent la porte, la main de Maggie dans celle de Shawn, comme si c'était la chose la plus normale au monde. Et pour une fois dans sa vie, elle avait l'impression que c'était le cas.

7

Alors qu'il promenait son regard dans la salle, Preacher fit la grimace. En général, il adorait sortir avec ses amis, mais ce soir, ils monopolisaient Maggie et il était un peu fâché. Il avait tant attendu pour la voir parler, rire, sortir un peu plus de sa coquille.

Et elle faisait tout ça et même plus, excepté que ce n'était pas *lui* qui lui faisait cet effet. C'étaient ses amis.

Une main vint claquer son épaule tandis qu'il se trouvait près d'une table de billard, attendant son tour de tirer. D'un coup d'œil, Preacher vit Dude se tenir près de lui. Il était un SEAL à la retraite qui s'était rapproché de Preacher et du reste de sa bande. Wolf, Abe, Benny, Cookie et même le mari de Julie, ancien commandant de cette équipe, étaient présents ce soir. Tout comme leurs femmes. Le lieu était bondé et l'atmosphère était joyeuse et conviviale.

— C'est dur, hein ?

Pendant un moment, il fut horrifié de penser que Dude faisait un commentaire sur son pénis. Il avait eu une demi-érec-

98

tion toute la soirée, depuis cet incroyable baiser qu'il avait échangé avec Maggie sur son canapé.

Dude ricana comme s'il savait exactement à quoi songeait Preacher.

— C'est dur de laisser les autres la réquisitionner.

Intérieurement, il s'affaissa de soulagement. Il opina du chef.

— Elle en a besoin, continua Dude.

Il n'avait pas besoin que son ami lui dise ça, il l'avait remarqué tout seul. Maggie avait pris vie à *Aces*. Elle souriait, riait, se comportait comme si elle connaissait les autres filles depuis toujours. Elle avait d'abord été nerveuse, mais elle n'avait pas mis longtemps à se décoincer. Et il n'avait pas échappé à Preacher qu'elle n'avait pas eu besoin d'alcool.

Elle avait poliment décliné toute boisson et avait demandé à la place un verre d'eau pétillante avec un morceau de citron, à Jessyka, qui aidait derrière le bar. Elle avait siroté ce même verre toute la soirée et quand plus tôt, Preacher l'avait prise à part pour vérifier comment elle allait, s'assurant qu'elle se sentait bien, il avait fait un commentaire là-dessus. Timidement, elle lui avait répondu que si elle avait dans la main un truc qui ressemblait à une boisson alcoolisée, personne ne le lui reprocherait, mais elle avait ajouté que ça allait à l'encontre de sa mise à l'épreuve de boire de l'alcool ou de prendre de la drogue, en admettant qu'elle ait régulièrement un contrôle antidopage.

Preacher comprenait... et il s'en voulut de ne pas y avoir pensé. Quand toutes les personnes les plus importantes dans sa vie s'étaient enthousiasmées pour son rencard, il aurait dû changer d'endroit pour aller ailleurs que dans un bar. Il n'était lui-même pas un grand buveur et il se servait souvent de la même astuce que Maggie, ayant compris que s'il se tapait une seule bouteille de bière toute la soirée, les gens insisteraient moins pour qu'il prenne de l'alcool.

— Preacher ?

Se tournant vers Dude, il réalisa qu'il avait décroché.

— Désolé. Je sais. Elle est sociable.

— Tout va bien pour elle ? La situation avec son ex ?

Preacher ne fut pas surpris que Dude soit au courant pour Maggie. La communauté des SEAL était petite... et les rumeurs s'étendaient généralement comme un feu de forêt parmi les rangs également. Peu importait que Dude et les autres hommes de son équipe soient à la retraite. Ils étaient encore de toute évidence à la page.

— Franchement ? Je ne pense pas, confia Preacher à son ami. Il l'a appelée. Elle ne m'a pas raconté ce qu'il avait dit ni même qui c'était, mais je sais que ça la bouffe. Elle stresse à l'idée d'être chopée en faisant quelque chose de mal et que ça la fasse retourner en prison.

— Et puisque son ex lui avait causé des ennuis à la base, il pourrait lui mettre d'autres drogues sur le dos ou faire autre chose qui annulerait son sursis.

— Exactement, dit-il en hochant la tête.

— Tu dois découvrir qui est son ex.

Preacher laissa échapper un soupir frustré.

— Tu crois que je ne le sais pas ? Ce n'est pas aussi simple que de demander, Dude. On en a parlé ce soir et il la terrifie. Genre, elle s'est décomposée rien qu'à *l'idée* de parler de lui. Je lui ai promis de lui accorder du temps. Du temps pour se rendre compte que je suis vraiment de son côté. Pour qu'elle me fasse confiance. Je lui ai aussi dit que mes amis et moi ferions notre possible pour nous renseigner sur ce qui l'a d'abord envoyée en prison et que s'il y a un moyen de revoir son inculpation, nous trouverions.

— Elle s'est fait choper avec une quantité assez importante

de drogues dans sa voiture. Même si ce n'était pas à elle, il ne fait aucun doute qu'elle conduisait et que la voiture lui appartenait, dit Dude.

— Je sais.

— Et l'unique et probable raison pour laquelle elle a eu une courte peine, c'était parce qu'elle n'avait pas d'historique criminel, quel qu'il soit.

— Ça aussi, je le sais, dit Preacher. Mais si on arrive à prouver que son petit ami était impliqué dans le trafic de drogue et qu'on découvre qui était son contact à Los Angeles, ça pourrait prendre du temps avant de prouver l'innocence de Maggie.

Il n'en était pas si sûr car Dude avait raison. On ne pouvait nier que les drogues se trouvaient dans la voiture de Maggie. Mais il espérait que l'existence d'une vidéo d'une caméra-piéton d'un officier montrant l'authentique surprise de Maggie et qu'avec tout ce que Tex ou l'un de ses amis informaticiens pourraient déterrer, ça pourrait juste jouer en sa faveur.

— Je crois que le problème le plus urgent est de s'assurer que ce connard lui foute la paix, dit Dude.

Il n'avait pas tort.

— Ouais, dit Preacher.

Les deux hommes restèrent silencieux un moment puis Dude ajouta :

— Si tu as besoin de quoi que ce soit, appelle-moi. Pas Wolf. Pas Kevlar. *Moi*. Je m'en occuperai pour toi. Peu importe de quoi il s'agit. Ça me fait enrager quand les hommes maltraitent les femmes. Surtout celles qui sont importantes à nos yeux. Et puisque Maggie est importante pour toi, elle l'est pour moi. Nos femmes doivent à tout prix être protégées. Pas parce qu'elles sont faibles ou ne peuvent pas s'occuper d'elles, mais parce qu'elles sont ce qu'il y a de plus précieux dans nos vies. Avec mon équipe, on a vécu ce que tu vis. Quand de vilaines

choses ne semblent pas laisser ceux que nous aimons en paix...
C'est frustrant et rageant. Vous avez déjà suffisamment
supporté. Avec Howler, Remi, Blink, Josie, Wren, *tout le monde*.
Alors je prends personnellement ce qui est arrivé à ta femme.
C'était déjà mal que quelqu'un ait menti et soit responsable de
son emprisonnement de deux ans, mais continuer de la
harceler à sa sortie, lui causer tant de soucis alors que tout ce à
quoi elle devrait penser, c'est se remettre sur les rails... c'est
mal. C'est une attaque.

Preacher ne savait pas trop quoi dire. Alors il hocha simplement la tête une fois.

Dude lui retourna son geste puis ils traversèrent la salle
jusque-là où sa femme, Cheyenne, se tenait avec Caroline,
Remi, Wren, Josie et Maggie. Il mit un bras autour de sa taille et
se pencha pour lui dire quelque chose à l'oreille.

Cheyenne se mit presque à fondre dans les bras de son
homme. Elle se tourna et leva ses yeux vers lui avec tant
d'amour que ça mit presque Preacher mal à l'aise. Elle lui fit
signe et il recula, se dirigeant vers Benny, Flash et Mozart.

Preacher décida qu'il avait accordé à Maggie assez d'espace
pour qu'elle fasse connaissance avec les femmes et les hommes
venus la rencontrer. Désormais, son besoin d'être près d'elle
était presque écrasant. Il suivit les pas de Dude, s'arrêtant aux
côtés de Maggie.

Le sourire qu'elle lui fit quand il posa la main sur le bas de
son dos était presque éblouissant.

— Salut ! pépia-t-elle.

— Salut, lui répondit-il avec un petit sourire.

— Tu connais Cheyenne et Caroline, n'est-ce pas ?
demanda-t-elle.

Preacher rit.

— Ouais.

— Oui, désolée. Évidemment que oui. Nous parlions justement de la dinguerie que représentait le boulot d'un SEAL. Comment tu pouvais, un jour, être envoyé pour aider à la suite d'une catastrophe naturelle et le jour suivant, devoir sauter d'un avion à des kilomètres au-dessus du sol afin de t'infiltrer dans un pays hostile retenant des otages, pour les faire sortir.

Elle n'avait pas tort.

— Ça ne me paraît pas être une conversation très intéressante, dit Preacher, se risquant à prendre Maggie par la taille.

Il fut très heureux quand elle s'appuya contre lui.

— Tu plaisantes ? C'est fascinant. Et je sais que tu ne peux pas parler de tes missions, tes déploiements, peu importe comment vous appelez ça, mais pour info, je suis tellement fière de toi. Ce que tu fais est incroyable même si personne ne le sait. C'est encore plus incroyable *grâce* à ça.

Ses paroles signifiaient beaucoup pour Preacher. On l'avait déjà remercié... Les gens le remerciaient pour ses services tout le temps. Mais curieusement, les mots provenant de cette femme avaient tellement plus de poids...

— Et Caroline est chimiste. Et Cheyenne une opératrice d'appels d'urgence. C'est pas cool, ça ?

Son enthousiasme était contagieux et tout le monde autour d'elle avait de grands sourires aux lèvres.

Le reste de la soirée, Preacher demeura collé aux basques de Maggie qui faisait le tour des différents groupes. Elle s'acclimatait parfaitement bien avec tous ses amis et faisait une interlocutrice exceptionnelle. Elle complimentait les gens, écoutait avec toute son attention celui ou celle qui parlait et semblait sincèrement intéressée par le sujet de discussion.

Preacher était plus à l'aise de rester à l'écart et pas seulement parce qu'en tant que SEAL, il avait l'habitude de se fondre dans le décor. Il n'était pas le meilleur dans les situations sociales. Mais avec Maggie, il n'avait pas à l'être. Il était content de la laisser prendre les devants et il se trouvait simplement à ses côtés tandis qu'elle séduisait chaque personne dans le bar.

Elle parlait même à des gens que Preacher ne connaissait pas. Elle était dans son élément et il adorait la voir sortir de sa carapace.

Quand le dernier service fut annoncé, Maggie était encore en forme. La plupart des SEAL étaient partis, accompagnés de leurs partenaires. Les uniques réfractaires étaient Smiley, Summer et Mozart. Les cinq étaient assis à une table, discutant amicalement.

Il fut surpris que Smiley soit resté après le départ de leurs coéquipiers. Encore plus surprenant, il venait juste de finir de s'épancher auprès de tous sur la femme qu'il avait brièvement rencontrée à Las Vegas quand ils avaient extirpé Josie des griffes des garces qui l'avaient kidnappée pour tenter de la vendre à un trafiquant sexuel.

— Que je clarifie, dit Maggie avec l'air le plus sérieux que Preacher lui ait trouvé sur le visage toute cette soirée. Cette femme, Bree, a été vendue à cet enfoiré par son ex et pendant que vous vous assuriez que Josie était mise en sécurité, elle a simplement disparu ?

Smiley sourit.

— Où est-elle allée ? Elle n'a pas pu disparaître dans les airs. Son ex est-il allé la chercher ? Est-ce que ce connard avait un complice ? Avait-elle juste trop peur de rester dans le véhicule et d'attendre ton retour ? demanda Maggie.

— Je l'ignore, répondit Smiley dans un haussement d'épaules. Mais ça me ronge. Et si les trafiquants *l'avaient* rattrapée ? Est-ce qu'une autre personne que moi la cherche ? Est-ce qu'une seule personne sait qu'elle a disparu ? Se poser des questions, ça craint.

— Waouh... Je parie qu'elle est effrayée, dit Summer.

— Que peut-on faire pour aider ? demanda Maggie, en posant une main sur celle de Smiley.

— Rien, répondit-il sans hésiter. Il n'y a pas grand-chose à *faire*.

— Mais tu as dit être allé à Vegas chaque week-end pour essayer de la retrouver. On peut peut-être aider à ce niveau, insista-t-elle.

Smiley secoua la tête.

— Je me rends à Vegas chaque week-end où je peux m'y rendre, mais sincèrement, ça me paraît vraiment sans espoir. Ce n'est pas comme si elle se cachait toujours dans les buissons du voisinage ou autre. J'ai pu localiser l'appartement dans lequel elle vivait et il est désert. Vidé.

— Quoi ? Sérieux ? Par elle ? demanda Summer.

— Aucune idée. Mais c'était une impasse. Elle n'est pas non plus retournée à son travail. Elle a littéralement et simplement disparu.

Preacher se fit soucieux. Il ne s'était pas du tout imaginé que Smiley était si investi pour retrouver cette mystérieuse femme appelée Bree. Effectivement, le reste de l'équipe et lui savaient qu'il était allé fréquemment à Vegas mais pas qu'il avait découvert son adresse ni où elle travaillait en réalité. Il n'avait jamais vu Smiley... s'inquiéter autant pour quelqu'un. En particulier pour une femme. Non pas que c'était un insensible, mais plutôt qu'il gardait le contrôle de ses émotions avec une main de fer.

— Ah merde, dit Maggie. S'il y a quoi que ce soit que nous puissions faire, dis-le-nous, okay ?

— Ouais, nous les femmes, nous savons en grande partie ce que c'est que de se sentir complètement seule, ajouta Summer.

— Merci, les filles, dit Smiley. Je suis sûr qu'elle va bien. C'est juste que je n'aime pas ne pas savoir.

— C'est comme ces reportages sur des crimes qui se

terminent sans dire aux spectateurs qui les ont commis, dit Summer.

— Ou ceux sur les personnes disparues qu'on regarde pendant une heure et qu'au final... elles sont toujours portées disparues. Je déteste ça, renchérit Maggie.

Preacher était bien d'accord avec les filles. Il détestait ça aussi et c'était l'une des raisons pour laquelle il ne regardait pas beaucoup d'émissions criminelles. Il avait vu assez de morts et de haine avec son boulot. Il n'avait pas non plus besoin d'en voir pendant ses moments de pause. Il était plutôt du genre sports... Football, basketball, football américain et plongée. De préférence, les plongées d'en haut. Ou des sauts de falaise. Il pourrait perdre des heures sur YouTube à regarder des vidéos d'athlètes assez fous pour sauter de hautes plateformes.

— ... de partir.

Preacher avait loupé la majeure partie de ce qu'avait dit Mozart, mais il présuma qu'il mettait fin à sa soirée vu qu'il se levait et aidait sa femme à se mettre debout.

Maggie se redressa et enlaça sa nouvelle amie, promettant de la recontacter. Smiley fit également ses adieux et alors, il ne resta plus que Preacher et Maggie à table.

— Tu as l'air heureuse, lui dit-il.

— Je le suis, répondit-elle sans hésiter. J'aime tes amis. Ils sont tous si gentils.

Ils l'étaient.

— Je ne savais pas que tu étais un oiseau de nuit. Ni une extravertie.

Maggie se mit à rire.

— Est-ce que ça change quelque chose ?

— Pas du tout. Ça me fait juste réaliser de nouveau à quel point tu as dû vivre des moments difficiles ces deux dernières années.

Elle retrouva son sérieux.

— Ouais... Je restais dans mon coin car j'avais peur de dire ce qu'il ne fallait pas à la mauvaise personne. Et ce n'était pas comme si j'avais le choix de veiller tard ou pas, les lumières s'éteignaient à la même heure pour tout le monde.

— Je n'aurais pas dû t'amener dans un bar ce soir. Je suis désolé, lui dit Preacher.

— Ça va. Je n'ai jamais été une grande buveuse, alors ce n'est pas comme si j'étais tentée.

— Quand même. Ce n'était pas cool. Je m'assurerai que nous nous voyons ailleurs désormais. Ou au moins jusqu'à ce que ton sursis soit terminé.

Maggie le fixa un long moment.

— Tu es presque trop sympa pour être vrai.

— Je ne suis pas sympa, la contredit Preacher.

Elle leva les yeux au ciel.

— Okay, je me montre sympa avec toi, mais je ne crois pas me comporter différemment avec les autres.

— Si tu le dis, Shawn. Chaque personne à qui j'ai parlé ce soir n'avait que des choses gentilles à me dire sur toi.

Il ne voulait pas parler de lui. Il préférait largement s'intéresser à elle.

— Tu es prête à partir ? lui demanda-t-il.

— Ouais. Je n'avais pas l'intention de te faire veiller si tard. Tu as entraînement dans la matinée... enfin, plus tard dans la journée, non ?

— Ce ne sera pas la première fois que je dors peu avant de faire de l'exercice. C'est bon, lui dit Preacher.

— Tu vois ? Sympa, marmonna Maggie tout en se levant.

Preacher se surprit à avoir un sourire satisfait. Il fit un signe du menton au barman, guidant Maggie vers la porte. Il la mena jusqu'à sa voiture, gardant un œil sur les environs. Il était extrêmement tard – ou tôt – et rien de bon n'arrivait après minuit en général. Mais tout était calme et ils parvinrent à sa voiture sans problème. Preacher installa Maggie sur le siège passager et fit le tour du véhicule jusqu'au côté conducteur.

— C'est une belle nuit, commenta Maggie tandis qu'il quittait le parking, la tête penchée en arrière et regardant par la vitre. Ça m'a fait bizarre de rester si longtemps sans voir les étoiles. Ou la lune.

Prenant une décision en une demi-seconde, Preacher fit prendre à la voiture la direction de la base navale.

— Où va-t-on ? s'enquit Maggie.

— Tu as ta carte d'identité sur toi, n'est-ce pas ? l'interrogeat-il sans répondre à sa question.

— Bien sûr.

— Bien. Sors-la. S'il te plaît.

Elle fit ce qu'il lui demandait et demeura silencieuse le reste du chemin jusqu'à la base. Ils franchirent le portail et Preacher présenta au garde sa carte d'identité militaire ainsi que le permis de conduire de Maggie. Une fois qu'on leur fit signe de passer, elle dit de nouveau :

— Shawn ? Où va-t-on ?

Sauf que cette fois, elle avait l'air nerveuse, ce qu'il n'aimait pas.

— Il y a un endroit que je veux te montrer. Je te jure que tu es en sécurité avec moi. Je n'ai rien planifié de malfaisant. Je me suis juste dit que tu aimerais ce lieu autant que moi. Parfois je m'y rends quand on rentre d'une mission particulièrement difficile.

Il ne mit pas longtemps avant d'atteindre l'étendue de la plage qu'il avait en tête. Preacher se gara sur le bord de la route ; il n'y avait même pas de vrai parking. Il coupa le moteur et lorsqu'il eut fait le tour de la voiture, Maggie l'attendait. Il lui tendit la main, fut soulagé et heureux quand elle la lui prit.

Il suivit un sentier quasi inexistant à travers des buissons et des hautes herbes jusqu'à la petite bande de sable. Ce n'était pas une belle plage de baignade, ce qui expliquait pourquoi elle était peu connue ou peu fréquentée. Il y avait beaucoup de roches escarpées le long du rivage et les vagues s'écrasaient sur elles presque sans arrêt. C'était en fait assez bruyant, mais cela n'avait jamais embêté Preacher.

Il s'arrêta et se tourna vers Maggie.

— Tu te poses avec moi ?

Elle accepta d'un signe de tête et ils s'assirent tous les deux sur le sable mou. Preacher aurait aimé avoir apporté une couverture ou quelque chose d'autre, mais il était trop tard et le trajet avait été trop spontané pour ça. Mais cela ne semblait pas embêter Maggie.

— C'est beau. J'adore le bruit des vagues qui viennent s'écraser sur les rochers.

— Lève les yeux, lui dit Preacher.

Il sourit quand un petit hoquet s'échappa de sa bouche.

— Oh mon dieu…, murmura-t-elle.

Preacher n'avait pas besoin de lever les yeux pour savoir ce qu'elle voyait. Ici, les étoiles, loin d'un paquet de pollution lumineuse de la ville, étaient incroyables. Elles semblaient être présentes indéfiniment.

Au lieu de regarder les étoiles, il garda les yeux sur Maggie. Elle avait la bouche béate d'admiration et il aurait pu jurer voir ses muscles se détendre en l'observant. Voilà pourquoi il avait voulu l'emmener ici.

— C'est… Waouh ! J'ai l'impression d'être tellement petite, dit-elle tout bas.

— Ouais. Venir ici me rappelle que je ne suis qu'un tout petit rouage dans ce truc appelé la vie.

Les yeux de Maggie se posèrent sur lui.

— On dirait des paroles de chanson.

Il pouffa.

— Ça, j'en sais rien. Tout ce que je sais, c'est qu'entendre l'eau et voir les étoiles... ça m'apaise.

— Ouais, approuva Maggie, s'intéressant de nouveau au ciel.

Au bout d'un moment, Preacher tira sur sa main, celle qu'elle n'avait pas retirée de la sienne. Il la poussa à s'allonger. Ce serait mieux pour les muscles de son cou. Elle obéit sans se faire prier.

Ils restèrent ainsi sur le sable, les yeux levés vers le ciel pendant plusieurs minutes sans prononcer un mot.

— Merci, dit Maggie après quelques minutes. J'en avais besoin.

— De rien.

Ils allaient tous les deux avoir du sable dans les cheveux, il serait exténué à son entraînement demain, mais ça en valait la peine. En tout cas, à ses yeux.

— Tu sais ce qui était le pire en étant en prison ? dit-elle après que quelques autres minutes se soient écoulées.

Il pouvait penser à un tas de choses qui seraient nulles dans le fait d'être enfermé. Mais au lieu de ça, il demanda :

— Quoi ?

— De savoir qu'il était *là*, dehors. Libre. Vivant sa vie. De savoir que des gens avaient du respect pour lui. Le prenant pour ce mec génial. Ça me fait passer pour une mesquine absolue mais je ne peux faire autrement. Je pensais la même chose qu'eux avant. Mais ensuite, j'ai commencé à le voir comme il était vraiment. Je prenais mes distances avec lui. J'allais rompre. Mais j'ai attendu trop longtemps, raconta-t-elle avant de pousser un soupir.

Preacher voulait désespérément connaître le nom de l'enfoiré dont elle parlait. Mais il se retint de le lui demander. Il espérait qu'elle le lui dise quand elle serait prête. Puis il verrait ce qu'il pourrait faire pour ruiner la vie de ce gars, tout comme il l'avait fait avec celle de Maggie.

— Il paiera, lui dit Preacher. Je crois fermement que ceux qui ont fait du mal aux autres paieront pour leurs fautes au bout d'un moment.

— Je n'aime pas garder tant de haine envers une personne dans mon cœur. Ça ne me semble pas bien. Mais je n'arrive pas à m'en empêcher.

— Tu es humaine, lui dit Preacher en lui pressant la main. Et il t'a fait du mal de façon considérable.

— Ouais, dit-elle avant de ne plus dire un mot.

Quand quelques minutes passèrent, elle demanda :

— Quelle heure est-il ?

— C'est important ?

Elle émit un petit rire.

— Ça l'est si tu manques ton entraînement car nous sommes assis ici, sur le sable.

Preacher ricana.

— Même si je le manque, ça ira. Enfin, ouais, je suis censé y être, mais Kevlar ne va pas me déclarer absent sans permission officielle si je n'y suis pas.

— Il a l'air d'être un homme bon.

— Il l'est.

— J'apprécie vraiment Remi, Wren et Josie. Elles ont toutes été si gentilles avec moi. J'ai l'impression de les connaître depuis toujours. C'est dur de croire à toutes ces choses qui leur sont arrivées. Je suis contente qu'elles aillent bien.

— Moi aussi.

— Shawn ?

— Oui, Maggie ?

— C'est génial. Merci.

— Je t'en prie.

Elle prit une profonde inspiration et s'assit.

— Tu dois rentrer.

— Tu veux rester et regarder plus longtemps les étoiles ? lui demanda Preacher.

Elle réfléchit à la question puis secoua la tête.

— Non, je crois que c'est bon. Mais je ne serais pas contre le fait de revenir ici un de ces jours.

— Marché conclu.

Preacher se mit debout puis aida Maggie à faire de même. Il retira autant de sable sur lui que possible et aida Maggie à en enlever dans ses cheveux. Il fut surpris quand elle lui rendit la pareille et la sensation de ses doigts dans sa chevelure provoqua la chair de poule sur ses bras.

Puis il lui attrapa la main et ouvrit la voie parmi les petits passages dans les buissons et les herbes pour retourner à sa voiture.

La route jusqu'à l'appartement de Maggie se fit dans un silence confortable. Il l'accompagna jusqu'à sa porte et ne put s'empêcher de poser la main sur sa joue.

— J'ai passé un bon moment ce soir. Un *excellent* moment.

— Moi aussi.

Preacher était comme muet. Il voulait faire et dire tellement de choses, mais il ne parvenait pas à mettre de l'ordre dans ses idées.

Maggie ne semblait pas avoir ce problème. Elle se mit sur la pointe des pieds et releva le menton. Preacher n'hésita pas à se pencher.

Le baiser qu'ils échangèrent devant sa porte était tout aussi passionné et intime que celui qu'ils avaient eu plus tôt. Sauf que cette fois, Maggie pressait son corps contre celui de Preacher et il pouvait la sentir sur chaque centimètre de son corps. Elle se sentait chez elle là. Comme si elle était faite pour lui.

Aussi ringarde que lui parût cette pensée, elle semblait juste. Preacher enroula sa taille de ses bras, la tenant contre lui, son autre main se dirigeant vers son cou. Les bras de Maggie s'accrochaient fermement à lui.

Ils respiraient tous deux fort quand elle finit par se reculer.

— Tu es sûr que ça ira pour aller à l'entraînement dans..., dit-elle avant d'avancer son poignet pour regarder sa montre. Trois heures ?

— J'en suis sûr, répondit Preacher.

Ce serait nul de bosser mais il s'en fichait. Il n'aurait échangé cette soirée pour rien au monde. Surtout du sommeil.

— On se parle demain ?

— Bien sûr. Tu travailles au magasin ?

— Ouais. De midi à 17 h.

— Tu veux qu'on déjeune ensemble ? Je peux venir vers 11 h avec des sandwiches ou autre chose.

— J'adorerais, lui répondit Maggie avec un grand sourire.

— Dors bien, lui dit Preacher, se forçant à la lâcher et faire un pas en arrière.

— Toi aussi.

Maggie se tourna et ferma la porte à clé. Elle entra dans l'appartement et se retourna vers lui.

— Shawn ?

— Ouais ?

— Je *veux* te le dire. Juste que... je ne suis pas encore prête. La dernière chose que je veux, c'est t'envoyer dans sa ligne de mire.

Preacher savait exactement de quoi et de qui elle parlait. Même s'il détestait ces mots-là, ils apportaient aussi une lueur d'espoir. Elle avait dit « pas encore ». Et elle voulait lui faire confiance, elle avait juste besoin de plus de temps. Il pouvait lui en accorder. Peut-être.

— Il ne peut pas me faire de mal, dit-il.

— Je pense que si. Et je ne peux pas prendre ce risque.

— Laisse-moi t'aider, Maggie. Tu n'as plus à gérer ça toute seule.

Elle lui fit un sourire triste.

— Bonne nuit, Shawn.

— Bonne nuit, Maggie. On se voit demain.

— Bye.

Preacher resta dans le couloir jusqu'à l'entendre fermer la porte à clé et seulement après, il fit demi-tour et se rendit vers les escaliers. La frustration l'envahissait. Pas la frustration sexuelle même s'il la ressentait également, mais il était frustré par la situation de Maggie. Il détestait que quelqu'un soit encore là quelque part à la menacer. Elle avait besoin d'aide, mais avant qu'elle ne lui donne l'information dont il avait besoin, il était sur la touche. Et il détestait vraiment ça, mais il désirait davantage sa confiance que de fourrer son nez dans ses affaires. Il voulait qu'elle se confie au sujet de son ex de son plein gré sans qu'il ait à faire les choses derrière son dos pour découvrir l'identité du gars.

En attendant, la seule chose qu'il pouvait faire, c'était être là pour elle. L'aider à se sentir à l'abri. Et après, seulement après, avec de la chance, elle s'ouvrirait à lui.

* * *

Assis à son bureau de la base navale avant que ne démarre sa journée, Roman Robertson étudiait la photo qu'on lui avait envoyée et affichait un sourire satisfait. C'était exactement ce dont il avait besoin pour faire du chantage à Maggie. Pour continuer de la tourmenter. Il ne faisait pas ça pour qu'elle revienne, ni n'avait aucune pensée ridicule sur le fait que s'il ne pouvait l'avoir, personne ne l'aurait.

C'était exactement comme il lui avait dit : car c'était marrant.

Il n'avait absolument pas pensé qu'elle puisse se faire arrêter quand il avait mis ces drogues dans sa voiture pour les refiler à son contact au nord. Mais quand elle l'avait été, il avait senti un énorme flot de pouvoir lorsqu'il avait compris que *peu importait* ce qu'elle racontait, elle porterait le chapeau pour un truc que *lui* avait commis.

Roman adorait avoir des gens à sa merci. C'était en cela que son boulot en tant qu'officier de la Navy était si parfait ; il adorait qu'on le salue, qu'on le traite avec respect, avoir des millions de l'argent du gouvernement à sa disposition. Et puisqu'il avait fait son temps, il n'avait pas à s'en faire d'être déployé ou exposé au danger. Il pouvait ordonner aux autres de s'occuper des tâches difficiles.

Et grâce à la photo sur son téléphone – prise par l'une des nombreuses personnes qui feraient tout ce qu'il demandait sans poser de question à cause du pouvoir qu'il exerçait sur elles – Roman savait exactement qui il allait emmerder ensuite.

Il avait averti Maggie. Lui avait dit que si elle faisait quoi que ce soit qui l'amenait à se demander pendant une seconde si elle pensait seulement à le dénoncer, elle le regretterait. C'était apparemment le moment parfait pour lui faire perdre la tête *et* emmerder des mecs qui se croyaient intouchables.

Roman détestait les SEAL depuis qu'il avait échoué à la sélection des BUD/S.

Qu'elle aille se faire foutre.

Qu'il aille se faire foutre.

Ce serait drôle de les emmerder tous les deux.

Que les jeux commencent.

8

— Quoi ?! demanda Maggie, abasourdie.

La semaine dernière avait été calme. Presque trop calme. Elle n'avait eu aucun appel menaçant de Roman, le travail avait été tranquille et elle avait adoré connaître davantage Shawn. Et ses baisers rendaient ses jambes molles et faisaient picoter ses lèvres. Elle en voulait plus mais ne savait pas vraiment comment s'y prendre, puisqu'il était vierge. Elle se fichait qu'il soit inexpérimenté, mais elle n'était pas certaine de devoir prendre l'initiative. C'était un dominant, ça c'était clair. Serait-il rebuté si elle faisait le premier pas ?

Il semblait que ce soit un point caduc pour le moment.

— Nous sommes déployés aujourd'hui, dit Shawn dans son oreille.

C'était juste avant le déjeuner et Maggie avait cru qu'il appelait pour lui demander ce qu'elle voulait qu'il lui apporte à manger, mais au lieu de ça, il avait lâché une vraie bombe.

— Déployé ? Combien de temps ?

— Merde, marmonna Shawn avant de soupirer. Nous n'avons pas parlé de ces aspects-là de mon travail, mais malheureusement, je ne peux pas te dire grand-chose. C'est ça, être un SEAL. Un tas de fois, nous ignorons nous-mêmes combien de temps nous serons partis. Mais nos missions ne sont pas comme celles de ton amie Adina, elles ne durent pas des mois en général.

La panique que ressentait Maggie était une surprise. Elle ne connaissait pas Shawn ni ses collègues depuis si longtemps, mais l'idée de ne pas pouvoir lui parler chaque soir comme elle l'avait fait, ni le voir, était désagréable.

Elle en avait beaucoup appris de Remi et des autres filles, toutefois. C'était comme ça, d'être avec un militaire. De plus, ce n'était pas comme si elle n'avait pas l'habitude d'être seule.

Comme si Shawn pouvait lire dans son esprit, il dit :

— Remi, Wren et Josie seront là pour toi. Et Caroline, Summer et les autres filles également. Et leurs maris. Tu n'es pas seule, Maggie. Je te le promets.

— Je le sais, murmura-t-elle.

Et c'était le cas. La manière dont tout le monde l'avait accueillie n'avait rien été d'autre qu'un miracle. Elle n'avait jamais eu autant d'amis avant. Et c'était super.

— Je voulais pouvoir te le dire en personne, mais les ordres ont été donnés et nous devons partir presque immédiatement.

— Tu... feras attention ?

Ça avait l'air stupide, mais soudain, Maggie eut peur pour Shawn.

— Je fais toujours attention. Et désormais, j'ai quelque chose, quelqu'un à retrouver en rentrant, alors je serai encore plus vigilant.

Oh... C'était... Maggie ne savait pas trop ce que c'était. Mais ses propos l'avaient fait fondre et pour la première fois depuis des années, elle avait vraiment l'impression de compter pour quelqu'un.

— Shawn, murmura-t-elle.

— Je sais, ça craint. Mais c'est ça, ma vie. En général, nous avons plus de temps pour nous préparer, mais parfois, ça arrive. Je serai de retour avant que tu ne t'en rendes compte. Et une fois de plus, s'il y a quoi que ce soit, appelle Dude, le mari de Cheyenne. Il sera en mesure de t'aider.

Maggie voulait demander ce qui pourrait se produire, mais elle savait à quoi il faisait référence. Son ex. Elle lui avait dit l'autre jour qu'elle n'avait pas eu de ses nouvelles en une semaine et que malgré son soulagement, elle s'inquiétait également qu'il manigance quelque chose. Bien entendu, cet aveu n'avait pas fait plaisir à Shawn. Du tout.

Pour la première fois depuis leur rencontre, Maggie se demandait pourquoi elle s'efforçait tant de cacher le nom de son ex à Shawn. Oui, elle avait peur de ce que Roman pourrait faire, mais si les gens en savaient plus sur lui, savaient qui il était, alors si quoi que ce soit arrivait à Maggie, peut-être que le sujet Roman serait davantage pris au sérieux.

— À ton retour, nous devrons parler, lâcha Maggie.

Maintenant que les dernières menaces de Roman étaient moins récentes, elle avait plus de courage pour révéler à Shawn qui il était.

— Nous le ferons, lui répondit-il. Je dois y aller, on a pas mal de choses à préparer, étant donné que cette mission est arrivée de manière imprévue. Sois prudente pendant mon absence. Maggie ?

— Oui ?

— Tu vas me manquer. J'ai vraiment aimé les discussions que nous avons eues chaque soir.

Maggie s'affaissa.

— Moi aussi, avoua-t-elle.

— J'appellerai dès qu'on sera revenus à la base. D'accord ?

— D'accord.

— Prends soin de toi.

— Toi aussi.

Avec réticence, Maggie appuya sur le bouton de fin d'appel et soupira. Déjà, elle se sentait plus seule qu'elle ne l'avait été depuis le jour où elle avait rencontré Shawn et ses amis.

Quand elle retrouva son poste à *My Sister's Closet*, le bruit avait de toute évidence couru que Shawn et son équipe avaient été envoyés en mission.

— Tu tiens le coup ? demanda Julie.

— Franchement ? Je ne sais pas comment je me sens, lui répondit Maggie.

— Si ça peut te consoler, ça finit par être plus facile. Pas le fait que ton mec se lance volontairement vers le danger alors que tous les autres le fuient, mais le fait qu'il parte. Et je suis mal placée pour en parler, mon mari était commandant et quand nous nous sommes mis ensemble, il pensait à prendre sa retraite, mais c'est ce qu'ont dit Caroline, Fiona et les autres. Attends, on devrait les appeler. Non ! Je sais ! Faisons une soirée pyjama !

Maggie cligna plusieurs fois des yeux.

— Une soirée pyjama ? demanda-t-elle, incrédule.

— Ouais ! C'est vraiment marrant. En général, Caroline les organise chez elle. Son sous-sol est assez grand et il y a un tas de meubles confortables sur lesquels dormir. On peut inviter Remi, Josie et Wren aussi. Je vais l'appeler tout de suite !

Maggie voulait protester. Lui dire qu'à trente-cinq ans, elle était bien trop âgée pour des soirées pyjama, mais les autres filles devaient avoir au moins dix ans de plus qu'elle. Et plus elle y pensait, plus l'idée de passer du temps avec les femmes qu'elle avait rencontrées à *Aces* dans un cadre plus intime lui paraissait sympa.

C'était quand, la dernière fois qu'elle s'était *vraiment* amusée ? Probablement une semaine, quand elle avait fait la connaissance de tous les amis de Shawn au bar.

À son grand étonnement, la soirée pyjama fut planifiée avant la fin de la journée. La discussion groupée dans laquelle Maggie était incluse avait été active, Wren et les autres ayant posé un million de questions, et elle avait même appris de Caroline à quel point elle était contente d'être l'hôtesse de ces retrouvailles.

La soirée était prévue pour le week-end prochain et Maggie attendait cet événement avec plus d'enthousiasme qu'elle n'en avait eu depuis très longtemps.

* * *

Une semaine plus tard, Maggie était assise les jambes croisées sur un lit *queen size* dans le sous-sol de Caroline Steel, entourée de dix autres femmes. Pour le dîner, Caroline avait préparé quatre énormes plateaux de charcuterie et tout le monde s'empiffrait d'amuse-gueules.

Maggie avait eu besoin de ça. Elle avait repris de vieilles habitudes cette dernière semaine... restant seule à beaucoup trop réfléchir. Les messages de ses nouvelles amies et les coups de fil occasionnels de Remi, Wren ou Josie l'avaient empêchée de perdre la tête. Et son travail au magasin de vêtements la faisait au moins sortir de son appartement.

L'absence de Shawn lui faisait comprendre à quel point elle avait besoin d'interactions humaines. Les deux années passées derrière les barreaux l'avaient presque brisée. Oui, il y avait eu plein d'occasions d'interagir avec les autres, mais la plupart de ses codétenues ne s'étaient pas montrées dignes de confiance. Et ça, ça faisait toute la différence. Maggie comprenait qu'elle pouvait faire confiance non seulement à Shawn mais à ses amis également.

Et ces nanas ? Maggie n'avait jamais connu la valeur de l'amitié véritable avant de les rencontrer. Que le fait d'avoir

120

quelqu'un à qui on pouvait parler faisait la différence entre une journée de merde et une journée simplement désagréable.

Elle ricana d'elle-même. Elle était en train de devenir assez philosophe ! C'était ridicule.

— Y a quoi de si drôle ? demanda Cheyenne.

— Rien. Je pensais juste comme ma vie est différente aujourd'hui par rapport à il y a quelques mois seulement.

— Meuf, cette période de ta vie est derrière toi. Partie. Tu ne reviendras pas en arrière, dit fermement Wren.

Tout le monde acquiesça aussitôt.

Maggie les aimait pour ça... Mais ce n'était pas tout à fait vrai. Elle était à un faux pas de se tenir devant un juge et d'être potentiellement renvoyée en prison. Mais elle n'allait pas expliquer ce qu'il suffirait à Roman de décider s'il voulait mettre ses menaces à exécution et qu'elle soit de nouveau incarcérée.

— Merci, les filles.

— Je peux poser une question ? demanda Remi.

— Je crois que tu viens de le faire, dit Summer en riant.

— Je veux dire : une autre question ! répondit Remi en levant les yeux au ciel.

Cela déclencha le rire chez tout le monde et il fallut un moment pour que la pièce retrouve suffisamment de calme pour que Remi puisse poser comme il le fallait sa question.

Maggie se préparait, elle se disait qu'elle allait l'interroger sur quelque chose en rapport avec la prison. Personne ne s'était vraiment manifesté pour demander toutes les choses que la plupart des gens tenaient pour acquises : comment utiliser la salle de bains, se doucher, comment étaient préparés les repas et ce qu'elle avait *fait* tous les jours.

Mais au lieu de s'adresser à Maggie, Remi observa les femmes plus âgées, les épouses des SEAL qui étaient restés dans la Navy pendant des années.

— Est-ce que ça devient plus facile ? Les déploiements ?

— Je vais répondre, annonça Caroline aux autres femmes avant de regarder Remi dans les yeux. J'aimerais beaucoup rester tranquillement ici et te dire que oui, ça devient plus facile. Mais pour ma part, en tout cas, c'était l'inverse. Chaque fois que Matthew partait, je trouvais cela de plus en plus difficile. Peut-être parce que j'avais une idée plus précise de la plupart des situations que ses coéquipiers et lui allaient affronter. Peut-être parce que je l'aimais plus fort et plus profondément après chaque jour passé ensemble. Peut-être que ça me rendait juste malade qu'il me laisse seule. Je ne sais pas. Mais non, ça ne devient pas plus facile. Ce qui ne veut pas dire que je n'étais pas fière de lui chaque fois qu'il partait. Et reconnaissante que les autres et lui soient là-bas pour faire ce qui devait être fait. Si ce n'avait pas été lui, alors qui ?

— Je pensais à ça l'autre jour, quand j'ai vu trois otages au Pacifique Sud – j'ai oublié quelle île – être secourus. Ils avaient été enlevés de l'hôtel dans lequel ils séjournaient et retenus en otages contre une rançon. Que serait-il arrivé si des hommes comme les nôtres n'étaient pas prêts à faire ce qui devait être fait ? À mettre leur vie en péril pour aider les autres ? dit Cheyenne.

— Qu'est-ce que *moi*, j'aurais fait ? dit Josie. Personne n'était à ma recherche. Et Nate aurait pu s'échapper, mais au lieu de ça, il a enduré davantage de tortures car il ne voulait pas partir sans moi. Je suis en admiration devant ses amis et lui.

— Je crois que la question est... est-ce que *toi*, tu peux supporter ce que Kevlar fait ? demanda gentiment Jessyka à Remi. Parce que parfois, être la femme ou la petite-amie d'un SEAL, ça craint. Mais la plupart du temps, c'est comme dans toute autre relation. Tu te disputes, tu es content de voir l'autre après une longue journée de travail, tu t'inquiètes de l'argent et tu aimes l'autre pour ce qu'il est.

— C'est juste que... cette dernière mission... elle me paraît... *étrange*, dit Remi.

— Je suis d'accord, renchérit Wren. Enfin, je ne suis pas avec Bo depuis très longtemps, mais par le passé, quand ils partaient en mission, ils avaient en général plus de temps pour se préparer. C'est pour ça que je m'inquiète qu'ils soient allés dans une situation pour laquelle ils n'étaient pas préparés.

— Ils n'ont pas eu au moins vingt-quatre heures ? demanda Alabama.

— Non, répondit Wren. Bo m'a appelée de son travail et dit qu'ils partaient dans les deux heures. Il n'est même pas venu à la maison pour dire au revoir.

— Hmm, en effet, c'est inhabituel, rétorqua Summer.

— *C'est* bizarre, reprit Julie. Écoutez, je n'ai pas toutes les réponses simplement parce que je suis avec un ancien commandant... Mais en général, les chefs essaient d'accorder à leurs soldats le temps de parler aux familles. De dire au revoir. Deux heures, ça veut soit dire qu'un problème majeur a lieu quelque part et qu'il n'y avait pas le temps de faire autre chose qu'un compte-rendu avant de les mettre dans un avion... soit, quelqu'un a merdé.

Le silence s'installa dans la pièce un moment. Puis Caroline prit son téléphone et se mit à faire défiler son écran.

— Que se passe-t-il, Caroline ? s'enquit Fiona.

— Je regarde juste les infos. Je vois s'il se passe quelque chose, quelque part.

Tout le monde attendait, observant Caroline fixer son écran. Elle finit par relever la tête et hausser les épaules.

— Ce n'est pas parce que je ne trouve rien de grave que ça veut dire que ça n'arrive pas.

Les autres se mirent toutes à parler en même temps, essayant de comprendre pourquoi l'équipe avait pu être envoyée si rapidement, tout en rassurant également Wren,

Josie, Remi et Maggie que les gars allaient bien et seraient bientôt de retour.

Mais la question de Wren avait fait dresser les cheveux sur la nuque de Maggie. Et si…

Non, c'était une idée dingue. Il ne ferait pas ça… si ?

Ouais, il le ferait.

La question qui se posait était : est-ce que Roman avait-il *vraiment* l'influence et le pouvoir d'envoyer une équipe de Navy SEAL en mission pour laquelle ils n'avaient pas été pleinement préparés ? C'était terrifiant rien que d'y penser.

Instinctivement, elle baissa les yeux sur son propre téléphone. Elle n'avait eu aucun appel de Roman depuis presque deux semaines maintenant. Elle avait espéré que cela signifiait qu'il s'était lassé de l'emmerder. Mais si ce n'était pas le cas ? Et si c'était sa façon de lui dire qu'elle et tous ceux qui comptaient pour elle seraient *toujours* sous son contrôle ? Qu'elle devrait toujours vérifier par-dessus son épaule et se demander s'il était là, à attendre, guetter, se préparant à foutre sa vie en l'air de toutes les façons qui lui plaisaient.

Elle frissonna.

— Maggie, qu'en penses-tu ?

Redressant brutalement la tête, Maggie regarda Cheyenne.

— Je suis désolée, je n'écoutais pas. Ce que je pense de quoi ?

L'autre femme lui fit un sourire compatissant.

— De ne plus parler boulot et de faire du chocolat chaud et de regarder un film.

Maggie exprima vivement son accord. L'idée que sept hommes aient pu être mis en danger à cause d'elle lui filait la nausée. Si quoi que ce soit arrivait…

Elle ne pouvait penser à ça. Shawn et les autres étaient vraiment bons dans ce qu'ils faisaient. Même si – et c'était un grand si – Roman avait quelque chose à voir avec leur déploiement, ils seraient en mesure de gérer. Maggie avait entendu suffisamment d'histoires sur ces hommes en action de la part de Remi, Wren et Josie pour en être absolument convaincue.

Mais quand même, elle ne pouvait s'arrêter de s'interroger sur Roman... Userait-il vraiment de son pouvoir pour envoyer les gars dans un pays étranger ?

Elle devrait se montrer extrêmement prudente. En alerte. Peut-être qu'il avait expulsé Shawn pour atteindre Maggie plus facilement. L'idée qu'il dissimule des drogues dans sa voiture ou chez elle, ou qu'il mette quelque chose dans son verre pour qu'elle soit testée positive au contrôle antidopage... il pouvait l'emmerder d'un tas de façons afin qu'elle enfreigne l'une de ses règles de sursis. Cette pensée lui donnait envie de se cacher sous les couvertures, dans son appartement, et de ne jamais en ressortir.

Précédée par toutes les filles montant les escaliers pour aller en cuisine faire du chocolat chaud, Maggie frissonnait. Et si Roman s'en prenait à l'une d'elles ? C'était déjà assez pénible qu'elle ait passé autant de temps en prison. Et s'il faisait en sorte d'y envoyer l'une de ses amies ?

Elle ne pourrait pas le supporter.

Il était temps. Temps de parler à Shawn. Elle avait déjà décidé de lui dire qui était son ex, mais elle devait *tout* lui dire. Dès que possible. Elle ignorait totalement si ses amis et lui seraient en mesure de faire quoi que ce soit pour qu'elle soit en sécurité, mais au moins, ils sauraient. Alors peut-être que Shawn pourrait faire en sorte que Roman ne ruine pas la vie de quelqu'un d'autre.

Mais d'un autre côté... Roman pourrait ruiner celle de *Shawn*.

Non. Elle devait croire Shawn quand il disait qu'il pouvait s'occuper de lui et qu'il avait des amis en mesure de l'aider, elle. Car tout le reste sortait tout droit de ses pires cauchemars.

9

— Sérieux, c'est quoi ce bordel ? s'exclama Smiley tandis qu'ils se réunissaient dans la chambre avec lits de camp qu'on leur avait assignée sur le porte-avions nucléaire actuellement basé dans la mer Méditerranée.

Preacher se posait la même question et apparemment, ses coéquipiers également. Ils s'étaient personnellement interrogés sur cette mission les uns les autres cette semaine passée, mais c'était la première fois qu'ils en discutaient en groupe.

— Mais pourquoi sommes-nous donc ici ? demanda Flash. Il n'y a aucune menace imminente, de personne, et il y a déjà deux équipes du SEAL à bord de ce navire.

Kevlar fronça les sourcils.

— J'ai parlé à notre commandant aujourd'hui et il essaie de comprendre ce qu'il se passe. Il pense que quelqu'un a merdé et qu'il y a eu un malentendu. Il a cru que nous venions ici en renfort des autres équipes, mais puisque tout ce que nous avons fait, c'est rester assis ici, il a commencé à se poser des questions. Il semble que la mission que nous étions censés renforcer a été annulée, mais personne n'en a informé le commandant. Tout ça pour dire que nous ne *devrions pas* être ici.

— Alors, quand est-ce qu'on rentre ? demanda Safe.

— C'est ça le truc... Je n'en suis pas sûr, répondit Kevlar.

— Putain, jura Blink.

— C'est des conneries ! ajouta Preacher.

— Je sais. Et le commandant est dessus. Mais les gars, vous savez comment ça marche. Ça pourrait être demain ou dans un mois à compter d'aujourd'hui avant qu'ils ne se retirent les doigts du cul et qu'on soit renvoyés chez nous.

— Vaudrait mieux que ça ne dure pas un putain de mois, rouspéta Safe.

— On peut appeler Tex ? Il peut sûrement faire quelque chose pour réparer cette foutue situation. J'ai un rendez-vous avec un détective à Vegas dans deux semaines que je ne veux pas louper, dit Smiley.

— Je suis dessus, dit MacGyver, ses pouces faisant un ballet aérien au-dessus du clavier de son téléphone.

— Je ne pense pas qu'on devrait mêler Tex à ça, répliqua Kevlar. Je suis sûr que la Navy va finir par résoudre ça.

Smiley renifla, sarcastique.

— Ouais, c'est ça, comme ils ont résolu le fait de nous envoyer ici alors qu'on n'avait clairement pas besoin de nous ?

— Okay, tu marques un point, concéda Kevlar. Tiens-moi au courant de ce qu'il dira, MacGyver.

— Il dit qu'il est dessus.

— Attends, *quoi* ? Tu as déjà mis la main sur Tex, expliqué la situation et il est déjà dessus ? s'étonna Flash.

— Ouais ! réagit MacGyver avec un sourire satisfait.

— La vache ! On devrait peut-être préparer nos affaires, suggéra Safe.

Preacher n'était pas certain de ça, mais tout ce que le génie de l'informatique pourrait faire pour résoudre cette situation foireuse serait le bienvenu. Ils se trouvaient sur ce navire depuis bien trop longtemps.

Il avait envoyé quelques e-mails à Maggie depuis son départ et même si elle répondait qu'elle allait bien, il sentait que quelque chose n'allait pas de son côté. Il ignorait quoi et aspirait à pouvoir lui parler en personne parce qu'il pouvait assez bien lire en elle quand ils étaient face à face.

— Alors, je suppose que la soirée pyjama s'est bien passée, dit Kevlar pour changer de sujet.

— Ce que j'aurais aimé être une petite souris pour voir *ça*, s'esclaffa Flash.

Safe jeta un oreiller à son ami.

— Je ne sais pas ce que tu imagines qu'il se passe dans ces trucs-là, mais je suis complètement certain que ce n'est pas ce que tu as en tête en ce moment.

— Tu veux dire qu'elles ne portent pas de minuscules négligés et ne font pas de batailles d'oreillers ? demanda MacGyver, tâchant d'avoir l'air innocent mais en vain.

— Ne repense jamais plus à Wren en négligé ! le menaça Safe.

Tout le monde rit.

— Remi a dit qu'elles avaient parlé du fait d'être des femmes de SEAL, qu'on leur manquait beaucoup et qu'ensuite, elles avaient bu trop de chocolat chaud bourré de sucre et regardé des films. Et Preacher, apparemment Maggie a gagné le concours de qui pouvait rester éveillée le plus longtemps.

Il eut un sourire satisfait. Il n'en doutait pas. Sa Maggie était un oiseau de nuit.

— Tu as su ce qu'elle avait fait pendant que toutes les autres dormaient ?

— Mis leurs mains dans l'eau chaude pour qu'elles fassent pipi ? Mis des araignées en plastique partout dans la maison pour que les filles aient une crise cardiaque au réveil ? Mis des alarmes sur tous leurs téléphones ? proposa MacGyver.

Tout le monde ricana de nouveau.

— C'est un peu puéril, non ? demanda Flash.

— Elle a pris leurs soutiens-gorge, les a trempés dans l'eau et les a mis dans le congélo, dit Preacher.

Kevlar, Safe et Blink eurent un grand sourire malicieux, ayant apparemment appris la farce par leurs femmes mais les trois autres hommes en furent bouche bée.

— Sérieux ?

— Merde alors, je crois que je l'aime.

Smiley, à la hauteur de son surnom, sourit comme un fou.

— Je savais que j'aimais bien cette fille.

— On dirait qu'elles ont toutes passé un bon moment, dit Blink.

— Vous avez parlé de son ex ? s'enquit Safe.

Preacher soupira.

— Non. Mais elle se rapproche du moment où elle le fera. Ça, je le sais.

— Alors... Elle t'a dit qu'il était un membre haut placé de la Navy... Une chance que ce mystérieux enfoiré ait un lien avec le fait qu'on soit tous là à ne rien faire, à nous tourner les pouces sur ce navire, pendant que nos femmes sont à la maison et que nous leur manquons ? demanda calmement Kevlar.

— C'est impossible..., répondit Preacher, mais cette question le mettait quand même mal à l'aise.

— Ce serait impossible, n'est-ce pas ? questionna Safe.

— Aucune idée. Si son ex est suffisamment haut dans la hiérarchie, peut-être, dit Flash.

— Il devrait être capitaine ou au-dessus, précisa Smiley.

— Plus probablement un amiral, renchérit MacGyver.

— Mais un amiral serait-il vraiment impliqué dans la vente de drogues et le harcèlement de son ex ? Est-ce qu'il ferait tout ce que l'ex de Maggie a fait pour la mettre en prison ? Et pour quoi ? Pourquoi ferait-il un truc comme ça ? se demanda Flash.

Preacher se posait les mêmes questions.

— Aucune idée, répondit Kevlar. Mais soit c'est un énorme bug qui nous a amenés ici, soit nous devons au moins considérer que l'ex de Maggie a bien plus d'influence que ce qu'on croit. À moins que quelqu'un ait des informations à propos d'une déclaration de guerre imminente dont nous ne sommes pas encore au courant, ce qui est peu probable.

La discussion s'orienta vers les conditions instables de beaucoup de pays de la zone. Preacher laissa les paroles de ses amis entrer par une oreille et ressortir par l'autre. Il n'arrivait pas à penser à autre chose qu'à celui ou celle qui avait pu merder à ce point pour que leur équipe du SEAL soit envoyée sur ce navire en un si court laps de temps. Ou le fait que peut-être, ce n'était pas du tout une erreur. Et si ça n'était pas le cas... quelles étaient les chances pour que ce soit en fait lié à Maggie ? Est-ce que son ex avait tant de pouvoir que *ça* dans la Navy ?

Si c'était ça, ils pourraient être tous les deux en danger.

C'était une idée folle. À sa connaissance, son ex ne savait rien de lui. Ne devrait même pas savoir que Maggie et lui se fréquentaient. Quelle folie, on pouvait à peine considérer ce qu'ils avaient eu comme des rencards.

Mais dès qu'il eut cette idée, Preacher comprit qu'il se mentait.

Les baisers, les appels téléphoniques, les dîners, se donner la main... Ils sortaient carrément ensemble. Et si son ex le découvrait, pourquoi s'y intéresser ?

Il avait bien trop de questions et aucune réponse... et c'était exaspérant. Et maintenant que Kevlar avait abordé la possibilité que l'ex de Maggie soit mêlé à cette mission foireuse sur laquelle ils n'avaient pas eu besoin d'être envoyés, Preacher ne pouvait s'empêcher d'y penser. Cela le rendait encore plus impatient de retourner en Californie du Sud. Auprès de Maggie.

* * *

Le téléphone de Maggie sonna aux environs de 22 h quelques jours après la soirée pyjama et pendant un instant, elle crut que ce pourrait être Shawn. Peut-être qu'il était de retour. Il lui manquait terriblement. Comme rien ne lui avait manqué dans sa vie jusqu'à aujourd'hui. Même lorsqu'elle était en prison et qu'elle était en manque de Del Taco ou d'avoir quelques épices dans son plat, *rien* n'était comparable au trou qu'elle avait dans le ventre causé par l'absence de Shawn.

Mais quand elle vérifia son téléphone, ses muscles se tendirent d'anxiété en voyant le mot redouté : « inconnu ».

— Allô ? dit-elle, hésitante en répondant.

— Salut, Mags ! Comment vas-tu ?

Elle referma les yeux. Elle avait sincèrement cru que Roman avait lâché l'affaire. Qu'il était finalement allé de l'avant. Mais évidemment, elle s'était trompée.

— Ne raccroche pas, lui ordonna-t-il, pile quand elle allait le faire. Je t'appelle pour que tu saches que si tu ne veux pas que ton petit copain soit envoyé dans des endroits pires qu'un navire au milieu de l'océan, tu devrais continuer de la boucler.

Sa pire crainte venait de se réaliser.

— Pourquoi ? demanda-t-elle dans un murmure.

— Parce que je le peux, répondit Roman, visiblement amusé. Cette fois, je les ai juste envoyés dans une mission bidon. Mais la prochaine, ce pourrait être l'Iran. Tu crois que Blink aimerait revoir cette cellule où sa copine et lui avaient été invités ? Ou peut-être la Corée du Nord... Tu crois que les gars aimeraient ça ? Je pense qu'ils feraient tache, non ? Peut-être qu'ils seraient capturés et jetés dans des camps de travail. Après, on m'a dit que la Russie, c'était sympa à cette période de l'année...

— Sérieusement, Roman, pourquoi ? Tu as déjà bousillé ma vie ! Pourquoi tu fais ça ?

— Je te l'ai déjà dit, parce que c'est marrant. Et pour m'assurer que tu ne fais rien de travers. J'ai des photos de toi, salope. En train de te peloter avec cette tapette de SEAL dans sa voiture. J'ai des yeux et des oreilles *partout*. Rien de ce que tu fais n'est un secret pour moi. Je sais tout de ton travail à ce putain de magasin de vêtements, ta petite soirée pyjama à la maison de Caroline Steel, la visite de cet immeuble résidentiel sur Third Street. Si j'apprends le *moindre* truc sur le fait que ce SEAL et sa bande sont à ma recherche, ils sont considérés comme déjà morts. Tu m'entends ? Je les expédierai si vite que ça te filera le tournis et je ferai tout le nécessaire pour être sûr qu'ils ne reviennent jamais.

— Je ne dirai rien ! Laisse-les tranquilles ! le supplia Maggie.

— Ou bien je renverrai tes fesses en prison. C'était tellement marrant la première fois, de te regarder sombrer. Je pourrais avoir une discussion avec ton agent de probation. Ou *replanquer* du matos dans ta voiture, ce qui ne serait pas compliqué. Peut-être m'introduire dans ton appartement et disséminer un petit arsenal. Assez pour que ton sursis soit révoqué et que ta peine s'allonge. Déconne pas avec moi, Maggie. Maintenant que je t'ai prouvé ce que je peux faire, réfléchis, pour une fois dans ta vie.

Elle ne savait pas trop quoi dire d'autre.

— Qu'est-ce qui t'attire, d'ailleurs ? lui demanda Roman.

Maggie voulait raccrocher mais ne le pouvait pas. Elle devait le faire continuer de parler, le laisser se compromettre tout seul.

— Tout le monde sait que les SEAL sont nuls au pieu. Ils ne pensent qu'à eux. Leur ego est bien trop gros pour penser à autre chose que faire la course jusqu'à la ligne d'arrivée. Mais tu sais quoi ? À y réfléchir, ça me paraît parfaitement sensé que tu sois avec lui... Je veux dire, ce n'était pas comme si *tu* étais douée au lit toi aussi. Le pire coup que j'ai eu et j'en ai eu un paquet. Tu restais bêtement allongée comme un poisson mort.

Okay, elle n'avait peut-être pas besoin d'entendre ce qu'il avait à dire d'autre.

— Tu faisais les pires pipes que j'ai...

Maggie mit fin à l'appel et bloqua aussitôt le numéro duquel il l'avait appelée. Puis elle alla sur l'application qu'elle avait installée et s'assura que la conversation avait été enregistrée.

Elle disposait d'un contenu suffisant pour que Roman soit mis en prison, mais elle mourait de peur de l'apporter à quelqu'un. Car elle ne doutait pas qu'il ne serait pas immédiatement arrêté. Il y aurait une enquête. On lui poserait des questions sur cet appel qu'on lui ferait sans doute écouter. Mais s'il n'allait pas en prison sur-le-champ, elle était dans la merde. Il ferait *n'importe quoi* pour la faire payer. Elle ne serait pas en sécurité. Pas même un peu.

Attentivement, Maggie sauvegarda le message dans un dossier sur son téléphone et se l'envoya également à elle-même par e-mail. Plus tard, elle le sauvegarderait sur son ordinateur. Si quelque chose lui arrivait *vraiment*, si elle disparaissait sans laisser de trace, il resterait un enregistrement de la personne qui en avait après elle. Le *pourquoi* était une autre histoire... Même elle ne comprenait pas exactement pourquoi Roman était déterminé à détruire sa vie. Elle avait cru être une bonne petite amie. Mais elle lui avait de toute évidence fait quelque chose pour l'énerver. Ou peut-être qu'il savourait d'avoir du pouvoir sur les autres.

Elle ne voulait pas croire que c'était comme ce qu'il avait dit. Que c'était juste marrant pour lui.

Peu importait la raison, ça n'avait plus vraiment d'importance. Ce qui comptait, c'était l'évidence qu'il n'avait aucun problème à chercher des emmerdes à Shawn et sa bande, mettant leurs vies en danger, juste pour la faire chier, elle.

Se sentant absolument coupable, Maggie s'assit sur le canapé dans l'appartement d'Adina et regarda dans le vide. Puis d'autres choses qu'avait dites Roman commencèrent à faire sens. Quelqu'un avait pris des photos de Shawn, et d'elle se roulant des pelles dans sa voiture. Ce devait être au parking de *My Sister's Closet*, quelques jours avant son déploiement. Un souvenir heureux qui était désormais taché, à présent qu'elle savait qu'on les avait observés.

On l'avait aussi suivie jusqu'à un appartement qu'elle avait envisagé de louer. On savait qu'elle s'était rendue dans la maison de Caroline avec ses amies.

Elle mettait la vie de *tant* de gens en danger…

Puis quelque chose de surprenant arriva : la colère se mit à enfler en elle.

Elle n'avait rien fait de mal. *Rien*. Même si le juge croyait que les drogues lui appartenaient. Même si elle avait fait son lot d'erreurs par le passé. Ce n'était pas pour autant qu'elle méritait ce qu'il lui arrivait aujourd'hui. Et Shawn et ses amis, *pas du tout*.

Le seul moyen d'arrêter cela, c'était de faire exactement ce qu'elle craignait le plus : révéler à quelqu'un ce qu'il se passait. Qui était Roman et évoquer toutes ses menaces.

Et la personne en qui elle avait suffisamment confiance pour le dire était Shawn. Ce qui était dur car le lui confier le mettrait en danger immédiat. Mais il était un SEAL. Il n'était pas un mec lambda sans relations. Il l'avait lui-même dit, il connaissait des gens. Des gens qui pourraient, avec de la chance, non seulement assurer *sa* sécurité mais celle des autres également.

Si elle ne disait rien, Roman ne s'arrêterait pas. Il expédierait sans doute Shawn et ses amis dans l'un de ces affreux lieux qu'il avait mentionnés dans ses menaces malgré tout, juste parce qu'il pouvait le faire. Ça n'aurait pas d'importance que Maggie n'ait raconté à personne qui il était. Au moins si elle disait quelque chose, si elle exposait Roman comme le criminel qu'il était, d'autres pourraient se préparer à ce qu'il pourrait tenter par la suite.

À ce stade, elle était disposée à faire tout ce qu'il faudrait pour que ses nouveaux amis restent en sécurité, même si ça engendrait le contraire pour elle. Elle assumerait toutes les conséquences que ses actes provoqueraient, tant qu'elles étaient pour *elle*.

Elle était terrifiée par Roman et par ce qu'il pourrait faire, mais elle avait encore plus peur de ce qu'il pourrait faire aux autres. Et c'était ce qui l'incitait à prendre sa décision.

L'ironie, c'était que si Roman n'avait pas menacé Shawn, si on ne l'avait pas suivie jusqu'à la maison de Caroline, elle aurait fait exactement ce qu'il voulait : garder le silence.

Mais maintenant qu'il avait mêlé les autres à ça, des gens innocents qui ne méritaient pas qu'un psychopathe ruine leurs vies, Maggie avait trouvé le cran. Roman Robertson ne ferait plus de mal à personne comme il lui en avait fait. Elle ferait tout son possible pour faire en sorte que tout le monde sache quelle pourriture il était. Quitte à en mourir... ce qui était bel et bien une possibilité.

Cela avait pris une semaine de plus, mais ils étaient enfin rentrés chez eux. Preacher ne savait pas trop ce qu'il s'était passé en réalité, cependant, un jour, ils furent appelés au bureau de l'amiral du navire et on leur annonça qu'ils partaient le matin suivant. À partir de là, peu importait si c'était du fait de Tex ou si quelqu'un dans la hiérarchie s'était rendu compte du gaspillage de ressources que représentait le fait d'avoir trois équipes du SEAL sur ce navire qui ne faisaient rien... mais on les avait renvoyés chez eux.

Il était 4 h 30 et même si Maggie était en train de dormir – elle était sûrement allée se coucher deux heures avant –, Preacher n'hésita pas à l'appeler. Kevlar, Safe et Blink avaient également déjà contacté leurs femmes.

— 'lo ? répondit une Maggie endormie en décrochant.

— Hé, c'est moi, dit Preacher en ayant un petit sourire parce qu'elle avait l'air ailleurs, mais adorable.

— Shawn ?

— Ouais. On est rentrés.

— Ah oui ?

Elle avait clairement l'air réveillée désormais.

— Ouais !

— Tu viens ici ? Tu veux que je vienne chez toi ? Tu vas bien ? Est-ce que tous les autres vont bien ? Qu'est-ce que tu as besoin que je fasse ?

Preacher pouffa et il peinait à croire à quel point il était touché par son impatience et son inquiétude. Il n'avait jamais connu ça. Il avait envié ses coéquipiers quand ils appelaient leurs femmes à leur retour de précédentes missions, mais il ne s'était pas attendu à ressentir tant de joie en réaction à l'émotion qu'il entendait dans la voix de Maggie.

— Si ça te va, je viendrai chez toi.

— Ça me va ! cria-t-elle presque. Tu veux que je prépare le petit déjeuner ?

— Non. Je veux que tu restes au lit, au chaud et endormie. Et ce que je désire *vraiment*, c'est t'y rejoindre en arrivant. Juste pour dormir. Je ne peux jamais me reposer dans un avion.

— Okay. Je me lèverai pour ouvrir la porte. Shawn ?

— Ouais ?

— Je suis tellement contente que tu sois rentré. Il y a beaucoup de choses que je veux te dire.

— Moi aussi. Je serai là dans environ quinze minutes, okay ?

— Okay. À bientôt.

— Oui, tout bientôt.

Preacher raccrocha et savait qu'il avait un sourire idiot aux lèvres. Il était exténué, il n'avait pas menti là-dessus. Il n'imaginait rien de mieux que se lover derrière Maggie et s'endormir en l'ayant dans ses bras. Il avait rêvé de ça. Rêvé d'elle.

Cela lui prit treize minutes pour se rendre à son appartement puisqu'il n'y avait pas beaucoup de circulation si tôt dans la matinée. Sa porte n'était pas fermée à clé comme promis et bien qu'il voulait gronder Maggie de se montrer trop imprudente, il avait trop hâte de la voir.

S'assurant de refermer la porte derrière lui, Preacher laissa tomber son sac sur le sol de l'entrée et chemina jusqu'à la chambre à coucher. Prenant une grande inspiration, il poussa la porte et la scène qui l'accueillit lui coupa le souffle.

C'était l'un de ses rêves devenu réalité. Maggie avait allumé une lumière à côté du lit, apportant à la pièce une douce luminosité. Elle était éveillée, allongée au milieu d'un lit *queen size* avec les couvertures remontées jusqu'à la poitrine. Elle s'assit et lui sourit quand il entra.

— Bienvenue à la maison.

Preacher s'avança vers elle. Il se pencha au-dessus du matelas et, à son grand plaisir, elle releva le menton pour lui, pour lui offrir ses lèvres. Il les lui prit.

D'abord, leur baiser fut doux et léger. Mais il se transforma rapidement en un baiser plus passionné. Ce qu'il se passa ensuite, c'est que Maggie tirait sur le tee-shirt de Preacher pour lui faire ôter par la tête. Et il ne fit pas mieux. Il abaissa la couverture et la tête de Maggie se retrouva entre ses mains, il la maintint immobile tandis qu'il lui donnait un baiser brutal, long, profond. Toute envie de dormir s'envola par la fenêtre.

Preacher avait pensé de nombreuses fois à ce moment avec les années, ce qu'il ressentirait quand le moment serait venu de perdre sa virginité. Il avait fantasmé sur le possible déroulement. Ce qu'il dirait et ferait, les émotions qu'il pourrait éprouver. Mais rien de ce à quoi il avait réfléchi par le passé ne se rapprochait du simple fait d'être avec Maggie.

Avant de s'en rendre compte, ils furent nus tous les deux comme au jour de leur naissance. Le sexe de Preacher gouttait déjà, mais la seule chose à laquelle il pensait, c'était d'être sûr que Maggie soit prête à l'accueillir. Il était peut-être vierge, mais même Preacher avait conscience que sa verge était plus grande que la moyenne. Elle était longue et large et la dernière chose qu'il voulait, c'était blesser cette fille.

Maggie était allongée sur le dos sous son corps, enfonçant ses ongles dans sa peau, s'accrochant à lui pour tenter désespérément de le rapprocher d'elle. Ils ne cessèrent de s'embrasser que pour retirer leurs vêtements. Même si Preacher désirait continuer de l'embrasser, il avait besoin de la voir encore plus, toute entière.

Levant la tête, il baissa les yeux sur la femme étendue sur le lit. Ses cheveux noirs formaient un éventail sur l'oreiller, elle avait une petite marque sur une joue, là où elle dormait plus tôt et alors qu'il la regardait de haut, elle se passa la langue sur ses lèvres roses et gonflées.

— Tu es le meilleur retour à la maison que j'ai connu, lui dit Preacher avec déférence.

Son regard glissa lentement vers le bas du corps de Maggie, mémorisant l'instant. Elle était la perfection. Pas dans le sens strict du terme ; elle avait une cicatrice près de la clavicule, un petit nombre de taches de rousseur sur le haut de sa poitrine, quelques grains de beauté ici et là, mais tout ce qu'il voyait, c'était une peau lisse, splendide.

Sa main s'intéressa à son sein comme si elle l'avait fait un million de fois. Il le pressa doucement et adora qu'elle se tortille sous son corps. Puis son pouce effleura son téton et il eut un grand sourire quand il se durcit immédiatement à son contact. Il le prit entre son pouce et son index et le pinça légèrement, aimant le cri de surprise qui s'échappa de la bouche de Maggie et la manière dont elle se cambra contre lui.

Elle était si réactive. Il voulait jouer avec ses seins toute la nuit, mais il était hors de question que cela se passe cette fois. Il ressentait beaucoup trop le désir d'être en elle.

Laissant son sein avec réticence, sa main parcourut son petit ventre jusqu'aux poils minutieusement taillés entre ses jambes.

— Écarte-les pour moi, la pressa-t-il d'une voix qu'il ne reconnut pas.

Immédiatement, les muscles des cuisses de Maggie se détendirent et elle ouvrit plus grand les jambes. Le regard de Preacher était rivé à son sexe. Il voulait bouger. Se mettre entre ses jambes et l'examiner plus attentivement. La goûter. Faire courir sa langue entre ses replis et le voir perdre le contrôle sous les bons soins de sa bouche et de ses doigts.

Mais il était trop impatient.

Heureusement, elle semblait l'être également.

L'une des mains de Maggie alla entre ses propres jambes et elle commença à se caresser. Les yeux de Preacher remontèrent pour plonger dans les siens.

— J'ai envie de toi, dit-elle ouvertement. Mais il faut que je mouille plus. Ça... fait longtemps pour moi.

Il aimait qu'elle n'ait pas peur de dire ce qu'elle voulait. Il reporta son attention à son entrejambe et l'observa se donner du plaisir, prenant note de ce qu'elle appréciait.

Il plaça sa main sur la sienne, le doigt de Maggie se mettant à remuer plus vite sur son clitoris. Quand elle commença à onduler des hanches, il écarta brutalement sa main et prit le relais.

Une fois de plus, un petit cri surpris quitta ses lèvres et Preacher ne put que sourire, satisfait, à ce son.

— Oui... Plus fort, Shawn. Encore !

La petite excroissance entre ses jambes était dure sous son pouce et il inséra son auriculaire dans son corps aussi loin que possible tout en la caressant.

Elle était si bandante ! Et humide. Il pouvait sentir son lubrifiant naturel tremper son petit doigt. Et sa verge pulsait d'impatience.

— Oh ! s'exclama Maggie, levant les fesses du matelas avant de sembler s'immobiliser. Puis elle se rompit, tremblant de façon presque incontrôlable contre lui. Preacher avant déjà vu des orgasmes féminins auparavant, mais rien de comparable. Si Maggie ne l'avait pas attrapé pour le tenir contre elle, il aurait pu croire qu'elle avait mal.

Elle n'aurait jamais conscience du cadeau qu'elle venait de lui donner.

Elle abaissa ses hanches jusqu'au lit et quand elle tressaillit subtilement lorsqu'il toucha son clitoris, il comprit le message. Faisant descendre sa main encore plus entre ses jambes, ce fut au tour de Preacher de gémir. Elle était trempée. Il inséra un doigt en elle, puis deux. Il la baisa avec ses doigts tandis qu'elle se remettait doucement de son orgasme. Il avait les doigts revêtus de ses fluides et il les retira de son corps pour les approcher de son pénis.

Elle était dure comme l'acier et les sucs de Maggie combinés aux siens faisaient un lubrifiant satisfaisant pour s'assurer qu'il ne lui fasse pas mal en la pénétrant.

Puis il s'immobilisa. *Putain.*

— Quoi ? Qu'est-ce qui ne va pas ? demanda Maggie, l'ayant de toute évidence senti se raidir.

— Je n'ai pas de capote, admit-il.

C'était son moment. Sa chance de perdre sa virginité avec la femme de ses rêves et comme un idiot, il n'avait rien pour la protéger.

— C'est bon, dit-elle.

— Non, ça ne l'est pas.

— Shawn, tu es vierge. Et je n'ai pas couché pendant deux ans, car j'étais en taule.

— La grossesse, lui rappela-t-il.

Il pouvait voir les joues de Maggie virer au rouge.

— Ce n'est pas la bonne période. Et je sais qu'on dirait une réplique banale, mais ce n'est pas le cas.

Preacher hésita. Il pouvait mettre fin à cela tout de suite...

Maggie prit la décision pour tous les deux quand elle baissa la main pour lui prendre sa verge.

Il grogna et ne put s'arrêter de remuer dans sa poigne. Maggie lui fit un sourire.

— Tout va bien, Shawn. Promis. S'il te plaît. J'ai besoin de toi. J'ai *envie* de toi. Je veux être ta première.

Bougeant sans hésiter, Preacher se positionna entre ses jambes, les écartant le plus possible du genou. Ses replis étincelaient sous la faible luminosité. Il ne pouvait résister à l'envie de la toucher encore, sentant comme elle était chaude et humide.

— Tu es vraiment sûre ? parvint-il à lui demander.

— Positif.

— S'il y a des conséquences, je ferai ce qu'il conviendra. Je veux être présent dans la vie de mon enfant. Je ne serais *pas* un père absent.

Il sentit le sexe de Maggie se resserrer sur ses doigts ; il n'avait pas résisté à l'envie de les y remettre.

— D'accord.

— Dernière chance, Maggie. Si tu dis oui, je vais te baiser. Il n'y aura pas de retour en arrière.

Preacher parvenait à peine à réfléchir. Il avait les yeux rivés au sexe de Maggie. C'était ce qu'il voulait... Et pas seulement du cul. Mais du cul avec *elle*. Il n'était pas juste question de perdre sa virginité. Mais d'être aussi proche que possible de Maggie.

— Oui, dit-elle avec fermeté.

Preacher retira les doigts du corps de Maggie et prit sa verge dans sa main une fois de plus, se servant de leur lubrification pour s'en enduire. Puis il se rapprocha, écartant encore plus les jambes de Maggie. En baissant les yeux, il jouit presque en voyant son gland toucher son mont de Vénus. Il sentit ses poils pubiens contre son bout sensible. Pouvait sentir l'odeur musquée de sexe. Entendre la respiration de Maggie, profonde, rapide. Voir la façon dont son ventre se contractait sous l'attente.

Chacun des sens de Preacher était touché. Ce moment s'imprimerait pour toujours dans son cerveau... et il n'avait même pas encore commencé.

Il plaça le gland de son pénis à l'orifice de Maggie et poussa.

** * **

Maggie retint son souffle quand Shawn entra en elle. Pendant un moment, la douleur fut presque insurmontable. Cela faisait tellement longtemps qu'elle n'avait pas fait l'amour ! Mais l'inconfort se dissipa quasiment immédiatement.

Elle avait eu le regard rivé entre ses jambes, observant la verge étonnamment longue et large disparaître dans son corps. Mais un bruit étrange de Shawn lui fit lever rapidement les yeux à son visage.

La vénération qu'elle y vit rendait ce moment encore plus spécial. C'était sa première fois et elle ne s'était jamais sentie aussi puissante ni sexy qu'elle l'était en cet instant.

— Putain, marmonna-t-il.

Il se rapprocha un peu, enfonçant son sexe encore plus profondément en elle. Puis il cessa de bouger. Il resta simplement planté ainsi, aussi loin que possible.

— Shawn ? l'interrogea Maggie, gagnée par l'inquiétude.

Il émit un bruit, quelque part entre le oui et un grognement. Elle arbora un sourire satisfait et resserra délibérément ses muscles internes, lui emprisonnant le pénis.

Il avait eu le regard fixé sur la zone où ils fusionnaient mais il le leva quand il la sentit le compresser.

— Recommence, lui ordonna-t-il.

Elle le fit.

— Bordel de merde, c'est génial ! souffla-t-il.

— Tu peux bouger, lui dit-elle dans un murmure.

Shawn secoua simplement la tête. Il avait les pupilles si grandes qu'elle pouvait à peine voir le vert de ses yeux.

— Je te fais mal ? lui demanda-t-il.

— Non.

— Tant mieux. Car je crois que je pourrais ne jamais partir. Tu es si sexy. Et si humide. Je n'ai jamais… C'est… *putain*.

Maggie ne pouvait s'arrêter de sourire.

— Attends de te mettre à me chevaucher, lui dit-elle.

À la surprise de Maggie, il poussa contre elle puis son visage se tordit. Elle sentit les hanches de Shawn pousser une fois de plus.

— Est-ce que tu… est-ce que tu viens de jouir ? demanda-t-elle.

— Oui, répondit-il sans en être embarrassé. Tu es trop incroyable. Tellement bonne !

Elle était ravie qu'il ait trouvé son plaisir. Elle était également un peu déçue, mais *c'était* sa première fois. Il prendrait le coup de main en un rien de temps pour faire l'amour, elle en était sûre.

Il se pencha et l'embrassa avec douceur. Quand il se retira, il y avait dans ses yeux une lueur de… *quelque chose*.

— Maintenant qu'on a réglé *ça*… tu es prête ?

— Pour quoi ?

— Pour être baisée.

Elle ne put s'en empêcher : elle rit.

— Oui.

Elle fut sidérée, lorsqu'il se retira entièrement de tout son membre, de constater qu'il était encore en érection. Il replongea en elle d'une seule et longue poussée.

— Oh ! s'exclama-t-elle, aimant ce que ça lui faisait de le sentir toucher le fond.

Elle était encore plus humide maintenant, après l'orgasme de Shawn, et il se glissait aisément dans son corps.

Son ventre se serra tandis qu'il se mit à bouger dans un rythme lent et régulier. Sa verge atteignait des endroits en elle qu'aucun n'avait jamais atteints. Peu de temps après, il la chevauchait de plus en plus fort. Il avait une main appuyée sur le matelas, à côté de l'épaule de Maggie, et l'autre agrippant sa cuisse, la maintenant les jambes bien écartées.

À chaque poussée, ses seins ondulaient et rebondissaient sur sa poitrine et voir le plaisir dans les yeux de Shawn pendant qu'il la prenait était presque aussi excitant que ce qu'il faisait à son corps. Presque.

Puis il posa la main entre eux. Sans cesser ses allers-retours, il rehaussa légèrement ses hanches pour que sa main ait suffisamment de place pour lui toucher le clitoris.

— Shawn ! s'exclama-t-elle quand il se mit à la tapoter.

— C'est ça. Jouis sur ma queue. Je veux te sentir. C'était incroyable quand tu m'as serré le doigt et je parie que tu vas carrément m'étrangler la bite. Oh ! Je sens que ça se propage. C'est fantasmatrique !

Maggie n'aurait jamais pensé que Shawn aimait dire des choses salaces, mais elle adorait ça.

Il lui souleva le bassin alors que son orgasme approchait. Elle ne pouvait rien faire d'autre que s'accrocher à lui pendant qu'il la doigtait comme un putain de maestro. Il était difficile de croire que c'était sa première fois. Il était le meilleur amant qu'elle ait connu. Elle ne voudrait plus jamais d'un autre homme. Point.

Quand elle jouit, Shawn haletait et grimaçait comme si on le torturait. Elle l'entendit grogner « Merci putain ! » pendant qu'elle vivait son orgasme puis ses deux mains la tinrent par les hanches, tâchant de maintenir son corps frémissant immobile pendant qu'il la tringlait pour de bon.

Ce fut très peu de temps après que Shawn cessa de bouger purement et simplement, et qu'il la tira vers lui si brutalement qu'elle avait l'intuition qu'elle aurait des bleus. Puis il grogna une fois de plus et jouit. Elle sentit vraiment son sexe se tordre pendant qu'il la remplissait de sa semence.

— Putain de merde, dit-il, béat, ses mains desserrant leur poigne d'acier sur les hanches de Maggie.

Puis il tomba en avant, sans l'écraser sous lui, heureusement. Il enfouit son nez dans le cou de Maggie et haletait contre elle tout en retrouvant le contrôle de son corps.

Maggie ne pouvait cesser de sourire. Ses mains allaient de haut en bas sur son dos légèrement humide, faisant de son mieux pour l'apaiser jusqu'à ce qu'il se remette de son second orgasme de la nuit.

Quand il se redressa suffisamment pour pouvoir la regarder dans les yeux, il était encore logé profondément en elle.

— Salut, dit-elle un peu timidement.

— Merci, lui répondit-il.

Maggie fronça les sourcils.

— Pourquoi ?

— Tu me poses vraiment cette question ? lui demanda-t-il, un brin grognon.

Maggie gloussa.

Un air étrange apparut brièvement sur son visage.

— Je l'ai senti, l'informa-t-il. Ton rire. Je l'ai senti sur mon sexe. J'ai bien aimé.

Elle ne put faire autrement que rire encore.

Cette fois, un petit sourire se forma sur le visage de Shawn.

— J'ai une confession à te faire...

Comme il ne continuait pas, Maggie demanda :

— Oui ? Laquelle ?

— J'aime le sexe. Avec toi. Et je crois que tu as créé un monstre.

Elle lui sourit.

— J'aime aussi. Avec toi. Tu es sûr de ne jamais avoir fait ça avant ? Parce que tu es *vraiment* doué.

— J'en suis sûr. Et j'étais inspiré.

Maggie ne s'était pas sentie aussi heureuse depuis long-temps. Sa vie était merdique depuis un moment maintenant. Et il y avait un tas de choses qui restaient merdiques, mais là, en cet instant précis, elle était contente comme jamais.

— Tu vas bien ? Ta mission s'est bien passée ?

— Je vais bien. Cette mission était un merdier. Une absur-dité. Nous avons été envoyés là-bas alors qu'on n'avait pas besoin de nous. Genre, pas du tout. On est restés le cul assis, à attendre que notre commandant s'organise et nous renvoie chez nous.

— Oh, dit Maggie, absolument pas surprise.

Roman en avait essentiellement dit autant. Mais c'était aussi un peu effrayant car elle avait malgré tout espéré qu'il lui avait menti. Qu'il n'avait pas eu de lien avec leur déploiement.

— Je ne veux pas parler boulot maintenant, lui dit Shawn.

Maggie était absolument d'accord avec ça. Elle ne voulait pas penser à Roman, à ses menaces ou à autre chose que l'homme qui était toujours logé profondément dans son corps.

— Ah non ? Que devrions-nous faire alors ? Dormir ?

— Hmm, peut-être. Ou peut-être qu'on devrait avoir de meilleures idées.

Curieusement, sans même s'extraire d'elle, il les fit rouler jusqu'à ce que Maggie se retrouve sur lui.

— Oh ! s'étonna-t-elle. Tu bandes à nouveau.

— J'ai le sentiment qu'avec toi, ça va devenir mon état normal. Il y a beaucoup de positions que j'aimerais essayer. Enfin, je *suis* vierge, après tout.

— Étais, le corrigea Maggie avec un sourire satisfait. Tu *étais* vierge.

— C'est vrai. Montre-moi comme on fait, Maggie. C'est toi qui *me* baises cette fois.

Vingt minutes plus tard, Maggie ne savait plus trop qui avait baisé qui. Shawn l'avait laissée prendre l'initiative pendant un temps puis il l'avait maintenue immobile pendant qu'il la prenait par en dessous. L'avait chevauchée sans relâche tout en lui ordonnant de se toucher le clitoris pour qu'elle jouisse encore une fois avec sa verge en elle.

Elle se laissa tomber sur lui, toute molle, quand il avait fini par jouir. Ils étaient tous les deux en sueur maintenant et elle ne s'était jamais sentie aussi satisfaite. Il se retira d'elle et elle put sentir le sperme s'écouler d'entre ses jambes.

— Je devrais me lever et prendre une douche.

— Ne le fais pas, lui ordonna-t-il. Je veux l'expérience toute entière.

Maggie leva les yeux au ciel mais ne fit pas un mouvement pour descendre de Shawn. En vérité, elle se sentait bien pile là où elle était, se servant de lui comme oreiller.

— Okay, mais ne m'en veux pas quand ce sera tout collant et désagréable demain matin.

— C'est déjà le matin, dit Shawn avec un petit rire.

Maggie sentit le corps de Shawn bouger sous elle, puisqu'elle était sur lui. C'était... intime. Agréable.

— Tu travailles demain... euh, aujourd'hui ? lui demanda-t-il au bout d'un moment.

— Je suis censée le faire. Mais je peux appeler plus tard et demander à Julie si je peux prendre ma journée. Je suis sûre qu'elle comprendra. Elle m'a déjà dit que je pouvais avoir une journée de congé quand vous seriez rentrés.

— Okay. J'ai ma journée, moi aussi.

— Tant mieux.

— Ouais. Tant mieux. Dors, Maggie.

* * *

Preacher était éreinté. Le voyage retour jusqu'à la maison du Moyen-Orient avait été long et son corps ignorait l'heure. Mais il ne parvenait pas à dormir. Il tenait Maggie, les yeux fermés.

Le sexe avec Maggie avait... changé sa vie. Il avait su qu'elle était différente, spéciale, mais la connexion qu'ils avaient eue lui avait prouvé qu'il avait eu parfaitement raison. Il n'avait jamais ressenti ça avec quelqu'un auparavant. Et même s'il n'était pas passé à l'acte avec une autre femme, il en avait suffisamment fait pour savoir que ce que Maggie et lui venaient de partager était plus profond que tout ce qu'il avait vécu... ou tout ce à quoi il s'était attendu.

Il voulait passer le restant de sa vie avec elle. Revenir de ses déploiements et aller vers elle dans son lit, qui l'accueillerait tout comme elle l'avait fait ce soir. Rire des pitreries de leurs enfants, organiser leur planning selon les activités des gosses. Il voulait tout ça. Avec Maggie.

Évoquer d'avoir des enfants avec cette femme faisait de nouveau remuer son sexe. Mais même s'il ne doutait pas du tout qu'elle avait aimé ce qu'ils venaient de faire, il n'était pas sûr qu'elle soit sur la même longueur d'onde que lui.

Maggie s'était glissée de son torse jusqu'au matelas à côté de lui et elle était blottie contre lui, l'épaule de Shawn en guise d'oreiller. Il les avait recouverts du drap, mais il voyait la tente que formait son membre avec le tissu, à l'idée de remplir de nouveau Maggie avec son sperme.

— Ralentis la cadence, se murmura-t-il pour lui-même.

Il ne pouvait bousiller ça. Il devrait vraiment y aller doucement ! Maggie n'était pas prête à avoir des bébés. Son ex était encore dans les parages à la faire chier et la menace de son retour en prison était en première ligne dans son esprit. Sans parler du fait qu'elle lui avait dit plus d'une fois vouloir se barrer de Californie.

Preacher soupira, faisant de son mieux pour repousser ses inquiétudes dans un coin de sa tête. Pour profiter du présent. Le souffle chaud de Maggie sur son épaule était une chose qu'il n'avait jamais expérimentée avant. Il n'avait jamais couché avec une femme. Dans tous les sens du terme. C'était bon.

Allongé là, tenant fermement Maggie, Preacher ferma les yeux et repensa au moment où il avait pour la première fois pénétré son vagin, chaud et humide. Il comprenait maintenant pourquoi les hommes faisaient des choses stupides à cause du sexe. La sensation du corps de Maggie le tenant dans un étau bien serré était indescriptible. Il aurait dû être embarrassé par la vitesse avec laquelle il avait joui la première fois mais il ne l'était pas. Le plaisir l'avait submergé. Par chance, il n'avait pas débandé et avait pu la prendre convenablement après ça.

Quand il repensa à ce qu'ils avaient fait et à quel point ça avait été bon, Preacher eut de nouveau une érection. Il essaya de l'ignorer. Maggie avait peut-être un peu mal et avait besoin de repos.

Mais plus il tâchait d'ignorer son sexe, plus il palpitait. Il la voulait encore. Il avait besoin d'elle.

Il refusait de faire quoi que ce soit tant que Maggie dormait.

Il ignorait complètement combien de temps il resta ainsi, la verge douloureuse du désir de se retrouver dans Maggie, mais à la seconde où elle s'agita à côté de lui, il bougea.

Il la mit sur le ventre puis saisit un oreiller pour le mettre sous son bassin. Il se mit ensuite accroupi derrière elle et se servit de ses doigts pour la stimuler.

— Shawn ? fit-elle, endormie.

— Tu peux me prendre à nouveau ? lui demanda-t-il sans reconnaître sa propre voix.

En réponse, elle releva son bassin.

— Reste immobile. Je ferai tout le travail, lui dit-il.

La voir exposée ainsi devant lui, les fesses rondes et accueillantes, la chatte encore humide de tout le sperme qu'il avait injecté en elle, Preacher dut remercier le ciel de l'avoir amenée dans sa vie.

Il se rapprocha d'elle et la pénétra d'une seule, longue et lente poussée.

Ils grognèrent tous les deux.

Sachant qu'il devait faire ça lentement et sans brutalité, Preacher fit l'amour à sa nana, n'ayant pas d'autre objectif que son plaisir à elle.

Peu de temps après, elle se tortillait sous son corps.

— Laisse-moi me mettre à genoux.

Preacher l'aida et il devait bien admettre que cette position était encore meilleure. Il passa la main sous son corps et trouva son clitoris, le caressant tout en la pénétrant par-derrière.

— J'aime ça, déclara-t-il.

Il sentit Maggie glousser.

— On dirait que tu es fan de levrette, dit-elle en même temps qu'il plongeait en elle.

— Je suis fan de Maggie, rectifia-t-il.

Il avait voulu faire l'amour avec douceur cette fois, mais quand Maggie se mit à s'enfoncer d'elle-même contre lui, ses douces fesses claquant contre ses cuisses, Preacher perdit le contrôle.

Il la tint par les hanches pour qu'elle cesse de bouger, la baisa brutalement par-derrière. Le bruit de leur chair claquant l'une contre l'autre ne faisait qu'ajouter de la sensualité à ce moment. Et quand il baissait les yeux et voyait son membre disparaître et réapparaître de son vagin, ça le rendait encore plus excité. Les seins de Maggie remuaient avec ses coups de reins et les gémissements qui s'échappaient de sa gorge lui indiquaient tout ce qu'il avait besoin de savoir, à quel point elle aimait ça.

L'orgasme de Maggie arriva vite et elle fut secouée par son apparition plus tôt que ce à quoi s'était attendu Preacher. Mais son plaisir déclencha le sien. Sans réfléchir à ce qu'il faisait, il s'extirpa et éjacula sur ses magnifiques fesses. Avant d'en avoir terminé, Preacher replongea directement en Maggie, finissant une fois de plus profondément en elle.

Puis ses mains se mirent à lui masser les fesses, étalant toute la semence sur son corps. La marquant, la revendiquant comme sa femme.

— Bordel de merde, Shawn, souffla-t-elle.

Il ne pouvait être plus d'accord.

11

Quand Maggie et Shawn se levèrent, se douchèrent et prirent le petit déjeuner, il était presque midi. Maggie avait mal partout, mais c'était agréable. Elle n'aurait jamais vu Shawn comme un obsédé sexuel mais ne pouvait dire qu'elle en était déçue. Pas alors qu'il s'était assuré qu'elle jouisse chaque fois avant lui.

Chaque commentaire dénigrant que Roman avait fait au sujet de leur vie sexuelle avait été réduit en poussière en une seule session avec Shawn. Le sexe ennuyeux qu'elle avait connu avec son ex n'avait rien à voir avec *elle*, à l'évidence.

Et maintenant qu'ils étaient devenus intimes, Shawn ne pouvait ôter ses mains d'elle. Il touchait le bas de son dos, caressait son bras, la frôlait dans la cuisine et Maggie en aimait chaque seconde. C'était ce dont elle avait toujours rêvé dans une relation. Cette proximité. Ce besoin désespéré d'être avec l'autre. Ce ne serait pas toujours comme ça, elle le savait, mais c'était un sacré bon début.

Elle ne s'était même pas attendue à se remettre en couple avec quelqu'un, jamais. Pas après l'incroyable trahison de

153

Roman. Mais Shawn l'avait prise par surprise. Sa sincérité et sa transparence l'avaient conquise. Ce n'était pas comme s'ils allaient se marier le lendemain ou envisager quelque chose d'aussi sérieux, mais elle pouvait vraiment s'imaginer dans une relation à long terme avec lui.

— Tu n'as pas dormi beaucoup, tu es sûr que ça va ? demanda-t-elle quand ils furent assis à table, mangeant les muffins et le ragoût de saucisses qu'ils avaient faits pour le brunch.

— Es-tu en train de me dire que tu veux retourner au lit ? s'enquit-il avec un sourire coquin.

Maggie leva les yeux au ciel.

— Non. Je suis courbaturée. J'étais sérieuse. Tu ne t'es pas beaucoup reposé.

Ses traits se firent moins lumineux en un clin d'œil.

— Je t'ai fait mal ? lui demanda-t-il.

— Non. Pas du tout. Mais je t'ai dit que ça faisait un moment pour moi. À l'évidence. Et tu n'es pas un petit garçon…

L'air soucieux ne quitta pas son visage.

— Je suis désolé.

— Shawn, lui dit Maggie en se penchant vers lui, posant une main sur la sienne. Je ne me plains pas. Je dis juste qu'une pause de quelques heures pour moi ne serait pas une mauvaise chose.

— D'accord. Ce soir, tu pourras m'enseigner ce que tu aimes quand je te ferai plaisir en bas. Ensuite, peut-être que je me masturberai et éjaculerai sur ton pubis et ton ventre. Ça devrait t'octroyer une bonne pause.

Maggie se sentit rougir.

— Mon Dieu, Shawn. Je ne soupçonnais absolument pas qu'un tel obsédé se cachait en toi.

— Moi non plus. Tu l'as fait sortir de moi, lui dit-il avec un rictus satisfait.

Maggie ne put que lui retourner son sourire. Elle ne pouvait cesser de visualiser de nouveau régulièrement en brefs flashs cette image de lui entre ses jambes, se caressant.

— Que veux-tu faire aujourd'hui ? demanda Shawn, souriant comme s'il savait exactement à quoi elle pensait. Je dois faire un peu de lessive, j'ai un sac rempli de vêtements tellement sales qu'il pourrait se lever de lui-même et se mettre à marcher s'il le pouvait.

Et d'un seul coup, l'humeur détendue de Maggie s'évanouit.

— Il faut qu'on parle.

Shawn se tourna vers elle.

— Okay. Tu sais que je suis toujours là pour toi. La nuit dernière… enfin ce matin, plutôt… ça comptait vraiment pour moi. *Tu* comptes vraiment pour moi. Je ne suis pas un homme qui se met facilement au lit avec les femmes, ce que tu sais déjà. Je veux être exclusif, Maggie. Je veux être ton petit ami, ton homme. Je ferai tout ce qui est en mon pouvoir pour me tenir à tes côtés, te soutenir, être ton support quand tu en auras besoin.

Il la tuait. Car elle le voulait également. Tout ça. Mais il y avait un réel obstacle pour qu'ils puissent former officiellement un couple. Et elle voulait lui en parler. Lui parler de Roman.

— C'est ce que je veux aussi. Je veux être ta petite amie et être exclusive, cela va sans dire.

— Si tu ne veux pas porter mon enfant immédiatement, l'un de nous devra faire le nécessaire pour la contraception, ajouta Shawn tranquillement comme s'ils discutaient du temps qu'il allait faire cette semaine, et quand son regard rencontra le sien, il continua : Parce que j'ai l'intuition que je vais vouloir être en toi tout le temps que tu me laisseras faire. Je mettrai des préservatifs, si tu le souhaites. Bien que ce soit sans doute ridicule de ma part d'admettre à quel point j'adore éjaculer en toi *et* sur toi. Bon, okay, c'était bizarre ça, non ? Je peux en déduire par cet air sur ton visage que c'était bizarre.

Maggie ne put que glousser.

— Un peu. Mais si tu es bizarre, je le suis aussi, car j'aime sentir ton sperme couler le long de mes cuisses quand je me lève. Et j'apprécie que tu proposes de prendre une contraception. Ce ne sont pas tous les hommes qui feraient ça. Ils s'attendent juste à ce que je m'en charge.

— Si tu tombes enceinte, ça nous impactera tous les deux, dit fermement Shawn. Et ce ne devrait pas être uniquement du ressort de la femme. Dis-moi ce que tu veux. Je ferai ce que tu décides.

— Je peux prendre la pilule. Ou faire une piqûre.

— D'accord. Si ça ne marche pas, nous trouverons autre chose. Pendant ce temps, j'aurai des préservatifs pour qu'on n'ait pas à s'abstenir pendant qu'on attend que tu aies un rendez-vous avec un médecin.

Cet homme... Comment avait-elle eu autant de chance ?

Sauf que... elle n'avait pas de chance. Pas du tout. Elle avait passé deux ans derrière les barreaux à cause de sa grande *malchance*. Surtout en amour. Cette pensée la dégrisa.

— Tu as terminé ? demanda-t-elle en désignant l'assiette de Shawn.

Il hocha la tête et Maggie se mit immédiatement debout pour débarrasser. Ce qu'elle avait mangé formait soudain comme une grosse boule dans son ventre. Elle devait en finir avec cette discussion. Plus vite Shawn découvrirait qui était son ex, plus tôt il pourrait voir avec ses contacts ce qu'il pourrait faire pour limiter les menaces. Et il devait savoir qui était derrière l'envoi de son équipe lors de cette mission sans intérêt. Être au courant que la possibilité qu'ils soient envoyés vers d'horribles endroits se trouvait à l'horizon, simplement parce que Roman était un connard vindicatif.

Elle mit leur vaisselle dans l'évier et retourna auprès de

Shawn... et sursauta lorsqu'elle lui rentra dedans ; il l'avait suivie et se tenait juste derrière elle.

— Oh ! s'exclama-t-elle. Je ne t'avais pas entendu.

— Je *suis* un SEAL, dit Shawn avec un faible sourire. Viens là. Je n'aime pas que tu sois stressée tout à coup.

Il lui prit la main et l'amena vers le canapé. Il s'assit et l'incita à s'abaisser à côté de lui. Ils se touchaient du genou à la hanche et il avait son bras autour d'elle, sa main posée sur sa hanche de l'autre côté.

Maggie aurait préféré qu'il y ait de l'espace entre eux pour cette conversation, mais en même temps, elle adorait être si proche de lui. Elle n'allait pas bien du tout et tout ce qu'elle voulait faire était d'en finir avec ça pour qu'ils puissent passer à autre chose.

— Je suis prête à te parler de mon ex, lança-t-elle.

— D'accord. Je suis prêt à t'écouter sans juger, lui répondit calmement Shawn.

Maggie prit une grande inspiration, priant pour que cela ne se retourne pas contre elle, puis se mit à parler.

— Je le trouvais génial au début. Il était si galant. Il m'emmenait dîner dans les endroits les plus chics. De bons plats, du bon vin. Il me faisait vraiment croire qu'il s'intéressait à moi. Il se pointait à la pharmacie où je travaillais pour le déjeuner. Il me complimentait tout le temps. En y repensant, je réalise aujourd'hui que c'était trop. Trop, trop tôt... et je n'arrive pas à croire que je sois tombée dans le piège. Mais je l'ai fait. Par la suite, je dormais chez lui – il n'est jamais venu chez moi – et nous formions un couple. En tout cas, c'est ce que je croyais. Il était très possessif, voulait toujours savoir où j'étais et quand je rentrerais. À cette époque, je prenais ça pour un instinct protecteur. Je n'avais pas réalisé qu'il me séparait intentionnellement du peu d'amis que j'avais quand il s'est mis à me dire qu'ils n'apportaient rien de bon ou que selon lui, ils parlaient dans mon dos. J'étais suffisamment adulte pour faire preuve de bon sens, pour ne pas croire ses conneries, mais... je désirais vraiment cette relation. Je voulais être aimée. Quand j'ai mentionné que je me rendais à Los Angeles pour mon boulot des mois plus tard, pour me rendre dans une autre pharmacie là-bas et qu'il a demandé si je pouvais apporter un truc à l'un de ses amis, je n'ai pas réfléchi. Pas même quand il a refusé de me dire ce qu'il y avait dans le sac... ou quand, au lieu de le mettre à l'arrière avec ma valise, il l'a glissé sous le siège passager. J'ai été une vraie idiote ! Mais là encore, jamais je n'aurais imaginé que, compte tenu de son poste dans la Navy, il ait le moindre lien avec la *drogue*. Ça ne m'a absolument jamais traversé l'esprit lorsque j'ai été chopée avec ses drogues qu'il allait tout nier. Qu'il dirait à la police que j'étais une junkie. Insinuer que je volais des cachetons à la pharmacie. Non seulement il a détruit la confiance que j'avais en moi, grâce à laquelle j'étais une femme compétente et indépendante, mais aussi ma réputation professionnelle et ma vie entière. Et quand il m'a regardée droit dans les yeux, témoignant contre moi au tribunal et mentant devant moi et tout le monde dans la salle d'audience, j'ai su qu'il n'avait pas d'âme. Tout ce qu'il m'avait dit, tout ce qu'il avait fait pour me mettre dans son lit avaient fait partie de son plan pour se servir de moi tout du long. Ce n'était que de la malchance lorsque j'ai été arrêtée pour excès de vitesse la première fois qu'il m'a piégée en me faisant livrer de la drogue pour lui. Je pense qu'il prévoyait une sorte de transport à long terme, m'utilisant comme mule à mon insu.

— Qui est-il, Maggie ? Il me faut un nom.

Maggie était tendue comme jamais. Shawn n'était pas mieux. Il était assis, bien droit, ses yeux plongés dans les siens. Mais la main posée sur sa hanche était douce. Un doigt la caressait en rythme, indéfiniment. L'apaisait. Lui informait que Shawn serait là pour elle quoi qu'il advienne.

— Roman Robertson.

Shawn cligna des yeux.

— Quoi ?

— Roman Robertson. Voilà qui est mon ex. Tu le connais ?

— Le *contre-amiral* Robertson ?

Maggie remuait à côté de lui. Elle n'arrivait pas à interpréter le ton qu'il avait employé.

— Ouais, je suppose. Il m'a dit son rang une fois et j'avais vérifié, mais je ne suis pas familière avec les grades de la Navy, tout ça, alors je ne me souviens pas vraiment.

— Putain, dit Shawn.

Puis il se leva et se mit à faire les cent pas.

Maggie ne bougeait plus.

— Ça ne peut pas être ça. Il doit y avoir un autre Roman Robertson. Ou bien il se faisait passer pour le *vrai* contre-amiral Robertson. Tu avais vu sa plaque militaire ? Est-ce qu'il t'emmenait sur la base et tout ?

Maggie avait une boule dans la gorge. Ça ne se passait pas comme elle l'avait cru.

Enfin, non, ce n'était pas tout à fait juste ; malheureusement, cette discussion se passait *exactement* comme elle l'avait craint... avant d'avoir été plus intime avec Shawn. C'était la raison pour laquelle elle n'avait pas voulu lui dire qui était son ex. Car elle avait eu peur qu'il ne la croie pas. Et voilà que son cauchemar devenait réalité.

— Non. Et non.

— Je parie que cet enfoiré a lu le nom du contre-amiral dans les journaux ou ailleurs. Maggie, ma puce, l'homme qui est ton ex se faisait forcément passer pour le vrai Roman Robertson.

— Non, c'est faux. Il m'a dit que c'était à cause de lui que tu avais été envoyé avec ton équipe en mission si vite. Car il avait fait en sorte que ça arrive. Et que la prochaine fois, il allait t'envoyer dans un endroit horrible, comme la Corée du Nord ou la Russie, juste parce qu'il le peut ! Il ne veut pas que tu reviennes chez toi, Shawn. Il me l'a *dit.*

— Ma puce, nous sommes des SEAL. Nous nous rendons dans ce genre d'endroits tout le temps. Et nous sommes aussi fréquemment déployés avec peu ou aucun préavis.

Maggie le dévisageait. Et elle eut soudain froid. Si froid.

Shawn ne la croyait pas.

Il avait fallu tout ce qu'elle avait en elle pour oser lui dire le nom de son ex et il la rejetait d'emblée.

Ça faisait mal. Très mal.

Elle baissa les yeux et se sentit instantanément se renfermer. Replaçant les boucliers derrière lesquels elle s'était cachée chaque fois que sa vie partait en sucette. C'était arrivé plus de fois qu'elle ne saurait le compter. C'était arrivé quand elle s'était fait choper avec ces drogues et que l'officier avait refusé de croire qu'elles appartenaient au *contre-amiral* Roman Robertson.

Mais cette fois-ci était différente. Elle n'avait pas été blessée à ce point depuis la nuit où elle avait entendu ses parents adoptifs se disputer quand elle avait seize ans. Ils se querellaient à propos de Maggie et des ennuis qu'elle avait eus récemment. Juste des trucs typiques d'adolescent... Elle avait fait le mur une nuit et s'était fait attraper. S'était mise à rentrer chez elle après le couvre-feu. Répondait avec insolence. Même à l'époque, elle savait que c'était stupide, mais l'influence de son entourage à l'école pour s'adapter, être « cool », lui avait fait faire des choses dont elle n'était pas fière. Mais au lieu de la faire asseoir et d'en parler avec elle, ses parents avaient commencé à se rejeter mutuellement la faute.

Puis sa mère avait fini par admettre à son père qu'ils avaient fait une erreur en l'adoptant si longtemps avant. Lui avait dit qu'ils l'avaient fait pour une mauvaise raison, pour essayer de sauver leur mariage et que ça n'avait pas marché.

Ils avaient tous les deux reconnu qu'ils *regrettaient* de l'avoir adoptée.

Ces paroles la hantaient encore. Elles avaient renversé tout ce qu'elle avait cru savoir sur la famille et la confiance. Bien sûr, elle avait conscience que ses parents n'étaient pas heureux. Ils se disputaient tout le temps. Mais les entendre carrément dire qu'ils n'aimaient pas être parents et qu'ils auraient aimé qu'elle ne soit pas là avait été dévastateur.

Ça avait changé qui elle était en tant que personne. Maggie était devenue plus introvertie. Prudente quand il fallait s'ouvrir aux autres. Une fois diplômée, elle avait déménagé sans un regard en arrière. Ce qui avait été révélateur car aucun de ses parents n'avait jamais fait plus qu'une vague tentative de rester en contact avec elle après son départ.

Quand Roman était arrivé, elle avait un cruel besoin d'amour. Et comment ça avait fini ? Mais même après tout ce que Roman lui avait fait subir, après avoir été en *prison*, Shawn avait réussi à détruire intégralement les murs derrière lesquels elle s'était cachée pendant des années. Elle lui avait fait confiance, rapidement, totalement. Elle avait sincèrement cru que peut-être, elle méritait d'être aimée après tout.

Au lieu de ça... en refusant instantanément son histoire... elle se sentait aussi seule que le jour où elle avait compris que ses parents ne voulaient pas d'elle.

La nuit dernière aurait dû *tout* changer. Pour elle. Mais aujourd'hui, en entendant Shawn qui ne croyait absolument pas que son ex pouvait être le contre-amiral, elle comprenait que cette nuit ne signifiait rien. Elle n'était que la première case cochée sur un tableau de chasse. Il avait décidé qu'il était temps de se débarrasser de sa fichue virginité et il se trouvait qu'elle était là.

C'était un coup de massue.

Elle pensa à l'enregistrement qu'elle avait fait. Ça pourrait lui prouver qu'elle ne mentait pas. Qu'il avait tort et que son ex était vraiment le contre-amiral qu'il connaissait, apparemment. Pendant un moment, elle voulait faire son possible pour qu'il la croie, se battre pour leur relation.

Mais elle ne devrait pas *avoir* à le faire. Il devrait la croire… non ? Devrait lui faire confiance et la désirer inconditionnellement.

Là encore, pourquoi le ferait-il ? Ses parents ne l'avaient pas fait.

La colère l'envahit devant le fait que Roman ruinait sa vie, *encore*. Et elle savait qu'il ne s'arrêterait pas là.

Elle ne voulait pas qu'il dupe une autre victime innocente comme il l'avait fait avec elle. Il embobinerait tout le monde. La Navy, les gens qui travaillaient pour lui, les gens avec qui il interagissait.

Non. Elle devait permettre à Shawn d'écouter l'appel téléphonique. Les menaces.

Et elle le ferait. Mais pas tout de suite. Elle était trop sensible. Trop déçue par Shawn. Elle devait attendre d'avoir le temps de consolider ses boucliers une fois de plus. Comme ça, s'il ne la croyait toujours pas, même si elle avait une preuve sérieuse que Roman était un connard, ce ne serait pas aussi dévastateur que ça l'était maintenant.

— Maggie ? l'appela Shawn.

Elle n'avait aucune idée de ce qu'il avait pu dire pendant qu'elle était perdue dans ses pensées. Alors elle prononça un simple « Okay ». Refusant de lever les yeux, elle scrutait le dessin du tapis sous les pieds de Shawn.

— Ma puce, regarde-moi.

Elle ne le voulait pas. Ne le voulait *vraiment* pas, mais Maggie leva quand même la tête.

— Le contre-amiral Robertson n'a jamais été un SEAL, mais il demeure hautement médaillé. Il était médecin et s'est trouvé sur des missions extrêmement pénibles non seulement parmi les SEAL, mais avec d'autres équipes de forces spéciales également. Il est très respecté et on l'a spécifiquement réclamé pour venir à Riverton afin d'aider à gérer les équipes.

— Okay, répéta mécaniquement Maggie.

— Tu peux m'en dire plus sur ce mec ? À quoi il ressemble ? Attends, tu dis que tu restais chez lui, tu peux te souvenir de son adresse ? Je peux demander à mes relations de voir ce qu'ils peuvent trouver. Découvrir qui est *vraiment* ce gars. Le forcer à cesser de te harceler.

Soudain exténuée, elle aurait juste aimé qu'il s'en aille. Elle ne réussissait plus à encaisser davantage les tentatives de Shawn pour la persuader qu'elle avait tort.

— Je vais devoir y réfléchir un moment. Je ne me souviens pas vraiment, marmonna-t-elle, tâchant de faire en sorte que le mensonge soit convaincant.

Elle avait besoin que Shawn parte pour panser ses blessures. Elle dirait tout ce qu'il faudrait pour que cela arrive car elle contenait à peine le flot de ses émotions.

— En plus, reprit-elle, il a sans doute déménagé depuis que j'y suis allée. Je suis *partie* pendant deux ans.

— Merde, ouais, bien vu. D'accord, nous trouverons quelque chose. Nous ne laisserons pas ce mec continuer de te tourmenter. Et crois-moi, il ne peut rien faire contre mon équipe ou moi. Impossible qu'il infiltre le système de la Navy. Il t'a juste dit ces choses pour te faire croire qu'il a le pouvoir sur nous alors que non.

Shawn avait tort. Mais en cet instant, Maggie était trop dévastée pour tenter de le convaincre. Plus tard, quand elle se sentirait plus forte, quand elle ne serait plus si... émotionnellement impliquée, elle le ferait de nouveau asseoir et mettrait le paquet pour lui faire comprendre qu'elle ne mentait pas. Que le Robert Robertson qui la menaçait, le menaçait *lui*, était la même personne qu'il tenait en si haute estime.

— Okay, répéta-t-elle pourtant. Écoute, je viens juste de me souvenir que j'ai un rendez-vous avec mon agent de probation aujourd'hui. Dans une heure, en fait. Je dois me préparer.

— Oh... très bien. Je peux rentrer et m'occuper de ma lessive. On se retrouve plus tard ?

— Bien sûr, répondit Maggie.

N'importe quoi pour qu'il parte. Elle avait besoin d'être seule. De renforcer ses défenses à nouveau. Shawn les avait anéanties et maintenant qu'elle avait le plus besoin d'elles, elles avaient totalement disparu.

Il se rapprocha de là où Maggie était encore assise sur le canapé et s'agenouilla devant elle.

— On trouvera une solution, ma puce. Je le jure.

Il fallut tout le contrôle de Maggie pour ne pas éclater en sanglots et lui hurler dessus, lui dire qu'il n'y avait pas de solution. Le Roman qu'elle connaissait était le même que celui qu'*il* connaissait. Même s'il ne voulait pas l'admettre.

— Okay.

Elle avait l'impression d'être un robot, à dire le même mot inlassablement, mais c'était tout ce que son cerveau était capable d'exprimer pour le moment.

Shawn se pencha en avant et l'embrassa brièvement, puis se leva et s'en alla vers la porte. Maggie se mit debout et le laissa l'embrasser une fois de plus, avant de fermer la porte à clé derrière lui. Elle s'effondra sur les fesses juste là, baissant la tête jusqu'à ses genoux.

* * *

Preacher était soucieux sur la route du retour jusqu'à son appartement. Il n'était pas d'humeur à discuter avec la vieille dame à qui appartenait la maison où il louait une chambre, alors il fut soulagé quand il vit que sa voiture n'était pas dans l'allée. Il monta à sa chambre et se lança dans une lessive avant de s'asseoir sur le bord de son lit et de regarder dans le vide, ressassant tout ce que Maggie lui avait raconté.

La colère l'envahit lorsqu'il pensa à la personne qui se faisait passer pour le contre-amiral Robertson. Cet homme était une légende. Il avait vécu l'enfer et aidait désormais à diriger le programme du SEAL en tant qu'officier de haut rang. Il était impossible qu'il ait mouillé dans le trafic de drogue et il n'arrivait pas à imaginer cet homme menacer qui que ce soit, surtout pas une femme avec qui il sortait, de la même manière que l'ex de Maggie la traitait.

Pendant une demi-seconde, Preacher se demanda si *tout* ce que lui avait dit Maggie était vrai. Oui, Adina se portait garante pour elle... mais disait-elle la vérité quand elle prétextait que les drogues trouvées dans sa voiture n'avaient pas été à elle ?

Quasiment au moment où il eut cette idée, Preacher la rejeta. Maggie ne mentait pas. Il parierait sa carrière au SEAL là-dessus. Son ex, qui qu'il fût, était malin, de toute évidence. Il savait comment usurper magistralement l'identité des autres. Comment manipuler.

Il devait appeler Kevlar. Et peut-être Wolf. Non, Dude. L'ancien SEAL lui avait dit de le contacter s'il avait besoin d'aide. Et le vieil homme connaissait le contre-amiral, avait parfois travaillé avec lui pour organiser des sessions d'entraînement avec les nouveaux membres du SEAL.

Preacher appellerait même peut-être Tex.

Avec eux tous, il tirerait ça au clair. Trouverait qui manipulait Maggie et mettrait fin à cela une bonne fois pour toutes.

* * *

Maggie était assise sur son canapé, les genoux remontés jusqu'à la poitrine, elle ressassait ce qui était arrivé plus tôt ce jour-là. Elle avait menti au sujet du rendez-vous avec son agent de probation, mais c'était *tout* ce sur quoi elle avait menti. Elle était absolument convaincue que le Robert Robertson avec qui elle était sortie était la même personne que celui que Shawn connaissait. Elle devait juste le prouver.

Analysant inlassablement leur conversation, elle admit à contrecœur qu'elle avait réagi avec ses émotions plutôt qu'avec sa raison. Elle n'aurait pas dû flanquer Shawn si vite à la porte. Elle aurait dû faire plus à ce moment-là pour faire en sorte qu'il la croie. Pour sa défense, elle avait été tellement prise de court par son déni immédiat qu'ils parlaient de la même personne ! Mais Shawn était un homme d'honneur – contrairement à Roman. Évidemment que ce serait dur pour lui de croire une chose aussi horrible venant de la part d'une personne qu'il admirait et respectait. Si on lui avait dit que Roman était un tel con lorsqu'ils sortaient ensemble, elle ne l'aurait certainement pas cru non plus.

Cet homme avait enfumé tout le monde, c'était ainsi qu'il s'en était sorti avec tout ce qu'il avait fait pendant si longtemps. Il n'était pas stupide, il savait comment fonctionnait le système. Mais il se croyait également intouchable et tôt ou tard, il commettrait une erreur. Maggie devait juste espérer que cela arrive avant qu'il ne la renvoie en prison.

S'asseyant plus correctement, elle tendit le bras vers son téléphone. Elle avait besoin de s'excuser auprès de Shawn. Admettre qu'elle avait menti concernant le rendez-vous et lui demander de revenir, ou bien lui proposer de le retrouver ailleurs. Elle serait plus calme la prochaine fois qu'ils discuteraient. Elle lui ferait écouter l'appel enregistré. Lui permettrait d'entendre les menaces. Peut-être qu'il reconnaîtrait la voix de cet homme. Elle ferait tout ce qu'il faudrait pour le convaincre que le contre-amiral Roman Robertson n'était pas un homme respectable.

Appuyant sur le numéro de Shawn dans ses contacts, Maggie attendit impatiemment qu'il lui réponde. Ce fut la déception quand elle tomba sur la boîte vocale. Prenant une grande inspiration, elle lui laissa un message.

« Salut, Shawn. C'est moi. Maggie. Je voulais m'excuser car j'ai menti sur le fait d'avoir un rendez-vous avec mon agent de probation aujourd'hui. J'avais besoin d'espace après qu'il m'a été évident que tu ne me croyais pas à propos de mon ex. Mais je comprends. Je sais que c'est dur à croire. Crois-moi, ça a aussi été une surprise pour moi qu'un homme si respecté puisse être un tel animal sans cœur. J'ai un enregistrement de ses menaces... envers moi et envers toi et ton équipe. Je peux te donner l'adresse que je connaissais il y a deux ans de ça et j'irai même sur Internet pour te montrer des photos de lui. C'est lui, Shawn, et je m'inquiète pour toi. Et pour moi, maintenant que je te l'ai dit. Il a dit que si je parlais de luis à quelqu'un, il me le ferait payer. Je t'en prie. Rappelle-moi. Merci... Euh... On se parle plus tard. Bye. »

Maggie sentit son ventre se contracter quand elle raccrocha. Elle avait été sur le point de lui dire à quel point elle l'aimait... mais ce serait dingue, non ? C'était trop tôt. Bien trop tôt. Avec ce qui était arrivé avec Roman... Elle s'était lancée dans cette relation et avait fini comme criminelle reconnue coupable. Heureusement, elle s'était arrêtée à temps, mais l'inquiétude qui lui tordait les tripes ne se dissipait pas tandis qu'elle attendait que Shawn la rappelle. Elle devait le convaincre... dans leur intérêt à tous les deux.

12

Preacher avait la nausée. Il n'avait pas ressenti ça depuis le premier jour de sa formation BUD/S. Il avait parlé à Kevlar. Puis à Dude. Et pour finir à Tex. Maintenant, il faisait les cent pas dans l'une des salles de conférence de la base, attendant que le reste de son équipe arrive. Ce n'était probablement pas le meilleur endroit pour se réunir, surtout si l'ex de Maggie *était* vraiment le contre-amiral Roman Robertson, mais la pièce était sécurisée. Elle devait l'être, étant donné les missions qui étaient planifiées ici.

Tous ceux à qui il avait parlé avaient été profondément choqués d'apprendre que le contre-amiral Robertson était l'homme que Maggie clamait être son ex. L'homme qui l'avait jetée sous les rues d'un bus, selon le proverbe. Qui la menaçait actuellement de retourner en prison.

Preacher ne voulait pas le croire. Ne *pouvait* pas le croire. Et pourtant, même si tous ses amis étaient d'accord avec son scepticisme... un doute tenace persistait.

Maggie avait eu l'air si sûre ! Et il voyait encore le regard de trahison et de déception pure dans ses yeux quand il lui avait dit qu'elle se trompait. Quand il avait suggéré que son ex usurpait plutôt l'identité du contre-amiral.

Et si elle avait raison et que *lui* avait tort ?

Ce serait un énorme scandale pour la Navy... et chaque mission sur laquelle les SEAL avaient été envoyés – eux tous, pas juste *son* équipe – serait minutieusement examinée pour s'assurer qu'elles étaient réglos. Les conséquences, si le contre-amiral avait potentiellement envoyé les équipes du SEAL sur des missions avec des intentions cachées, seraient considérables et permanentes.

Sans parler des drogues et des menaces envers Maggie. Si c'était vrai, s'il était bien l'ex de Maggie, impossible de dire combien de femmes il avait dupées ou était *en train* d'entuber. De tromper. D'utiliser.

D'où la sensation de nausée dans le ventre de Preacher.

La porte s'ouvrit et Kevlar entra, suivi par le reste de la bande.

Smiley ne tourna pas autour du pot.

— C'est vrai ? Le contre-amiral Robertson est l'ex de Maggie ?

— C'est ce qu'elle dit, répondit Preacher.

— Putain, jura Blink dans sa barbe.

— C'est pas bon, ajouta MacGyver.

— Pas bon du tout, insista Safe.

— Que tout le monde respire. Il y a une chance pour que quelqu'un soit en train d'usurper l'identité du contre-amiral, dit Kevlar.

— Une chance grande comment ? demanda Flash.

Kevlar soupira.

— Vingt pour cent ?

— *Putain*, répéta Blink.

Vingt pour cent.

Preacher avait les lèvres pincées. Il avait merdé. Sacrément.

Maggie n'allait plus jamais lui refaire confiance. Il en était arrivé au moment où il se sentait bien car elle avait tant baissé ses boucliers avec lui. Et après ce matin... jamais il ne s'était senti aussi proche d'un être humain de sa vie. Et il avait gâché tout ça.

— Tu as parlé à Tex ? demanda Safe.

— Je l'ai appelé. Il va enquêter, dit Preacher à ses amis. J'ai aussi appelé Dude et demandé son opinion sur cette situation complètement merdique.

— Et ? reprit Safe.

— Il était sonné. D'abord, il a dit que c'était impossible. Mais je suppose qu'après que nous ayons raccroché, il a davantage réfléchi à la situation. Il m'a rappelé et dit qu'il pensait désormais qu'il y avait une possibilité pour que ce soit vrai, raconta Preacher avant de soupirer.

— Qu'est-ce qui l'a convaincu ? questionna Smiley.

— Je n'en ai aucune idée. Il a parlé de passer quelques coups de fil puis dit qu'il ne pensait pas que Maggie mentirait sur un sujet aussi sérieux. Surtout qu'il serait facile de prouver ou non qui était son ex.

— Et maintenant quoi ? s'enquit MacGyver.

— Je vais devoir en reparler à Maggie. Obtenir d'elle le plus d'infos possible. Puis nous irons voir les gros bonnets de la base, ici. Et le NCIS. Lancer une investigation, répondit Preacher.

— À la seconde où Robertson découvrira qu'on enquête sur lui, elle sera en danger, dit Blink.

— Elle aura besoin de quelqu'un avec elle vingt-quatre heures sur vingt-quatre, suggéra Flash.

— Et son agent de probation devra être informée de ce qu'il se passe. Au cas où Robertson riposterait en essayant de la piéger de nouveau, déclara Safe.

Preacher adorait ces gars-là ! Il aimait qu'ils pensent en

premier à Maggie. Pas au fait que c'était naze d'avoir été envoyés dans des missions qui pourraient avoir été bidon. Une pensée le frappa alors.

— Blink, cette mission où ton équipe avait été prise en embuscade… est-ce que tu crois… est-ce que c'était…

Il était incapable d'aller au bout de sa réflexion.

Blink le dévisagea, fidèle à son surnom, car il ne cligna pas des yeux une seule fois.

— S'il était derrière cette mission tellement foireuse qu'elle est irréparable, je vais le tuer, putain.

Preacher ne pouvait l'en blâmer. Il avait perdu de très bons amis lors de cette mission désastreuse. Sans parler du fait qu'il avait été renvoyé en Iran avec une autre équipe du SEAL… Est-ce que quelqu'un essayait de se débarrasser de lui également ? Le seul autre militaire pouvant témoigner de tout ce qui s'était mal passé lors de la mission précédente ?

— Je pense que ça consolide ce que nous supposions, que nous avons sûrement été volontairement envoyés sur ce navire en particulier alors qu'on n'avait pas besoin de nous, non ? fit Smiley en s'adressant au groupe.

— Je dois appeler Maggie, dit Preacher, qui ressentait le besoin presque désespéré de lui parler.

Ils s'étaient quittés sur une note pas terrible ce matin. Sortant son téléphone, il fut surpris d'y découvrir un message d'elle ; il avait oublié de mettre son portable sur « ne pas déranger » pour cette réunion. Faisant abstraction de la discussion houleuse de ses amis qui essayaient de déterminer si le contre-amiral Robertson était responsable de leur dernière mission, Preacher porta le mobile à son oreille.

Il ne souriait pas en écoutant le message de Maggie, mais il était soulagé. Il aimait ça, que même s'ils avaient eu un désaccord, elle n'avait pas hésité à s'excuser de lui avoir menti pour qu'il s'en aille. Il avait eu besoin de faire de même. Son envie de le chasser de chez elle était grandement de sa faute. S'il s'était montré un peu plus ouvert sur l'identité de son ex, les choses n'auraient pas dégénéré au point où Maggie aurait ressenti le besoin d'avoir de l'espace.

Savoir qu'elle avait enregistré l'appel de son ex le rendait extrêmement fier. Et il ne savait pas pourquoi *il* n'avait pas pensé à lui demander d'identifier son ex sur des photos.

Il appuya immédiatement sur son nom, éprouvant le besoin de lui dire tout de suite qu'il était également désolé de la manière dont ça avait tourné et que son équipe et lui la protégeraient pendant qu'une enquête serait faite sur Robertson. Mais son appel atterrit aussitôt sur la boîte vocale. Ce qui était étrange... Depuis le tout début de leur rencontre, ce qui, il devait bien admettre, n'était pas depuis *si* longtemps, son téléphone avait toujours été allumé.

Preacher consulta sa montre, il se demandait si elle avait finalement décidé de se rendre à *My Sister's Closet* pour quelques heures. Il était sur le point de contacter Julie pour savoir si Maggie était là et s'il pouvait lui parler quand Kevlar l'interrogea à propos du message de Maggie. Il raconta à sa bande l'enregistrement de l'appel téléphonique de son ex et leur dit qu'elle était prête à lui donner l'adresse où il vivait avant qu'elle ne soit incarcérée.

Puis le téléphone de Preacher sonna. Anxieux, il le vérifia et s'aperçut que ce n'était pas Maggie qui l'appelait, à son grand dam. C'était le nom de Tex qui apparaissait à la place.

— Tex, salut, répondit Preacher.

— Je dirais que ta nana ne ment pas, déclara Tex, sans tourner autour du pot. J'admets que j'étais grandement sceptique au départ. Enfin, un contre-amiral n'est pas vraiment quelqu'un qu'on suspecterait d'être un trafiquant de drogue ou d'envoyer une femme innocente en prison. Mais plus j'ai creusé chez cet homme, plus j'ai déterré des choses.

— Attends une seconde, lui dit Preacher, mettant son téléphone sur haut-parleur et expliquant à son groupe ce qu'il se passait. Okay, vas-y. Nous t'écoutons tous, informa-t-il le génie de l'informatique.

— Bien, alors il a fallu travailler sérieusement, car certains de ces trucs étaient profondément enterrés, mais j'ai découvert que l'estimé contre-amiral avait clairement des squelettes dans son placard. Par exemple, Roman Robertson n'est pas son véritable nom.

— Bordel de merde, sérieux ? s'exclama Kevlar.

— Sérieux, confirma Tex. Il n'est pas allé à l'université juste après le lycée non plus. Au lieu de ça, il a passé du temps à Chicago... et il était marié.

— Vraiment ? demanda Flash, renfrogné. À ce que j'ai entendu, c'est un célibataire endurci, il l'a toujours été.

— Est-ce qu'on peut en revenir à ce qu'est son véritable nom ?! protesta Kevlar.

— Il a été marié deux ans. Avant que sa femme ne disparaisse..., dit Tex, ignorant Kevlar pour leur balancer cette bombe à la place.

Preacher inspira longuement.

— C'est quoi, ce bordel ? réagit Blink, proférant ce que tout le monde pensait.

Tex continua :

— Les archives évoquent qu'ils ont eu une dispute et que le matin suivant, Robertson s'est réveillé et elle ne se trouvait pas dans leur appartement. Il n'y avait aucun signe d'elle. Sa voiture se trouvait sur le parking, son sac à main, ses clés, son argent, tout était encore à l'appartement. La porte était déverrouillée et aucun signe d'altercation à l'intérieur. Robertson a été considéré comme suspect mais jamais accusé car aucune preuve d'homicide. Absolument aucune preuve qu'il était impliqué dans sa disparition. Après ça, il a déménagé sur la côte est et est allé à la fac. J'ai comparé les imprimés qu'avaient les flics dans leur dossier quand sa femme a été portée disparue et ceux de la Navy quand il l'a rejointe, et ô surprise... ils correspondent. Bartholomew Jones est devenu Roman Robertson.

— Merde, je changerais mon nom si je m'appelais Bartholomew, marmonna sarcastiquement Smiley dans sa barbe.

— Quoi d'autre ? demanda Safe.

— Tu pars du principe qu'il y a autre chose ? lui répondit Tex.

— Un homme ne passe pas d'époux endeuillé – en supposant qu'il s'inquiétait seulement de la disparition de sa femme – à ce qu'il est aujourd'hui sans un gros trou entre les deux, expliqua Safe avec assurance.

— Tu as raison. J'ai retracé sa carrière dans la marine et partout où il a été affecté, il y a eu des accusations de détention de drogues envers des hommes qui travaillaient sous ses ordres. Chaque fois, il en sortait frais comme une rose. J'ai essayé de trouver des traces financières, pour voir s'il avait payé des gens, mais trop de temps a passé pour en être sûr. Sans parler du fait qu'il est sans doute suffisamment malin pour payer en espèces et ne pas faire un putain de chèque ou un transfert à quelqu'un pour toute saloperie qu'il voudrait faire faire.

— Quelque chose sur la situation de Maggie ? demanda Preacher.

— Rien de concret, mais l'un des officiers qui l'a arrêtée a bossé un temps à la Navy. Et devinez qui était son commandant en chef...

— Putain, grogna Blink.

En temps normal, Preacher aurait souri devant ce SEAL stoïque proférant sans cesse son juron préféré, mais il n'y avait rien du tout de drôle dans cette situation.

— Je suppose qu'il utilise ses subordonnées comme mules. Pour expédier ses drogues d'un endroit à un autre tout en engrangeant des profits. Mais il a merdé avec Maggie. Il s'est personnellement investi, s'est servi de l'une de ses petites copines comme coursière et elle s'est fait attraper. Il imagine sans doute qu'elle est la seule personne qui peut le faire tomber. Les subordonnés militaires ont autant à perdre que lui alors ils se taisent. Mais Maggie n'a aucune raison de garder le silence. Merde, elle a essayé de dire à tous que les drogues n'étaient pas à elle. Robertson pense sûrement qu'elle continue de trouver quelqu'un pour la croire... et qu'elle finira par réussir. Il ne veut pas que ça arrive, sous aucun prétexte.

— Quoi faire ensuite ? questionna Preacher.

Il était submergé par la culpabilité. Maggie avait tenté de le convaincre de la croire et il l'avait déçue. Et il était paumé quant à ce que lui ou quelqu'un d'autre pouvait faire pour aider Maggie, maintenant qu'il était certain que Robertson était effectivement son ex. Il ne pouvait rester à ses côtés chaque minute, tous les jours, et il avait le mauvais pressentiment que ceux qui essaieraient de lui venir en aide se retrouveraient dans le collimateur du très puissant contre-amiral. Et il était hors de question que Preacher mette Wolf ou l'un des membres de son équipe avec leurs femmes et leurs familles sous le radar de Robertson.

Plus qu'ils ne l'étaient peut-être déjà.

Avant que Tex puisse répondre, le téléphone de Kevlar sonna. Puis celui de Safe, de Smiley et du reste de l'équipe. En baissant les yeux, Preacher put voir un appel sur son propre écran lui aussi.

— Putain !

Ce fut Kevlar qui jura cette fois.

— Que se passe-t-il ? aboya Tex dans le haut-parleur.

Kevlar décrocha et ils l'entendirent tous répondre d'un ton sec à la personne à l'autre bout du fil :

— Oui, Monsieur. Je comprends. Maintenant ? Avons-nous

le temps de retourner chez nous et de parler à nos familles ? Très bien. Trente minutes. Ils sont présents, je leur dirai. À vos ordres, Monsieur. Terminé. Nous sommes déployés, annonça-t-il dès qu'il eut raccroché, sans laisser le temps aux autres de demander ce qu'il se passait. Tout de suite.

— C'est lui, dit Preacher, se sentant mal.

— Ça, on n'en sait rien, argumenta Kevlar, mais le trouble était évident dans sa voix.

— Tu parles si on n'en sait rien ! rétorqua Preacher, en élevant la voix.

— Je suis dessus, dit Tex. Si c'est un déploiement de pacotille, je le ferai annuler. Et si je ne peux le faire avant votre départ, je vous ferai rentrer dès que je le pourrai.

— J'ai besoin que quelqu'un protège Maggie, dit Preacher au vieil homme.

— Je m'occupe de ça aussi, lui promit-il.

Mais Preacher n'était pas rassuré. Il se sentait désarmé. Et furax contre le monde entier.

— Il faut que je l'appelle.

— Compris. Ne perds *pas* de vue ton objectif, l'avertit Tex. Reste concentré sur la mission. Ça pourrait être la chose la plus difficile que tu aies jamais faite, dans ces circonstances, mais si tu ne restes pas attentif, je ne pourrai pas te faire revenir d'entre les morts.

Preacher inspira profondément. Safe, Blink et Kevlar étaient au téléphone, sans doute en train de parler à Wren, Josie et Remi. Ses trois autres collègues le dévisageaient, les bras croisés, maussades.

— Bien. Je sais.

— Je m'occupe de ça, répéta Tex. Si Robertson envoie ton équipe vers des missions fictives, il est *foutu*. S'il était derrière l'incarcération de Maggie, il va tomber. Je vais creuser si loin sans m'arrêter qu'il va vraiment sentir qu'il est mort.

Normalement, Preacher aurait au moins ricané au sous-entendu de la part du très sérieux Tex en général, mais il n'avait pas la tête à ça en ce moment.

— Appelle-la. Dis-lui de rester sur ses gardes. Et dis-lui que je vais lui téléphoner et lui demanderai une copie de cet appel qu'elle a enregistré, lui ordonna Tex. Sois prudent. Je te recontacte.

À la seconde où Tex raccrocha, Preacher appuya sur le nom de Maggie et porta son mobile à son oreille. Une fois de plus, l'appel atterrit sur la boîte vocale. La terreur fit naître la bile dans la gorge de Preacher tandis qu'il raccrochait.

— Elle ne répond pas ? lui demanda Smiley, visiblement inquiet.

— Non.

— Rappelle et laisse un message, lui ordonna MacGyver.

Preacher opina du chef, mais il avait un mauvais pressentiment sur toute cette situation.

« *Maggie, c'est Shawn. Je... putain. Ça a encore merdé ici. Nous sommes de nouveau déployés. Maintenant. Et tu ne réponds pas. J'espère vraiment que tu vas bien. Je suis tellement désolé pour ce matin. J'aurais dû t'écouter mieux. Je te crois. Des gens de ma connaissance sont dessus. Quelqu'un dénommé Tex va te contacter. C'est vraiment l'homme le plus futé que je connaisse et si quelqu'un peut nous aider, c'est lui. Il va vouloir cet enregistrement dont tu m'as parlé. Tu peux lui envoyer, je te le jure. Sois prudente, d'accord ? J'ai un mauvais pressentiment qui me tord le bide et quand un SEAL dit ça, c'est jamais bon. Je vais continuer d'essayer de te joindre, réponds s'il te plaît. Même si tu m'en veux encore, j'ai besoin de savoir que tu vas bien. C'est trop tôt pour ça, mais au diable. Je suis amoureux de toi, Maggie. Et si quoi que ce soit t'arrive... Bon. Okay, je dois y aller. Mais dès que je rentre, je nous enferme dans une chambre, la tienne, la mienne, peu importe, et nous trouverons une solution. »*

Il envoya le message, il ne voulait pas dire au revoir. Ça sonnait trop définitif. Trop comme un satané présage.

Il n'avait pas remarqué que tous les autres avaient quitté la pièce pour rassembler leurs affaires pour le déploiement, excepté Smiley.

— Si c'est lui, il ne s'en sortira pas, lui promit l'autre homme.

Preacher voulait acquiescer. Voulait être d'accord avec son ami. Mais il craignait d'avoir tort. Robertson s'en sortait déjà… peu importait ce qu'était ce merdier. Le contre-amiral séparait Maggie de son réseau de soutien, le reste des SEAL et lui. Oui, elle avait toujours la bande de Wolf, mais elle ne les connaissait pas aussi bien que Kevlar, Safe et les autres. Preacher n'était pas certain qu'elle appelle Dude ou Wolf si quelque chose arrivait.

— Il nous sous-estime, dit Smiley. Il va découvrir ce qui arrive quand il aura toute une communauté de Navy SEAL redoutables et énervés. Quand on reviendra, on va tout secouer… s'assurer que chaque SEAL, actif ou retraité, soit de la partie. Comme l'a dit Tex, il va tomber, Preacher. Souviens-toi bien de ce que je dis.

Preacher n'avait aucun doute à ce sujet. Il espérait juste que cela arrive avant qu'il ne réussisse à ruiner d'autres vies, comme il l'avait déjà fait avec celle de Maggie.

* * *

Maggie poussa un grognement, tentant de se retourner, et elle réalisa presque immédiatement qu'elle ne pouvait pas vraiment bouger. Elle était allongée sur le flanc et ses mains étaient attachées derrière elle, rendant cette position extrêmement inconfortable étendue ainsi, et quelque chose enveloppait sa tête, sa bouche. Elle remua sa mâchoire d'avant en arrière... du scotch. C'était du scotch qui tirait sur sa peau. Pire, elle était dans le noir. Elle pouvait discerner des petits points de lumière qui provenaient visiblement de lattes, indiquant clairement qu'elle était dans une sorte de boîte. Mais autrement, c'était le noir complet.

C'était également étrangement silencieux.

Inclinant la tête contre son épaule, Maggie sentit quelque chose dedans. Merde... est-ce qu'on avait mis des bouchons dans ses oreilles ? En proie à la panique, elle tenta frénétiquement de se frotter les oreilles contre ses épaules, les planches, sous elle... n'importe quoi pour retirer ce qui avait été enfoncé à l'intérieur. Mais en vain.

Elle était pour l'essentiel aveugle, sourde et muette.

Ce qui lui arrivait n'était pas bon. Pas bon du tout.

Fronçant les sourcils, la tête tambourinant, Maggie essaya de se souvenir comment elle avait pu finir dans une *boîte*. Elle se trouvait dans son appartement quand quelqu'un était venu frapper à la porte. Elle avait cru que c'était Shawn, revenu pour parler. Elle avait supposé qu'il avait eu le message qu'elle lui avait laissé et qu'il était venu directement.

Mais à sa place il y avait un inconnu. Un homme qu'elle n'avait jamais vu avant. Il était immense. Bien plus grand et plus lourd qu'elle. Il l'avait saisie par le cou à la seconde où elle avait ouvert la porte. Elle n'avait pas eu le temps de réagir, de le frapper dans les parties génitales. La seule chose qu'elle avait été capable de faire avait été de lui prendre les mains pour essayer d'amener un peu d'air dans ses poumons. Mais elle avait échoué.

Elle avait dû s'évanouir... et maintenant, elle était ici... peu importait où c'était *ici*.

Soudain, la boîte se mit à osciller. Maggie était quasiment en hyperventilation. C'était difficile de ne respirer que par le nez avec le scotch sur sa bouche. Elle ne pouvait pas vraiment voir à travers les lattes et elle ne pouvait rien entendre de ce qui se passait autour d'elle.

La boîte se balança plusieurs minutes jusqu'à ce que le mouvement s'arrête net. Puis la boîte bascula comme si on l'avait fait tomber sans ménagement. La douleur dans sa hanche se propagea dans tout son corps. Elle grogna, mais le son ne fit que résonner dans son crâne à cause des bouchons réducteurs de bruits enfoncés dans ses oreilles.

La boîte se secouait et Maggie ne pouvait que deviner que d'autres conteneurs se plaçaient dessus et autour. La réalité de sa situation commença à s'éclaircir. Elle était déjà morte, pour ainsi dire. Elle ne pouvait pas bouger, pas manger, pas crier à l'aide. Aucune place pour faire ses besoins. Après trois jours sans eau, elle s'éteindrait, tout simplement.

Roman irait-il si loin pour la faire taire ? Sans doute. Il avait clairement les relations pour. Il n'avait même pas eu à se salir les mains. Il avait juste ordonné à quelqu'un de la kidnapper et de la mettre dans cette boîte. Impossible de dire où elle finirait à la fin de son voyage.

Le visage de Shawn lui vint alors à l'esprit et Maggie fut violemment submergée par le chagrin. Il ne saurait jamais tout ce qu'il signifiait pour elle. Leurs dernières paroles avaient été prononcées dans la colère et la frustration... en tout cas en ce qui la concernait. Il était vraiment la meilleure chose qui lui soit arrivée et elle n'aurait jamais l'occasion de le lui dire.

Les larmes naquirent dans ses yeux et tombèrent sur les planches en bois en dessous d'elle. C'était terminé. Elle allait simplement être une autre femme disparue. Des gens pourraient se demander où elle s'en était allée... Son agent de probation penserait qu'elle avait fui, peut-être au Mexique. Il y aurait des mandats d'arrestation, mais elle ne serait jamais retrouvée.

Shawn imaginerait sans doute que comme il ne l'avait pas crue au sujet de Roman, elle l'avait quitté et était partie vivre cachée ailleurs.

Enfin... peut-être, peut-être pas. Elle lui avait laissé ce message. Peut-être qu'il trouverait son ordinateur et l'enregistrement de l'appel de Roman. Peut-être qu'il y aurait une grande enquête et qu'il finirait par être reconnu coupable. Il y aurait une émission spéciale de *48 Heures* à la télé racontant tout ce qui était arrivé... et ça se terminerait sur un fichu *cliffhanger*, car si Roman pouvait être inculpé, ce qui serait compliqué sans le corps de Maggie pour preuve, elle demeurerait disparue.

Ses pensées lui paraissaient tellement ridicules qu'elle aurait voulu éclater de rire, mais au lieu de cela, elle poussa un soupir. Peu importait ce que Roman avait en stock pour elle, ce ne serait sans doute pas une mort lente, relativement sans douleur due à la déshydratation. Non, ce qu'il avait sous le coude serait un enfer.

Tâchant d'ignorer la douleur qui parcourait son corps entier – son cou là où Gigantor l'avait étranglée, sa hanche, ses épaules à cause de ses bras tordus dans son dos depuis si longtemps, ses cheveux et son visage car le scotch tirait dessus et d'autres endroits où elle était certaine d'avoir des bleus pour avoir été malmenée – Maggie ferma les yeux.

Peut-être que si elle dormait, elle se réveillerait et son cauchemar serait terminé.

13

— C'est une blague, c'est ça ? demanda MacGyver à personne en particulier.

La « mission » où ils avaient été envoyés s'était faite par avion à l'autre bout du monde, les avait fait monter dans des hélicoptères et balancer des caisses remplies d'armes dans des endroits stratégiques pour que les forces ukrainiennes puissent les récupérer et s'en servir contre les forces russes qui tentaient d'occuper leur pays.

Ce n'était pas comme si les SEAL n'avaient jamais fait ce genre de choses auparavant, mais en général, on leur assignait la tâche de le faire au milieu d'une zone de guerre. D'amener des armes et des munitions aux camarades de soldats américains qui avaient été immobilisés et avaient besoin de renforts. D'après ce qu'avait compris Preacher, l'armée russe était à des kilomètres de cette zone de largage et ne serait pas au plus proche avant un jour ou deux.

En bref, ce saut en parachute n'était pas particulièrement dangereux. Tout régiment aurait pu faire ce qu'ils faisaient. Ça n'avait pas de sens. Et les choses qui n'avaient pas de sens rendaient dingues tous les SEAL.

Quelque chose n'allait forcément pas. En temps normal, Preacher aurait supposé que leurs renseignements étaient faux et qu'ils se lançaient dans une embuscade. En théorie, ils avaient disposé de beaucoup de temps pour effectuer le largage. La petite ville, non loin de la zone de largage, avait déjà été pas mal bombardée. La plupart des civils avaient fui les lieux et ils avaient eu pour info que les troupes russes envoyées pour débusquer tout retardataire restant n'étaient pas pressées. Ce qui était la raison invoquée pour balancer les armes ici. La zone devrait être sûre pour que les soldats ukrainiens la pénètrent et en sortent avant l'arrivée de l'ennemi.

Peut-être que les forces russes étaient plus près que ce qu'on leur avait dit. Peut-être que c'était l'intuition qui tordait les tripes de Preacher.

— C'est une diversion, marmonna Smiley. On nous a demandé de nous charger de ce largage de merde pour nous distraire d'autre chose.

— Ouais. Pour nous faire sortir du putain de pays pour que Robertson puisse atteindre Maggie.

Il jeta un œil à MacGyver. Son ami avait l'air aussi furieux que lui. Il était difficile d'avaler sa salive avec cette boule d'angoisse dans sa gorge. L'équipe avait beaucoup parlé pendant le vol et ils étaient tous d'accord sur le fait que Maggie était en danger. Ils détestaient d'avoir eu à s'en aller si soudainement et tout le monde se souciait énormément du fait que Preacher n'ait pas pu la contacter avant de décoller.

Et maintenant, entendre l'inquiétude et la colère pour Maggie de la part de MacGyver faisait comprendre à Preacher le vrai sens de l'amitié. Oui, il avait ressenti la même chose quand Remi, Josie et Wren avaient connu la merde, mais cette fois-ci était différente. Car c'était lui, de l'autre côté. C'était *sa* femme qui était peut-être en danger et il ne pouvait pas faire une seule putain de chose pour empêcher ça.

— Alors, on balance ces caisses et on ramène nos fesses en Californie, déclara fermement Smiley.

Preacher voulait ça plus qu'il n'avait besoin de respirer, mais ce n'était pas facile. Ils étaient à la merci du gouvernement. Ils étaient allés là où on leur avait dit d'aller et avaient fait ce qu'on leur avait ordonné. Ils ne pouvaient prendre la décision de désobéir à un ordre et simplement monter dans un avion, un avion appartenant aux États-Unis, et retourner en Californie.

— On arrive à la zone de largage dans soixante secondes.

La voix d'un des pilotes dans l'oreille de Preacher le fit sursauter. Il regarda par la porte ouverte de l'hélicoptère, scruta le sol, surveillant la zone où ils balanceraient les caisses. Smiley et MacGyver étaient avec lui dans l'hélico, et Safe, Blink et Flash se trouvaient dans un second appareil. Kevlar était à terre, tenant les rênes de la mission de leur zone sécurisée jusqu'à l'ouest de l'Ukraine.

Preacher faisait de son mieux pour que son esprit reste focalisé sur la tâche en cours. La colère bouillonnait juste sous la surface, mais se souvenir de Tex qui l'avertissait de garder la tête froide l'aidait à se concentrer sur ce qui devait être fait à l'instant T.

Six caisses devaient être déchargées. Le plan, c'était que l'hélicoptère soit en vol stationnaire à environ deux mètres du sol pendant que les SEAL poussaient les caisses hors de l'appareil sur les terres cultivées désertes juste en dehors de la ville. Le but était de leur éviter d'être détruites quand ils atterriraient pour protéger les provisions à l'intérieur. Les soldats ukrainiens du coin viendraient ramasser les armes avant de disparaître dans la ville pour se préparer à l'arrivée des Russes.

Rien dans tout ça ne semblait correct, mais à cet instant,

Preacher voulait seulement en finir avec ça et traverser à nouveau la frontière. Plus tôt ils auraient fini, plus tôt il pourrait retenter de mettre la main sur Maggie.

— Trente secondes.

Smiley et MacGyver étaient occupés avec les caisses, ils les poussaient pour les rapprocher de la porte, les préparant à être lâchées.

L'hélicoptère commença à descendre plus près du sol à grande vitesse. Car ce n'était pas parce que les forces ennemies n'étaient pas immédiatement en vue que les pilotes voulaient traîner dans le coin plus longtemps que nécessaire.

— Go, go, go ! cria le pilote.

Sans hésiter, Preacher se mit sur le côté et aida MacGyver à pousser la première caisse hors de l'ouverture. Elle atterrit et rebondit une fois sur la surface herbeuse. Smiley poussait déjà la seconde caisse vers l'avant et Preacher répéta ses gestes.

Ils eurent rapidement projeté cinq caisses par la porte et s'occupaient de la dernière.

— Celle-là est bien plus légère que les autres, commenta MacGyver dans le casque tout en la dirigeant vers l'ouverture.

Preacher s'en fichait. Tout ce qu'il voulait, c'était en finir avec cette stupide mission et rentrer fissa en Californie du Sud.

Les pilotes avaient avancé l'hélicoptère de plusieurs mètres après l'éjection de chaque caisse afin qu'elles ne tombent pas les unes sur les autres. Preacher observait, détaché, la dernière caisse atterrir dans les hautes herbes du dessous. L'hélico avait commencé à remonter dès qu'elle avait quitté la zone de chargement.

Au lieu de rebondir et de rouler quelques mètres avant de s'arrêter, la dernière caisse se brisa et s'ouvrit lors de l'impact. Et ce que vit Preacher lui glaça le sang.

Il n'avait pas le temps de dire quoi que ce soit aux pilotes. Il arracha son casque, attrapa la corde de sécurité qui avait été préparée plus tôt juste au cas où ils auraient eu besoin d'évacuer l'hélicoptère à l'improviste et sauta par la porte, descendant en rappel jusqu'au sol sous ses pieds.

Il sentit plus qu'il ne vit l'hélicoptère cesser son ascension, mais toute la concentration de Preacher était fixée sur cette dernière caisse. Il n'aurait pas été plus choqué par le contenu de cette caisse si quelqu'un lui avait dit qu'il avait gagné à la loterie sans même y avoir joué.

Maggie.

Il la reconnaîtrait n'importe où et pas seulement parce qu'elle portait les mêmes vêtements que ceux de la matinée où ils s'étaient disputés, quand il avait quitté le pays pour cette fichue mission.

C'était impossible. Et pourtant, ses yeux ne le trompaient pas.

Maggie était dans la dernière caisse. Et elle était actuellement étendue, immobile, dans les hautes herbes et la terre.

Preacher avait l'impression de courir dans de la mélasse. Il ne pouvait l'atteindre suffisamment vite. Son cœur tambourinait violemment dans sa poitrine et l'adrénaline le faisait trembler. Était-elle morte ? Robertson l'avait-il tuée et était-ce ainsi qu'il se débarrassait de son corps ? En faisant faire le sale travail à Preacher et son équipe ? Cette pensée lui donnait envie de vomir.

Il devait la rejoindre. Il n'avait rien d'autre en tête. Pas les ennemis qui pourraient arriver. Pas l'hélicoptère faisant du surplace au-dessus de lui. Pas même MacGyver criant son nom derrière lui.

Maggie était tout ce qui comptait.

* * *

Maggie poussa un grognement. Elle était si confuse. Elle avait vécu l'enfer ces deux derniers jours. Enfin... cela faisait deux jours selon elle. Dans cette boîte sombre, toutefois, elle n'avait pas vraiment eu le moyen de savoir l'heure qu'il était. Elle avait été remuée quelques fois et même avec les bouchons toujours dans ses satanées oreilles, elle avait pu entendre l'énorme bruit facilement reconnaissable d'un hélicoptère.

Elle n'avait aucune idée de ce qu'il se passait, ni où elle se trouvait, mais quand la boîte dans laquelle elle était se fit soudain toute légère pendant quelques brèves secondes, elle laissa échapper un hurlement de surprise sous le scotch.

La douleur à l'atterrissage fut intense et pendant un moment, elle demeura inconsciente. Mais quand elle ouvrit les yeux, Maggie fut étonnée de pouvoir voir. La boîte dans laquelle elle était enfermée s'était ouverte.

Des mains la saisirent et son instinct de survie se réveilla. Même si elle avait toujours les mains liées dans son dos, elle se débattit, se servant de ses jambes pour donner des coups de pied à celui qui la surplombait, la mettait sur le côté, la mettait à genoux...

La brusque luminosité après des jours dans l'obscurité l'aveuglait presque, mais Maggie se força à regarder en face l'horreur dans laquelle elle avait été soudainement jetée... et elle s'immobilisa.

Elle ne pouvait pas être en train de voir ce qu'elle croyait voir... *Qui* elle voyait.

Shawn.

— C'est quoi, ce bordel ?!

Elle ne l'entendait pas mais put lire sur ses lèvres. Il commença à retirer le scotch qu'elle avait sur la bouche, ce qui tira sur ses cheveux, alors elle tenta de le repousser.

Puis une autre paire de mains fut sur elle. Regardant du mieux que possible sur le côté, Maggie vit MacGyver. Elle ne savait pas où ils étaient ni comment Shawn et ses amis l'avaient trouvée, mais elle leur en serait éternellement reconnaissante.

Toutefois, la panique la submergea rapidement. Tout cela faisait sans doute partie du plan de Roman ! Ce qu'il leur avait réservé ne pouvait pas être bon. Shawn était en danger. À cause d'elle. Elle essaya de lui dire de s'éloigner d'elle. De la laisser et de s'en aller, mais ce fichu scotch lui recouvrait toujours la bouche.

MacGyver avait déjà réussi à enlever ce qui se révélait être des attaches autobloquantes autour de ses poignets et le soulagement qu'elle ressentit d'être libre était presque aussi écrasant que douloureux. Le sang qui circulait normalement dans ses bras provoquait la même sensation que si elle s'était heurté le nerf ulnaire. Déplaisant.

La bouche de Shawn remuait tandis qu'il lui parlait, mais ces satanés bouchons d'oreille rendaient le tout impossible à entendre. Se mettant sur le dos et poussant un grognement parce que c'était agréable, elle porta la main à son oreille ; elle retira un bouchon puis l'autre.

— C'est quoi, ce bordel ? dit MacGyver, imitant Shawn.

— Des bouchons d'oreille, dit Maggie sous le scotch, même s'il pouvait voir de lui-même ce que c'était.

— Maggie ! Est-ce que tu vas bien ? Mais qu'est-ce que tu fous ici ?

Elle secoua la tête en même temps qu'elle répondit :

— Je ne vais pas bien pour le moment. Mais ça ira si tu m'accordes une minute ou deux pour retrouver mes esprits.

Ce fut ce qu'elle tenta de dire, mais le scotch sur sa bouche empêchait les mots d'être compréhensibles.

— Tiens, dit MacGyver en tendant quelque chose à Shawn.

C'était un couteau. Dangereux en apparence, avec les bords crantés. N'importe qui d'autre s'approchant d'elle avec ce truc recevrait un coup de pied entre les jambes, mais c'était Shawn qui tenait l'arme mortelle. Maggie ferma les yeux, le laissant faire ce qui devait être fait.

Elle sentit le scotch se desserrer sur son visage puis Shawn l'avertit :

— Ça va faire mal.

Maggie acquiesça mais n'ouvrit pas les yeux. Elle avait fait de son mieux ces deux derniers jours pour essayer d'humidifier le collant, pour l'assouplir sur ses lèvres, mais cela ne changerait rien à l'adhésif parfaitement collé sur ses joues.

Shawn fit de son mieux pour agir rapidement, mais il ne s'était pas trompé : retirer le scotch de son visage faisait un mal de chien !

— Maggie ? l'appela-t-il avec appréhension.

— Shawn, murmura-t-elle.

Elle avait la bouche sèche, elle souffrait du manque d'eau ou de nourriture. Mais elle était en vie. C'était le plus important.

— Putain ! s'exclama-t-il.

Il respirait fort, ses yeux étaient grands ouverts et ses mains tremblaient quand il prit le visage de Maggie.

Puis ses lèvres se retrouvèrent sur les siennes. C'était un baiser tendre mais vivifiant.

Il se recula et extirpa immédiatement quelque chose de sa ceinture.

— Tiens, bois ça.

De *l'eau*.

Maggie ne la considérerait plus jamais comme acquise. Elle tâcha de ne pas la boire d'un trait, mais elle pouvait la sentir couler par les coins de sa bouche, s'abreuvant désespérément du liquide salvateur plus vite qu'elle ne le devrait.

— Doucement, l'avertit Shawn, en lui retirant la gourde.

Maggie émit un petit bruit de protestation du fond de la gorge.

— Je sais. Je t'en redonnerai dans une seconde. Tu dois d'abord attendre que celle-ci fasse son office.

— Preacher, quelque chose approche, dit MacGyver.

Maggie lui jeta un coup d'œil et le vit faire un geste au-dessus de leurs têtes. Regardant autre chose que Shawn pour la première fois, elle aperçut un hélicoptère au loin qui s'approchait rapidement d'eux. Un second hélico, plus proche et qui semblait faire du surplace non loin, vira soudain sur la gauche, gagnant de la hauteur et de la vitesse tout en partant vers la direction opposée.

— C'est quoi, ce merdier ? Je pensais qu'ils ne viendraient pas avant deux jours, dit Shawn.

— Semblerait que nos infos étaient fausses. Je ne suis pas surpris. Il faut filer, dit MacGyver.

— Tu peux te mettre debout ? demanda Shawn à Maggie.

— Oui, lui répondit-elle, sans savoir si c'était vrai ou non.

Mais si le regard qu'échangeait MacGyver avec Shawn était une indication, elle n'avait pas le choix. Putain, elle ferait la roue pour sortir de là, peu importe où était la sortie, si elle le devait !

Un énorme craquement résonna autour d'eux et Shawn comme MacGyver sursautèrent et se voûtèrent, comme pour tenter d'esquiver ce qui avait émis ce bruit.

— Il faut qu'on s'éloigne des caisses, déclara MacGyver, l'air presque calme maintenant alors que quelques instants auparavant, il semblait carrément anxieux.

— Hostiles ou amicaux ? s'enquit Shawn.

— J'sais pas. Mais je pense que plus on s'éloignera de ces caisses, mieux ce sera. Je préférerais ne pas me trouver entre deux chiens et l'os qu'ils convoitent.

— Les Russes étaient censés se trouver à des journées d'ici, répéta Shawn.

La tête de Maggie faisait des va-et-vient entre les deux

hommes comme si elle assistait à un match de tennis. Puis elle comprit enfin ce que Shawn avait dit.

Les Russes ? Comment ça ?!

— On se planquera, ajouta Shawn. Le reste de l'équipage reviendra quand les choses se seront calmées.

— Smiley et les autres seront en rogne qu'on ait été laissés ici, affirma MacGyver, qui donnait l'impression de discuter simplement de l'endroit où aller déjeuner.

— Ils reviendront dès qu'ils le pourront. Ils ne peuvent risquer un incident diplomatique et ils savent que nous pouvons nous occuper de nous, dit Shawn avant de baisser les yeux sur Maggie. Viens, il faut qu'on te remette debout et qu'on bouge.

Maggie tenta de se lever et se sentit aussitôt extrêmement faible et tremblante. Si le bras de Shawn ne l'avait pas tenue par la taille, elle serait tombée face contre le sol.

— Les Russes ? demanda-t-elle, priant pour que son corps retrouve un peu de force.

— Ouais. Nous sommes en Ukraine. Viens, fais quelques pas, pour voir si ça va.

Les yeux de Maggie lui sortirent presque de la tête.

— Comment... Que... Je ne comprends pas.

— Nous discuterons dès que nous serons à l'abri. Parce que nous ne le sommes *pas* du tout là.

Le gros craquement retentit de nouveau, et cette fois, Shawn posa la main sur la nuque de Maggie et appuya pour qu'elle plonge avec MacGyver et lui.

— Tu vas devoir la porter, lui dit MacGyver.

— Ouais, répondit Shawn en se tournant vers elle. Grimpe.

Maggie cligna des yeux. Les choses allaient beaucoup trop vite. Elle ne comprenait rien de ce qui arrivait. Elle était en Ukraine ? Le *pays* ?

MacGyver ne lui donna pas le temps d'y réfléchir davantage, il la souleva simplement par le dessous des bras et l'installa sur le dos de Shawn comme si elle était une enfant. Instinctivement, elle resserra ses jambes autour de la taille de Shawn et ses bras autour de son cou. L'une des mains de Shawn se plaça sous ses fesses pour la maintenir.

— Allez ! dit-il précipitamment à MacGyver.

L'autre homme s'en alla, Shawn et Maggie sur ses talons.

Les bruits de craquement, ce qu'elle savait désormais être des coups de feu, résonnaient de plus en plus autour d'eux. Elle avait l'impression qu'ils couraient depuis une éternité et Maggie dut fermer les yeux, bousculée et secouée sur le dos de Shawn. L'eau qu'elle avait engloutie menaçait de ressortir, mais elle se refusait de vomir sur l'épaule et le torse de Shawn.

Les coups de feu finirent par s'atténuer tandis qu'ils continuaient de courir. Maggie ouvrit les yeux et vit qu'ils approchaient de ce qui ressemblait à une ville. Enfin, ce qui *avait été* une ville. Désormais, c'était majoritairement une pile de gravats. Partout où elle regardait, il y avait des maisons et des immeubles détruits alentour. Des voitures calcinées se trouvaient au milieu de ce qui fut autrefois des routes. L'odeur de la mort et de la destruction était lourde dans l'air.

Une fois qu'ils furent entrés dans la ville proprement dite, ils ne s'arrêtèrent pas, même s'ils ne couraient plus. MacGyver les mena vers un amoncellement de roches et de débris, se frayant un chemin vers le cœur de ce qui était autrefois une ville.

De temps à autre, Maggie aurait pu jurer voir une personne se baisser derrière la fenêtre brisée d'un bâtiment en ruine ou détaler autour d'un mur effondré, mais elle ne pouvait en être sûre. Personne ne les approchait, mais le plus important, sans doute, était que personne ne les menaçait d'aucune sorte.

Toujours convaincue qu'elle pourrait vomir, elle était sur le point de supplier qu'on la remette sur ses pieds qui étaient engourdis quand MacGyver approcha de ce qui ressemblait à un tas de roches.

— Attendez ici, dit-il à Shawn avant de plonger sous un énorme contre-plaqué et de disparaître.

Shawn baissa lentement Maggie pour qu'elle pose le pied et elle serait tombée à genoux et face contre terre directement s'il ne s'était pas retourné pour l'enlacer et la tenir contre lui. Elle enfouit le nez entre son épaule et sa tête et s'accrocha à lui, aussi fort qu'il la tenait.

Il avait une main sur sa nuque et l'autre était tel un bandeau de fer autour de sa taille.

— Putain, Maggie. *Putain*.

— On dirait Blink, marmonna-t-elle contre lui.

Elle le sentit plus qu'elle ne l'entendit ricaner. Puis il se recula.

— Je suis désolé. J'aurais dû te croire sans me poser de question.

Maggie secoua la tête. Elle avait eu beaucoup de temps pour réfléchir à ce qu'il s'était passé en Californie.

— Non, tu avais un tas de raisons pour douter de ce que je disais.

— Eh bien, je me contenterai de te dire que je te crois maintenant. Nous te croyons tous.

— Nous sommes vraiment en Ukraine ?

— Oui.

— Je suis encore confuse par rapportà ce qu'il s'est passé...

— Moi aussi. Mais nous en parlerons et nous le comprendrons dès que MacGyver nous aura trouvé un abri où nous réfugier.

— D'accord.

— Tiens, bois un peu plus d'eau, la pressa Shawn.

Il retira la main de sa nuque pour lui tendre une nouvelle fois la gourde.

Maggie voulait de nouveau tout boire d'un coup, mais quelque chose lui traversa l'esprit ; regardant autour d'elle, elle réalisa qu'il n'y aurait pas de robinet à portée de main pour les approvisionner en eau potable une fois que la gourde serait vide. Et Shawn aurait besoin de boire lui aussi. Il en avait sûrement plus besoin qu'elle puisqu'elle n'était pas du tout dans son monde en ce moment. C'était le monde de Shawn et elle n'avait jamais été aussi ravie d'avoir quelqu'un à ses côtés qu'en cet instant. Elle ne savait absolument pas comment elle s'était retrouvée ici, mais elle n'allait pas remettre sa chance en question.

Après avoir pris une longue gorgée qui ne satisfaisait même pas sa soif, elle tenta de la lui redonner.

— Non, finis-la, lui dit-il en secouant la tête, avant d'essayer de replacer la gourde près de ses lèvres.

— Mais tu dois boire, toi aussi, lui répondit-elle.

— Je le ferai. Après toi.

Maggie observa autour d'elle avec insistance.

— Je ne vois aucune fontaine par ici pour remplir la gourde, lui dit-elle sur un ton sarcastique.

À sa grande surprise, il sourit. Puis il retrouva rapidement son sérieux.

— Bon Dieu, j'aurais pu perdre ça... Te perdre, *toi*.

Maggie déglutit non sans difficulté. Elle ne voulait rien faire d'autre qu'éclater en sanglots pour se délester du stress qui s'était accumulé ces deux derniers jours, mais elle devait rester forte.

— Sérieusement, Shawn, je ne vais pas boire toute l'eau et ne pas t'en laisser. De nous deux, j'ai besoin que *tu* sois le plus fort. Je suis parfaitement inutile ici.

— Non, c'est faux. Et nous ne resterons pas longtemps ici. Kevlar et les autres s'arrangeront pour venir à nous. Et puis nous pouvons trouver de l'eau. J'ai des pastilles de purification dans mon gilet. Ça ira pour nous. Bois.

En soupirant, elle obéit. Elle avait soif, mourait de soif. Et s'il pensait qu'ils seraient bientôt secourus, elle le croyait.

Au moment où elle vidait la gourde, MacGyver réapparut, faisant si peur à Maggie qu'elle serait tombée sur les fesses si le bras de Shawn ne l'avait plus maintenue.

— Tout doux, ce n'est que MacGyver.

— La voie est libre. Venez, leur dit-il.

Les jambes de Maggie tremblaient encore, mais avec l'aide de Shawn, elle fut capable d'enjamber les débris et de ramper derrière MacGyver jusqu'à ce qu'ils atteignent une petite cavité sûre entre les décombres d'un immeuble.

— Ce n'est pas le Ritz, mais ça fera l'affaire, annonça MacGyver. J'ai aussi grappillé des bricoles en trouvant cet endroit, ajouta-t-il en désignant une pile d'objets divers dans le coin.

Shawn pouffa et se tourna vers Maggie.

— C'est pour cela qu'il est surnommé MacGyver. Car d'une manière ou d'une autre, il parvient à créer les outils les plus dingues avec un rien. Tiens, assieds-toi. Ensuite, nous parlerons.

Autrefois, ces trois mots auraient foudroyé de peur le cœur de Maggie. Mais maintenant ? Elle *voulait* parler. En avait besoin. Elle devait trouver les réponses pour savoir comment elle avait pu finir en Ukraine au milieu d'un putain de conflit qu'elle n'avait lu que dans les journaux !

Mais au fond d'elle, elle savait déjà comment. Roman Robertson. Il avait fait exactement ce dont il l'avait menacée : les emmerder, Shawn et elle en même temps. Elle pouvait seulement espérer que cette fois, les choses seraient différentes. Qu'elle et l'homme dont elle commençait à se croire vraiment amoureuse ne deviendraient pas les proies des manipulations et des plans immoraux et diaboliques d'un individu cruel.

14

———

Preacher ne pouvait s'empêcher de toucher Maggie. Il ne cessait de la regarder, incapable de croire qu'elle était vraiment avec lui. Quand il avait vu son corps immobile tomber de la caisse, il en avait presque fait une crise cardiaque. Il avait réagi sans réfléchir et pour cela, Tex et sa bande l'engueuleraient plus tard. Mais il aurait été hors de question qu'il laisse cet hélicoptère s'envoler avec lui à l'intérieur en abandonnant Maggie étendue dans la terre.

Pendant une demi-seconde, il avait cru qu'elle était morte. Que Robertson avait eu sa vengeance ultime sur son ex. Mais alors, elle avait bougé et une toute nouvelle peur l'avait quasiment submergé : si Robertson avait le pouvoir de faire *ça* – kidnapper Maggie, l'envoyer à l'autre bout du monde par bateau et laisser son nouveau petit ami se débarrasser du corps sans le savoir – que pourrait-il faire d'autre ?

Mais c'était une question à se poser à un autre moment. Tout de suite, il devait sortir de cette situation SNAFU. Ensuite, avec les autres, ils s'attaquerait au problème du contre-amiral Robertson.

Le chatterton qui avait servi à réduire Maggie au silence pendait encore des deux côtés de sa tête, solidement collé à ses cheveux. C'était une vision choquante au point de rendre malade Preacher. Mais il faisait de son mieux pour l'ignorer pour le moment. Elle était vivante, c'était tout ce qui importait.

Comment ? Il n'en avait aucune idée. Elle avait été étranglée – il voyait distinctement les bleus en forme de doigts sur sa gorge – attachée, jetée dans une caisse, bâillonnée, avec des bouchons dans ses oreilles pour qu'elle ne puisse pas entendre ce qu'il se passait autour d'elle puis balancée d'un putain d'hélicoptère. Elle aurait dû mourir. Mais elle ne l'avait pas fait. Elle était bien plus coriace que l'aurait souhaité Robertson. Pas seulement pour avoir vécu deux ans en prison pour un crime qu'elle n'avait pas commis, mais pour s'en sortir vaguement de son plan de malade consistant à la larguer au milieu d'une foutue zone de guerre.

Roman Robertson allait souffrir. Preacher se fit le vœu de faire tout ce qu'il faudrait pour que cela se réalise. Même si ça devait détruire sa propre réputation et se faire éjecter des SEAL et de la Navy. Robertson paierait pour ce qu'il avait fait : ruiner la vie des gens simplement parce qu'il le pouvait.

— Tu te sens bien ? demanda gentiment MacGyver à Maggie.

Ils avaient mangé des barres protéinées et elle avait bu un peu d'eau. Ses joues affichaient quelques couleurs maintenant et même si elle devait être épuisée, elle demeurait encore trop calme au goût de Preacher.

— Ouais. Je vais bien, répondit-elle.

Preacher voulait ricaner. Il avait l'intuition qu'elle dirait aussi ça si son bras était suspendu par un seul tendon. Elle et lui... se ressemblaient beaucoup.

— Que s'est-il passé, Maggie ? demanda MacGyver, s'étant penché un peu plus en avant, tout en gardant la voix basse au cas où des gens seraient dans les parages et capables de les entendre.

À ce stade, ils ignoraient totalement si la moindre personne dans la zone était une amie ou une ennemie. Il valait mieux se faire oublier et ne pas attirer l'attention sur eux.

Preacher la sentit prendre une grande inspiration – elle était écrasée contre lui et chacun de ses mouvements se transférait à lui – puis elle parla.

— J'étais assise sur mon canapé à m'apitoyer sur mon sort. À m'en vouloir de m'être comportée comme un bébé lors de ma dispute avec Shawn, quand j'ai entendu frapper à la porte. Je pensais que c'était toi, dit-elle en levant les yeux vers lui. J'ai couru jusqu'à la porte et l'ai ouverte sans vérifier. Ce qui était stupide.

— Tu n'avais aucune raison de penser qu'il s'agissait de quelqu'un d'autre que moi.

— Je suppose… Le gars m'a attrapée par la gorge et je me suis évanouie. C'était aussi simple que ça, vraiment.

Elle semblait dégoûtée d'elle-même.

— Je ne comprends pas comment Roman a su que je t'avais parlé de lui. Je veux dire, ça ne faisait que quelques heures. Et comme ces choses qu'il a dites dans cet appel que j'ai enregistré m'ont amenée à penser que des gens m'observaient, me suivaient pour son compte, aurait-il également caché des micros chez moi ?

— Possible, répondit Preacher, qui se sentait mal. Mais je pense que c'est sûrement de ma faute.

— Toi ? demanda Maggie.

— Ouais. J'ai passé plusieurs coups de fil après mon départ. Je pense qu'il a pu le découvrir à cause de ça.

— Tu crois que Dude ou Tex ont pu prévenir Robertson ? l'interrogea MacGyver.

— Non. Ils ne feraient jamais ça. Mais même si Dude s'est

montré discret dans toutes ses investigations, ça s'est su, dit Preacher.

Maggie soupira de nouveau.

— Je suppose que ça n'a pas vraiment d'importance. De toute façon, il aurait fini par le découvrir.

Preacher ne partageait pas son avis. Robertson se serait retrouvé sous une montagne de problèmes quand la Navy aurait commencé à enquêter sur lui, mais si Preacher avait été un peu plus malin quant à la sécurité de Maggie, l'homme n'aurait jamais mis les mains aussi vite sur elle.

— Bref, je me suis réveillée dans cette boîte. Je ne pouvais hurler à personne de m'aider à cause du scotch ni entendre quoi que ce soit à cause des bouchons d'oreille. Je n'avais aucune idée de l'endroit où j'étais ni de ce qu'il se passait.

— Jusqu'à ce que cette caisse se brise, dit MacGyver. Heureusement qu'elle l'a fait ! Autrement, nous serions partis...

Preacher frissonna d'horreur.

— C'est exactement ce qu'il voulait. Personne n'aurait jamais découvert ce qu'il avait fait non plus. Maggie n'aurait été qu'une autre femme disparue. Et Robertson aurait trouvé un plaisir malsain et tordu de savoir que j'avais fait son sale boulot.

Il sentit la main de Maggie serrer son bras, mais Preacher n'était pas prêt pour être réconforté.

— Et maintenant ? demanda-t-elle.

Les deux hommes la regardèrent.

— Enfin, son plan a échoué. Je suis en vie et vous avez découvert la vérité. Vous comprenez que c'est un connard extrême, totalement mauvais. Alors... et maintenant ?

— Nous attendons que notre escouade vienne nous chercher puis nous ramenons nos fesses aux États-Unis et faisons virer ce connard ! s'emporta MacGyver.

Maggie pouffa, ce qui surprit Preacher.

— Ouais. Ça a l'air si facile selon toi.

— Ça ne le sera pas, lui rétorqua MacGyver d'un ton plus pessimiste. Ça va être la merde. Je suppose qu'il pourrait même y avoir une mise en place de protection de témoin pour toi.

Preacher s'attendait à ce que Maggie flippe en entendant cela. Lui-même ne se sentait pas si tranquille à cette idée pour le moment.

Mais à sa grande surprise, elle répondit simplement :

— Je suppose que ce ne sera pas approuvé par mon agent de probation...

Ce ne fut pas immédiat, mais MacGyver finit par éclater de rire. Il se secouait sans bruit, mais il était clairement amusé.

Maggie lui sourit puis tourna la tête pour s'adresser à Preacher.

— Je ferai tout ce qu'il sera possible pour lui faire payer ce qu'il a fait. Pas pour m'avoir envoyée en prison. J'ai purgé ma peine et je ne peux revenir en arrière pour *oublier* ça, alors le mal est fait. Mais pour ce qu'il fait à la Navy. Combien d'autres équipes du SEAL a-t-il envoyées dans des endroits où elles ne devaient pas se rendre ? Ou sans les renforts dont elles avaient besoin ? Ses envies de pouvoir n'ont aucune limite. C'était un jeu d'enfant pour lui, mais manipuler des gens qui ont signé pour servir leur pays ? Pour donner leur vie s'il le faut ? Ce n'est pas bien. Il n'est pas en train de jouer à Risk, bon Dieu ! Il bousille de vrais gens, de vraies vies. Il faut qu'on l'arrête.

Elle n'avait pas tort. Mais Preacher voulait que Robertson paie pour le temps que Maggie avait passé derrière les barreaux. Elle n'avait pas transporté ces drogues sciemment et n'avait clairement pas prévu de les revendre. Elle avait perdu sa carrière, ses amis, son appartement, sa voiture et deux ans de sa vie, et pour quoi ? Pour le divertissement de Robertson ? Ce n'était pas acceptable. Absolument pas, jamais.

— Je suis d'accord, lui dit Preacher avec un petit train de retard.

— Moi aussi, suivit MacGyver.

Maggie se mit alors à bâiller, s'affaissant lourdement contre lui.

— Pourquoi ne dormirais-tu pas ? lui suggéra-t-il.

— Sommes-nous en sécurité ? demanda-t-elle, regardant autour d'elle de ses yeux fatigués.

— Autant en sécurité que nous pouvons l'être pour l'instant, lui répondit MacGyver.

— Je ne suis pas sûre que ce soit très rassurant, mais je suis trop fatiguée pour m'en inquiéter, rétorqua-t-elle.

Il ne lui fallut pas longtemps pour se ramollir complètement contre lui.

Preacher leva les yeux vers MacGyver et lui dit à voix basse :

— Dis-moi que tu as ta radio sur toi.

— Non. Nous n'avions pas prévu de poser le pied à terre. Aucun besoin de l'avoir.

— Eh merde, jura Preacher.

— Peu importe, ils nous trouveront. S'il le faut, je dégoterai les éléments pour fabriquer une putain de radio.

Cela fit sourire Preacher. Il ne doutait pas que son ami puisse vraiment faire ça.

— De plus, j'ai un traqueur. Tex les mènera pile devant nous.

Preacher fut envahi par le soulagement. Il avait oublié les traqueurs...

— Je n'ai pas le mien car nous n'étions pas rentrés à la maison nous préparer.

Après ce qui était arrivé à Blink, il avait dissimulé l'un de ses traqueurs dans la ceinture d'un caleçon. Les méchants pouvaient quand même le mettre complètement nu, mais Blink était l'exemple parfait prouvant que ça n'arrivait pas d'habitude. Bien entendu, ce sous-vêtement se trouvait chez lui dans un tiroir, inutile.

— Je me suis mis à en avoir un sur moi chaque putain de journée, dit MacGyver en haussant les épaules. Parano ? Oui. Mais j'en suis content maintenant.

— Moi aussi.

Plusieurs minutes de silence passèrent entre eux avant que MacGyver ne le brise en disant :

— Il est fou.

Preacher n'avait pas besoin de lui demander de qui il parlait.

— La mettre dans cette caisse et s'arranger pour qu'on la fasse tomber ? Que *tu* la fasses tomber ? C'est un grand malade.

— Il va tomber, grogna Preacher, la mâchoire serrée.

— Je connais des mecs... Ils vivent en Indiana. Ils gèrent une affaire absolument légale mais font des contrats à côté. S'il le faut, je les contacterai. Ils s'occuperont une bonne fois pour toutes de Robertson.

L'idée d'un assassin vidant la poubelle était attrayante, mais Preacher n'était pas homme à bosser dans le dos de la loi. Aucun d'eux ne l'était. Il y avait des règles pour ce qu'ils faisaient. Et engager quelqu'un pour mettre une balle dans la tête de Robertson était loin de le mettre à l'aise.

Preacher baissa les yeux vers une Maggie endormie et aperçut une fois de plus le morceau de scotch pendant de ses cheveux. Il allait sans doute falloir couper.

Sa conviction vacilla.

Il prit une grande inspiration.

— Je pense que cette prouesse causera sa perte. Il s'est cru si malin, en se débarrassant de Maggie de sorte qu'il croie que personne ne saurait jamais. Mais il a été trop sûr de lui. Nous envoyer dans cette stupide mission sera le clou dans son cercueil. Il a cru que Maggie mourrait et il espérait sans doute également que les Russes s'occupent de nous. Mais elle n'est pas morte. Et il aura ce qu'il mérite, MacGyver.

— Okay. Mais si ça part de travers et qu'il semble s'en sortir avec une punition bidon, j'appelle Silverstone.

— Marché conclu, répondit Preacher sans hésiter.

Éthique personnelle ou pas, au fond de lui, il savait que l'idée même d'un homme tel que Roman Robertson flâne, libre de foirer la vie des autres, était abominable. Sans parler du fait que ça mettrait la vie de Maggie en grand danger. Le fait qu'elle avait survécu à ce qu'il avait prévu pour elle était une raison suffisante pour qu'il fasse tout son possible pour l'éliminer. Tant que cet homme ne serait pas arrêté, il représenterait toujours une menace.

Le silence retomba de nouveau entre les deux hommes. Preacher n'avait pas du tout envie de dormir. Les craquements et grincements du bâtiment délabré au-dessus de leurs têtes ne l'aidaient pas tout à fait à se sentir à l'abri. Mais tout ce qu'ils devaient faire était d'attendre que ça se passe. Kevlar et les autres seraient, par chance, bientôt là.

Soudain, il y eut un bruit de grattement par là où ils étaient entrés dans le petit espace.

Preacher se mit plus droit sur son séant et MacGyver fit de même.

Déplaçant Maggie afin qu'elle soit allongée sur le sol et ne se serve plus de lui comme d'un oreiller, il remarqua qu'elle ne broncha même pas. De nouveau furieux qu'elle soit sans doute à ce point exténuée, Preacher sortit son couteau Ka-Bar de son fourreau contre son flanc. MacGyver l'avait imité, les deux se préparant à faire face à la personne sur le point d'entrer. Ils se positionnèrent en silence à chaque coin de l'entrée, prêts à dompter la menace qui pourrait surgir.

À leur grande surprise, trois enfants se faufilaient par la porte improvisée en rampant.

Preacher chopa le plus grand, posant un bras sur la poitrine du gosse et le soulevant dans les airs. MacGyver fit de même avec le plus grand intrus qui suivait et ils les traînèrent jusqu'au milieu du petit espace.

Le chaos se déchaîna immédiatement. Les enfants luttaient, le troisième – celui qui n'avait pas été attrapé et n'avait pas plus de cinq ans – n'hésita pas à foncer sur Preacher pour lui donner coups de pied et coups de poing.

Ce qui était extrêmement étrange dans toute cette situation, c'était que tout se faisait en silence. Ces gosses savaient clairement comment ne pas annoncer leur emplacement à quiconque pourrait être proche d'eux.

— Calmez-vous, leur ordonna Preacher fermement mais posément, et chose surprenante, ils le firent.

Agissant lentement, il reposa le gosse qu'il avait attrapé et MacGyver fit de même. La petite fille qui avait tenté si violemment de protéger les garçons courut jusqu'à eux et ces derniers la prirent immédiatement dans leurs bras avant qu'ils ne se placent devant elle tout en dévisageant les deux hommes.

Preacher remit son couteau dans son fourreau en même temps que MacGyver, puis s'accroupit, en équilibre sur la pointe des pieds.

— Bonjour, dit-il, se demandant si les enfants comprenaient l'anglais.

— Pourquoi vous êtes là ? s'enquit le plus grand des garçons.

Il s'exprimait en anglais avec un accent et était légèrement guindé, mais Preacher était néanmoins impressionné qu'il le parle.

— Nous sommes venus nous reposer et nous cacher des méchants.

— C'est chez *nous*, dit l'autre garçon.

— Je suis désolé, je ne l'avais pas réalisé. On peut partager ? leur proposa Preacher.

Les yeux du garçon plus âgé allèrent de lui à MacGyver puis

revinrent à lui. Ils s'emplirent de larmes, mais il les essuya du bras avec colère.

— Non. On part.

— Attendez ! s'exclama Preacher.

Maintenant qu'il avait un meilleur aperçu du trio, il ne pouvait naturellement pas les laisser partir en son âme et conscience. Tous trois étaient sales, couverts de poussière et de crasse. Leurs vêtements étaient déchirés et leurs chaussures n'étaient que de simples pantoufles. Ils avaient tous les mêmes yeux vides que des soldats endurcis qui avaient vu trop de haine et de morts. Cela touchait une corde sensible chez lui.

— Restez, dit MacGyver. Je promets qu'on ne vous fera pas de mal.

Le plus jeune garçon regarda Maggie.

— Vous avez blessé fille.

— Quoi ? Non. Elle n'est pas blessée. Elle dort, protesta MacGyver.

Preacher détestait que ces gosses aient cru qu'ils avaient fait du mal à Maggie, mais cela ne le surprenait pas. La guerre avait dévasté la ville et ces enfants avaient vu des choses qu'ils n'auraient jamais dû voir. Il marcha jusqu'à Maggie et lui secoua gentiment l'épaule.

— Maggie ? Lève-toi, ma puce.

Ses paupières s'ouvrirent en un instant, comme si elle était habituée à se réveiller à tout moment et il supposait que c'était probablement le cas. Baisser la garde en prison était sans doute une chose dangereuse. Même quand on dormait.

— Quoi ? Que se passe-t-il ?

— Rien. Nous avons des invités, l'informa Preacher.

Son regard se concentra alors sur les trois enfants.

— Oh, murmura-t-elle.

— Vous voyez ? Elle va bien. Pas blessée, dit MacGyver.

Il avait bougé afin de s'asseoir par terre et il levait les mains pour montrer qu'il n'était pas armé.

— Nous n'avons pas de nourriture, mais nous avons un peu d'eau. Elle est propre. Vous en voulez ?

Les garçons paraissaient sceptiques, mais la petite fille tira sur le tee-shirt du plus âgé et parla en ukrainien. Il hocha une fois la tête.

MacGyver sourit et se pencha en avant, posa sa gourde au sol devant les enfants puis se rassit.

Le plus petit des garçons fit un pas et attrapa l'eau si vite que si Preacher ne l'avait pas observé, il l'aurait loupé. Au lieu de boire l'eau, il tendit la gourde à la fille. Elle lui sourit comme s'il était tout ce qu'elle avait au monde et porta la gourde à ses lèvres.

— C'est quoi vos noms ? les interrogea MacGyver.

— D'où viennent-ils ? demanda Maggie à voix basse à Preacher.

— Je sais pas. Ils sont apparus comme ça.

— Mon nom est MacGyver. Enfin mon vrai nom est Ricardo. Certains m'appellent Ricky.

— Trois noms ? s'étonna le plus petit.

MacGyver sourit.

— Ouais, on dirait. Mais vous pouvez choisir celui que vous préférez.

— Ricky, répondit la petite fille.

Il afficha un sourire radieux.

— Va pour Ricky. Et quel est ton nom ?

— Yana.

Le plus âgé parla sévèrement à la fille et elle fronça immédiatement les sourcils avant de baisser la tête.

— C'est bon, dit MacGyver. Je ne vous ferai pas de mal. À aucun de vous. Yana, c'est un beau prénom.

Preacher gardait le silence pendant que MacGyver faisait de son mieux pour gagner la confiance des trois petits nerveux.

— Quel âge as-tu, Yana ?

Elle leva quatre doigts puis regarda les garçons comme si elle voulait s'assurer qu'elle avait choisi le bon chiffre ou si ça ne posait aucun souci qu'elle interagisse encore avec MacGyver.

— Elle, quatre. Moi, huit. Mon frère, sept.

— Et comment dois-je vous appeler ? leur demanda MacGyver.

Pendant un temps, le garçon eut l'air inquiet. Puis il répondit :

— Je suis Artem. Mon frère est Borysko.

— C'est un plaisir de vous rencontrer tous les deux. Comme je l'ai dit, je suis Ricky et mes amis là-bas, c'est Maggie et Preacher... euh... Shawn.

Trois paires d'yeux virèrent sur Preacher et Maggie.

— Oh, mon Dieu, ils sont adorables, murmura-t-elle.

— Ton anglais est très bon, le félicita MacGyver. Où l'as-tu appris ?

— École, répondit Artem, sans cacher sa moquerie en réaction à ce qu'il considérait apparemment comme une question stupide.

— D'accord, réagit MacGyver avec un petit rire.

— C'est chez nous, redit Borysko.

— Je suis vraiment navré d'être venu ici sans avoir demandé votre autorisation. Mais nous avions peur des armes. Et Maggie avait besoin d'un endroit où se reposer. Elle a été blessée. Nous partirons si vous le souhaitez... mais est-ce qu'on peut partager pendant un moment ?

Preacher n'avait jamais vu cet aspect chez son coéquipier. Il parlait d'une voix douce et lente et toute son attention était focalisée sur les enfants.

Le regard d'Artem alla de MacGyver à l'endroit où étaient assis Preacher et Maggie, puis revint à MacGyver.

— Les Russes l'ont blessée ?

— Non. C'est compliqué.

Les deux garçons froncèrent les sourcils, confus.

— Pardon, euh... c'est difficile à expliquer, dit MacGyver, tâchant d'utiliser des mots que les enfants puissent comprendre.

Yana tira sur le tee-shirt de Borysko et parla en ukrainien.

Son frère traduisit :

— Son anglais n'est pas bon. Elle n'avait pas commencé l'école quand les bombes sont arrivées. Nous essayons de lui apprendre.

— C'est bien, le félicita MacGyver. Où sont vos parents ? Maman et Papa ?

Les deux garçons froncèrent de nouveau les sourcils.

— Morts, répondit Artem, inexpressif. Une bombe est venue et a aplati la maison.

— Oh non, chuchota Maggie.

Preacher avait assisté à l'intégralité des échanges et quelque chose dans la manière détachée avec laquelle Artem avait prononcé le mot « morts » lui brisa le cœur. La guerre était un enfer, il le savait mieux que la plupart des gens. Mais il était un adulte. Il avait signé pour ce qu'il faisait. Mais ces gosses et les autres civils innocents piégés au milieu des tirs des guerres dans le monde dans une lutte des pouvoirs étaient innocents. Ces trois frères et sœur étaient les conséquences de la convoitise et de l'envie de contrôle et de pouvoir des hommes.

— Je suis tellement navré. Ma mère et mon père sont encore en vie. Ils vivent à environ une heure de chez moi. J'ai deux frères et deux sœurs, leur raconta MacGyver. Je suis celui du milieu, mais j'ai fait de mon mieux pour protéger mes sœurs quand j'avais votre âge.

Il continuait de parler, leur racontant des histoires lorsqu'il était jeune, disant ce qu'il pouvait pour que les enfants gardent leur calme. Ça avait l'air de fonctionner. Preacher pouvait voir leurs muscles commencer à se relâcher. Ils n'étaient plus épaules voûtées et têtes basses, et ils semblaient plus se pencher vers MacGyver que s'en éloigner.

— Ça me brise le cœur, dit Maggie d'une petite voix. Que leur arrivera-t-il quand nous serons partis ?

Preacher eut du mal à avaler sa salive.

— Avec de la chance, il y a des gens dans le coin qui s'occuperont d'eux.

— Mais ne l'auraient-ils pas déjà fait s'ils comptaient le faire ?

— Je ne sais pas. La guerre fait faire des choses étranges aux gens. Elle les rend plus... égoïstes. Ce n'est pas vraiment le mot le plus adéquat, mais quand la nourriture se fait rare, quand l'abri se fait peu sûr, c'est dans la nature humaine de faire des réserves et de ne pas laisser les autres entrer.

— Mais ce sont des enfants, murmura férocement Maggie. Cette petite fille n'a que quatre ans ! Comment on ne pourrait *pas* les aider ?!

— Je ne cautionne pas leur comportement, j'essaie juste de l'expliquer, répondit calmement Preacher.

Maggie acquiesça et se blottit contre lui.

— Je sais, marmonna-t-elle contre son torse. C'est juste que je déteste ce qu'il leur arrive.

— Moi aussi, lui rétorqua-t-il, et il était sincère.

Quelque chose chez ces gamins le frappait de plein fouet. Les garçons, plus âgés, avaient de toute évidence pris leur boulot de protéger leur petite sœur sérieusement. Et leur façon de se battre en silence, de sorte à ne pas attirer l'attention sur eux, c'était... mal. À tous les niveaux.

— On peut les emmener avec nous ? demanda Maggie.

Le ventre de Preacher se tordit. Il le voulait, mais il savait que ce n'était pas une chose qu'ils pouvaient faire. De nombreuses fois, son équipe et lui avaient voulu sauver les enfants qu'ils avaient croisés en mission. Ils avaient fait ce qu'ils avaient pu, avaient laissé de la nourriture et de l'eau, mais les emmener aux États-Unis était strictement contraire à la politique militaire et pouvait être sévèrement sanctionné.

— Je suis certain que tout ira bien pour eux, dit Preacher.

Ses paroles semblaient minables à ses propres oreilles, mais il n'avait aucune bonne réponse pour aider Maggie à se sentir mieux.

Il entendit un bruit étrange et regarda MacGyver et les enfants. Curieusement, son ami avait réussi à faire asseoir les trois enfants autour de lui et ils jouaient maintenant au morpion dans la terre. Trois jeux se déroulaient en même temps et MacGyver faisait de son mieux pour suivre le rythme avec les trois.

Le bruit qu'entendait Preacher était le rire de la petite Yana.

Ces gosses avaient souffert, souffraient *toujours*, et pourtant, ils avaient réussi à baisser suffisamment leur garde pour jouer à un simple jeu avec un inconnu, par terre, dans un immeuble bombardé, dans la ville où ils avaient sûrement grandi et qui n'était désormais rien d'autre que des décombres. Leurs parents étaient morts et qui savait combien d'autres adultes de leur entourage avaient été également tués.

Voilà pourquoi les conflits ne finissaient jamais vraiment. Cette *guerre* prendrait fin, comme elles le faisaient toutes, mais les choses qu'avaient vues et faites ces enfants resteraient avec eux. La haine s'aggraverait et dans une décennie ou plus, les tensions seraient ravivées à nouveau et il était probable que Artem et Borsyko, et peut-être même Yana, soient les premiers à signer pour se battre.

Quelle merde !

— Tu veux jouer au morpion ? demanda Preacher à Maggie.

Il ressentait désespérément le besoin d'apporter un peu de lumière dans le monde de ces enfants, même si cela consistait à jouer à ce petit jeu pendant un moment.

— Oui, lui répondit-elle en le regardant tristement.

Preacher n'était pas surpris qu'elle soit sur la même longueur d'onde. Elle venait de vivre l'enfer et pourtant, toute sa préoccupation et son attention étaient orientées vers ces enfants, pas sur sa propre situation. Elle l'impressionnait et il voulait passer le restant de sa vie avec elle à ses côtés.

Ils se glissèrent jusqu'à l'endroit où jouaient les enfants et MacGyver et demandèrent s'ils pouvaient se joindre à eux. Les petits Ukrainiens parurent se méfier mais finirent par se détendre suffisamment pour les laisser jouer.

Au bout d'une heure et demie ou plus après avoir joué inlassablement à ce jeu, Preacher fit une pause, jetant un coup d'œil à Maggie. À un moment, Yana avait rampé jusqu'à ses genoux et s'était endormie. Maggie était adossée contre un bloc de béton, inconsciente également. La tête de Yana était posée contre sa poitrine, son corps formant une toute petite boule.

Une pensée surgit brièvement dans son esprit à cet instant. De Maggie tenant leur propre petite fille, exactement comme ça. La vision paraissait si réelle qu'elle lui coupa le souffle. C'était ce qu'il voulait. Tellement !

Le bruit du ventre de Borysko qui gargouillait attira l'attention de MacGyver comme de Preacher. Le petit garçon n'admit pas sa faim, sans doute habitué à cela.

Une autre chose qui rendait Preacher furieux.

Et MacGyver semblait partager ce sentiment.

— Qu'est-ce que vous mangez, ici ? lui demanda-t-il alors.

Artem le regarda. Le garçon avait vécu un millier d'années depuis la mort de ses parents, c'était évident. Il avait endossé le rôle de protecteur de son frère et de sa sœur, et cela lui laissait des traces. Comment aurait-il pu en être autrement ?

— Ce qu'on trouve, répondit-il simplement.

— Tu me montres ? le questionna MacGyver.

Preacher ouvrit la bouche pour protester. Pour dire à son ami que ce n'était pas malin d'errer dans une ville en ruine en ce moment, surtout que les coups de feu ne s'étaient pas vraiment apaisés depuis qu'ils avaient trouvé refuge dans les décombres de l'immeuble.

Artem scruta MacGyver puis accepta. Il se tourna vers son frère et parla ukrainien. Borysko secoua la tête et ils eurent une petite dispute. Mais apparemment, Artem la remporta car il se leva et dit à MacGyver :

— Toi après moi.

— Je te suis, lui répondit-il.

Les deux se glissèrent hors de la pièce et Preacher espérait qu'ils ne venaient pas de commettre une énorme erreur. Artem pourrait être un espion pour l'armée russe. Ou pourrait mener MacGyver dans un piège. Mais il secoua la tête. Le gosse avait huit ans. Et il ne ferait rien qui puisse mettre son frère et sa sœur en danger. Ça, il le savait aussi bien qu'il connaissait son nom. Tout irait bien pour MacGyver. Il leur trouverait quelque chose à manger et d'ici là, avec de la chance, Tex aurait fait son truc et envoyé leur équipe du SEAL pour les récupérer.

Regarder Maggie et Yana dormir profondément lui serra de nouveau le cœur. Pour la première fois dans sa carrière, Preacher n'était pas certain de *vouloir* être secouru. Retourner en Californie voulait dire s'occuper de Robertson, ce qui serait un bordel bien particulier. Même s'il croyait désormais tout ce que Maggie avait raconté à propos de cet homme, le poursuivre en justice ne serait pas simple. Et pendant qu'ils attendraient que les mains de la justice agissent, Robertson serait un danger pour eux tous. Il avait réussi à kidnapper Maggie et l'envoyer par bateau à l'autre putain de bout du monde, impossible de dire ce qu'il ferait quand il découvrirait que ses plans avaient été déjoués.

Et puis il y avait ces enfants... De toute évidence, ils s'en étaient très bien sortis d'eux-mêmes, mais l'idée de les laisser dans cette partie détruite du pays sans adulte pour s'occuper d'eux... ça faisait très mal à Preacher.

Il se décala, s'approcha furtivement de Maggie et mit son bras autour d'elle, l'attirant contre lui pour qu'elle se serve plutôt de lui que du béton dur comme oreiller.

Borysko les regarda tous les trois un moment avant de s'allonger par terre à côté d'eux, une main sous la tête, l'autre recouvrant le pied de sa sœur. Il voulait visiblement garder un lien avec elle, même pendant son sommeil.

Même après avoir fermé les yeux pour se reposer un peu, Preacher ne pouvait voir autre chose que la petite main sale de Borysko tendue vers sa sœur.

D'une manière ou d'une autre, il ferait quelque chose pour cette petite famille.

15

Maggie regarda autour d'elle le petit groupe qu'ils formaient et secoua la tête, avec stupeur. Combien de temps avait-elle dormi pendant l'absence de MacGyver et Artem, elle l'ignorait. Mais quand Shawn l'avait réveillée, ils étaient revenus, les mains pleines de nourriture. Deux conserves cabossées et deux rations militaires. Elle avait demandé où ils avaient pu trouver ça, mais MacGyver avait secoué la tête, faisant clairement comprendre qu'il n'allait pas en parler... en tout cas, pas devant les enfants.

Artem avait lancé un regard étrange à Maggie et réveillé Yana, la prenant par la main et l'amenant de l'autre côté de la pièce. Il était évident qu'il n'était pas très ravi de la vitesse à laquelle elle avait fait confiance aux Américains. Les trois enfants s'agenouillèrent devant une ration et si la manière dont ils enfournaient la nourriture dans leurs bouches était un indice, ils avaient effectivement très faim.

Voir leur détresse et leur plaisir à savourer le repas fit disparaître la faim de Maggie en un éclair.

— Je sais, lui dit Shawn à voix basse, mais tu dois t'alimenter, Maggie. Tu as besoin de nutriments. Tu en as été privée également.

Elle le savait bien, mais cela restait vraiment difficile de manger quand elle avait l'impression de voler littéralement la nourriture de la bouche des gamins.

Même si Yana s'était endormie sur ses genoux, il était évident que les enfants étaient davantage attirés par MacGyver que par Shawn et elle. Le SEAL était incroyable avec les enfants. Il ne les prenait pas de haut et leur demandait leur avis sur des sujets variés, allant de la situation avec les Russes à leurs plats préférés.

Et même si Artem était toujours méfiant et circonspect, il s'était clairement passé quelque chose quand il était parti avec MacGyver à la recherche de quoi manger. Ils avaient établi un lien qui était évident aux yeux de Maggie. Artem semblait plus détendu en compagnie de cet homme et ses yeux étaient rivés sur le SEAL chaque fois que l'un de ses proches ne s'exprimait pas.

Soudain, une grosse explosion résonna bien trop près de l'endroit où ils se terraient.

Artem se mit instantanément debout, la main de sa petite sœur dans la sienne et Borysko de l'autre côté de la fillette.

MacGyver rassembla rapidement ce qui n'avait pas été mangé et le fourra dans les poches de son pantalon cargo.

— Il faut qu'on parte, dit inutilement Shawn. Maggie, tu prends Yana. MacGyver, tu ouvres la voie. Artem derrière lui, puis Maggie, Borysko et je ferme la marche.

Maggie voulait protester, mais les SEAL étaient les experts ici. Elle n'y connaissait rien en évasion sous les bombardements ni pour combattre tout méchant qu'ils rencontreraient par hasard.

À sa grande surprise, Artem hocha la tête pour montrer son accord, tirant sur la main de Yana jusqu'à l'endroit où elle se tenait, à côté de Shawn. Il murmura quelque chose à la petite fille et elle acquiesça, tendant les bras vers Maggie.

Une fois de plus, le cœur de Maggie se serra. Ce n'était pas parce que cette enfant venait à elle pour qu'elle la protège ; elle l'avait fait car son frère lui avait dit de le faire. Et pourtant, elle était toujours ébahie par la confiance que Yana lui manifestait.

MacGyver se tourna vers Artam et lui tendit un couteau Ka-Bar. Dans toute autre situation, Maggie aurait protesté contre le fait de donner une arme aussi mortelle à un enfant, mais ils n'étaient pas dans une banlieue des États-Unis.

Artem prit le couteau et opina du chef en regardant le SEAL. Il le tenait dans sa petite main et Maggie avait l'intuition qu'il n'hésiterait pas à s'en servir, ce qui la mettait de nouveau vraiment mal à l'aise. Aucun enfant ne devrait se dire qu'il devrait user de la violence pour se protéger lui ou sa famille.

Ils sortirent de la cachette qui, en un sens, était comme un abri – ce qu'elle n'était évidemment pas – si le bruit des explosions se rapprochant de plus en plus était une indication.

Il était étrange qu'ils ne croisent personne tandis qu'ils sortaient en rampant des décombres et se faufilaient dans les rues de la petite ville. De temps à autre, le bruit d'un coup de feu résonnait autour d'eux, faisant sursauter Maggie chaque fois.

C'était effrayant, elle devait bien l'admettre. Et même si MacGyver et Shawn étaient présents, ils ne pouvaient arrêter une balle. Ne pouvaient l'empêcher d'atteindre Maggie ou de heurter leurs propres corps. À ce moment, elle détesta un peu plus Roman, alors qu'elle le détestait déjà de toutes les fibres de son être. C'était *lui* qui avait fait ça. Il était mauvais jusqu'au cœur. Il avait dû savoir qu'il était probable qu'elle ne meurt pas dans cette caisse ; alors son plan avait été de la balancer ici, au milieu d'une zone de guerre, vivante, attachée et incapable de se protéger, d'aucune façon.

Si on l'avait trouvée, elle aurait pu être sexuellement agressée, frappée, vendue, tuée sur place... les possibilités étaient innombrables. Elle voulait tellement être secourue, mais en même temps, elle ne voulait pas retourner en Californie. Car Roman serait plus déterminé que jamais à la torturer une fois qu'il aurait compris qu'elle était toujours en vie. Il devrait se débarrasser d'elle une bonne fois pour toutes. Elle serait déjà considérée comme morte à la seconde où elle remettrait le pied à Riverton.

Elle se mit à trembler de peur. À cause de la situation actuelle *et* pour ce qui l'attendait chez elle. Elle ne pouvait absolument pas gagner. Peut-être devrait-elle demander à Shawn de la déposer au Turkménistan ou ailleurs, là où personne ne la retrouverait. Elle ne voulait pas particulièrement vivre à l'étranger ou être loin de Shawn, maintenant qu'elle avait enfin rencontré un homme avec qui elle avait l'impression de pouvoir passer le restant de sa vie. Mais elle ne voulait pas mourir non plus.

— Mag va bien ? murmura Yana, tapotant la joue de Maggie pendant qu'ils marchaient.

Croisant le regard de la petite fille, Maggie inspira profondément.

— Je vais bien, dit-elle, ne se sentant absolument pas bien, mais pour cette enfant, elle devait l'être. Yana va bien ?

Yana hocha la tête. Son air sérieux était tragique. Cette enfant devrait être en train de rire et sourire, pas être transportée dans des rues en ruine, esquivant les coups de feu.

Tout à coup, ces rues se remplirent de soldats russes. Ils repérèrent immédiatement leur petit groupe et les pointèrent avec leurs fusils, criant un mot que Maggie ne pouvait comprendre mais supposait être quelque chose comme « Stop ».

— Courez ! hurla Shawn et alors, ils se mirent tous à courir pour leur vie.

Il était difficile de le faire avec la petite Yana dans les bras, mais elle savait que si elle ne le faisait pas, ils finiraient tous morts ou capturés, car aucun des frères n'abandonnerait Yana, Shawn ne le ferait pas le moins du monde non plus, et il était évident que MacGyver avait noué un lien avec la petite famille et ne laisserait *aucun* des enfants derrière lui. Alors c'était comme si elle était la seule à les maintenir hors de portée des Russes... ce qui était presque une blague. Parmi tous ceux dans leur petit groupe, elle était la moins bien placée pour gérer ce qui arrivait.

Mais elle faisait de son mieux.

Elle faillit trébucher sur un débris dans la rue, mais heureusement, Shawn se trouva soudain à ses côtés, lui tenant le coude, l'aidant à rester debout durant leur fuite.

Juste quand elle crut qu'ils allaient échapper aux hommes qui les poursuivaient, ils descendirent une rue complètement bloquée par les décombres d'un immeuble, bombardé par le passé. Il leur était impossible d'en faire le tour et ils ne pouvaient pas retourner de là où ils venaient, car ils entendaient toujours les soldats hurler.

— On grimpe ! ordonna MacGyver, se tournant pour attraper Borysko par la taille et le soulever vers le haut, vers une petite plateforme de béton à environ deux mètres cinquante du sol.

Shawn prit la petite Yana des bras de Maggie sans dire un mot et la souleva vers son frère. Avant que Maggie n'ait le temps de cligner des yeux, MacGyver avait soulevé Artem pour qu'il rejoigne sa famille.

— À ton tour, dit Shawn à Maggie, en se penchant et en joignant les mains. Pose le pied ici, je t'aiderai à monter.

Elle voulait dire fermement que c'était dingue, mais le

temps pressait. Il n'y avait pas de place pour l'hésitation. Appuyant une main sur l'épaule de Shawn pour garder l'équilibre, elle posa le pied sur ses mains et se mit pratiquement à voler dans les airs. Avant qu'elle ne comprenne comment c'était arrivé, elle se trouvait sur le rebord avec les enfants.

Elle n'avait que quelques secondes pour se demander comment Shawn et MacGyver allaient faire pour monter jusqu'à eux avant que les soldats n'apparaissent à l'autre bout de la rue. Ils crièrent quelque chose puis se mirent à courir vers les deux hommes.

— Shawn ! hurla Maggie, mais il était trop tard.

Les soldats étaient là, frappant les SEAL avec leurs fusils, leur criant dessus.

— Partez ! parvint à crier Shawn avant qu'on ne le frappe au visage avec la crosse de l'arme.

Il tomba brutalement au sol... et ne bougea plus.

Maggie était pétrifiée de stupeur et de terreur. MacGyver se battait avec tout ce qu'il avait, mais huit contre un n'était pas un combat à la loyale et il était évident qu'il allait s'effondrer à tout moment comme Shawn.

— Viens ! la pressa urgemment Artem, en lui tirant la main.

Le rebord où ils se tenaient faisait partie d'un mur effondré et il s'inclinait vers le bas, vers l'obscurité de l'autre côté. Elle ne pouvait que distinguer un enchevêtrement d'acier et de béton qui avait visiblement autrefois formé une sorte de résidence.

Elle ne voulait pas partir. Elle voulait rester là pour voir si Shawn se relèverait. Mais alors, l'un des soldats regarda pile dans sa direction. Quand il réalisa qu'elle était une femme, elle put voir son expression rageuse devenir lubrique en un clin d'œil. Il dit quelque chose aux autres hommes et ils levèrent tous les yeux vers elle.

Elle se tourna et se baissa promptement, hors de vue. Rien

de bon n'en ressortirait si elle se faisait capturer. Même si chaque molécule de son corps lui hurlait d'aider Shawn, elle savait qu'elle n'avait aucune chance face à huit hommes. L'instinct de survie prit le contrôle.

Yana était étonnamment rapide pour une fille de son âge et les petits espaces dans lesquels ils devaient se faufiler étaient accessibles pour les enfants mais plus difficiles pour Maggie. Son corps était égratigné tandis qu'elle forçait le passage sous les armatures et autour des obstacles qui les encerclaient. Mais Artem semblait savoir ce qu'il faisait et où aller. Soit il était déjà venu ici avant, soit il avait un sens inné pour se sortir des décombres.

Maggie ne savait pas pendant combien de temps ils s'étaient baissés, accroupis, avaient rampé et s'étaient dandinés pour traverser le bâtiment détruit mais avant qu'elle ne s'en rende compte, ils se trouvaient une fois de plus dans une rue jonchée de débris.

— Viens, lui redit Artem, en se baissant pour soulever sa petite sœur.

Borysko et lui se mirent en route, sans regarder derrière eux pour voir si Maggie les suivait.

La respiration de Maggie était saccadée et elle réalisa qu'à un moment, elle s'était mise à pleurer. Elle ignorait quand, juste que son visage était inondé de larmes et qu'elle avait l'impression que son cœur avait été déchiré en deux.

— Shawn..., murmura-t-elle, incapable de bouger un pied.

Elle était tout aussi pétrifiée maintenant qu'elle l'avait été lorsque les soldats avaient commencé par tabasser Shawn et MacGyver. Ça avait été horrible. Violent et empreint de haine. Elle en avait vu des bagarres lorsqu'elle était incarcérée, mais rien de comparable à ce dont elle venait d'être témoin.

Elle pensa vaguement que les enfants avaient pu disparaître dans la rue de la ville sans elle. Mais étonnamment, Artem avait une petite conversation avec Borysko et le plus jeune garçon retourna là où elle se tenait et lui prit la main.

— Viens, dit-il, répétant les instructions simples de son frère.

— Shawn, dit Maggie. Ricky.

Elle prononça le nom avec lequel les enfants appelaient MacGyver.

— Irons chercher. Mais d'abord, abri.

Deux mots. Ce fut tout ce qu'il fallut pour que les muscles de Maggie se remettent à fonctionner. *Irons chercher*. Elle ne savait absolument pas comment trois enfants et une femme clairement pas dans son élément pourraient faire pour sauver deux Navy SEAL d'une bande de soldats russes errants, mais elle voulait tellement avoir foi en ce petit garçon qu'elle lui permit de la tirer vers l'avant, faisant route vers une autre cachette.

16

— Putain..., gémit Preacher en se retournant pour changer de position.

— Tu parles vraiment comme Blink, lui dit MacGyver à côté de lui.

Ouvrant les yeux – enfin non, un œil car l'autre était gonflé –, Preacher aperçut son coéquipier étendu dans la saleté à côté de lui. Ils étaient dans un lieu qui ressemblait beaucoup à celui dans lequel ils s'étaient cachés. C'était de toute évidence un bâtiment bombardé, mais cet endroit-ci était moins protégé des éléments. Il pouvait voir deux soldats russes se tenir devant les murs, leurs fusils prêts.

— Maggie ? Les enfants ? demanda Preacher.

La dernière chose dont il se souvenait, c'était de voir Maggie debout au sommet du rebord de béton sur lequel il l'avait hissée, les yeux horrifiés posés sur eux.

— Pour autant que je sache, ils se sont enfuis, répondit MacGyver.

Le soulagement submergea Preacher. Il fut suivi par la détermination et la colère. Ce n'était pas un endroit où pouvaient errer trois gosses ni Maggie. Ce serait aussi plus difficile pour eux de rester cachés avec les troupes russes qui sillonnaient la ville.

Il se demanda si les caisses d'armes qu'ils avaient déchargées étaient vraiment destinées aux Ukrainiens comme ils l'avaient tous cru ou si Robertson avait été payé pour laisser ces armes aux Russes. Si c'était le cas, la trahison s'ajouterait à ses autres crimes.

Pour le moment, ça n'était pas important. MacGyver et lui devaient sortir de là. La dernière chose qu'ils voulaient, c'était qu'on leur fasse traverser la frontière jusqu'en Russie. Les unités des forces spéciales ne prenaient pas part à ce conflit. Oui, les Américains aidaient autrement, en approvisionnant les Ukrainiens en armes et entraînements, mais si la rumeur courait dans les médias que des Navy SEAL étaient au sol, les choses pourraient empirer pour tous ceux qui étaient impliqués.

— C'est quoi, le plan ? demanda Preacher.

L'autre homme pouffa, mais ce son se changea presque immédiatement en gémissement.

— Merde, j'espérais que *toi*, tu avais un plan, lui répondit MacGyver.

— Tu as encore ce traqueur ?

— Ouais. J'ai encore mes sous-vêtements. Check.

— Bien, alors Tex et par conséquent la bande savent encore où nous sommes.

— Mais pas où est Maggie.

Preacher fronça les sourcils. Il avait raison. Elle pouvait carrément être n'importe où et il était absolument hors de question qu'il laisse Maggie derrière lui. Leur séparation rendait les choses plus difficiles, mais quand les secours arriveraient, ça provoquerait peut-être assez de grabuge pour qu'elle puisse être attirée jusqu'à eux, et ils pourraient se barrer de là.

— Les gosses…, dit MacGyver d'une voix basse et affligée.

Preacher ferma les yeux. Leur situation le contrariait également, mais ils avaient visiblement impacté plus vivement le taciturne MacGyver.

— On ne peut pas les laisser.

— On ne peut pas les *emmener*, le contredit Preacher. Ce ne sont pas des citoyens américains. Ce serait comparable à un kidnapping.

— Tu les as vus. Comme ils sont maigres. Personne n'est là pour s'occuper d'eux.

— On peut demander à Tex de voir ça avec un de ses contacts, pour s'assurer qu'ils soient retrouvés et mis en sécurité.

Mais MacGyver renifla de dédain.

— Et ensuite quoi ? Ils rentrent dans le système ? *Quel* système ? Regarde autour de toi, Preacher. Ce pays est détruit. Et qui sont les gens qui en souffrent le plus ? Les enfants. Personne ne va les adopter. Surtout pas tous les trois. De plus, j'ai le sentiment qu'Artem préférerait ne dépendre de personne, vivre dans les décombres d'un bâtiment brûlé plutôt que d'être séparé de son frère et de sa sœur.

— Que veux-tu que je te dise ? Qu'on les emmènera avec nous ? Tu sais que ça ne se passera pas bien. On ne peut simplement pas voler des enfants des pays dans lesquels on nous envoie.

— Et je ne veux pas les voler. Je veux juste qu'ils soient en sécurité. Qu'ils aient le ventre plein. Qu'Artem n'ait pas à être un adulte alors qu'il n'a que huit ans. Je veux que Yana puisse jouer sans avoir peur.

Preacher se pinça les lèvres. Il désirait les mêmes choses. Mais ils se trouvaient dans une situation impossible. Ils n'étaient même pas censés être là en ce moment. Leur boulot était de délivrer ces caisses puis de se replier dans l'ouest de l'Ukraine et de sortir leurs fesses du pays. Là encore, leur mission avait clairement été merdique dès le début, une façon pour Robertson de se débarrasser de son ex-petite amie et de se servir de l'équipe du SEAL pour faire son sale boulot.

— Si on les emmène avec nous, comment se déroulera ton plan ? demanda Preacher.

Deux minutes entières de silence passèrent et Preacher se dit que son ami s'était peut-être endormi ou ne l'avait pas entendu. Mais MacGyver se mit alors à parler.

— Je les veux, dit-il d'une si petite voix qu'elle était presque un murmure. Je sais, c'est stupide. Personne ne confiera la garde de trois orphelins à un célibataire de trente-trois ans, agent des forces spéciales, en plus. Mais il y a quelque chose chez eux que je ne peux simplement pas oublier.

Il n'avait pas tort. Les chances pour que trois enfants de la même famille soient placés avec MacGyver étaient vraisembla-blement d'un million contre une. Et ça, c'était *s'ils* allaient seulement aux États-Unis. Il était probable qu'ils soient emmenés en arrivant en Allemagne pour monter à bord d'un autre avion.

— Il faudrait que je trouve une nounou. Quelqu'un qui puisse m'aider avec eux pendant que je travaille. Peut-être que je conclurais l'un de ces faux mariages... tu sais, pour faciliter les choses. Quelqu'un qui a besoin d'une assurance maladie ou quelque chose d'autre et je me marierais avec elle. Elle aurait les avantages de la Navy et j'aurais quelqu'un pour m'aider avec les gosses.

— C'est un plan vraiment mauvais, lui dit Preacher en ricanant.

Mais son ami ne riant pas, il comprit qu'il ne plaisantait pas.

— Je n'arrive à penser à aucun autre moyen, décréta

MacGyver. De plus, ce n'est pas comme si les femmes frappaient à ma porte. Je suis trop... intello.

Preacher ne fut faire autrement que rire à cela.

— Tu es un SEAL. Tu n'es pas un intello.

— Je le suis. Et ça me va. Tu n'es pas venu chez moi depuis un moment, mais c'est pas mal le bazar. Avec des pièces et des câbles d'ordinateurs et autres machins électriques achetés en ligne et dans des vide-greniers. J'adore démonter des trucs et les remonter. C'est dingue, Preacher, tu sais que j'ai hérité de ce surnom à cause des cochonneries que je peux confectionner quand on en a besoin.

— D'accord, mais il n'y a rien de mal à ça, dit Preacher à son ami.

— Je sais. Et j'aime ce que je suis... mais apparemment, ce n'est pas ce que veulent les femmes.

Preacher renifla puis rouspéta.

— Tu veux savoir ce que veulent les femmes ? Elles veulent être aimées. Elles veulent savoir que l'homme avec qui elles sont est digne de confiance. Qu'il sera là quand elles auront besoin de lui. C'est tout. Tout le reste, c'est du bonus.

— Qui t'a déclaré expert en femmes ?

— Maggie, répondit Preacher avec conviction. Écoute. Je suis la dernière personne capable de faire la morale sur quoi que ce soit, en dépit de mon nom. Mais j'ai raison là-dessus. Tu veux adopter ces gamins ? Si tu t'y engages pleinement, tu sais que nous tous, nous ferons tout notre possible pour t'aider. Mais ne va pas te marier avec une nana juste parce que tu penses que tu aurais meilleure allure aux yeux des services sociaux. Ça, c'est le moyen le plus sûr pour que ça parte complètement en sucette.

— Ouais..., répondit vaguement MacGyver.

— Attends... tu as déjà quelqu'un en tête ?

— Peut-être.

— *Sérieux* ? Je la connais ?

— Non.

— C'est quoi, son nom ?

— Addison.

Preacher attendit que MacGyver lui en dise plus. Mais il ne le fit pas.

— C'est tout ? C'est tout ce que j'aurai ?

— C'est tout ce que tu auras, lui confirma MacGyver. On a pas mal d'autres choses qui nous inquiètent pour le moment. Il faut qu'on trouve comment fuir ces soldats russes, récupérer Maggie et les enfants, rejoindre l'équipe et quitter cette ville détruite par les obus. Puis convaincre les autorités américaines de laisser Artem, Borysko et Yana entrer dans le pays. Si nous réussissons tout ça, *là*, je pourrai commencer à me demander comment faire pour qu'ils restent avec moi.

— Très bien. Mais je ne laisserai pas tomber ça. Je veux en savoir plus sur cette Addison. Où tu l'as rencontrée et pourquoi tu penses qu'elle serait partante pour ce plan débile.

— Tu es énervant, se plaignit MacGyver.

— Et tu m'adores, dit Preacher, simplement pour être encore *plus* énervant.

La porte de fortune de la pièce dans laquelle on les gardait fut poussée sur le côté et trois Russes entrèrent. L'un d'eux pointa un fusil sur Preacher et MacGyver et les deux autres s'approchèrent là où ils étaient allongés au sol. Ils leur crièrent dessus et les tirèrent pour les mettre debout.

Puis ils furent sortis de force de la pièce et descendirent la rue.

Preacher tournait constamment la tête et tâchait de mémoriser où ils allaient. C'était difficile, étant donné que les débris et les immeubles effondrés autour d'eux se ressemblaient d'une rue à l'autre. Mais si MacGyver et lui avaient la moindre chance de s'en sortir, ils devaient se tenir prêts à s'échapper.

Ce ne serait pas simple. Preacher souffrait terriblement et son coéquipier n'était pas en meilleure condition. Les soldats à leurs côtés les tenant fermement les aidaient déjà à rester debout, tandis qu'ils étaient forcés de marcher jusqu'à un autre endroit. Mais Maggie était là, quelque part, et elle avait besoin qu'il trouve une solution. S'il se faisait tuer, son équipe la ferait sortir de là, ça, il n'en doutait pas, mais il était motivé à s'en sortir avec elle. Il voulait passer le reste de sa *vie* avec elle. Et il ne le pourrait pas si Robertson gagnait.

Preacher détestait perdre et c'était là une bataille dans laquelle il était déterminé à triompher.

* * *

Maggie était allongée sur un bloc de béton et observait la rue en dessous. Artem était dans la même position à côté d'elle. Il l'avait menée là, une fois Yana et Borysko endormis dans une autre petite niche qu'ils avaient trouvée et aménagée en guise de second foyer.

Elle se sentait exposée et comme un poisson hors de l'eau, mais elle faisait de son mieux pour suivre les pas d'Artem. Il paraissait bien plus vieux que ses huit ans. Il avait dû grandir vite. Trop vite. Ça rendait Maggie triste, mais elle devait admettre qu'en cet instant, elle était contente qu'il soit là. Si elle avait été seule, ça aurait été un désastre. Il leur avait trouvé de l'eau, avait grappillé de quoi manger dans les gravats de ce qui avait autrefois été une résidence et l'aidait maintenant à repérer Shawn et MacGyver.

— Où sont passés tous les gens ? murmura-t-elle alors qu'ils scrutaient les environs.

— Partis se réfugier. L'Ouest. Loin d'ici.

— Pourquoi n'êtes-vous pas partis ?

Artem la regarda de ses grands yeux bruns. Il avait le visage crasseux, les cheveux emmêlés et sales.

— C'est la maison. Mère et Père sont ici, dit-il en désignant la ville, vers l'ouest. Nulle part ailleurs où aller.

Le cœur de Maggie se brisa à nouveau.

— Mais vous seriez en sécurité si vous étiez partis.

— Aurait pris Yana. Pas de famille. Pas en sécurité. En sécurité ensemble.

Elle voulait le contredire car ils n'étaient pas en sécurité en ce moment. Pas en vivant dans des conditions insalubres, à chercher de la nourriture et se cacher des soldats russes. Mais elle ignorait totalement ce qu'elle pourrait faire pour aider les enfants. Elle pouvait à peine s'occuper d'elle... Elle n'était pas dans son élément, il n'y avait rien de drôle là-dedans.

— Trouver Ricky et Shawn. Aider.

Elle acquiesça. Elle était encore confuse quant à ce que pourraient bien faire trois gamins et une femme pour secourir deux Navy SEAL retenus en otage par une troupe de soldats, mais à ce stade, elle n'avait clairement rien à perdre. Sans Shawn et MacGyver, elle était morte. Roman gagnerait et ça, c'était la dernière chose qu'elle souhaitait.

Elle s'était mise à penser à ne jamais vouloir retourner en Californie puis à fantasmer sur la réaction qu'aurait son ex quand elle s'avancerait vers lui et lui dirait : « Devine quoi ? Je ne suis pas morte ! »

— Là ! Regarde, Mag. Soldats !

Se forçant à se concentrer, Maggie scruta l'endroit pointé par Artem. Il avait raison. Des gens marchaient parmi les décombres, quelques rues au-dessous. Difficile de dire si Shawn et MacGyver étaient avec eux, mais Artem ne semblait pas avoir ce problème.

— Ricky et Shawn là. Les emmènent à l'église. Bien. Bien. Peut les faire sortir.

Maggie voulait secouer la tête, dire au garçon qu'il était dingue. Il était absolument impossible qu'ils soient capables de faire sortir les SEAL en douce sous le nez des Russes. Mais Artem reculait déjà sur le rebord en béton incliné. Maggie le suivit rapidement, faisant attention de garder la tête baissée. La dernière chose qu'elle voulait, c'était être repérée et fusillée.

Une fois de retour sur le sol, elle suivit Artem qui slalomait pour retourner là où il avait laissé son frère et sa sœur.

L'entrée de l'espace dans lequel ils se terraient était si petite que Maggie passait à peine par le trou entre les barres d'acier déformées. Bien sûr, les enfants n'avaient aucun problème. Si Shawn et MacGyver étaient avec eux, ils ne passeraient pas du tout.

— Nous irons jour prochain, lui dit Artem, une fois qu'elle se retrouva de nouveau assise les jambes croisées, appuyée contre l'un des murs.

— Comment ? lui demanda-t-elle.

Les trente minutes suivantes, Artem les passa à expliquer son plan à Maggie dans un anglais approximatif et Maggie tenta de lui faire changer d'avis. Mais en définitive, elle comprit qu'elle n'avait pas d'autre choix que de se joindre au garçon. Il connaissait cette ville comme sa poche. S'il disait que son plan fonctionnerait, elle devait le croire.

Son rôle à elle était simple : elle était l'appât.

Une boule dans la gorge, elle tâcha de ne pas vomir. Bien qu'elle n'avait pas grand-chose à rendre dans son ventre. Mais imaginer tout ce qui pourrait mal se passer lui inondait le cerveau. Si elle se perdait ou si elle n'était pas assez vive, les Russes la captureraient et si elle avait estimé être dans la merde profonde dans la prison américaine, ce ne serait *rien* comparé au fait de pourrir dans une cellule russe.

Cependant, Artem semblait convaincu que son plan fonctionnerait à la perfection. Pendant qu'elle distrairait les soldats,

Borysko, Yana et lui se faufileraient dans un tunnel qu'ils avaient trouvé en cherchant de la nourriture et feraient sortir Shawn et MacGyver. Puis ils se retrouveraient tous aux abords de la ville, dans une zone qu'elle reconnaîtrait car elle était proche de l'endroit où avait atterri sa caisse, quand on l'avait expulsée de l'hélicoptère.

Cette partie du pays comportait beaucoup de champs. La ville où ils se trouvaient avait dû être la plus grande alentour. Pas aussi grande que celle d'où elle venait mais suffisamment grande pour que ses citoyens aient tout ce dont ils avaient besoin. Désormais, l'église dans le centre de la ville était l'un des uniques bâtiments encore debout... et il y avait même de quoi en débattre. Une moitié était détruite, mais l'autre servait apparemment de sorte de point de rendez-vous pour les soldats. Et c'était là qu'ils emmenaient Shawn et MacGyver.

— Prochain jour, je te montre où marcher. Où mener soldats, lui dit Artem.

Dans un tout autre contexte, Maggie aurait trouvé adorable sa façon de continuer de dire « prochain jour » au lieu de demain, mais là ? La terreur coulait dans ses veines.

— Okay.

Yana et Borysko s'étaient réveillés pendant qu'Artem lui expliquait son plan et la petite fille avait fini par aller s'asseoir aux côtés de Maggie. Elle tendit la main pour tapoter celle de Maggie tout en disant quelque chose dans sa langue natale.

— Elle dit que ça va, traduisit Borysko. Artem nous protégera.

Maggie sourit à Yana.

— Merci, lui dit-elle.

— De rien.

Les mots d'anglais venant de la petite fille étaient à la fois surprenants et adorables.

— Tu peux nous parler de l'Amérique ? demanda Borysko.

Maggie réfléchit longuement pour trouver quoi leur dire. Quelque chose qui ne rendrait pas leur propre situation encore plus morose qu'elle ne l'était déjà. Mais quand elle vit les visages curieux lever les yeux vers elle, la véritable jeunesse de ces enfants se fit sentir. Avec le rôle qu'avait joué Artem pour la protéger jusqu'à présent, elle avait temporairement omis le fait qu'ils n'étaient que des enfants.

— Je vis à Riverton, en Californie. C'est près de l'océan. La météo est agréable presque toute l'année. Pas trop chaud ni trop froid.

— Ricky vit là ? demanda Artem.

— Oui. Shawn et lui, ainsi que leurs amis, vivent tous là-bas aussi.

— Et il y a épicerie ? questionna Borysko.

Cette question attrista de nouveau Maggie, mais elle garda le sourire aux lèvres en répondant :

— Oui, il y a un tas d'épiceries. Et des endroits qui vendent du bois, des marteaux et des vêtements et tout ce dont tout le monde a besoin.

— Coûte beaucoup d'argent, commenta Artem, sourcils froncés.

— Eh bien, oui. Certains des magasins sont plus chers que d'autres. Mais il y a aussi des endroits moins chers. Je travaille dans un magasin qui donne des vêtements à ceux qui en ont besoin.

— Pour zéro argent ? s'enquit Artem, les yeux grands ouverts.

— Gratuit, confirma Maggie. Mais seulement pour ceux qui en ont vraiment besoin. Les autres, ils paient. C'est comme ça que le magasin peut rester ouvert.

— Et l'école ? demanda Borysko.

— Oui, il y a des écoles. Pour les enfants de votre âge tout comme pour les enfants plus grands et les adultes.

— Tout le monde va ?

— Oui. Tout le monde peut y aller.

— J'aime l'école, dit tristement Borysko.

— Danger sur la route ? fit Artem.

— Je suis désolée, je ne comprends pas ce que tu veux savoir.

— Ici, danger dehors la maison. Là-bas, est-ce que danger sur la route ?

— Oh, eh bien... Oui, je suppose que ça peut être dangereux de déambuler. Mais en général, c'est seulement dans certaines zones... La plupart des lieux sont sans danger, surtout en journée. Il y a des méchants là-bas, tout comme il y en a partout, je suppose.

— On t'a mise en prison ? demanda Borysko.

— Quoi ?

— Des méchants t'ont mise en prison ? répéta le garçon.

Le cœur de Maggie manqua un battement. Elle ne voulait vraiment pas parler de prison car ça la touchait personnellement. Et elle n'était pas certaine de devoir parler de prison parce que tous ces enfants peinaient déjà à survivre et le faisaient *encore*. Mais si cette question avait été posée, c'était parce que quelque chose inquiétait Borysko.

— L'Amérique est un bon endroit où vivre, dit-elle au trio.

Elle ne savait pas jusqu'à quel point Yana la comprenait, mais celle-ci la regardait attentivement, écoutait intensément, comme si elle saisissait chaque mot que prononçait Maggie.

— Mais il y a des gens méchants partout, continua-t-elle. Et oui, si quelqu'un enfreint la loi, il peut aller en prison.

Elle n'arrivait pas à croire qu'elle parlait de ça, mais elle devait dire aux enfants que si les États-Unis étaient un pays super, celui-ci n'était pas sans danger.

— Toi, prison ? lui demanda Artem, les yeux arrondis.

Il était impossible que ce garçon sache que oui, elle avait

fait de la prison. Elle n'en avait pas parlé devant lui. Mais elle ne voulait pas non plus mentir. On avait sûrement menti à ces gosses bien trop souvent.

— En vérité, oui. J'ai été en prison. Un homme avec qui je sortais a mis de la drogue dans ma voiture. La police m'a arrêtée et l'a trouvée et a cru qu'elle était à moi. Personne ne m'a écoutée quand j'ai dit qu'elle n'était pas à moi.

Artem acquiesça gravement.

— Comme ici. Police méchante.

— Non, rétorqua brutalement Maggie, car ce n'était *pas* cette leçon qu'elle voulait que retiennent ces enfants. La police n'est pas méchante. Elle est là pour aider. Mais le méchant, l'homme avec qui je sortais, est très important. Alors tout le monde l'a cru. La drogue était dans *ma* voiture. Ils n'avaient aucune raison de me croire, moi, plutôt qu'un homme très important. Tout ce que j'essaie de dire, c'est que peu importe où vous vivez, il y a des gens méchants. Ils pourraient avoir l'air gentils, mais parfois, ils ne le sont pas. Vous devez vous montrer futés, vous reposer sur ceux en qui vous avez confiance pour rester hors de danger.

Elle était en train de faire n'importe quoi. Maggie le savait, mais elle ne savait pas du tout comment leur expliquer suffisamment bien pour surmonter les différences culturelles.

— Comme Shawn. Et Ricky, dit fermement Borysko.

— Oui, comme eux, approuva Maggie.

— Nous futés, déclara Artem. Nous te protégerons.

Les yeux de Maggie s'emplirent de larmes.

— Je sais que vous l'êtes et que vous me protégerez. Merci.

— De rien, intervint Yana, tout sourire.

Son envie d'être incluse dans la conversation fit sourire Maggie. Elle enlaça la petite fille à ses côtés.

— J'irai en Amérique un jour, dit fermement Artem. J'aiderai les gens que la police croit pas.

Curieusement, Maggie en était convaincue. Qu'un jour, il se rendrait aux États-Unis et aiderait ceux dans le besoin, comme elle.

— Prochain jour, nous libérons Ricky. Et Shawn, décréta Artem, résolu. Tu dors pour pouvoir courir.

Maggie n'était pas fatiguée. Elle avait soif et faim et était trop nerveuse par rapport au lendemain pour seulement penser à dormir. Mais elle opina tout de même et s'étira sur le sol dur et sale.

Artem cajola son frère et sa sœur un moment puis le silence régna dans la pièce.

— Mag ?

Elle tourna la tête pour voir Artem qui la regardait.

— Ouais ? murmura-t-elle.

— Prendre Yana quand tu pars ?

— Quoi ?

— Prendre Yana quand tu pars ? répéta-t-il. Pas sûr pour un bébé. Sera mieux en Amérique.

Maggie ne savait absolument pas quoi répondre à cela. Il était évident qu'Artem aimait sa petite sœur. Qu'il ferait tout son possible pour la protéger. Et maintenant, la seule chose à laquelle il pouvait penser, c'était de l'envoyer aussi loin que possible de cet endroit.

Elle aimerait pouvoir le rassurer. Lui dire qu'évidemment, elle emmènerait sa sœur avec elle. Mais elle ignorait ce que réservait le futur. Ce n'était certainement pas légal d'emmener un enfant hors de son pays, surtout qu'elle n'était elle-même pas censée s'y trouver. Mais elle ne pourrait supporter de dire l'une de ces choses au petit garçon qui faisait tout ce qu'il pouvait pour survivre.

Alors elle hocha la tête, simplement.

Cela suffisait apparemment à Artem. Il hocha gravement la tête en retour, puis se mit sur le côté, lui tournant le dos.

Maggie n'était pas une pleureuse. Toutefois elle avait l'impression d'avoir plus pleuré récemment qu'elle ne se souvenait l'avoir fait au cours de ses trente-cinq ans. Même quand elle était derrière les barreaux, elle ne s'était pas autorisée à être trop émotive, pour son propre bien. Mais maintenant, les larmes dévalaient ses tempes jusqu'à ses cheveux tandis qu'elle fixait le plafond brisé.

Elle pleura pour elle, pour le souci qu'elle se faisait pour Shawn et MacGyver, pour le plan du lendemain – qui allait sûrement mal se passer d'une façon ou d'une autre – et pour les enfants dormant près d'elle. Elle avait envie de les rassembler tous les trois contre elle et de leur dire que tout irait bien. Mais elle ignorait si ce serait le cas. Avec beaucoup de chance, elle partirait bientôt, retrouverait sa vie en Californie et eux seraient coincés ici, dans cette ville bombardée, vivotant en quête de nourriture et d'eau. C'était inconcevable. Mais que pouvait-elle y faire ?

Rien. Et ça, c'était nul.

Étendue là, Maggie se jura de faire tout ce qu'elle pourrait pour aider Artem, Borysko et Yana. Shawn avait ce génie de l'informatique pour ami… Peut-être que *lui* pourrait faire quelque chose. Dénicher quelqu'un qui pourrait venir ici et emmener ces enfants. Dans un endroit plus sûr au moins. Peut-être leur trouver une sorte de foyer d'accueil. Elle ignorait si ce concept existait ici, surtout en pleine guerre, mais il y avait bien quelque chose qu'elle puisse faire.

Se sentant mieux sinon bien mieux, Maggie ferma les yeux. Dès qu'elle le fit, les pensées concernant Shawn s'infiltrèrent. Allait-il bien ? Elle avait vu les coups qu'il avait reçus et ils avaient été violents. Avec MacGyver, seraient-ils capables de marcher demain ? Elle avait tant de questions et d'inquiétudes, et aucun moyen d'apaiser son anxiété.

Elle n'était pas non plus certaine pour cette histoire d'appât… Elle n'était pas une grande coureuse et elle n'avait pas d'arme. Si l'un des soldats décidait de lui tirer dessus, elle ne pourrait rien y faire. Le conseil d'Artem quant à ne pas courir directement dans la rue mais prendre à la place le labyrinthe de bâtiments effondrés à son avantage était bon. Cependant, elle s'inquiétait tout de même d'atterrir dans une voie sans issue, comme ils l'avaient fait lorsqu'ils avaient échappé aux Russes.

Tellement de choses pouvaient mal se passer, mais elle ferait tout son possible pour aider à libérer Shawn. Elle l'aimait. Ce n'était pas le moment d'avoir cette révélation, mais elle ne s'y déroba pas. Il n'avait fait que la soutenir, avait semblé faire fi qu'elle soit une criminelle condamnée, l'avait défendue, présentée à ses amis et l'avait aidée à se sentir comme si elle était la personne la plus importante dans sa vie.

Et maintenant, il était otage de l'armée russe à cause d'elle. Il n'aurait pas dû sortir de cet hélicoptère. Il aurait pu appeler des renforts en voyant qu'elle était dans cette caisse. Mais il n'avait pas hésité à se précipiter auprès d'elle. C'était… bouleversant. Et cela prouvait quel genre d'homme était Shawn. Le genre qu'elle voulait à ses côtés *pour toujours*.

— Tiens bon, chuchota-t-elle. Les renforts arrivent.

Si avec les enfants, ils réussissaient, ce serait une histoire intemporelle. Une histoire que Shawn raconterait fièrement à quiconque voudrait écouter, elle n'en doutait pas. Relatant le moment où il était prisonnier de guerre et qu'une femme sans aucune expérience militaire et trois enfants les avaient secourus, son coéquipier de la Navy SEAL et lui. Il n'en serait pas embarrassé. Non, il serait fier d'elle.

Maggie voulait que ça se réalise. Le rendre fier. Elle voulait prouver qu'elle était plus que la criminelle comme l'avait cataloguée la société. La détermination l'envahit à mesure que ses larmes séchaient. Elle n'avait concrètement rien à perdre le lendemain. Et une existence de bonheur aux côtés de Shawn à gagner.

Elle renifla en silence. Elle se comportait comme une vraie idiote. Elle n'avait aucune garantie que Shawn ressente la même chose qu'elle. Oui, il avait l'air de l'apprécier maintenant, mais elle était parfaitement au fait de la façon qu'avait la vie de couper l'herbe sous le pied d'une personne quand elle pensait que tout se passait bien. Elle en était une preuve vivante.

Mais malgré cela, elle ferait tout ce qu'il faudrait pour libérer Shawn et MacGyver, protéger Artem, Borysko et Yana et vivre un autre jour afin de faire payer Roman pour ses mauvaises actions.

C'était beaucoup de pression, mais elle avait survécu à deux ans en prison pour un crime qu'elle n'avait pas commis. Elle pouvait le faire. Elle *devait* le faire. Elle n'avait pas d'autre choix.

17

— Il faut qu'on sorte d'ici, marmonna Preacher dans sa barbe.

— Ouais, approuva MacGyver.

La veille, on les avait fait marcher à travers la ville détruite jusqu'à l'église où ils se terraient actuellement. La moitié du bâtiment n'était rien d'autre qu'une ruine, mais l'autre moitié tenait encore miraculeusement debout. Maintenant, MacGyver et lui se trouvaient dans ce qui était auparavant la nef. Les bancs étaient disposés sur les côtés et étaient dispersés dans la pièce, les vitraux étaient brisés, hormis cela, le lieu était intact. Un soldat – qui s'ennuyait visiblement – se trouvait dans la nef pour monter la garde et les surveiller, et les autres étaient soit dehors, soit dans le narthex, le petit espace juste avant la salle de prière.

Ils pouvaient grimper à certaines fenêtres, mais sans armes, ils se feraient tirer dessus avant de pouvoir aller dehors. Preacher tenta d'imaginer un plan, toutefois son corps lui faisait mal, son œil était gonflé et sa paupière close, et il n'avait pas beaucoup dormi cette nuit. Et il n'arrivait pas à s'arrêter de penser à Maggie. Se demandant où elle était, si elle allait bien et comment il pourrait bien la retrouver lorsque son escouade se pointerait.

Preacher ne doutait pas qu'ils *viendraient*. Il voulait seulement essayer d'éviter toute bagarre s'il pouvait l'en empêcher ; la dernière chose dont ils avaient besoin, c'était d'impliquer davantage les États-Unis dans ce conflit qu'ils ne l'avaient déjà fait. Que la Troisième Guerre mondiale se déclenche à cause de ses actes n'était pas un événement qu'il voulait envisager.

— On peut l'avoir ? demanda Preacher, se servant de sa tête pour désigner leur garde, qui ne devait pas avoir plus de dix-huit ans.

Il était bien connu que beaucoup de Russes étaient conscrits au service militaire. Il était absolument possible que ce gosse n'ait pas voulu rejoindre l'armée mais qu'il n'ait pas eu le choix. Là encore, il était tout aussi probable qu'il soit fier de servir son pays.

— Ouais, mais ensuite quoi ? Ses potes dehors vont sûrement entendre ce qu'il se trame et se précipiter jusqu'ici. Et même si on pouvait lui prendre son arme, je ne suis pas certain que ça suffise pour s'attaquer à un peloton entier.

— Tu ne peux pas nous fabriquer un truc pour nous sortir d'ici ? demanda Preacher, ne blaguant qu'à moitié.

— Quoi ? Tu veux que je nous construise une machine à voyager dans le temps ? Un portail comme dans *Star Trek* qui nous téléportera ailleurs ? Franchement, j'aimerais me téléporter sur une plage des Caraïbes, mais puisque c'est impossible, j'irais vraiment n'importe où ailleurs que dans ce putain de bâtiment.

— Un portail ferait l'affaire, répondit sérieusement Preacher.

— T'es tellement bizarre, marmonna MacGyver.

Preacher ne put que sourire. Il *était* bizarre, mais puisque ses amis l'étaient tout autant, il s'en fichait.

— Tu crois qu'ils vont nous donner à manger aujourd'hui ?

— Étant donné qu'ils ne l'ont pas fait hier, non. De plus, ils ont l'air bien maigres eux-mêmes, ils seraient plus malins de garder toute la nourriture qu'ils ont pour eux.

Preacher ne désapprouvait pas. Il espérait seulement avoir la possibilité que quelqu'un s'approche suffisamment pour le prendre de vitesse d'une manière ou d'une autre et subtiliser son fusil. Sans arsenal, ils étaient complètement désavantagés. Leurs compétences exceptionnelles en combat au corps-à-corps ne les aideraient pas si on leur tirait dessus avant qu'ils puissent être assez prêts de quelqu'un pour l'assommer.

— Bon. Alors, on attend ?

— On dirait bien, dit MacGyver.

— Je déteste attendre, grommela Preacher. Je ne peux m'empêcher de me demander où est passée Maggie. Ce qu'elle est en train de faire. Si elle flippe à mort, terrée dans un bâtiment en ruine.

— Pareil, répliqua MacGyver. Ces gosses ont connu l'enfer. Et nous voir être tabassés n'a pas dû aider.

Les deux hommes succombèrent au silence. Les bruits du bâtiment qui craquait sinistrement autour d'eux résonnaient lourdement dans le silence relatif des lieux. Les soldats parlaient calmement entre eux, hors de vue, et le garde avec eux dans la nef soupirait, comme s'il s'agaçait qu'on lui ait attribué une tâche aussi ennuyeuse.

— J'espère que Maggie est suffisamment futée pour être aussi loin d'ici que possible, déclara Preacher au bout d'un moment. Aller vers l'ouest est la meilleure chose qu'elle puisse faire. Elle doit obligatoirement rencontrer d'autres gens qui peuvent l'aider, peut-être qu'une personne qui parle anglais peut la mettre en relation avec quelqu'un des États-Unis.

— Elle est futée, dit MacGyver. Et je ne doute pas qu'elle est bien loin d'ici… et qu'elle a pris les enfants avec elle.

* * *

Mais qu'est-ce qu'elle fabriquait ?! Maggie était tapie derrière une grande pile de briques, elle fixait l'église à l'autre bout de la rue. Artem et sa famille l'avaient quittée environ dix minutes auparavant. Ils allaient faire le tour par l'arrière de l'église et se faufiler dans un labyrinthe de béton, de tiges et de verre jusqu'à l'arrière de la nef. Ils y avaient vu Shawn comme MacGyver dormir avant que le soleil se lève.

C'était à elle de fournir la distraction dont ils avaient tous besoin pour faire sortir les gars en douce de l'église afin de les mettre à l'abri. Elle les retrouverait aux abords de la ville, près de l'un des nombreux champs éparpillés dans la campagne. Elle n'avait aucune idée de ce qui arriverait à ce moment-là, mais elle ne pouvait déjà s'en soucier. Elle avait déjà suffisamment de quoi s'inquiéter pour le moment.

Notamment : pourquoi donc avait-elle cru que ça marcherait… Comment allait-elle faire pour les distraire tous, – elle recompta les soldats, espérant en vain que le nombre ne soit pas plus grand qu'il ne l'était une minute auparavant, la *dernière* fois qu'elle avait compté… et il ne l'était pas – les six soldats se tenant juste derrière les portes brisées de l'église.

Elle ne parvenait pas à voir Artem ou Borysko, mais elle savait qu'ils attendaient qu'elle fasse sa part du plan avant de passer à l'action. Mais Maggie ne semblait pas réussir à faire fonctionner ses jambes. Elle pouvait fausser compagnie, retourner dans la planque où ils avaient passé la nuit… Elle n'était pas courageuse. N'était pas taillée pour ce genre de chose.

Mais l'alternative, c'était Borysko en appât. Ou pire, Yana. Et ça, ça n'allait pas arriver, pas tant que Maggie avait encore de l'air dans ses poumons. Non, elle devait le faire.

Prenant une grande inspiration, elle regarda derrière elle l'échappatoire qu'elle avait repérée avec Artem plus tôt : au-dessus de la pile de briques derrière laquelle elle se planquait en ce moment, en bas de la rue, sous la dalle de béton à la solidité précaire, à travers un labyrinthe confus de décombres, en bas d'une autre rue puis entrer et sortir d'autant d'immeubles que possible, se cacher dans ou sous une des nombreuses voitures calcinées si besoin.

Tout ce qu'elle devrait faire pour se cacher, pour empêcher de se faire attraper, elle le ferait.

Son cœur bondissait hors de sa poitrine, son taux d'adrénaline lui filait la nausée et des tremblements. Mais c'était maintenant ou jamais.

Prenant une grande inspiration, Maggie se leva.

L'un des soldats devant la nef cria quelque chose et Preacher se redressa de sa place assise pour regarder dans cette direction. Leur garde regardait également là où ses camarades s'étaient rassemblés et non pas les hommes qu'il était censé surveiller.

Des pas tambourinaient le sol, les cris des soldats dehors s'éloignant de plus en plus. Ils s'en allaient ! Ils pourchassaient apparemment quelqu'un, et en cet instant, peu importait si c'était un hippopotame enragé qui attirait les hommes loin de l'église. Tout ce qui comptait, c'était qu'ils laissaient les lieux sans surveillance.

MacGyver et lui n'avaient pas de plan, mais ils n'allaient pas laisser passer cette opportunité. Ils bougèrent promptement et silencieusement vers leur garde. Son attention étant concentrée sur la porte, il ne remarqua même pas MacGyver avant qu'il n'enserre son cou avec son bras par-derrière.

Preacher lui attrapa le poignet, s'assurant qu'il n'ait pas l'occasion de faire feu. Ils ne voulaient surtout pas qu'un raffut quelconque fasse rappliquer les soldats pour investiguer.

MacGyver ne mit pas longtemps à rendre le jeune soldat inconscient. Preacher le soulagea du fusil que MacGyver lui avait fait lâcher au sol. Ce gosse serait suffisamment longtemps dans les vapes pour qu'ils puissent sortir de ce trou. Mais comment ? Il était probable que les soldats qui avaient fui reviennent bientôt et Preacher ne voulait pas être surpris en train de filer en douce.

Comme s'ils partageaient le même cerveau, les deux hommes firent volte-face pour aller au fond de la nef, vers l'autel détruit. Il devait y avoir une sortie par là.

— Ricky ! Ici !

Se tournant, Preacher aperçut un petit visage sale dépasser de derrière un énorme bloc d'acier. Il s'était décroché du bâtiment jouxtant l'église, avait percé le mur, laissant un large trou et du verre partout.

— Artem ? s'enquit MacGyver, incrédule.

— Oui. On part ! Ici.

MacGyver n'hésita pas. Il se mit à genoux et rampa derrière la poutre en acier.

— Où sont Borysko et Yana ?

— Et Maggie ? ajouta Preacher, suivant derrière son ami.

— Ils sont ici. Venez. On part.

Ce n'était pas le moment de poser des questions, mais l'idée que Maggie était avec eux, en sécurité, submergeait presque Preacher. Le garçon les mena dans un labyrinthe de débris et de décombres. Par endroits, Preacher n'était pas certain que MacGyver et lui puissent passer. Mais ils finirent par y arriver. Et quand ils émergèrent, l'église n'était nulle part en vue. Le garçon les avait guidés dans un dédale de destructions qui se trouvait à au moins un pâté de maisons de l'église. C'était du génie mais super dangereux. Toutefois, là encore, ils vivaient au beau milieu d'une zone de guerre, alors cette pensée était légèrement ridicule.

Il fut soulagé de voir Borysko et Yana sortir de nulle part. Ils allaient bien.

— Courir maintenant, dit Artem.

— Maggie ? redemanda Preacher, de nouveau inquiet, maintenant qu'il ne la voyait nulle part.

— Elle viendra. Nous courons.

Preacher n'aimait pas cette réponse. Pas du tout. Mais où était-elle ?!

Puis une pensée le foudroya... Qu'est-ce qui avait poussé les soldats à s'enfuir de l'église comme ils l'avaient fait ?

Non. Elle n'aurait pas fait ça.

La terreur le frappa *violemment*.

— Artem, où est Maggie ? demanda farouchement Preacher.

— Tout doux, l'avertit MacGyver.

Il avait soulevé Yana et la tenait contre lui, son autre main sur l'épaule de Borysko. Les gosses étaient en sécurité et son coéquipier était clairement soulagé, mais Maggie se trouvait toujours quelque part, là dehors. Preacher n'allait pas être *tout doux*. Pas tant qu'il ne saurait pas où elle était.

— Elle a couru. Soldats courir après elle. Elle ne laissera pas les méchants l'attraper. Pas prison.

La tête de Preacher tournait. Artem confirmait son pire cauchemar. Elle s'était servie d'elle-même comme appât pour éloigner les soldats de l'église.

Non. Non, non, non !

Mais il n'eut plus l'occasion de dire autre chose, car Artem s'en allait, leur ouvrant la voie dans la ville bombardée qu'il avait si bien appris à explorer. Preacher voulait hurler sa colère et sa crainte. Voulait revenir en arrière et trouver Maggie. Il était tout à fait possible que les Russes l'aient déjà capturée. Qu'ils étaient même en train de la battre, tout comme ils l'avaient fait pour MacGyver et lui.

Mais se faire de nouveau attraper n'aiderait pas Maggie. Elle s'était sacrifiée pour le libérer et il ne pouvait l'ignorer. C'était un incroyable sentiment d'humilité. Preacher s'attendait à ce genre de sacrifie de la part de ses coéquipiers, il ferait la même chose pour eux. Mais Maggie n'était pas un soldat. N'était pas un SEAL. Elle avait déjà vécu l'enfer. Et pourtant, elle avait été prête à faire tout ce qu'il fallait pour le sauver.

Il s'emplit de détermination tout en courant. À la seconde où il aurait l'opportunité de découvrir ce qu'avait été le plan, il ferait demi-tour. Pour la retrouver. Pour l'engueuler d'avoir fait une chose si risquée et l'embrasser à en perdre haleine pour l'avoir fait malgré tout.

* * *

Maggie était épuisée. Dans son ancienne vie, elle n'était pas du tout une athlète. Aujourd'hui, elle avait passé des heures à échapper aux soldats. Ils s'étaient montrés bien plus tenaces que ce qu'Artem ou elle avaient cru. Ils paraissaient absolument déterminés à la trouver.

Elle avait fait de son mieux pour se cacher d'eux, mais chaque fois qu'elle parvenait à trouver un endroit pour reprendre son souffle, les soldats n'étaient pas très loin derrière. Maggie pensait que c'était parce qu'elle laissait des empreintes ou quoi que ce soit qui les aidaient à la suivre, mais même quand elle grimpait sur un bâtiment qui donnait l'impression de pouvoir s'effondrer à tout moment, ou qu'elle se dandinait sur un câble électrique qui, par chance, ne fonctionnait pas, dans un autre immeuble, les soldats trouvaient tout de même sa trace.

Elle était déshydratée, terrifiée et commençait à se dire que ce serait sans doute plus facile de se laisser attraper. Mais dès que Maggie se mit à penser cela, elle l'ignora. Les soldats qui la pourchassaient étaient *furieux*. Elle ne savait pas ce qu'ils disaient, mais il était évident qu'ils n'étaient pas contents qu'elle parvienne à leur échapper.

Voulant aller à l'ouest, vers le champ où elle était censée retrouver les autres, Maggie s'était en réalité dirigée vers l'est. Elle ne voulait pas que les soldats tombent accidentellement sur Shawn, MacGyver et les enfants. Mais elle était à court de cachettes et le besoin d'eau et de nourriture la faisait trembler.

— Ça craint, murmura-t-elle, simplement pour entendre autre chose que le craquement sinistre et les gémissements des décombres autour d'elle... et les mots de colère que les Russes criaient en la pourchassant.

Quelque chose lui toucha le bras et Maggie sursauta, pétrifiée. Ça recommença. Et encore. Levant les yeux alors qu'elle était accroupie derrière une voiture calcinée... elle réalisa qu'il pleuvait.

À la seconde où elle se fit cette réflexion, la douce pluie devint déluge.

Sourire aux lèvres, elle inclina la tête en arrière et ouvrit la bouche. Il n'y avait pas beaucoup d'eau, mais c'était mieux que rien et c'était divinement bon.

À sa grande surprise, les cris des hommes à sa recherche s'évanouirent.

Elle passa la tête sur le côté de la voiture et vit trois hommes courir à l'opposé. Comme s'ils craignaient fondre s'ils se mouillaient. Maggie voulait rire. Voulait se laisser tomber de soulagement. Mais c'était là sa chance de s'éloigner davantage des soldats. De faire son chemin dans la ville et retourner vers l'ouest. Vers Shawn.

Elle ne savait pas du tout si le plan d'Artem avait fonctionné, mais elle se dit qu'il avait dû le faire, simplement parce que les soldats s'étaient vraiment focalisés sur elle. S'ils avaient de nouveau capturé Shawn et MacGyver, ou découvert leur tentative de leur échapper, leur attention se serait tournée vers *eux*, selon elle, pour s'assurer qu'ils ne s'enfuyaient pas encore. Pas vers elle en la pourchassant dans toute la ville.

Être un appât était bien plus effrayant que ce qu'elle avait cru et les choses n'avaient pas marché aussi facilement qu'elle l'avait espéré avec Artem, mais grâce à la pluie, peut-être que ça se déroulerait bien.

Elle parcourut lentement la ville, prenant de petites pauses quand elle le pouvait. Elle s'efforçait de rester en périphérie, loin de l'église où les soldats avaient établi leur base.

Elle sortait tout juste de sous une autre voiture calcinée quand elle tomba face à face avec un soldat russe.

Il était trempé, tout comme elle, et il eut l'air aussi surpris que Maggie.

Elle se pétrifia. Le fusil qu'il tenait était encore plus effrayant de très près. Elle retint son souffle tandis qu'ils se dévisageaient l'un l'autre sous la pluie battante.

Puis, au très grand étonnement de Maggie, il parla rapidement à voix basse et désigna le bâtiment derrière elle.

Maggie se tourna, tâchant de comprendre ce qu'il tentait de dire, sans succès. Elle se retourna pour découvrir le soldat jeter des coups d'œil presque nerveux par-dessus sa propre épaule. Il dit autre chose et fit un geste plus pressant vers le bâtiment.

Elle recula d'un pas, vers l'ouverture dans les décombres et le soldat approuva aussitôt, et de la main, lui fit signe de se dépêcher.

Maggie ne comprenait absolument pas ce qui était en train de se passer, mais elle se mit promptement en branle, plongeant sous la poutre suspendue précairement à travers la porte et elle s'adossa contre le mur une fois à l'intérieur.

Dès qu'elle fut hors de vue, un autre soldat rejoignit le premier. Scrutant par un petit trou dans le mur, Maggie comprit à quel point elle l'avait échappé belle tandis que le second soldat se penchait pour inspecter sous la voiture dont elle était sortie une minute plus tôt. Le premier soldat dit quelque chose au nouvel arrivant... puis désigna le bâtiment même où elle se cachait.

Sa respiration resta bloquée dans sa gorge. La dénonçait-il à son ami ? Lui disait-il où elle était allée ? Mais elle fut de nouveau stupéfaite lorsque le second soldat hocha simplement la tête et qu'ils descendirent tous les deux la rue, par là où elle était arrivée, s'arrêtant de temps en temps pour regarder dans les autres bâtiments, sous et à l'intérieur d'autres voitures.

Le soldat, il l'avait aidée à se cacher ! Elle ne pouvait que supposer qu'il avait dit à son pote qu'il avait déjà fouillé le bâtiment dans lequel elle se cachait. Maggie ne savait pas pourquoi il avait fait ça, mais elle était reconnaissante qu'il l'ait fait. La guerre était un cauchemar pour les deux clans. Les soldats russes n'étaient pas des gens mauvais ; ils faisaient ce qu'on leur demandait de faire. D'accord... certains d'entre eux étaient probablement mauvais. Tout comme certains soldats américains étaient mauvais. Elle le savait d'expérience. Roman Robertson était le pire exemple d'un supposé militaire « honorable et courageux ».

La fatigue rongeait Maggie. Tout ce qu'elle voulait, c'était un lit chaud et sec, une super pizza extra large et un litre d'eau. Et Shawn.

Elle ne pouvait pas avoir trois choses sur les quatre, mais elle pouvait avoir celui qu'elle désirait le plus. Elle devait juste continuer d'avancer.

Plus prudente désormais, espérant que d'autres soldats ne rôdaient pas dans les environs, Maggie retourna sous la pluie torrentielle, vers l'endroit où elle comptait trouver Artem, Borysko, Yana et MacGyver et plus important, Shawn, qui l'attendaient.

18

— Où est-elle ? Quelque chose ne va pas, dit Preacher pour ce qui devait être la centième fois.

MacGyver l'avait contraint physiquement lorsqu'il avait tenté de s'en aller plus tôt, disant que c'était stupide qu'il parte et se perde tout comme Maggie. Tout chez Preacher s'était rebellé. Il voulait – non, il *avait besoin* – de retrouver Maggie et d'être sûr qu'elle ne craignait rien.

Mais le côté le plus pratique chez lui savait que son ami avait raison. Il devait être confiant qu'elle allait non seulement bien mais qu'elle réussirait à se rendre au point de rendez-vous quand ce serait sûr pour elle de le faire. La pluie tombait presque de biais désormais, ce qui était la merde, mais avec de la chance, elle faciliterait la traversée de la ville, cachée aux yeux de tous, à Maggie.

Étrange comme il n'y avait personne rôdant alentour... La ville avait été majoritairement abandonnée après avoir été détruite par les missiles... et personne n'avait seulement pensé à s'assurer que Artem, Borysko et Yana allaient bien. Cela rongeait Preacher, mais il était en mesure de dire que ça énervait encore plus MacGyver. Il voulait prévenir son ami de ne pas trop s'attacher aux enfants, toutefois il savait que c'était trop tard. Incroyable, cet homme pensait au mariage de complaisance juste pour pouvoir les garder. Il était *clairement* trop tard.

— Elle viendra, dit MacGyver, répondant à la question précédente de Preacher qui demandait où pouvait bien être Maggie.

Tous cinq étaient blottis sous un abri de fortune fait de bouts de tôles ondulées et de brins d'herbes hautes qui poussaient dans les champs encerclant la ville. Artem avait mis en place un système de récupération d'eau de pluie et chaque fois que la boîte de conserve qu'il avait trouvée était remplie, il s'assurait que son frère et sa sœur aient leur content avant d'en boire lui-même.

Mais Preacher ne pouvait se focaliser sur autre chose que Maggie. Il entendait vaguement MacGyver discuter avec les enfants, apprendre à mieux les connaître, les divertir, mais lui restait concentré sur la ville, espérant et priant pour que Maggie fasse son apparition.

Il connaissait des femmes fortes. Remi, Josie, Wren... elles étaient toutes des dures à cuire. Sans oublier Caroline, Fiona, Cheyenne et les autres. Mais voir de ses propres yeux la force de Maggie était incroyable. Jamais il n'avait rencontré quelqu'un capable d'avancer alors que les probabilités étaient tant contre elle. Deux ans, ça faisait vraiment longtemps pour être punie d'une chose dont elle n'était pas fautive. Techniquement, oui, elle avait transporté des drogues, mais puisqu'elle avait ignoré leur présence et n'avait pas eu l'intention de les vendre, elle avait été injustement punie. Elle avait été piégée.

Et puis il y avait le harcèlement qu'elle endurait depuis sa libération. Robertson la terrifiait et pour de bonnes raisons. Elle savait d'expérience le pouvoir qu'il exerçait... et Preacher avait fini par apprendre lui-même à quel point ce pouvoir semblait absolu.

Et voilà qu'elle avait été enlevée puis expédiée dans un pays étranger au milieu d'un conflit violent, et bien qu'elle était terrorisée, exténuée, affamée et dépassée et sans aucune expérience d'aucune sorte, elle avait endossé le rôle d'*appât* pour donner aux enfants l'opportunité de les sauver, MacGyver et lui.

Preacher était bouleversé. Touché. Tout ce qu'il avait envie de faire était de tenir Maggie contre lui et de ne jamais la laisser partir. Lui dire à quel point il était impressionné. Quel super boulot elle avait fait. Qu'il ferait mieux pour la protéger désormais. Car en vérité, il avait merdé jusque-là.

Il n'avait pas cru que Roman Robertson était son ex et voilà où ça les avait menés ! Oui, il s'était rangé à ses côtés après l'avoir vue dégringoler de cette caisse qu'il avait poussée d'un putain d'hélico. Mais ensuite, il s'était fait capturer.

Il était clairement temps de progresser. De lui montrer qu'il irait jusqu'où il serait nécessaire d'aller pour la protéger. Mais d'abord, il devait la trouver.

Il en avait assez de rester assis à attendre qu'elle se pointe. Au diable les soldats ! Au diable la pluie ! Qu'ils aillent tous au diable ! Avec sa promesse renouvelée en tête, Preacher s'adressa à MacGyver.

— Je pars la retrouver.

En réponse, MacGyver désigna quelque chose dans son dos.

Se tournant, Preacher plissa les yeux à travers la pluie et aperçut une silhouette qui se tenait pas très loin de l'endroit où ils se planquaient, elle regardait autour d'elle à la recherche de quelque chose.

Maggie.

Preacher était debout et en mouvement avant même d'avoir

en tête ce qu'il allait faire. La pluie pénétra ses vêtements en un instant, mais il la sentait à peine. Toute son attention était dirigée sur la femme debout sous la pluie, l'air perdue et morte de peur.

— Maggie !

Elle se tourna et un soulagement ainsi qu'une joie absolue visibles sur son visage faillirent faire tomber Preacher à genoux devant elle.

— Shawn ! s'exclama-t-elle, en courant vers lui.

Preacher la retrouva à mi-chemin. Elle le heurta de plein fouet, mais il ne chuta pas. Il mit ses bras autour d'elle, la serrant fort contre lui. Les bleus qu'il devait des mains des soldats faisaient mal et son œil était toujours en grande partie gonflé et fermé. Mais les douleurs étaient oubliées maintenant que Maggie était revenue dans ses bras.

Il enfouit son nez dans ses cheveux et la souleva de terre. Maggie remonta les genoux et ses chevilles se rejoignirent derrière lui, s'agrippant à lui comme une enfant.

— Maggie..., murmura Preacher contre sa peau.

Ils restèrent ainsi, plaqués l'un contre l'autre avec la pluie tombant autour d'eux, pendant deux bonnes minutes. Alors le vœu qu'avait fait Preacher de la protéger se rappela à lui et il fit demi-tour. Il devait la mettre en lieu sûr et pas seulement à cause de la pluie. Il ne voudrait vraiment pas que les soldats les repèrent. Ils avaient eu suffisamment de chance de s'échapper une fois. Selon Preacher, on ne leur permettrait pas que cela arrive une seconde fois.

Maggie leva la tête tandis qu'il la portait là où les autres étaient blottis dans leur abri de fortune et elle l'étudia.

— Ton œil, dit-elle tout bas.

— Il va bien. Une fois qu'il ne sera plus gonflé, ça n'aura plus l'air si mal, lui répondit-il. Le collant... tu l'as enlevé de tes cheveux, dit-il, en remarquant que le ruban adhésif qu'on avait mis autour de sa tête était parti.

— La pluie l'a bien imbibé et j'ai pu le retirer, lui expliqua-t-elle d'un air nonchalant.

— Est-ce que tu vas bien ? s'enquit Preacher, inquiet. Que s'est-il passé ? Pourquoi as-tu mis autant de temps à venir ici ? Tu es blessée ? Ils t'ont vue ?

À son grand étonnement, elle gloussa.

Mais comment pouvait-elle rire ?! Il n'en savait rien... Après tout ce qu'elle avait enduré, elle était dans ses bras, en train de *rire*, putain. C'était un miracle. *Elle* était un miracle.

— Tu aurais pu poser encore plus de questions d'affilée ?

— Oui. Je m'en pose un million d'autres, mais celles-ci étaient les plus urgentes pour le moment, lui répondit-il, s'arrêtant devant le petit abri. Tu dois me lâcher pour que je puisse te faire entrer.

Ses jambes glissèrent de Preacher et elle se mit debout. Il l'aida à se faufiler sous le morceau de tôle et à l'abri de la pluie avant de poser les mains sur ses joues. Il la tenait avec délicatesse, contemplant son visage si précieux. Elle avait les cheveux plaqués sur son crâne, une vilaine égratignure sur une joue et des cercles noirs sous les yeux, mais elle était là. Dans ses bras. Vivante. Il n'avait jamais été aussi reconnaissant de sa vie.

— Je t'aime.

Les mots s'étaient davantage exprimés comme une exclamation plutôt qu'une tendre déclaration d'amour.

Les yeux de Maggie s'agrandirent et elle serra plus fort les poignets de Preacher.

— Quoi ?

— Je t'aime, répéta-t-il et il avait cette fois davantage le contrôle de ses paroles. Tu me fascines. Je suis en admiration devant toi. J'aime tout chez toi. Ta ténacité, ta force, ta compassion, ton aptitude à faire ce qui doit être fait et peu importe la situation. Je n'ai pas été très efficace pour assurer tes arrières, mais ça va changer maintenant. Quand on sera revenus en Californie, il va *tomber*. Tu resteras avec moi, que je puisse te protéger. Je contacterai tous ceux qui pourront être utiles pour m'assurer qu'il ne te fasse plus jamais de mal.

— Shawn...

Il était difficile de dire si l'eau sur son visage provenait de larmes ou de la pluie, mais ça n'avait pas d'importance.

— Je le pense. J'ai commis une erreur en ne te croyant pas immédiatement. Je ne referai plus cette erreur. Si tu me dis que le ciel est vert et l'herbe bleue, je me battrai contre tous ceux qui diront le contraire.

— Je comprends que tu aies eu des réserves, dit-elle pour le dédouaner.

Mais Preacher ne voulait pas être absous de ses péchés.

— Non, dit-il en secouant fermement la tête. Tu n'avais aucune raison de mentir à propos de l'identité de ton ex. J'étais si surpris que je n'arrivais plus à réfléchir, expliqua-t-il, en faisant courir une main dans les cheveux de Maggie, essorant un peu de l'eau qui les imbibait. Je n'arrive pas à croire que cet enfoiré a eu les couilles de m'obliger, avec mon équipe du SEAL, à livrer ces caisses. S'il croit qu'on va laisser passer ça, il se trompe complètement. Pour la mission précédente et celle-ci, il a détourné la propriété du gouvernement. Nous envoyer dans des missions injustifiées n'est pas seulement l'acte d'un connard, c'est foutrement illégal ! Et n'oublions pas l'enlèvement et la tentative de meurtre.

— Ce ne sera pas facile de rejeter la faute sur lui. Ce n'est pas lui qui s'est pointé à ma porte. Il ne m'a pas mise dans cette caisse. Et il n'a pas physiquement piloté cet avion.

— Faux. La liste des gens qui ont pu te mettre dans cet avion, à l'intérieur d'une caisse envoyée en Ukraine lors d'une mission du *SEAL*, est courte. Il s'est tiré une balle dans le pied. Il est foutu, Maggie.

Elle soupira et se pencha en avant, posant le front sur l'épaule de Preacher. Il fut envahi de tendresse. Il l'avait vue tel un pilier solide, mais en cet instant, il pouvait voir qu'elle était finalement au bout du rouleau.

— Shawn ?

— Ouais ?

— Je t'aime aussi, dit-elle avec un sourire timide.

Tout en Preacher virevolta en entendant ces mots. Il ne lui avait pas déclaré ses sentiments pour qu'elle se sente obligée d'en faire autant. Mais maintenant qu'elle l'avait fait ? Sa vie entière changea en un instant.

*** * ***

C'était étrange comme avoir un toit au-dessus de leurs têtes, l'homme qu'elle aimait et leur petit groupe réuni une fois de plus rendit ces quelques dernières heures moins effrayantes qu'elles ne l'avaient été. Au début, quand elle était arrivée au point de rencontre, Artem lui avait tendu une boîte de conserve remplie d'eau et l'eau de pluie n'avait jamais eu meilleur goût. Chose surprenante, même s'il n'y avait pas de nourriture, l'eau contribua grandement à lui remplir l'estomac.

Shawn la tenait contre lui, la maintenant au chaud, et elle se sentait en sécurité. C'était ridicule, vraiment, car aucun d'eux n'était réellement en sécurité. Mais le ciel gris de l'après-midi, le brouillard et le son de la pluie tapant contre le toit en tôle donnait l'illusion de se cacher dans un nid douillet. Cela suffisait à ce que Maggie se détende un court moment. Pour oublier qu'elle se trouvait dans un autre pays à l'opposé de la Californie. Pour oublier que l'homme qui l'avait envoyée ici ferait sûrement tout le nécessaire pour la faire disparaître de façon permanente la prochaine fois.

Pour l'instant, elle était contente de donner à Shawn du poids dans ses propos, tandis qu'ils échangeaient les détails sur ce qui était arrivé pendant leur séparation. Elle écoutait en retenant son souffle MacGyver raconter l'histoire sur la manière dont ils s'étaient échappés de l'église et comment Artem les avait guidés dans la ville jusqu'à cette petite cachette dans la campagne.

C'était maintenant au tour de Maggie de raconter *son* histoire.

Sachant que Shawn n'allait pas apprécier ce qu'elle avait vécu, elle fit de son mieux pour minimiser le tout.

— Je me suis levée de derrière les décombres dont je me servais comme couverture et les soldats près de l'église m'ont vue immédiatement. Ils ont crié et j'ai couru. Je crois que la majeure partie des mecs qui vous surveillaient tous les deux m'ont poursuivie, ce qui était le plan. Ça a mis du temps, mais je les ai semés. Cependant, je me suis perdue à mon tour, alors j'ai erré un moment avant de finir par apercevoir un bâtiment qui me paraissait familier. Et... me voilà.

— Non, dit Shawn avec sévérité. Je veux tout entendre. Les *vrais* détails cette fois.

Maggie soupira. Elle avait espéré qu'il prenne son histoire au pied de la lettre et s'en tienne à ça. Mais elle aurait dû savoir que non. Jetant un coup d'œil à Yana, elle découvrit que la petite fille s'était endormie. Toutefois, les deux garçons avaient les yeux rivés sur elle. Elle ne voulait pas les effrayer, mais là encore, rien de ce qu'elle dirait ne serait plus très surprenant après tout ce qu'ils avaient vu. Ils vivaient dans cet enfer depuis un certain temps.

— Je n'arrivais pas à les semer, dit-elle calmement. Peu importait où j'allais ou ce que je faisais, ils étaient juste là. J'ai entendu un coup de feu une fois et ça m'a complètement fait flipper. J'ai cru qu'ils allaient me tirer dans le dos. Je suis parvenue à me glisser par une fente dans un immeuble qui était trop petit pour qu'ils puissent passer. Mais le bâtiment était en piteux état. J'ai cru qu'il allait s'effondrer sur moi. Je suis rapidement sortie de l'autre côté avant que les soldats puissent faire le tour et me piéger là. Ils m'ont traquée pendant des heures. Juste quand je croyais ne plus être capable de courir, il s'est mis à pleuvoir. Et étrangement, cela a incité les soldats à courir dans la direction *opposée*. Comme s'ils avaient peur d'être mouillés. C'était bizarre, mais j'en ai été très contente. Cependant, cette fois, j'étais bel et bien perdue et très loin de la route que nous avions évoquée avec Artem. Mais je savais que je devais aller vers l'ouest pour tous vous retrouver. Je suis descendue par cette route et c'était une voie sans issue. Ça m'a bien trop rappelé comment vous aviez été capturés au début. J'ai réussi à grimper en haut des ruines qui me barraient le chemin puis elles se sont effondrées sous mes pieds. J'ai cru que c'était terminé. Que j'étais morte. Mais curieusement, j'étais capable de descendre le béton au lieu de le laisser m'enterrer. J'étais certaine que le bruit allait rameuter les soldats, alors je suis restée cachée dans les parages un moment. Finalement, quand j'ai estimé que la voie était libre, je me suis remise en marche.

Maggie sentit les bras de Shawn se raffermir autour d'elle.

— Je ne sais pas comment vous avez réussi, dit-elle à Artem et Borysko.

À sa grande surprise, le plus jeune garçon rampa jusqu'à elle et lui prit la main. Il ne dit rien, mais ce soutien silencieux était très important pour Maggie. Lui donnait la force de continuer de parler.

— Je suis allée dans un bâtiment qui ne semblait pas trop ravagé. Il avait l'air d'avoir été une sorte de bureau ou autre. Ça sentait horriblement mauvais, ne ressemblait à rien de ce que j'avais senti avant. J'ai cru pouvoir y trouver de quoi manger ou autre chose, alors je me suis mise à fouiller. Dans le fond, le coin de la pièce s'était effondré. Il y avait des briques et du béton partout. Il y avait un bureau au milieu des décombres et quand je me suis rapprochée, j'ai vu...

Maggie prit une grande inspiration avant de continuer.

— Un bras. Une femme était là-dessous. Morte. C'était ça que je sentais. Je ne sais pas pourquoi ça m'a surprise à ce point. Je veux dire, il devait y avoir bien plus de corps alentour avec toute cette destruction, mais je ne m'attendais pas à le voir. Elle ne souffrait plus. Elle faisait simplement son boulot, s'occupait de ses affaires quand BOUM ! La bombe a frappé et le bâtiment s'est effondré sur elle. Ce n'est pas juste.

— Chuuut, murmura Shawn, enfouissant son nez contre son oreille.

Maggie réalisait qu'elle pleurait. Pourquoi, elle ne savait pas trop. Elle était sauve, pour le moment en tout cas, et Shawn et MacGyver allaient bien.

— Pourquoi me déteste-t-il tant ? chuchota Maggie, ignorant comment ni pourquoi elle était passée de son atroce échappée des soldats à Roman. Je ne lui ai *rien* fait. J'étais une gentille petite amie !

— Évidemment que tu l'étais, l'apaisa Shawn.

— Il s'est moqué de moi, dit-elle, avouant quelque chose qu'elle n'avait jamais dit à quelqu'un d'autre. Il est venu me voir en prison une fois. Je lui ai demandé pourquoi il avait fait ça. Pourquoi il m'avait tendu un piège pour que je porte le chapeau pour ses agissements. Il a haussé les épaules et m'a répondu : « Parce que je le peux. » Puis il a ri. Dit que c'était euphorique d'avoir le contrôle total sur la vie de quelqu'un d'autre.

Elle sentit Shawn se raidir contre elle et vit MacGyver se pincer les lèvres.

Prenant une grande inspiration, elle fit de son mieux pour maîtriser ses émotions.

— Bref... J'ai quitté ce bâtiment et continué dans cette direction. J'ai trouvé refuge sous une voiture pendant une courte pause. Quand je m'en suis extirpée, je suis tombée pile sur un autre soldat. Il était plus jeune. Nous étions surpris tous les deux. Mais au lieu de me tirer ou me crier dessus, il m'a montré où me cacher. Puis, quand l'un de ses camarades est arrivé, il l'a détourné de moi. Ce petit geste de compassion m'a donné l'espoir en l'humanité. C'est sans doute stupide.

— Ça ne l'est pas, la rassura Shawn.

Borysko lui pressa la main.

— Quand ils sont partis, j'ai continué vers la sortie de la ville. Peu de temps après... je t'ai trouvé. Ou tu m'as trouvée, dit-elle avec un petit haussement d'épaules.

— Nous nous sommes trouvés l'un l'autre, dit Shawn.

Et pour une raison, ces six mots résonnèrent en Maggie. Curieusement, dans le merdier qu'était sa vie, Shawn et elle *s'étaient* trouvés. Leurs vies étaient diamétralement opposées et pourtant... voilà où ils en étaient. C'était dingue que son ex l'ait kidnappée, enfermée dans une caisse et expédiée à l'autre bout du monde. Et le fait qu'il ait prévu que Shawn soit celui qui balance sa caisse hors de cet hélico montrait seulement à quel point Roman était mauvais. C'était un miracle que cette caisse robuste se soit brisée en atterrissant. Que Shawn ait remarqué qu'il y avait une personne à l'intérieur et qu'il fut en mesure de sortir de l'hélicoptère avant qu'il ne redécolle et la laisse là.

Ils étaient faits pour être ensemble. Ils allaient rentrer à la maison, trouver comment empêcher Roman de ruiner la vie de quelqu'un d'autre et vivre heureux pour toujours.

Elle devait y croire. Si elle ne le faisait pas, elle aurait vécu tout ça pour rien. Et ça, c'était inconcevable.

Borysko lâcha sa main, la tapota gentiment puis se replaça à côté de MacGyver. Yana était sur ses genoux et Borysko s'appuya contre lui comme s'il l'avait fait toute sa vie. Le SEAL leva son bras et le mit autour des épaules du petit garçon.

Les voir ainsi rendait Maggie à la fois heureuse et triste. Ces orphelins manquaient cruellement d'amour et MacGyver en avait clairement à revendre. Mais dès qu'ils seraient secourus, les enfants seraient de nouveau seuls. Cette pensée la dévastait.

Les lèvres de Shawn touchèrent sa tempe et elle leva les yeux vers lui.

— Tu es incroyable, dit-il tout bas.

Mais Maggie secoua la tête.

— J'ai juste fait ce que j'avais à faire.

— C'est faux et tu le sais. MacGyver et moi aurions fini par sortir de cette église. Ou mon équipe serait arrivée et nous aurait fait sortir. Tu aurais pu rester cachée, à l'abri avec les enfants.

— À quel prix ? Pour que tu sois encore plus tabassé ? Non, merci. Josie m'a raconté ces histoires de Blink torturé quand ils étaient dans ces cellules. Je n'allais pas rester à ne rien faire et laisser la même chose t'arriver, Shawn. Pas si je pouvais faire quelque chose. De plus, je sais ce que c'est, d'être retenu contre son gré. D'avoir été dans cette fichue caisse et derrière les barreaux. Ce n'est pas une sensation agréable. Je voulais faire mon possible pour t'aider à t'échapper.

Il l'observa longtemps et Maggie ne parvenait pas à deviner à quoi il pensait.

— Quoi ? finit-elle par demander.

— Je t'aime, dit Shawn. Avec tous ces mots qui sont sortis de ta bouche, je crois que je t'aime davantage. Tu étais faite pour être avec moi tout comme je l'étais pour être avec toi. Quand nous rentrerons à la maison, je serai un meilleur partenaire pour toi.

— Je ne sais pas ce que ça veut dire, murmura Maggie, bien

que ses propos envoyaient des sensations de chaleur mièvre dans tout son corps.

— Ça veut dire que je ne vais pas te quitter des yeux jusqu'à ce que Robertson soit neutralisé.

Maggie hoqueta.

— Tu ne peux pas le tuer !

Elle fut étonnée que Shawn se mette à rire.

— Neutraliser ne veut pas nécessairement dire le tuer. Tu as regardé trop de films de science-fiction.

Maggie plissa le nez. Il marquait sans doute un point. Dans ces films qu'elle adorait regarder, neutraliser signifiait toujours mettre fin à la vie de quelqu'un.

— Je vais recourir à tous mes contacts pour creuser dans la vie de Robertson. Exposer ses moindres recoins sombres. Je vais faire examiner chaque décision qu'il a prise au sein de la Navy. Interroger ceux qui ont travaillé pour lui. Les hommes du SEAL qu'il a déployés. Trouver les anciennes copines. Chaque partie de sa vie sera observée sous microscope. Il va souffrir pour ce qu'il t'a fait, Maggie, mais il devrait s'inquiéter davantage de tout ce qu'on va déterrer *d'autre*. J'ai l'intuition qu'il y a plein d'autres choses plus accablantes... Je ne dis pas que ce qu'il t'a fait n'était pas assez mal, mais...

— Je sais, l'interrompit-elle. Il se croit intouchable. Impossible de dire combien d'autres vies il a gâchées simplement parce qu'il le pouvait.

— Exactement, confirma Shawn d'un signe de tête.

Ils écoutèrent le son apaisant de la pluie sur le toit de tôle. Après ce qui devait être une heure ou plus, longtemps après que Artem et Borysko se soient couchés aux côtés de MacGyver et endormis, Maggie trouva le courage de poser une question qui tournait en boucle dans son cerveau.

— Savons-nous quand ils viendront nous chercher ?

Par « nous », elle voulait vraiment dire Shawn et MacGyver. Elle n'était même pas censée être là.

— Bientôt, lui répondit MacGyver.

— Que ferons-nous quand ils arriveront ? Que devrai-je faire ? demanda-t-elle, nerveuse.

— Tu restes à côté de moi, répliqua Shawn. Je te ramènerai chez toi sans encombre.

Elle avait un tas d'autres questions, mais pour une fois, Maggie les ravala. Elle faisait confiance à Shawn. S'il lui disait de courir, elle courrait. S'il lui disait de se cacher, elle se cacherait. Il était dans son champ de compétences, pas elle. Elle l'avait compris par la manière forte. Jouer à cache-cache ne serait jamais plus un jeu qu'elle apprécierait. Pas après qu'il ait été question de vie ou de mort pour elle aujourd'hui.

— Okay, répondit-elle tardivement.

— Dors, Maggie, lui dit-il.

— Et toi ? demanda-t-elle ; il lui était soudain impossible de garder les yeux ouverts.

— Tout ira bien pour moi.

Maggie voulait protester, dire à Shawn qu'il avait aussi besoin de dormir, mais le bruit de son cœur battant à un rythme régulier sous sa joue était trop hypnotisant. Un moment, elle était éveillée et l'instant d'après, elle dormait profondément dans les bras de l'homme qu'elle aimait.

19

Hors de question pour Preacher de dormir. Il était fatigué, évidemment qu'il l'était, mais maintenant qu'il avait de nouveau Maggie dans ses bras, il ne ferait rien qui la mette davantage en danger que ce qu'il avait déjà fait. Et s'endormir la rendrait vulnérable, ce qui n'était pas acceptable.

La pluie avait fini par s'arrêter et le silence qu'elle avait laissé dans son sillage était presque assourdissant. Mais ça leur permettait également, à MacGyver et lui, d'entendre le moindre petit bruit dans la campagne environnante. La ville dans laquelle ils avaient déambulé était entourée de champs. Des terres qui étaient désormais remplies de légumes pourris et envahies par la végétation.

Le positif quant à leur situation actuelle, c'était qu'ils étaient en mesure de voir tout soldat approchant à une certaine distance, mais puisqu'ils ne disposaient que du fusil qu'il avait dérobé au militaire dans l'église, ils étaient clairement désavantagés.

Ils ne pouvaient pas non plus chercher de quoi manger et s'il ne pleuvait pas de nouveau bientôt, ils seraient à court d'eau. Oui, leur situation en ce moment n'était pas géniale, mais Preacher croyait fermement que lorsque Tex aurait vérifié leur emplacement, grâce au traqueur de MacGyver, il comprendrait qu'ils étaient dans la localisation parfaite pour être récupérés.

Cela n'aurait pas été l'idéal d'envoyer une équipe du SEAL dans la ville, étant donné qu'ils n'étaient pas du tout censés être là. Maintenant, avec de la chance, ils pouvaient être extraits sans faire trop d'histoires... toutefois Preacher avait l'intuition que ça n'arriverait pas.

Dès qu'il eut cette pensée, le bruit lointain d'un hélico arrivant rapidement réveilla ses oreilles. Il faisait nuit à présent, mais peu importait pour les pilotes Night Stalker. Ils pouvaient survoler n'importe quel terrain, par n'importe quel temps, de jour comme de nuit.

— Maggie, dit Preacher, en secouant la femme appuyée contre lui.

Elle se réveilla immédiatement et il eut la pensée furtive d'espérer qu'un jour, elle ne se réveillerait pas instantanément sur ses gardes.

— Il est temps de partir, lui dit-il.

Elle s'assit et opina du chef.

MacGyver avait réveillé les enfants et Preacher pouvait les entendre remuer de là où il se trouvait avec Maggie. Il n'y avait pas de lampe torche, rien, alors leur sauvetage serait un peu plus compliqué puisqu'ils ne pourraient pas voir où poser le pied.

— Hélicoptère, dit Borysko.

— Oui. Ce sont nos amis, lui répondit MacGyver.

Aucun des enfants ne dit quoi que ce soit d'autre et Preacher avait le sentiment qu'ils essayaient d'intégrer le fait qu'ils seraient bientôt de nouveau seuls.

Il ouvrit la voie pour sortir de l'abri et atteindre les hautes herbes autour d'eux. Il ne pouvait voir l'hélico qui survolait sans lumière, mais il l'entendait se rapprocher de plus en plus.

Tout comme les soldats russes. Des cris provenaient de la ville, bien plus proches que ne l'avait espéré Preacher. Il était logique que les secours arriveraient par les terres cultivées en banlieue des bâtiments en ruine. Ils avaient certainement patienté tout comme l'avait fait leur petit groupe.

— Putain ! proféra MacGyver, juron qui fut immédiatement suivi d'un : Pardon. Ne dites pas ce mot-là, les enfants. Ce n'est pas un joli mot.

Preacher voulait rire devant le sérieux avec lequel il prenait son rôle de tuteur, mais la situation dans laquelle ils étaient n'avait rien de drôle.

— Vous trois, vous devez vous cacher, leur dit MacGyver. Les soldats seront dans la zone. Retournez en ville. À l'un de vos abris.

Aux oreilles de Preacher, son ami n'avait pas l'air sincère. Comme s'il disait ce qu'il pensait devoir dire, pas ce qu'il voulait que fassent les enfants.

— Nous aidons, dit Artem, têtu.

— Non ! lui répondit MacGyver. Vous ne pouvez pas aider.

— Nous aidons, renchérit Borysko, suivant son frère.

— Aider, intervint Yana.

La main de Maggie serra celle de Preacher et il se retrouva tiraillé. Il ne voulait pas que les enfants s'approchent du chaos sur le point d'exploser, mais les renvoyer en ville ne lui semblait pas une bonne chose non plus.

Le souffle provoqué par l'hélicoptère monta en puissance et Preacher baissa la tête, forçant Maggie à faire de même à côté de lui. L'hélico déboula de l'obscurité. Il se posa à environ deux cents mètres de là où ils s'étaient tapis. La longueur de deux terrains de football. Ce n'était pas très loin pour MacGyver et lui, mais avec Maggie et éventuellement les enfants dans leur sillage, ça équivalait tout aussi bien à des kilomètres.

Les lumières de l'hélicoptère s'allumèrent et aveuglèrent presque Preacher. Il savait que c'était la routine de braquer les lumières pour emmerder la vision des cibles alentour, mais se trouver face à ces lumières, c'était la *merde*. Il avait pour habitude d'être derrière elles, regardant dehors depuis l'intérieur de l'hélico.

Mais ces lumières lui permirent également d'observer les environs immédiats. Et ce qu'il vit lui glaça le sang.

Les soldats russes se rapprochaient de leur position. Rapidement. À un moment de la nuit, ils avaient également reçu des renforts. Désormais, ils n'étaient plus contre un seul peloton. Ils étaient au moins une douzaine d'hommes, qui se pressaient tous vers leur localisation.

— Courez ! dit urgemment Preacher, en se mettant debout, avant d'entraîner Maggie avec lui.

Il laissa sa main sur son bras dans leur course.

Il entendait aussi MacGyver derrière lui. Il l'aperçut tenir Yana tout en faisant de son mieux pour que les garçons restent devant lui.

Cinq silhouettes se déployèrent de la porte de l'hélicoptère et Preacher n'avait jamais été si soulagé de voir ses équipiers SEAL comme il l'était en ce moment.

À la seconde où il y pensa, le bruit d'un coup de feu résonna derrière eux.

Tressaillant face aux soldats ouvrant le feu, Preacher pressa Maggie de courir encore plus vite. Les chances qu'aucun d'eux ne soit touché allaient de minces à nulles, mais Preacher n'était pas prêt à abandonner.

Aucun membre de son équipe du SEAL ne l'était. Ils répondaient aux coups de feu et s'efforçaient d'éliminer les soldats les plus proches.

Ils allaient y arriver. Preacher pouvait voir l'ouverture de l'hélicoptère. Ils étaient à moins de cinquante mètres maintenant. Il reconnut Kevlar et Smiley, qui s'étaient positionnés à l'extérieur, faisant de leur mieux pour repousser les Russes.

— Il était temps que vous arriviez ! cria Smiley sans interrompre ses tirs.

— C'est ma réplique ! hurla Preacher en passant à côté de lui.

— Putain !

En entendant MacGyver jurer, Preacher se tourna juste à temps pour voir Borysko tomber au sol. Brutalement. Il chuta la tête la première et ne fit pas immédiatement de geste pour se relever.

Tout sembla se passer au ralenti après ça. MacGyver fit un mouvement que seule une doublure de cascadeur pourrait réussir à faire dans un film d'action. Il se pencha en avant et ramassa le petit garçon, le tenant d'un côté avec Yana de l'autre tout en hurlant à Artem de continuer.

Il vint à l'esprit de Preacher en cet instant précis que MacGyver n'avait jamais prévu de laisser les enfants. À n'importe quel prix, il allait les emmener avec eux au moment de leur sauvetage. Preacher en était heureux, car l'idée de les laisser se débrouiller derrière eux dans cet enfer l'aurait rongé.

Il arriva alors à l'hélico et avec l'aide de Safe, poussa presque Maggie dans l'espace de cargaison. Se tournant, il attrapa Artem et fut soulagé de voir Maggie éloigner le garçon de la porte après avoir été tirée à l'intérieur.

Comme s'ils l'avaient prévu, Blink et Safe grimpèrent, prirent MacGyver par les bras et le soulevèrent dans l'hélicoptère, alors qu'il portait encore les deux enfants.

Preacher sauta par la porte et pivota, tendant le bras vers ses camarades restants. Smiley et Flash entrèrent dans l'appareil, il n'y avait plus que Kevlar à récupérer.

— Il faut partir ! cria l'un des pilotes par-dessus le rugissement des pales de rotor.

— Kevlar ! vociféra Flash. Maintenant !

Mais leur chef d'équipe se tenait les jambes fléchies, tirant sur les soldats russes qui avançaient de plus en plus.

Sans réfléchir, Preacher bondit hors de l'hélico, ignorant Maggie qui hurlait son nom et saisit Kevlar par le col de son gilet. Il ne s'arrêtait pas de tirer, alors que Preacher le traînait vers l'hélicoptère. Même lorsque Blink et Smiley soulevèrent tous les deux les fesses de Kevlar dans l'engin, leur chef continuait de tirer.

Les lumières de l'hélico clignotèrent et les replongèrent dans l'obscurité totale.

Les pilotes décollèrent et s'inclinèrent immédiatement vers la gauche. Puis vers la droite. De nouveau à gauche. Ils semblaient esquiver les balles, ce qui ne surprenait pas Preacher. Les Night Stalkers faisaient presque peur avec ce qu'ils étaient capables de faire dans un hélico. Il avait toujours été impressionné par leurs talents et il ne voudrait être piloté, avec son équipe, vers et hors des zones de largages qu'ils voyaient fréquemment par personne d'autre.

Le vol finit par moins secouer et après une quinzaine de secondes, une lumière s'alluma dans l'espace de cargaison. Preacher ne pensa plus aux pilotes et se tourna vers le brouhaha derrière lui. MacGyver avait allongé Borysko au sol et tentait de retirer son tee-shirt tandis que Blink était à genoux, découpant le pantalon du petit garçon.

Le sang qui formait une flaque sous son corps était inquiétant et Preacher fut pris de nausée.

— Prépare une intraveineuse ! ordonna MacGyver à Flash qui était déjà en train de fouiller dans une sacoche de premiers secours à ses côtés.

Preacher retenait son souffle, tout en observant ses amis

s'occuper de Borysko. Il avait apparemment reçu une balle dans son mollet comme sur son flanc droit. Faisant le tour et tâchant de ne bousculer personne, Preacher se rendit là où Maggie était appuyée contre le mur de l'hélico avec Yana sur ses genoux et Artem blotti contre elle. Pour une fois, le garçon de huit ans ne paraissait pas calme et aux commandes ; il avait l'air d'un petit garçon terrifié.

Preacher s'assit à côté d'Artem et mit ses bras autour de Maggie et lui. Le garçon ne détournait pas le regard de son frère. Borysko était désormais inconscient, sans mouvement alors que les SEAL tentaient désespérément de lui sauver la vie.

Personne ne demanda qui étaient ces enfants ni pourquoi ils se retrouvaient dans ce sauvetage. Ils faisaient simplement ce qui devait être fait. Toute interrogation quant à ce qui arriverait aux enfants se poserait plus tard.

Il sembla s'écouler une éternité avant qu'ils n'atteignent la petite base militaire à l'ouest de l'Ukraine, où les SEAL s'étaient établis pendant leur mission. C'était censé être un rapide aller-retour. Plus ils restaient là, plus leur présence dans le pays serait remarquée et diffusée. Ils devaient s'en aller de là, surtout que des coups de feu avaient été maintenant échangés. La Russie n'allait pas laisser passer l'opportunité d'annoncer au monde que les États-Unis avaient rompu leur accord tacite de ne pas se mêler au conflit.

Mais rien de tout ça n'avait d'importance pour l'instant. Pas quand un petit garçon se vidait de son sang, allongé, et luttait pour vivre.

Quand ils atterrirent, le remue-ménage autour de Borsyko se calma. Le saignement s'était arrêté et les blessures étaient fermement pansées pour le moment. MacGyver couvait toujours le garçon, mais la terreur dans ses yeux semblait s'être dissipée un peu.

Artem avait rampé jusqu'à son frère et était assis à ses côtés, il lui tenait la main. Mais quand ils atterrirent, il n'y eut pas le temps de se détendre ; un avion les attendait déjà sur la piste non loin.

— Montez. On doit se barrer de ce pays, dit Kevlar.

Tout le monde se mit en action rapidement, rassemblant les sacs et se dirigeant vers l'avion. Toujours personne ne posa de questions sur l'identité des enfants ni s'ils venaient avec eux. Ils le supposèrent simplement.

— Tu la tiens ? demanda MacGyver à Maggie qui portait Yana.

— Oui.

— On s'occupera de ces deux-là, dit Preacher à son coéquipier, en se tournant vers Artem pour lui tendre la main.

Il fut surpris et soulagé que le garçon l'accepte. Il avait l'air peu sûr de lui et effrayé. Preacher ne pouvait lui en vouloir. Tout allait très vite et il ne devait pas être dans son élément. Dans la ville bombardée, il savait où aller et quoi faire. Il était en charge et aux commandes de ce qui arrivait à sa famille et à lui.

Mais ici ? Il n'avait aucune idée de ce qu'il se passait. Et son frère était blessé. Il devait être effrayé.

Prenant une décision en une demi-seconde, Preacher se baissa et souleva Artem. Le garçon ne protesta pas, il se tenait simplement solidement à lui tout en étant porté jusqu'à l'avion.

Ils se trouvaient toujours sur le sol ukrainien. Ils pouvaient laisser les enfants entre les mains de quelqu'un de compétent. Le combat de ce côté du pays n'était pas aussi intense qu'au plus proche de la frontière avec la Russie. Quelqu'un prendrait soin des enfants. Ils seraient sûrement adoptés par une famille aimante et auraient une belle vie.

Mais la pensée de simplement les laisser tomber, en particulier Borysko qui était toujours inconscient, était odieuse. Et si Preacher ressentait ça, MacGyver devait le ressentir dix fois plus. Il avait tissé un lien avec ces gosses. D'une façon profondément enracinée.

MacGyver porta Borysko en haut des marches de l'avion, Safe et Blink sur ses talons, ce dernier tenant l'intraveineuse du petit. Maggie suivait, Yana dans les bras, et Preacher était derrière elles avec Artem. Flash et Smiley étaient dans son dos et Kevlar fermait la marche. Les Night Stalkers avaient déjà redécollé, disparaissant dans la nuit, retournant là où ils avaient été déployés.

Kevlar s'arrêta pour parler à quelqu'un en bas des marches et après lui avoir serré la main, il monta les escaliers en courant, deux marches à la fois.

— Installez-vous tous. Nous allons décoller immédiatement, leur dit Kevlar.

Preacher fit avancer Maggie vers un siège unique le long de la paroi. La configuration à l'intérieur de l'avion n'était pas semblable à celle d'un avion de ligne. Il y avait des sièges le long des deux parois, avec un large espace au milieu. C'était un appareil militaire utilisé pour le transport de biens et de matériel. En route pour l'Ukraine, il avait été rempli de caisses que les SEAL avaient livrées comme on leur avait ordonné, tout comme des caisses d'aide humanitaire pour le pays assiégé.

MacGyver avait installé Borysko en travers de trois sièges à l'arrière de l'avion et dès que Preacher eut posé Artem sur ses pieds, celui-ci se dirigea vers son frère. Yana commença à se tortiller dans les bras de Maggie, alors elle la reposa. Elle courut derrière son frère et Artem lui prit la main.

MacGyver les attacha sur les sièges à côté du sien et ils se tinrent tous lorsque l'avion se mit à bouger.

— Putain de merde, murmura Maggie.

Preacher inspira profondément puis l'attira contre lui. Elle enfouit son visage contre son torse et s'accrocha à lui, alors que l'avion prenait de la vitesse pour finir par se soulever dans les airs dans un angle bien plus raide qu'aucun autre avion de ligne ne le ferait jamais.

— C'est intense, dit-elle après quelques instants.

— On se redressera dans un moment, lui répondit Preacher aussi calmement que possible.

Son cœur battait encore bien trop vite.

— Pas le vol. Enfin, ça aussi mais… tout.

— Ouais.

— Est-ce que tu vas bien ? le questionna-t-elle en levant ses yeux vers lui.

Preacher ne put faire autrement que renifler et secouer la tête.

— Quoi ?

— Toi. Tu demandes si moi, je vais bien ?

— Eh bien, oui. C'est toi qui as été tabassé. Tu peux quand même voir avec cet œil ?

— Un peu. On t'avait déjà tirée dessus avant ?

— Hmm, oui. Quand j'essayais de traverser la ville pour te rejoindre, dit-elle avec une certaine insolence.

— Avant ça, insista Preacher.

— Non.

— D'accord. Moi, oui. Et tu ne veux sûrement pas entendre ça, mais je vais quand même le dire. Sur une échelle de un à dix, c'était pour moi un cinq au niveau intensité, quand il s'agit d'une extraction. Tu n'avais *jamais* vécu une chose aussi intense auparavant. Ce devrait être *moi* qui te demande si *tu* vas bien.

— Je suis en vie, répondit-elle simplement. Après tout ce que j'ai vécu, je considère ça comme une victoire.

— Mon Dieu, soupira Preacher. Je t'aime.

Elle lui fit un sourire radieux.

— Je t'aime aussi. Et pour info… je ne veux plus jamais refaire ça. Une fois suffit. Et tu as raison, je ne veux pas entendre que ce que nous venons de faire est normal pour toi.

Je vais être une vraie boule de nerfs chaque fois que tu seras déployé à partir de maintenant.

Preacher ne pouvait qu'adorer ça. Pas qu'elle soit inquiète mais qu'elle pense si loin dans le futur.

— Est-ce que ça va s'arranger pour lui ? s'enquit-elle.

— Borysko ?

— Oui.

— On dirait que oui.

— Que va-t-il se passer maintenant ? Avec les enfants ? l'interrogea-t-elle ensuite.

— Aucune idée. Mais je sais que MacGyver va se battre bec et ongles pour eux.

— Que pouvons-nous faire pour l'aider ? Pour les garder, je veux dire.

C'était tout bonnement une autre raison pour laquelle Preacher aimait cette femme. Elle avait un cœur énorme. Elle ne se demandait pas ce qui lui arriverait à elle ensuite. Avec Robertson. Elle s'inquiétait pour les enfants. Et MacGyver. Elle aurait dû être roulée en boule, paralysée par l'anxiété avec tout ce qui lui était arrivé en quelques jours. Mais au lieu de ça, elle pensait à tout sauf à elle.

— Je ne sais pas. On improvisera. Mais je suppose que les autorités voudront en savoir plus sur ce qui est arrivé et sur la situation dans laquelle nous nous sommes retrouvés.

Maggie opina fermement du chef.

— D'accord. Eh bien, peu importe à qui je dois parler et ce que j'ai à dire, je le dirai. Ils méritent une seconde chance.

Preacher était d'accord à cent pour cent.

— Où allons-nous maintenant ?

— Probablement en Allemagne. Borysko sera examiné puis nous rentrerons chez nous.

— Je n'ai aucune pièce d'identité, dit Maggie, en levant des yeux soucieux vers lui. Comment vais-je rentrer aux États-Unis ?

— Tout ira bien, l'apaisa Preacher. Fais-moi confiance.

À son grand étonnement, elle hocha simplement la tête et se blottit de nouveau contre lui. Comment cette femme pouvait-elle lui faire à ce point confiance alors que cette confiance avait été tellement brisée par le passé ? C'était stupéfiant. Mais il ne la prendrait jamais pour acquise. Il ne lui donnerait aucune raison de se méfier de lui. Jamais. Il serait son roc. La personne qu'elle regarderait quand elle serait heureuse, triste, apeurée… peu importait ce qu'elle éprouvait, il voulait être l'homme auprès de qui elle viendrait en premier.

— Shawn ?

— Oui ?

— Je sais que je devrais flipper de retourner à Riverton, à cause de ce qui m'attend là-bas. Je dois joindre mon agent de probation et lui raconter ce qui est arrivé, parler aux gens de la Navy, affronter Roman… mais tout ce que je ressens là, c'est le soulagement. Que nous ayons réussi à sortir de là. Nous tous.

— Moi aussi, bébé. Moi aussi. Nous nous attaquerons à ce qui se présentera ensuite ensemble.

— Okay.

— Okay, répéta-t-il, de nouveau ébahi par sa confiance en lui.

Tandis qu'elle somnolait, le cerveau de Preacher bouillonnait de plans.

Les menaces envers sa Maggie devaient prendre fin. Immédiatement. Il ferait tout ce qu'il faudrait pour réaliser ça. Il commencerait par appeler Tex à la seconde où ils atterriraient en Allemagne. Il avait besoin que les choses soient en mouvement à leur arrivée à Riverton. Il ne voulait pas accorder à Robertson la moindre chance de lutter contre ce qui était en branle. Il allait regretter de ne pas s'être éloigné de Maggie sans jamais regarder derrière lui. Preacher s'en assurerait.

20

Maggie était pétrifiée. Mais elle faisait de son mieux pour dissimuler toute émotion devant l'homme à ses côtés. Shawn la couvait depuis leur atterrissage à la base navale. Rien que le fait d'être là la rendait nerveuse. C'était le territoire de Roman. Même si Shawn et ses amis étaient des durs à cuire, que pouvaient-ils faire contre un officier si haut placé ?

Heureusement, ils arrivèrent au milieu de la nuit et la base semblait déserte.

Elle se laissa distraire par Artem et Yana, émerveillés de poser le pied sur le sol américain pour la première fois. Maintenant qu'ils avaient compris que Borysko irait bien, que les balles n'avaient rien touché de vital, ils se montraient bien plus curieux par tout ce qui les entourait.

Et Tex avait bien fait le nécessaire pour MacGyver ; il avait réussi à s'arranger pour que les enfants soient temporairement placés sous sa garde. La route était longue devant cette nouvelle famille, mais Maggie avait de grands espoirs que les choses marchent pour eux.

Shawn l'emmena à son appartement et à la surprise de

Maggie, Smiley vint avec eux. Il avait dit qu'il ne trouvait pas cela judicieux qu'ils soient seuls, pas tant que Robertson les avait dans sa ligne de mire tous les deux. La femme propriétaire de la maison où Shawn louait une chambre avait un autre locataire tout juste parti, alors il y avait une chambre de libre à côté de celle de Shawn. C'était une nouvelle preuve que les choses semblaient fonctionner. Maggie ne voulait pas s'attarder trop longtemps sur les pourquoi du comment. À la place, elle essayait simplement d'être reconnaissante.

Shawn avait expliqué qu'il était probable que Roman ait déjà appris le mauvais déroulement de ses plans et qu'il tentait sans doute en ce moment de faire tourner les choses à son avantage. Cela n'offrit pas exactement des sentiments chaleureux et réconfortants à Maggie, mais elle ne pouvait pas y penser... autrement, elle se briserait.

Alors après le court chemin jusque chez lui, elle laissa Shawn la conduire à l'intérieur de la maison puis en haut des escaliers menant à sa chambre. La propriétaire était évidemment endormie. Les chambres à louer se trouvaient au troisième étage et Smiley les suivait.

— N'oublie pas, nous retrouvons Kevlar et le reste de l'équipe demain à 10 h, lui rappela-t-il.

— Je sais, répondit Shawn.

Maggie se mordit la lèvre. Tout le monde devait être épuisé et elle se sentait soudain coupable d'en être la raison.

— Ne réponds ni au téléphone, ni à la porte et ne parle à personne d'autre que Preacher, commanda Smiley à Maggie.

Elle acquiesça.

— Je n'ai pas mon téléphone et je vais m'effondrer à la seconde où ma tête touchera l'oreiller. Smiley ?

— Ouais ?

— Merci de rester ici ce soir. Roman... il... j'ai peur de lui.

C'était un énorme aveu, mais après tout ce qui était arrivé, sa terreur ne serait, selon elle, pas une surprise pour aucun de ces hommes.

— Il a merdé, répondit Smiley, son visage affichant une expression féroce. Il a posé toutes ses cartes sur la table et maintenant, nous savons tous qui il est.

Maggie déglutit péniblement. Elle voulait y croire, mais elle avait aussi l'intuition qu'il ne tomberait pas sans se battre comme un forcené.

— Va dormir un peu. Nous réglerons ces choses-là demain, lui dit Smiley.

Puis il fit un signe du menton à Shawn et se tourna vers la porte ouverte dans le couloir.

Shawn posa la main en bas du dos de Maggie, la pressant vers l'autre porte. Il l'ouvrit puis recula pour la laisser entrer la première.

La pièce étonna Maggie. Elle s'était attendue à une chambre à coucher classique, mais c'était une suite et elle était immense. Il y avait un lit *queen size* contre le mur de gauche avec une petite table ancienne de chaque côté au lieu de tables de nuit. Il y avait ce qui semblait être un très grand dressing avec une commode à l'intérieur et tous les vêtements de Shawn suspendus avec soin. En face du lit se trouvait un coin salon, complété d'un canapé en cuir, une immense chaise et un grand écran plat. Des étagères remplies de bouquins et bibelots occupaient tout un mur.

Il y avait même un petit coin cuisine avec un évier, une cuisinière avec deux brûleurs, un micro-ondes et un réfrigérateur.

— Waouh ! s'exclama Maggie.

— Quand le mari de Jane est mort, elle a souffert de la solitude dans cette grande maison, toute seule. Alors elle a fait rénover cet étage, faisant des chambres suffisamment grandes pour être des appartements. Selon moi, elle ne les loue pas assez cher, mais je suis content d'avoir pu en avoir une. Viens, tu dois te laver.

Maggie laissa Shawn la mener vers une autre porte et cette fois, elle ne fut pas surprise par la taille de la salle de bains. Cette Jane s'était surpassée en agençant les espaces à louer. La salle de bains dans laquelle elle se trouvait était spacieuse. Elle ne disposait pas de baignoire, mais la douche à l'italienne était immense et n'avait pas seulement une pomme de douche au plafond, mais une autre sur le mur.

— Je n'ai pas de vêtements pour toi autres que les miens, mais j'appellerai Kevlar dans la matinée et verrai s'il peut passer par ton appartement et te prendre quelques affaires pour qu'il les rapporte ici avant que nous allions retrouver l'équipe. Est-ce que ça te va ?

Maggie acquiesça. Elle n'avait pas beaucoup pensé à son hygiène ces derniers jours, ayant eu d'autres choses plus importantes en tête, à savoir ne pas mourir. Mais maintenant qu'elle se tenait devant cette incroyable douche, elle ne pouvait soudain plus attendre pour se laver.

Elle entendit vaguement Shawn pouffer lorsqu'il la frôla avant d'ouvrir la porte de la douche. Il tendit le bras et tourna l'une des poignées, faisant ainsi couler l'eau du plafond.

— Il y a une serviette propre juste à la porte. Prends ton temps.

Il pivota pour s'en aller et la panique frappa Maggie comme un tsunami. Elle tendit son bras et lui attrapa le sien d'une main de fer. Elle avait la bouche sèche, le ventre noué et elle se rendit compte qu'elle avait la respiration courte et rapide.

— Maggie ? Qu'est-ce qui ne va pas ? Merde ! Tout va bien. Tu es en sécurité. Respire plus lentement.

Shawn se retourna vers elle et l'attira contre lui. Sentir son corps grand, fort contre le sien, fit reculer la panique comme si elle n'était jamais arrivée.

— Tu te douches avec moi ? bredouilla-t-elle.

Il était ridicule qu'à la seule pensée de se retrouver seule dans la salle de bains, elle ait autant paniqué. Mais si elle restait toute seule pendant une seule seconde, elle avait l'impression que Roman la retrouverait d'une manière ou d'une autre. Lui mettrait la main dessus. Finirait ce qu'il avait commencé. Impossible de dire où il l'enverrait ensuite. La Sibérie ? La Corée du Nord ? Quelque part où personne ne la trouverait cette fois.

Ou il lui exploserait simplement la tête et enterrerait son corps six pieds sous terre dans les montagnes environnant la ville.

Shawn ne lui répondit pas par des mots ; il recula seulement d'un pas et entreprit de se déshabiller.

Suivant son exemple, Maggie retira rapidement ses vêtements. Elle avait l'impression qu'ils n'avaient pas fait l'amour depuis des années. Elle aurait dû se sentir embarrassée d'être nue devant cet homme mais elle ne l'était pas. Pas du tout. Une fois tous les deux nus, il ouvrit la porte de la douche et entra à l'intérieur, testa la température de l'eau pour s'assurer qu'elle était idéale avant de tendre la main à Maggie.

Elle la prit et pénétra dans l'enceinte vitrée. La vapeur de la douche recouvrait les murs de buée et c'était comme si Shawn et elle étaient dans leur propre petit monde. Se doucher en compagnie de quelqu'un d'autre pouvait faire bizarre, mais ils donnaient l'impression qu'ils avaient fait ça une centaine de fois. Il s'engouffra son espace personnel et la prit par les hanches, la poussant sous le jet d'eau. Alors qu'elle inclinait la tête en arrière afin de se mouiller les cheveux, Maggie sentit le regard de Shawn parcourir son corps.

Quand elle ouvrit les yeux, elle vit qu'il scrutait son buste avec inquiétude. Elle baissa les yeux et comprit pourquoi il avait l'air si mal à l'aise : elle était couverte d'ecchymoses et avait même des égratignures ici et là.

— Je vais bien, lui dit-elle.

— Oui, mais je vais m'assurer que ce soit le cas, répondit Shawn avant de se pencher pour prendre une bouteille de shampoing. Tourne-toi, lui ordonna-t-il.

Elle voulait le rassurer sur le fait qu'elle allait très bien. Que quelques bleus et éraflures étaient un petit prix à payer pour être en vie, pour avoir survécu à ce à quoi elle n'aurait jamais dû survivre. Mais au lieu de ça, elle fit ce que demandait Shawn et lui tourna le dos.

Les dix minutes suivantes furent irréelles pour Maggie. Shawn la shampouinait, la rinçait et appliquait de l'après-shampoing avec soin et douceur. Puis il mit du savon sur un gant de toilette et la nettoya de la tête aux pieds. À genoux devant elle, il fit doucement courir le gant du haut en bas de ses jambes. Il ne recula pas devant le fait de lui nettoyer entre les cuisses non plus. Et bien que cela faisait rougir Maggie, elle ne protesta pas. Puis elle lui retourna la faveur même s'il était difficile pour elle d'atteindre ses cheveux.

Se laver mutuellement n'était pas une question de sexe, mais de prendre soin de la personne qu'ils aimaient. Cependant, quand Maggie prit sa verge d'une main savonneuse et lui lava les testicules avec douceur, la douche chaude devint bouillante.

Son pénis se durcit et Shawn gémit sous ses caresses. Maggie fut vite et brutalement envahie de désir. Elle avait oublié que, il n'y avait pas si longtemps que ça, il était vierge. Elle se demanda si une femme l'avait déjà masturbé sous la douche comme ça. Elle remua la main plus vite, serrant sa queue tout en le caressant.

— Maggie, dit-il, la voix basse et rauque. Tu n'as pas à...

— Je sais. Je le veux. Arrête de réfléchir et profite.

L'eau cascadant sur les épaules de Shawn, Maggie se focalisa sur l'envie de l'aider à se sentir aussi bien qu'elle en cet instant. Elle n'avait pas vu Shawn perdre son sang-froid une seule fois ces deux derniers jours. Il avait été son roc. Même quand il avait été tabassé par les soldats russes, il avait gardé la tête froide.

Mais là ? C'était une marionnette entre ses mains et cela rendait à Maggie un peu de la confiance qu'elle avait perdue. Savoir qu'elle apportait suffisamment de plaisir à Shawn pour le faire trembler était grisant.

— Je ne vais pas résister longtemps, l'avertit-il.

— Tant mieux. Je veux le voir. Sentir ton sperme partout sur ma main. Le sentir sur ma peau, dit Maggie, qui avait l'impression d'être foutrement sexy.

Elle se tenait près de lui et l'idée de son sperme ruisselant sur sa peau était tout aussi érotique que tout ce qu'elle avait pu faire.

Il ne s'était pas trompé ; son plaisir ne mit pas longtemps à le submerger.

L'une de ses mains surgit et saisit fermement le bas de la nuque de Maggie. Son autre main se posa sur sa taille, où ses doigts s'enfoncèrent dans sa peau. Elle avait la sensation d'être nichée au cœur de Shawn, totalement en phase avec lui.

Il remua des hanches quand l'orgasme le frappa. Du sperme jaillit du bout de son membre et éclaboussa le ventre de Maggie. C'était chaud et crémeux et Maggie ne put retenir son sourire. C'était elle qui avait provoqué ça, qui lui avait fait perdre ce contrôle à toute épreuve qui l'excitait tant.

Elle masturba son pénis, s'assurant d'en faire sortir chaque goutte de sperme. Elle fut bien surprise qu'il soit encore à moitié dur quand il l'attrapa soudain par la taille, mettant fin à ses douces caresses.

Il fit tourner sa main, la posant sur le propre ventre de

Maggie. Puis tous deux étalèrent le sperme sur sa peau. Il avait le regard fixé sur leurs mains et le corps de Maggie.

— Si foutrement sexy, murmura-t-il avant de se mettre sur le côté et de laisser l'eau couler sur le buste de Maggie.

Son sperme fut rapidement emporté et il pivota pour couper l'eau. Il ouvrit la porte de la douche et prit la serviette qu'il avait placée plus tôt, puis entreprit d'essuyer Maggie, avec vigueur et efficacité.

— Je peux m'en charger, lui dit-elle.

— Je sais mais je veux le faire.

Il agissait un peu bizarrement et Maggie ne savait pas bien pourquoi. Alors elle se tint immobile et le laissa la sécher. Puis il passa rapidement la serviette sur son propre corps avant de la jeter au sol et de sortir de la douche. Il avait la main de Maggie dans la sienne et il la traîna presque hors de la salle de bains, vers son lit.

Il repoussa la couette et dit d'une voix gutturale :

— Grimpe.

Maggie ravala sa salive, elle avait du mal à traduire son humeur, mais elle obéit. Elle était à peine sur le dos que Shawn se mit au-dessus d'elle. Sa verge effleura ses poils pubiens entre ses jambes et elle se tortilla sous son corps.

— C'était... je ne sais pas ce que c'était, dit Shawn en plongeant son regard dans le sien. La perfection. Un rêve devenu réalité. Un miracle.

Chaque muscle du corps de Maggie se détendit. Pendant un moment, elle avait cru qu'il était en colère par rapport à ce qui était arrivé. Mais ça ne semblait pas être le cas.

— Je ne suis pas le gars le plus expérimenté, mais je veux que ce soit bon pour toi. Que veux-tu ? Ma bouche ? Mes doigts ? Je sais que tu es épuisée, alors tu veux sans doute juste dormir. Dis-moi, Maggie. Que veux-tu que je fasse ? Dis-le et ce sera à toi.

— Toi, Shawn. Je te veux juste toi.

— Tu m'as.

Cela fit sourire Maggie.

— En moi, Shawn. Je te veux en moi.

— Comment ? Doux et tendre ? Ou brutal et rapide ?

Maggie sentait encore les douleurs et les courbatures des derniers jours jusque dans ses os. Elle n'était pas habituée à tant d'efforts physiques comme elle l'avait connu récemment.

— Doux et tendre, lui dit-elle.

— Tes souhaits sont des ordres.

Alors il fit simplement ça. Il lui fit l'amour avec douceur et respect. Maggie ne s'était jamais sentie aussi choyée.

Il lui avait soutiré deux orgasmes avant qu'elle ne l'incite à connaître son propre plaisir. Même en plein dans son orgasme, il ne la martela pas. Il s'enfonça simplement profondément en elle et jouit longtemps et bestialement.

Puis il roula sur le dos et la tint fermement, les recouvrant tous deux avec la couette.

Maggie soupira contre lui. Ses bras autour d'elle, c'était incroyable. Elle était restée tellement longtemps sans être touchée par un autre humain que ça ressemblait à un miracle. *Son* miracle.

Demain, les choses pourraient mal se passer mais pour le moment, elle était contente de s'immerger dans l'amour de Shawn. Elle sentit ses lèvres sur son front et elle soupira de contentement.

— Dors, Maggie.

— Devons-nous mettre un réveil ? demanda-t-elle, ensommeillée.

— Je l'ai déjà fait.

— Tu as appelé Kevlar ?

— Je m'en chargerai. Ne t'en fais pas.

Ne pas s'en faire... À quand remontait la dernière fois où

elle avait été suffisamment insouciante pour ne pas s'en faire ? Avant de rencontrer Roman certainement. Sortir avec lui avait été… stressant. Maggie s'était toujours sentie comme si elle avait dû être à la hauteur de ce qu'il considérait être sa splendeur. Comme si elle était inférieure en quelque sorte quand elle était avec lui. Avec ce qu'elle portait, comment elle agissait, ce qu'elle disait. Mais avec Shawn, elle pouvait simplement être elle-même.

Maggie essayait encore de comprendre qui elle était ; avoir été incarcérée l'avait changée. Elle était davantage méfiante, moins crédule, moins encline à croire les gens sur parole. Mais curieusement avec cet homme-là, elle s'épanouissait.

— Je dois appeler Julie, marmonna-t-elle.

— Nous le ferons demain. Endors-toi, Maggie. Tu es épuisée et franchement, moi aussi. Demain, c'est suffisamment tôt pour s'inquiéter à propos du monde réel.

— Okay, bafouilla-t-elle.

— Je t'aime, dit Shawn.

— Je t'aime aussi, répondit Maggie avec un petit sourire.

Puis elle tomba profondément endormie, faisant confiance à l'homme qui avait les bras autour d'elle pour la protéger.

21

Preacher prit une profonde inspiration et essaya de se détendre. Il était 10 h 15 et l'équipe était réunie à la maison de Safe pour discuter de la situation par rapport à Robertson. Josie se trouvait chez MacGyver avec les enfants. Maggie, nerveuse, était assise à la table juste à côté de la cuisine. Kevlar avait récupéré quelques trucs pour elle avant la réunion puis avait appelé Dude et Benny pour se rendre avec Wren et Remi à l'appartement de Maggie pour prendre davantage d'affaires. Elle avait donné son accord ce matin pour emménager temporairement chez Preacher jusqu'à ce que les choses avec Robertson soient résolues.

Il aurait dû être aux anges qu'elle soit chez lui à court terme, mais il s'inquiétait également qu'elle ait l'impression de ne pas avoir le choix. Il n'avait pas échappé à Preacher que Maggie n'avait pas vraiment de chez-elle. Elle était restée chez Adina après sa liberté conditionnelle car elle n'avait nulle part où aller. Et aujourd'hui, elle était déplacée chez lui à cause des circonstances, une nouvelle fois hors de son contrôle. Il ne voulait absolument pas qu'elle soit d'accord pour emménager avec lui parce qu'elle se sentait coincée ; il la voulait chez lui parce qu'*elle* le voudrait. Elle lui avait dit ce matin qu'elle était heureuse de rester avec lui, mais il continuait de s'inquiéter.

Et puis il y avait Robertson. Cet homme était une menace. Une énorme. Pas seulement pour Maggie mais pour son équipe du SEAL, les autres femmes et même tout autre membre du personnel de la Navy. Il était impossible de prédire ce qu'il ferait afin d'échapper à la justice. Il avait déjà prouvé qu'il n'avait aucun problème pour piéger les autres afin qu'ils portent la responsabilité de ses actes.

— J'ai discuté avec Tex ce matin et ce qu'il a trouvé jusqu'à présent... ce n'est pas bon, dit Kevlar.

— Ce matin ? s'étonna MacGyver. Je pensais qu'il allait nous joindre par téléphone lors de cette réunion ?

Son coéquipier avait des cercles noirs sous les yeux et Preacher se demanda s'il avait seulement dormi. Il était réellement stressé à propos d'Artem, Borysko et Yana, mais il était là, ce qui était très important pour lui.

— Ouais, en effet. Mais je me suis levé tôt et je ne voulais pas attendre ses nouvelles. À l'idée que Robertson merde non seulement avec nos carrières mais avec d'autres équipes du SEAL, c'est tellement mal que ça ne me fait pas rire.

Preacher opina du chef comme tous les autres hommes. Rien concernant le fait que le contre-amiral usait de son pouvoir de façon inappropriée ne convenait à aucun d'entre eux.

— Il ne fera rien de lui-même, dit Flash. C'est un lâche. S'il en a de nouveau après Maggie, il enverra l'un de ses larbins.

— Je suis de cet avis. Voilà pourquoi Tex a essayé de savoir à qui Robertson a demandé de faire son sale boulot. Jusqu'ici, il a trouvé quelques matelots enrôlés tout comme un ou deux dealers condamnés.

— Sérieux ? fit Maggie.

— Et selon lui, ce n'est que la partie émergée de l'iceberg, dit Kevlar avec un hochement de tête. Tex a quelques amis hackers qui bossent également dessus. Une femme du Texas, une autre au Nouveau-Mexique. Et également Rex, que nous connaissons tous... le chef des Mercenaires rebelles. C'est leur priorité absolue en ce moment. Ils ont particulièrement enquêté scrupuleusement dans le *cold case* de sa femme disparue... Y compris épluché des rapports de dépouilles non identifiées qui avaient été trouvées non loin de là où il vivait, pour voir si l'un d'eux peut remonter jusqu'à sa femme et par conséquent, jusqu'à Robertson.

Les yeux de Maggie se posèrent sur ses genoux et Preacher comprit qu'elle faisait en sorte de ne pas pleurer. Il se rendit à ses côtés et tira la chaise à côté d'elle. Il lui prit la main et la mit sur sa cuisse.

— Bon... et maintenant ? demanda-t-il. Que faire pendant que nous attendons que Tex et ses amis fassent leur truc ? Il n'est pas tout à fait prudent pour nous de retourner au boulot.

— J'ai également parlé au commandant, dit Kevlar. Il est furieux. Il est d'accord sur le fait que Robertson devait être impliqué pour qu'elle finisse dans une caisse à bord de cet avion. Il nous a mis sur la liste des inaptes au déploiement pour le moment. Bien sûr, Robertson a le pouvoir de résilier cet ordre, mais s'il le fait, il sera encore plus évident qu'il est coupable de tout ce dont on l'accuse.

— Et Maggie ? Comment la protéger ? demanda Preacher.

Personne ne parla pendant ce qui sembla être des minutes, bien que probablement seules quelques secondes s'étaient écoulées. Preacher sentit la main de Maggie se resserrer autour de la sienne.

C'est à ce moment que le téléphone de Kevlar sonna. Il répondit et le mit sur haut-parleur.

— Tex, dit-il brièvement, car il avait reconnu l'ancien SEAL à l'autre bout du fil.

La conversation continua comme si elle n'avait pas été interrompue.

— Elle ne doit pas rester seule. L'un de nous doit se trouver avec elle constamment, dit Safe.

— Aller bosser est sans doute une mauvaise idée également, précisa Smiley.

— Il va faire tout ce qui est en son pouvoir pour s'assurer qu'elle ne peut témoigner contre lui si ça finit au tribunal. Et il *devra* avouer ce qu'il a fait. Tex y veillera, ajouta Kevlar.

— Non.

Cela aurait pu être comique, la façon dont tout le monde avait tourné la tête pour dévisager Maggie. Mais rien de tout ça n'était amusant. Preacher fit de son mieux pour garder son calme.

— Non à quoi, Maggie ?

— Il m'a envoyée en prison. Je ne le laisserai pas recommencer. Je ne veux pas me cacher comme une lâche. Je me fiche d'avoir quelqu'un avec moi parce que je ne suis pas une idiote, et je ne veux pas prendre le risque d'être de nouveau enlevée et envoyée dans une autre zone en guerre juste pour qu'il puisse se débarrasser de moi. Et je ne veux pas quitter mon boulot. Je *l'aime bien*. Mais je sais qu'être près de moi met les autres gens en danger. C'est la dernière chose que je souhaite... C'est déjà suffisamment nul que le fait que *vous* vous associez à moi vous ait tous placés dans son champ de vision. Cela doit s'arrêter. *Maintenant.*

Les tripes de Preacher se tordirent.

— Qu'est-ce que tu dis ? demanda-t-il.

— Il ne résistera pas à l'envie de me parler s'il en a l'occasion. Il voudra exercer son pouvoir sur moi. Me menacer. Sans doute se vanter de toutes ces choses qu'il a déjà faites. Se réjouir de ce qu'il *va* faire. Si on peut l'enregistrer, ça nous aidera pour le poursuivre. Oh ! Et j'ai complètement oublié... J'ai encore cet enregistrement de son dernier coup de fil.

— C'est exact, dit Tex au téléphone. Tu peux me l'envoyer ? Genre... dès que possible ?

— Bien sûr. Mais il est sur mon ordinateur dans mon appartement.

— Je peux m'y rendre et te l'envoyer, Tex, proposa Kevlar.

— Bien.

— Je pense toujours que ce serait une bonne idée de lui faire admettre ce qu'il m'a fait. Concernant l'Ukraine, continua Maggie. L'enregistrement téléphonique est plutôt mauvais, incriminant, mais si un avocat dit que ce n'est pas lui ? Il n'y a pas d'autres preuves de ses menaces envers moi. Si nous pouvons avoir des fichiers audio *et* vidéo de lui se vantant de ce qu'il a fait...

— Non, dit fermement Preacher, l'interrompant avant qu'elle ne puisse aller au bout de son idée.

— Sans doute pas la meilleure des idées, dit Blink.

— Je suis avec eux, affirma MacGyver.

— Elle pourrait avoir raison, renchérit Smiley.

Preacher lança un regard mauvais à son ami.

— Je ne dis pas de la laisser débouler dans son bureau et l'affronter... bien que, maintenant que j'y pense, ce ne serait pas la pire des idées non plus. Il ne sera pas en mesure de faire quoi que ce soit si elle est sur son territoire à lui. Ça semble mieux fonctionner hors de son travail. Alors si elle se pointe sur la base, où il y a des gens tout autour, il ne pourra pas l'enlever de nouveau ni faire quoi que ce soit pour la blesser.

— Tu te fous de moi ? Tu ne peux pas être aussi stupide ! dit Preacher à Smiley.

— Je suppose qu'il ne risquerait pas de dire un truc que quelqu'un pourrait entendre dans son bureau, intervint Safe.

— Okay, tu marques un point. Mais s'ils se croisent accidentellement dans le parking de la base ? Sans personne capable d'entendre autour d'eux, il pourrait se sentir suffisamment puissant pour lui dire ce qu'il a prévu pour elle ensuite. Et de toute évidence, nous serions présents pour observer, enregistrer, hors de vue. Juste au cas où.

Preacher inspira profondément. Il voulait casser la gueule de Smiley de seulement avoir suggéré que Maggie affronte Robertson en face à face. Mais il devait aussi admettre que cette idée avait du mérite. D'un côté, il y avait une grande chance que, si cet homme était au courant qu'on enquêtait sur lui, il devienne parano et encore *plus* prudent quant à ce qu'il disait et à qui. D'un autre côté, c'était un connard arrogant. Quelqu'un qui se croyait plus malin que tous ceux autour de lui. Il pourrait commettre une erreur. Et tant qu'ils étaient là pour contrôler comment et quand Maggie le rencontrait, le contre-amiral ne pourrait pas lui faire de mal.

— Oui. Faisons-le, dit Maggie.

Kevlar fronça les sourcils.

— Je ne suis pas sûr de ça... Je ne ferais pas confiance à cet homme avant de l'avoir balancé.

— Moi non plus, lui répondit Maggie. Mais je ne veux pas non plus passer ma vie à regarder par-dessus mon épaule, à me demander à quel moment il frappera. Il pourrait mettre de la drogue dans l'une de *vos* voitures après. « Oublier » de commander des balles pour votre prochaine mission. Ou pire, divulguer votre localisation aux ennemis. Je dois admettre qu'être un appât était assez horrible en Ukraine, mais la fin justifie les moyens. Je suis là, MacGyver est là et Shawn aussi. Je me suis sentie impuissante contre lui pendant si longtemps. S'il vous plaît, laissez-moi contribuer à le faire tomber.

— Putain, marmonna Blink. Comment s'opposer à ça ?

— Si nous faisons ça, dit Preacher, déterminé, nous aurons

besoin de l'accord et de l'aide du NCIS. Hors de question qu'on fasse quoi que ce soit qui pourrait être considéré comme irrecevable au tribunal.

— Je suis d'accord, dit Kevlar. Je parlerai au commandant. Il allait contacter le NCIS de toute manière, alors il peut s'arranger pour qu'ils fassent partie de l'opération.

— Merci, répondit Maggie au groupe d'une petite voix. Je ne peux supporter l'idée qu'une autre personne soit piégée dans ses mensonges et accusée d'un méfait qu'elle n'a pas commis.

Preacher n'aimait pas ça. Pas du tout. Mais il ne pensait à aucune autre chose qu'ils pourraient faire pour la protéger, autre que fuir le pays, ce qui, en définitive, lui rapporterait *plus* d'ennuis, pas moins. Mais honnêtement, ça ne concernait plus qu'elle. Robertson abusait de son pouvoir et impossible de dire ce qu'il ferait envers le personnel de la Navy à l'avenir. Il devait être arrêté pour le bien de l'institution, du pays et de chaque homme et chaque femme qui pourraient être affectés par ses ordres.

Jamais Preacher n'avait entendu parler de quelqu'un abusant de son pouvoir aussi cruellement que Robertson le faisait actuellement. Il savait exactement ce qu'il faisait quand il avait envoyé son équipe du SEAL livrer ces caisses. Ils avaient douté de la mission avant même de découvrir Maggie dans l'une de ces caisses. Cet homme était déséquilibré et se sentait clairement et absolument invincible s'il croyait s'en sortir en expédiant clandestinement une personne d'un pays pour la laisser mourir dans une zone de guerre.

Le groupe se sépara peu de temps après avoir décidé de laisser Maggie rencontrer Roman en face à face. Preacher voulait la ramener à la maison, la cacher, mais elle avait insisté pour s'arrêter à *My Sister's Closet* pour parler à Julie. Ce qui, en retour, les mena à *Aces Bar and Grill* pour un déjeuner tardif.

Jessyka, Caroline et Alabama se trouvaient justement là-bas et elles finirent par réquisitionner Maggie et demander à Preacher de déguerpir car elles devaient discuter de trucs de filles.

Puisque Maggie semblait heureuse de parler aux filles, il se retira. Il l'avait gardée en ligne de mire à tout moment, mais lentement, l'après-midi passant, il se détendit légèrement. Personne ne toucherait à un cheveu de sa tête tant qu'il serait là. Elle était...

Preacher ne pouvait penser au meilleur des mots pour décrire la femme dont il était tombé raide dingue. Elle était tout ce qu'il avait toujours voulu chez une partenaire. Et il était hors de question qu'il la perde à cause d'un enfoiré qui prenait du plaisir à exercer son pouvoir sur les autres.

Il était environ 15 h 30 lorsque le téléphone de Maggie sonna. Preacher était en train de l'observer, tentant d'évaluer sa jauge mentale, quand il la vit sortir son portable, celui que Kevlar lui avait acheté ce matin-là avec des affaires de rechange pour elle.

Et il vit l'instant où tout le sang quitta son visage tandis qu'elle écoutait celui ou celle qui était à l'autre bout du fil.

Preacher eut un pic d'adrénaline et il se leva rapidement, sa chaise se renversant. Il se précipita vers la table et remarqua que les autres filles avaient l'air tout aussi inquiètes. Mais il demeurait entièrement focalisé sur Maggie.

— Oui, monsieur. Je comprends. Je peux tout expliquer. Hmm hmm. D'accord. Maintenant ? Très bien, dit-elle avant de vérifier sa montre. Je peux être là dans vingt minutes. Oui, monsieur. Au revoir.

— Quoi ? C'était qui ? Où dois-tu aller dans vingt minutes ? lui demanda Preacher.

Les mains de Maggie tremblaient alors qu'elle rangeait le téléphone dans son sac à main.

— C'était le bureau de mon agent de probation. Ils ont

appris que j'étais sortie du pays, ce qui va à l'encontre du règlement. Il a dit que je devais venir immédiatement pour qu'elle puisse examiner ce qu'il s'était passé... et si j'allais devoir retourner en prison.

— C'est des conneries !

— Non, ce n'est pas juste ! Tu ne *voulais* pas quitter le pays !

— J'appelle Tex. Il résoudra ça.

Preacher faisait abstraction des autres femmes. Ce n'était pas comme s'il ne partageait pas leur indignation, c'était le cas. Il était bien plus inquiet vis-à-vis de l'expression paniquée de Maggie. Il tira une chaise de la table la plus proche et s'assit, puis prit le visage de Maggie entre ses mains.

— Regarde-moi, lui ordonna-t-il.

Le regard de Maggie plongea immédiatement dans le sien.

— Nous allons résoudre ça.

— Je ne peux pas retourner là-bas, murmura-t-elle d'une voix angoissée. Je ne le peux pas !

— Tu n'y retourneras pas.

— Absolument, qu'elle n'ira pas, dit Caroline, concentrée sur son téléphone. Tex s'en assurera.

Elle appuya sur une touche, porta le mobile à son oreille puis repoussa sa chaise et se leva, s'en allant dans un coin plus au calme du bar.

Des larmes coulaient des yeux de Maggie et chacune serrait le cœur de Preacher.

— Que veux-tu faire ? lui demanda-t-il.

— Faire ? le questionna-t-elle, les sourcils froncés.

— Est-ce qu'on se rend au Mexique ? Ou on attend pour voir ton agent de probation demain, après que nous ayons pris des mesures pour avoir le commandant et un avocat avec nous ? Ou le pilote de l'hélico qui était présent quand cette foutue caisse s'est ouverte en se brisant au sol ? Ce que tu veux faire, on le fera.

Elle l'observa attentivement pendant un moment.

— Tu irais au Mexique avec moi ? demanda-t-elle d'une petite voix.

— Sans hésiter.

— Mais ça bousillerait ta carrière. Tu serais sûrement accusé d'aider une fugitive.

Preacher haussa les épaules.

— M'en fiche. Tout ce qui m'importe pour le moment, c'est de faire disparaître cet air horrifié sur ton visage.

Maggie ferma les yeux et soupira.

— Je ne peux pas fuir. Une vie entière à être pourchassée me semble être le pire des enfers. De plus, je suis nulle en langue étrangère. J'ai failli louper mon diplôme d'études supérieures à cause du français, raconta-t-elle, ouvrant ensuite les yeux pour fixer Preacher. Je dois m'y rendre maintenant. Sinon, ils lanceront un mandat d'arrêt. C'est ce que m'a dit le gars au téléphone. J'irai leur parler, leur expliquer ce qu'il s'est passé. Tu peux peut-être me donner le numéro de ton commandant sur la base pour mon agent ? Peut-être qu'il peut se porter garant pour moi ?

— Entendu. Et Caroline a raison, Tex réussira. Nous devons seulement rester calmes, d'accord ?

Maggie s'humidifia les lèvres.

— D'accord.

Mais Preacher pouvait dire qu'elle était tout sauf calme. Il pouvait carrément voir son pouls sur son cou. Pouvait sentir son corps trembler légèrement sous ses mains.

Il détestait ça. Ça le répugnait. Il n'avait jamais été le genre de SEAL à se réjouir d'ôter la vie d'une personne. Mais si le contre-amiral Robertson s'était tenu en cet instant devant lui, il lui aurait brisé le cou sans ressentir une once de remords.

— Viens, allons-y. Cheyenne, tu pourras appeler Kevlar et lui dire ce qu'il se passe ? demanda Preacher.

— Bien entendu.

— Et j'appellerai Abe. Il se ralliera au reste de la troupe. Ne t'en fais pas, Maggie. Nos gars vont gérer ça, lui dit Alabama.

Maggie acquiesça et tenta de sourire, mais tout le monde pouvait dire qu'elle se forçait.

Preacher lui prit la main et la fit traverser le bar jusqu'à la porte. Sa tête tournait. Il devait trouver quoi dire à l'agent de probation de Maggie pour la convaincre qu'elle n'avait pas voyagé pour le plaisir en Ukraine. C'était une pensée ridicule, mais le truc, c'était que quitter le pays *allait* à l'encontre des termes de la liberté conditionnelle de Maggie. L'État avait tous les droits pour la remettre en prison jusqu'à ce que ce problème soit réglé. Mais il espérait que ça n'arriverait pas avant qu'il soit prouvé que Maggie n'avait pas eu le choix. Qu'elle avait été *enlevée*, putain, et enfermée dans une caisse.

Mon Dieu, il amènerait Artem, Borysko et Yana s'il le fallait. N'importe quoi qui puisse mettre fin à ce cauchemar pour Maggie.

Les doigts de Maggie se refermèrent si fermement sur les siens que c'en était presque douloureux. Mais Preacher ne dit rien. Il irait au bout du monde pour la femme à ses côtés et ça le tuait de ne pas avoir les mots magiques en cet instant pour tout améliorer. Pour réparer ça. Ne pas être capable d'aider la femme qu'il aimait dans l'une des périodes les plus stressantes de sa vie était la chose la plus éprouvante que toutes celles qu'il avait vécues.

Son cœur lui faisait mal tandis qu'il les conduisait vers le bâtiment du gouvernement de Riverton, mais peu importait ce qui arriverait, Preacher se jura d'être le roc de Maggie. Son protecteur. La seule personne au monde sur laquelle elle pouvait compter.

22

Maggie était gelée. Il ne faisait pas froid dehors, mais elle avait froid à l'intérieur. Son pire cauchemar devenait littéralement réalité. Elle avait fait tout ce qui était en son pouvoir pour rester sur le droit chemin. Pour ne rien faire de mal afin qu'il n'y ait aucune raison de la remettre en prison. Okay, profiter du compte de covoiturage d'Adina n'était pas tout à fait légal, mais elle n'avait fait de mal à personne. Surtout qu'elle avait eu la permission de son amie pour ça.

Jamais en un million d'années elle n'aurait pensé pouvoir être renvoyée derrière les barreaux pour avoir été *enlevée* ! Elle n'avait pas du tout eu son mot à dire dans ce qu'il lui était arrivé. Bon Dieu, elle était *inconsciente* ! Mais personne ne l'avait crue quand elle avait déclaré ne pas avoir su que ces drogues étaient dans sa voiture... Pourquoi la croirait-on aujourd'hui ?

La seule raison pour laquelle elle ne hurlait pas à l'injustice par rapport à tout ça, c'était grâce à l'homme qui lui tenait la main. Shawn l'aidait vraiment à rester debout. En vérité, elle était terrifiée. Plus apeurée qu'elle ne l'avait été en se tenant

301

devant les soldats russes pour qu'ils la voient. En Ukraine, elle avait eu le contrôle sur ce qu'elle faisait et sur ce qui arriverait ensuite. Elle avait pu se cacher, courir, se servir de son cerveau pour s'en sortir.

Mais là ? Elle ne pouvait absolument rien faire. Elle ne pouvait ni courir ni se cacher, et ce qui arriverait ensuite dépendrait complètement de quelqu'un d'autre. Son agent de probation était cool en général ; cette femme s'était montrée gentille chaque fois qu'elle l'avait vue par le passé. Maggie devait juste espérer qu'elle éprouverait toujours un peu de compassion pour elle quand elles se verraient dans quelques minutes.

Rien que s'approcher du bâtiment la rendait malade. La porte se refermant derrière eux après être entrés, Maggie en ressentit tout le poids jusque dans son âme. Elle pria pour pouvoir passer par cette même porte dans un avenir pas si lointain.

— Tex est dessus, dit Shawn d'une voix douce, quand ils entrèrent tous deux dans l'ascenseur qui les emmènerait au troisième étage. Caroline a envoyé un message et dit qu'il est complètement furax. Hors de question que l'État te coffre pour avoir quitté le pays sans ton consentement.

Maggie acquiesça, encore apathique. Ça faisait vraiment du bien d'avoir d'aussi fervents supporters, mais elle n'était pas convaincue que cela fasse la différence dans l'immédiat. Les règles, c'étaient les règles et elle était pétrifiée à l'idée de risquer de passer la nuit ou les suivantes derrière les barreaux.

Soudain, elle eut envie de s'écarter de Shawn. Insister sur le fait qu'elle n'était pas bien pour lui... mais elle n'était pas forte à ce point. Elle avait besoin de lui. Il était la seule chose qui l'empêchait de s'effondrer sur le sol en une flaque de désarroi.

Le *ding* de l'ascenseur retentit lorsqu'ils atteignirent le troisième étage et Shawn l'entraîna jusqu'à la personne assise derrière le bureau de la réception.

— Maggie Lionetti pour un rendez-vous, dit-il avec assurance, comme s'il l'avait fait un million de fois.

Baissant les yeux sur l'écran de l'ordinateur, la femme hocha la tête.

— Passez les doubles portes ici et prenez place à l'intérieur. On l'appellera dans un moment.

Le son de chaque porte franchie se refermant derrière elle était comme le glas. Maggie se souvenait encore du bruit de la porte de sa cellule qui se refermait en cliquetant chaque nuit et bien que les portes en verre n'avaient pas un son similaire, l'image était la même.

Ils s'assirent et Maggie fit de son mieux pour ne pas hyperventiler.

— Tout va bien. Tu vas bien, lui dit Shawn en lui pressant la main.

C'était faux. Elle n'allait pas bien du tout. Mais Shawn la croyait forte, il le lui avait dit plus d'une fois. Et elle ne voulait rien faire qui lui fasse penser le contraire.

En vérité, Roman la terrifiait. Cet homme avait prouvé à maintes reprises de quoi il était capable, comme il se servirait de tout et de tout le monde pour exercer son emprise.

Ils avaient besoin de plus que ses menaces enregistrées par téléphone pour le faire tomber. Une preuve qu'il avait tué sa femme serait un bon début, mais si Roman allait rendre des comptes pour les choses qu'il avait commises, elle devrait se montrer courageuse et l'affronter.

Servir d'appât pour les soldats russes avait été effrayant mais nécessaire. Elle avait dit à Shawn ne jamais vouloir refaire ça, mais franchement, si elle devait prendre de nouveau cette décision, elle ferait tout exactement pareil pour protéger ceux qui comptaient pour elle.

Et maintenant qu'elle y pensait, Roman était sans doute celui qui avait appelé son agent de probation pour l'informer qu'elle avait quitté le pays. C'était un truc facile à faire, passer un appel anonyme. Si elle s'en allait confronter Roman en face à face et obtenir la preuve nécessaire pour faire en sorte que cet homme n'exploite plus ni ne blesse personne d'autre, elle devait passer par cet entretien avec son agent de probation. Expliquer ce qu'il se passait, lui donner les coordonnées du commandant de Shawn pour qu'elle puisse vérifier tout ce que Maggie lui racontait. Heureusement, cette femme était sensée et non encline à signaler ses condamnés à chaque petite infraction. Elle croyait aux secondes chances, ce qui serait actuellement et par chance le salut de Maggie.

Ses petites paroles d'encouragement mentales la rendaient un peu plus confiante. Cet endroit la faisait complètement flipper. L'immeuble en lui-même était un comme un portail qui menait direct en prison. Mais elle avait fait tout ce qu'elle était censée faire concernant sa mise à l'épreuve. Chaque test de dépistage de drogue était revenu négatif – qu'elle avait transmis dans la foulée à son agent –,et elle n'était jamais en retard aux rendez-vous... Celui-ci se passerait tout aussi bien... il le *fallait*.

— Maggie Lionetti ? l'appela un homme à une autre porte.

Shawn posa la main sur sa joue et lui tourna la tête pour qu'elle n'ait d'autre choix que de le regarder.

— Je serai juste là. Nous appellerons Tex en rentrant à la maison et nous verrons ce qu'il pense de ton enregistrement. Ce sera bientôt fini, Maggie. Je le jure.

Elle peina à déglutir, hocha la tête.

Shawn se pencha en avant et l'embrassa.

— Tu vas gérer, la rassura-t-il.

Elle inspira profondément puis se leva et marcha vers l'homme qui l'avait appelée. Il lui fit un signe de tête mais ne sourit pas. La porte se referma derrière eux avec un clic. Frémissant à ce bruit de verrou qui s'enclenchait, Maggie tenta d'en faire abstraction.

Elle réfléchissait à la manière la plus succincte d'expliquer à son agent ce qu'il s'était passé dans sa vie quand l'individu qu'elle suivait se tourna soudainement. Il lui attrapa le haut du bras et Maggie sentit quelque chose la piquer sur le côté.

— Ne dis pas un mot, la menaça-t-il d'un ton calme. Sinon, je t'étripe ici et maintenant.

Maggie baissa les yeux et aperçut un couteau cranté à la forme étrange sur son flanc. D'instinct, elle tenta de se dégager de lui. Il l'attira brutalement plus près et le couteau qu'il tenait traversa son tee-shirt. Elle hoqueta sous la douleur instantanée qui se diffusa en pénétrant sa peau.

— Je le ferai. Je n'ai rien à perdre. Ça n'a rien de personnel. C'est Robertson qui détient toutes les foutues cartes, ma carrière, mon mariage, toute ma putain de vie. Alors, suis-moi gentiment et tout ira bien.

Tout n'irait pas bien. Maggie le savait mieux que quiconque. Mais il était évident que cet homme lui ferait également du mal si elle ne lui obéissait pas. Elle était fichue, dans tous les cas.

Il l'entraîna dans le couloir et la fit franchir une porte menant à une cage d'escalier. Elle faillit tomber plusieurs fois puisqu'il courait presque en descendant les trois étages jusqu'au rez-de-chaussée. Le couteau lui piquait la peau à chaque nouveau pas et Maggie sentit son tee-shirt noir s'imbiber de sang et se coller contre sa peau.

Laisser une traînée de gouttes de sang serait utile, mais selon elle, sa blessure n'était pas si importante... ou en tout cas, elle ne saignait pas à ce point. *Pas encore.*

Alors, elle songea à quelque chose : les caméras. Elle leva les yeux et en vit une dans le coin de la cage d'escalier orientée vers la porte qui donnait sur l'extérieur.

— Elles ne fonctionnent pas, dit l'homme qui la tenait

presque avec décontraction. Les caméras. Je t'ai vue chercher. Tu crois qu'il n'aurait pas pensé à ça ?

Merde. Il n'y aurait aucune piste de l'endroit où elle allait. Shawn finirait par s'inquiéter lorsque son entretien se ferait trop long et quand il réaliserait qu'elle n'était pas dans le bâtiment, il ferait tout son possible pour la trouver. Mais le pourrait-il ?

Maggie commençait à se dire qu'elle finirait tout comme la femme de Roman, tant d'années auparavant. Partie sans laisser de trace. La police serait déroutée, ses nouveaux amis inquiets et furieux. Mais ça ne changerait rien. Si cela se passait comme le voulait Roman, on ne la retrouverait jamais.

Le désespoir la submergea. Elle supposait qu'elle devrait être effrayée ou essayer de trouver comment échapper à cette dernière situation fâcheuse, mais pour le moment, tout ce à quoi elle arrivait à penser, c'était qu'elle raterait l'occasion de passer le restant de sa vie avec Shawn. Elle n'apprendrait jamais à mieux connaître Remi, Wren et Josie. Ne serait jamais mère. Ne vieillirait pas aux côtés de Shawn. Tous les rêves qu'elle avait disparaîtraient dans un nuage de fumée.

L'homme qui la tenait lui laisserait sûrement des ecchymoses sur le haut du bras. Il l'agrippait si fermement qu'elle avait la sensation d'avoir la circulation coupée dans tout son membre. Il sortit du bâtiment et marcha jusqu'à un véhicule noir à quatre portes garé sur le trottoir. Les vitres étaient teintées et Maggie ne pouvait voir qui se trouvait derrière le volant.

L'homme ouvrit brutalement la portière et la poussa presque à l'intérieur. Il ne dit pas un mot, claqua simplement la portière après elle et s'en retourna vers le bâtiment. La voiture quittant le trottoir, il disparut par la porte de la cage d'escaliers, sans doute pour remonter au troisième étage et prétendre ne rien avoir vu après l'avoir conduite dans une pièce pour attendre l'arrivée de son agent de probation.

— Bonjour, Maggie.

Elle se tourna vivement, bouche bée devant l'homme au volant, incrédule. Elle était restée tellement fixée sur l'enfoiré qui l'avait sortie de force du bâtiment qu'elle n'avait pas pensé à regarder le chauffeur.

— Roman, souffla-t-elle.

— Tu es une femme difficile à faire disparaître, dit-il presque nonchalamment.

Maggie peinait à croire qu'il était là. Qu'il avait le cran de participer en personne à son enlèvement. Elle voulait lui arracher les yeux. S'élancer vers le siège avant et l'attaquer, faire en sorte qu'il s'écrase pour qu'elle puisse sortir de la voiture et s'éloigner de sa malveillance. Mais il y avait une glissière en métal entre les sièges avant et arrière. Elle ne pouvait absolument rien lui faire pendant qu'il conduisait.

— Je t'avais dit de la boucler, lui dit-il. Tu ne l'as pas fait. Je t'ai prévenue que si j'entendais un seul mot sur le fait que ton copain SEAL et ses amis posaient des questions sur moi, ça ne se terminerait pas bien pour toi. Mais ils ne me feront pas tomber. Personne ne le peut. Je suis intouchable.

— Tu te trompes, parvint à dire Maggie.

Il rit. Ce son dressa les cheveux sur la nuque de Maggie.

— Qu'est-ce que tu vas faire ? On dirait que c'est moi qui ai le dessus là. Les portières à l'arrière ne peuvent pas s'ouvrir de l'intérieur et tu ne peux rien faire pour que cette voiture ait un accident. Tu n'iras nulle part jusqu'à ce que nous arrivions là où nous allons.

— Et c'est où ? ne put s'empêcher de demander Maggie.

— Je connais une jolie petite plage. Déserte, loin de tout. Pas trop loin de ton appartement, en fait. Quel dommage quand les gens trouveront la lettre de suicide que tu as laissée avant de te jeter dans l'océan.

— Personne ne croira que je me suis suicidée, dit Maggie

d'une voix légèrement vacillante au lieu de paraître ferme comme elle le voulait.

— Peu importe. Ils ne vérifieront rien puisque ton corps ne sera jamais retrouvé. . De plus, même s'ils le trouvent, une autopsie confirmera la présence d'eau dans tes poumons. La noyade classique.

Roman était vraiment taré. Il parlait de l'assassiner aussi calmement qu'il aurait parlé météo.

— Tu ne t'en sortiras pas cette fois, dit-elle presque désespérément.

— Bien sûr que si. Tu n'as pas idée du nombre de contacts que j'ai. Dans la police, la Navy, les gouvernements locaux, les trafiquants de drogue... tous ceux que je contacte m'en doivent une ou bien j'ai de quoi faire planer une menace au-dessus de leur tête. Tout le monde fait *ce* que je dis, *quand* je veux qu'on le fasse. Tu ne l'avais pas encore appris ?

Maggie n'arrivait pas à avaler sa salive. Il était clair et net dans son esprit désormais qu'elle allait mourir.

— Laisse Shawn et ses amis tranquilles, dit-elle d'une petite voix.

Elle irait jusqu'à supplier. N'importe quoi pour être sûre que l'homme qu'elle aimait ne court aucun danger

— Pas moyen, lui dit Roman, presque joyeux. J'ai des plans pour eux. Ils se prennent tellement pour des gens géniaux ! Flash info : ils ne le sont pas. Ils sont peut-être considérés comme indisponibles aux déploiements en ce moment, mais ils finiront par ne plus l'être... et je sais exactement où ils iront ensuite.

Il se remit à rire. Un son si malfaisant que Maggie frissonna de terreur.

— Assis-toi confortablement et détends-toi, mon amour. Nous arriverons bientôt.

Maggie avait du mal à respirer. Rien ne semblait pouvoir

arrêter cet homme. Il était le mal incarné et elle était coincée dans sa toile ignoble.

Se tournant légèrement pour regarder par la vitre, Maggie tressaillit. Elle avait mal sur le côté. Avec une main, elle toucha la blessure à cet endroit et elle vit le sang souiller ses doigts. D'instinct, elle les essuya sur le siège en cuir. Elle avait visionné un tas d'émissions criminelles et elle eut l'idée que si elle pouvait laisser son ADN derrière elle, peut-être qu'un jour, quelqu'un qui ne serait pas sous la coupe de Roman le découvrirait.

Tâchant d'être aussi discrète que possible, Maggie mit ses doigts sous son tee-shirt, recueillit davantage de son sang puis l'essuya sous le rebord du siège, derrière la poignée de la portière, même sur la ceinture de sécurité qu'elle ne s'était pas embêtée à mettre. Elle s'efforçait de laisser une sorte de trace pour que la police scientifique découvre qu'elle s'était trouvée sur ce siège arrière même si c'était dans dix ans.

Les rues de Riverton défilant, l'espoir qu'avait Maggie que quelqu'un vienne à sa rescousse disparut rapidement. Oui, Shawn comprendrait qu'elle était partie, mais ce serait trop tard. Et il n'y avait aucun moyen de la pister. Son pote Tex, le génie de l'informatique, essaierait, mais il était impossible qu'il la trouve assez vite. Ils étaient à mi-chemin de l'appartement qu'elle partageait avec Adina. Si la plage où l'emmenait Roman était aussi près de là où elle vivait, elle n'avait plus beaucoup de temps.

Ses émotions partaient dans tous les sens, oscillant entre la colère et le chagrin. Mais plus elle restait assise là, à fixer la nuque et la coupe militaire stricte de Roman, plus elle était en colère.

Comment osait-il jouer à Dieu comme ça ?! Ce n'était pas juste ! Elle n'allait peut-être pas survivre à ça, mais elle ferait tout ce qu'elle pourrait afin de laisser sa marque sur lui. Le

NCIS serait incapable de passer outre les égratignures sur son visage, les bleus sur son corps. Elle se battrait. Cela pourrait ne rien apporter de bon quant à l'issue de sa vie mais peut-être qu'elle pouvait causer suffisamment de dommages pour prouver qu'il avait un lien avec son présumé suicide.

— Plus très long maintenant, la nargua Roman.

Se pinçant les lèvres, Maggie réfléchit à ses prochaines actions. Dès qu'il ouvrirait la porte arrière, il verrait qu'elle n'était pas la femme docile et apeurée qu'il avait manipulée et envoyée en prison deux ans auparavant. Elle avait changé. Et cet enfoiré n'allait pas lui ôter sa nouvelle vie sans un putain de combat.

* * *

Preacher regarda sa montre. Dix minutes s'étaient écoulées depuis qu'elle avait disparu par cette porte pour aller parler à son agent de probation. Pas très longtemps, donc… mais plus il restait assis là, plus il était inquiet. Et il avait passé trop d'années en tant que SEAL pour ignorer son instinct.

Il avait entendu le clic du verrou de la porte s'enclencher quand Maggie l'avait franchie, alors il patienta jusqu'à ce qu'un homme près de lui soit appelé et se lève pour suivre l'officier jusqu'à la porte et là, Preacher passa à l'action.

Il rattrapa la porte avant qu'elle ne se ferme et pénétra la zone sécurisée.

— Hé ! Vous ne pouvez pas venir ici, lui dit farouchement l'officier.

Mais Preacher l'ignora.

— Maggie ! hurla-t-il, usant de sa voix de « SEAL », comme il l'avait baptisée avec ses camarades. Dominante, hostile, puissante.

Des têtes se mirent à apparaître de derrière les portes des bureaux.

— Maggie ! reprit Preacher.

— Vous devez partir, monsieur, tenta de nouveau l'officier.

L'homme qui avait été rappelé pour son rendez-vous était appuyé contre le mur, les bras croisés. Il ne semblait pas du tout alarmé par les agissements de Preacher. En fait, il paraissait amusé.

— Je suis venue ici avec ma petite amie. Son nom est Maggie Lionetti. Où est-elle ? demanda Preacher.

L'officier n'était pas le même que celui qui était venu chercher Maggie. Il haussa les épaules.

— Aucune idée.

— Trouvez-la.

— Vous allez avoir de gros ennuis pour être revenu ici, dit l'officier au lieu de faire ce que Preacher demandait.

— Maggie ! cria pourtant encore Preacher.

Une femme d'âge mûr sortit d'un bureau et s'approcha de lui.

— Que se passe-t-il ici ? s'enquit-elle.

— Je cherche Maggie Lionetti. Elle est venue ici il y a dix minutes pour un rendez-vous avec son agent de probation. J'essaie de la retrouver.

La femme fronça les sourcils.

— Je suis son agent de probation et Maggie n'est pas sur mon planning aujourd'hui.

Chaque muscle du corps de Preacher se tendit. Il n'avait aucune idée de ce qu'il se passait, mais il avait le sentiment que tout avait à voir avec Robertson. Ça n'aurait pas été compliqué pour lui d'appeler Maggie ou de faire en sorte que quelqu'un d'autre l'appelle et lui dise qu'elle devait venir à un rendez-vous, l'intercepter et l'enlever juste sous son nez.

— Est-ce qu'il y a des escaliers ici ? aboya-t-il.

La femme paraissait encore confuse, mais elle se tourna et désigna une porte au bout du couloir.

Preacher y accourut, ignorant l'officier qui lui ordonnait d'arrêter.

Le délinquant qui l'avait observé, amusé, se joignit à la confusion en disant d'une grosse voix :

— Vas-y, mec !

En passant brutalement la porte, Preacher jura. Ça aurait été facile de faire sortir Maggie du bâtiment sans que personne ne la voie quitter les lieux. Il sortit son téléphone tout en descendant les escaliers en courant. Il voulait contacter son équipe, leur aide serait précieuse tout de suite. Mais il n'avait qu'une seule personne sur son radar : Tex.

— Je viens juste d'avoir l'enregistrement, dit Tex en guise de salutation. Je n'ai pas encore eu le temps de l'analyser.

— Il l'a eue ! cria presque Preacher en dévalant les escaliers comme une balle.

— Putain !

Tex ne demanda pas qui ; il comprit.

— J'ai glissé l'un de mes traqueurs dans son sac à main, l'informa Preacher. Je ne voulais pas l'effrayer, alors je ne lui ai pas dit. Je veux que tu la retrouves.

— J'suis dessus, lui répondit Tex.

Preacher entendit les doigts de son ami tapoter sur un clavier alors que lui-même sortait en trombe de l'immeuble gouvernemental. Une fois sur la chaussée, il vérifia les deux côtés de la rue mais ne vit aucun signe de Maggie, de Robertson ou de quiconque lui paraissant incongru. Il partit au galop jusqu'au parking où il avait laissé sa Malibu peu de temps auparavant. Dieu merci, le parking n'était pas trop loin.

Quand il déverrouilla la portière et se jeta derrière le volant, Tex se mit à parler.

— Je l'ai trouvée.

Le soulagement submergea instantanément Preacher. Son sac à main n'avait pas dû être abandonné lors de l'enlèvement. Il restait un risque qu'il ne soit pas en sa possession actuellement, mais Preacher ne pouvait même pas penser à cette possibilité.

— Elle est partie au sud-est. Sur le point de passer devant son appartement.

La voix de Tex était assurée. C'était là la mission la plus importante de la vie de Preacher et il était soulagé du calme professionnalisme de Tex.

Il quitta le parking, ignorant les klaxons des voitures dont il avait coupé la route. Il descendit la rue à toute vitesse, roulant imprudemment avec détermination. Il ne pouvait qu'espérer qu'un flic le poursuive. Il aurait besoin de tout l'arsenal et de témoins qu'il pourrait trouver quand il serait devant la personne que Roman avait chargée d'emmener Maggie.

— Elle est où, là ? demanda Preacher.

Il était essoufflé, respirait bien trop vite. Il n'arrivait pas à contrôler ses émotions, ni les réactions de son corps face au stress et à la peur qu'il ressentait. Roman n'accorderait pas à Maggie une autre chance de lui échapper. C'était fini. S'il ne la rattrapait pas et vite, il ne doutait pas qu'elle ne survivrait pas.

— Dans la même direction, lui répondit Tex. Elle vient de passer devant la résidence.

— Une idée de l'endroit où il l'emmène ?

— Pas encore. Il pourrait aller au sud vers le Mexique, mais il est peu probable qu'il tente de lui faire traverser la frontière. Je viens de mettre en place un signalement pour elle, alors s'il est persuadé que c'est le meilleur itinéraire, elle sera retrouvée. Il pourrait aussi rejoindre l'autoroute puis aller au nord, vers L.A., essayer de ficher le camp par là-bas. Peut-être la refiler à l'un des trafiquants de drogue à qui il essayait de revendre, quand elle s'est fait arrêter il y a plusieurs années. Ça pourrait être un truc qu'il jugerait approprié.

— Trou du cul, marmonna Preacher.

— Je la surveille, mais je vais appeler Kevlar. Accorde-moi une minute.

Preacher acquiesça, soulagé que les renforts soient en chemin mais détestant perdre la connexion avec Tex et de ce fait avec Maggie en même temps.

Preacher profita que Tex fasse silence radio pour proférer chaque gros mot qui lui passait par la tête, tâchant de libérer un peu de tension. Ça ne l'aida en rien. Quand Tex revint en ligne, Preacher était encore plus énervé qu'il ne l'avait été quand il avait compris que Maggie avait disparu.

— Elle ralentit. Oh merde...

— Quoi ?! Tex ? Où est-elle ?

— Sur la carte routière, on dirait qu'elle vient juste de se garer sur le bas-côté de la route, mais quand je regarde via le satellite, il y a une petite bande de sable... Et une épaisse végétation qui occulte la plage de la rue.

Preacher appuya plus fort sur l'accélérateur.

— Où ?! aboya-t-il.

— Trois kilomètres après le parking de son appartement, prends à gauche, répondit Tex.

Le cœur de Preacher était remonté dans sa gorge alors qu'il suivait les indications de Tex. Le temps pressait. Il pouvait le sentir. Chaque seconde écoulée pour atteindre Maggie était une seconde de trop.

— J'arrive, dit-il dans sa barbe en conduisant comme un fou pour rejoindre la femme qu'il aimait. Tiens bon, Maggie. J'arrive.

23

Maggie avait la gorge serrée quand Roman ralentit le véhicule. Il se gara sur le côté de la route, d'épais buissons et arbustes raclant le côté de la voiture. Elle pria pour qu'ils laissent une trace ; ce serait une pièce à conviction supplémentaire contre Roman.

Il coupa le moteur et se tourna pour la regarder. Le sourire sur son visage lui glaça le sang.

— Prête à t'amuser ? demanda-t-il. Enfin, moi je vais peut-être m'amuser, mais toi, pas tant que ça.

Puis il se mit à rire et ouvrit sa portière pour sortir.

Maggie se tenait prête.

À la seconde où il ouvrit la portière arrière, elle passa à l'action.

Elle bondit en avant du mieux qu'elle put de sa place assise et lui griffa tout le visage de tous ses ongles.

Il trébucha en arrière mais l'attrapa par le pied. Ils chutèrent tous les deux sur l'asphalte et Maggie tenta immédiatement de se lever et de courir.

Roman lui chopa la cheville et elle tomba, se heurtant le menton si violemment sur la route que ses dents claquèrent. Roman se jeta alors sur elle, maintenant son visage face contre terre, lui tordant les bras dans son dos jusqu'à ce que ses épaules lui donnent l'impression d'être déboîtées.

Manque de bol pour elle, il n'y avait pas de circulation actuellement. À tout autre moment, il y aurait sans doute eu des tonnes de gens passant en voiture, mais c'était comme si Roman et elle étaient les deux seules personnes sur cette planète en cet instant.

Roman la tira pour la remettre debout, emprisonnant toujours ses mains derrière elle, et la poussa vers les buissons.

Maggie ouvrit la bouche et hurla aussi fort que possible, espérant contre toute attente que quelqu'un, quelque part, l'entende et appelle la police. Mais presque aussitôt que le son s'échappa de sa gorge, la main de Roman vint se refermer sur sa bouche et son nez. La privant d'air.

Il était plus grand qu'elle de presque trente centimètres. Plus fort aussi. Maggie ne pouvait pas gagner dans un combat physique contre lui et là, tout ce qu'elle avait en tête, c'était d'avoir de l'air dans ses poumons.

Elle ne remarqua pas les égratignures sur son corps provoquées par les buissons tandis que Roman les faisait avancer vers la petite bande de sable de l'autre côté. Le soleil de début de soirée scintillait au-dessus de l'eau et elle distingua vaguement la beauté du coucher de soleil avec les nuages.

Elle pensa à une plage différente, à une époque différente. Quand Shawn et elle s'étaient allongés sur le sable et avaient levé les yeux vers les étoiles. Elle avait adoré cette plage et elle ne voulait pas que la sensation de sable sur son dos lui rappelle pour toujours ce moment... si elle survivait.

Juste quand Maggie crut s'évanouir, Roman retira sa main de son visage.

Elle prit des goulées d'air, tâcha de ne pas hyperventiler. Dans sa tentative désespérée d'avoir de l'oxygène dans ses poumons, elle ne remarqua pas à quel point ils s'étaient rapprochés de l'eau jusqu'à ce qu'elle sente quelque chose de mouillé sur ses pieds.

Elle trébucha sur les rochers du rivage, ce qui facilita la tâche de Roman pour la pousser pour la mettre à genoux. L'eau léchait ses cuisses, l'obligeant à lutter de nouveau pour échapper à son futur assassin.

Mais il rit simplement face à ses tentatives de fuite.

— Tu causes plus d'ennuis que tu ne le mérites, dit-il en la faisant se courber plus bas, son visage touchant presque l'eau. Tu étais une proie facile, ajouta-t-il calmement. Pathétique. Avec un besoin désespéré d'attention. Tu as été la pire que j'ai connue au lit aussi. Froide comme un putain de poisson. J'ai connu des putes boiteuses qui étaient meilleures que toi. Je ne m'attendais pas à ce que tu te fasses arrêter, mais c'était marrant de te voir plonger pour ces drogues. Je jouissais rien qu'en t'imaginant misérable, pleurant derrière les barreaux. *J'avais* fait ça. *Moi*. Et j'ai hâte de revivre ce moment tant de futures nuits. La façon dont tu vas te tortiller et te débattre pendant que je te maîtriserai. Le moment où tes poumons vont se remplir d'eau et que ton cœur va cesser de battre. J'ai tellement hâte, putain ! La manière la plus rapide de mourir serait juste d'inspirer dès que je plonge ta tête sous l'eau. Je veux que tu luttes car c'est plus excitant comme ça. Mais si tu es intelligente, ce que tu n'es pas, je le sais, tu abandonneras juste devant l'inévitable.

Maggie pleurait désormais, ses larmes tombant dans l'océan, quelques centimètres sous son visage. Elle tenta une fois de plus de desserrer la poigne de Roman autour de ses poignets retenus dans le bas de son dos, mais c'était inutile.

— Va te faire foutre, Maggie. Tu n'es *personne*. Une nulle. Et je regrette de t'avoir rencontrée et d'avoir perdu la moindre seconde de mon temps avec toi. Mais je suis sûr de savourer les répercussions de ta mort. D'avoir emmerdé ton SEAL et de l'envoyer à la mort. Je m'assurerai de divulguer tous les plans de la prochaine mission où je l'enverrai à l'ennemi. Ils l'attendront. Le tombeur et sa bande seront bientôt morts. Mis en pièces. On ne les retrouvera jamais, tout comme toi.

Puis, sans prévenir, il la poussa vers l'avant.

La tête de Maggie se retrouva sous l'eau et tous les plans qu'elle avait élaborés pour tenter de mettre son ADN sur Roman ou pour le marquer davantage s'envolèrent. Elle ne pouvait pas respirer, le fond sableux lui griffait les joues tandis qu'elle faisait exactement ce qu'il voulait, se débattre et gesticuler, faisant tout ce qu'elle pouvait pour que sa tête sorte de l'eau, en vain.

L'obscurité s'infiltra aux abords de sa vision et juste au moment où elle avait retenu son souffle aussi longtemps que possible et était sur le point d'inhaler, dans une tentative désespérée de vivre quelques précieuses secondes en plus, le poids sur son dos disparut.

Maggie sortit vivement la tête de l'eau et aspira un oxygène salvateur.

Elle n'avait conscience de rien d'autre que le fait d'être de nouveau capable de respirer, son pouls battant violemment dans ses oreilles... quand quelque chose finit par attirer son attention sur sa droite.

Elle tourna la tête et vit Roman et un autre homme en train de se battre au milieu des vagues peu profondes.

Le choix de lutter ou de s'enfuir lui apparut enfin et elle se déplaça frénétiquement à la manière d'un crabe en arrière, loin de l'eau, loin de l'homme qui venait d'essayer de la tuer. Qui aurait réussi si quelqu'un ne l'avait visiblement pas arraché à elle.

Il ne fallut pas plus que quelques secondes pour que Maggie reconnaisse l'autre homme.

Shawn.

Quoi... ? *Comment* ?

Ça paraissait impossible qu'il soit là. Qu'il soit arrivé exactement quand elle avait eu le plus besoin de lui. Mais Maggie ne savait pas pourquoi elle en était si surprise. Shawn était son chevalier dans sa brillante armure, l'homme qui, durant la courte période où elle l'avait connu, avait *toujours* été là pour elle et qui, selon elle, *serait* toujours là à l'avenir.

Elle ignorait complètement quoi faire. Comment l'aider. Elle regarda autour d'elle, haletant fortement, et se précipita à quatre pattes pour ramasser l'un de ces lourds cailloux près du rivage. Pour faire quoi avec, elle ne savait pas trop. Défoncer la tête de Roman ? Le lui jeter ?

Mais franchement, Shawn n'avait pas l'air d'avoir *besoin* d'aide. Les deux hommes faisaient à peu près la même taille, cependant Shawn avait visiblement plus d'expérience en combat au corps-à-corps et il était nettement plus motivé.

Les hommes ne parlaient pas, ils ne faisaient que grogner dans leur lutte.

C'était brutal, mais Maggie ne détourna pas les yeux d'eux un seul instant. Sa poitrine se soulevait sous la nécessité de continuer de remplir son corps d'oxygène, et elle retira sans précaution et avec impatience les cheveux mouillés devant son visage afin de voir plus clairement ce qu'il se passait.

Le bruit de crissement de pneus sur la route fut un immense soulagement. D'autres personnes surgirent. Elles aideraient Shawn, s'assureraient que Roman ne s'échapperait pas pour la traquer à nouveau, concrétiser ses menaces de trahison envers son pays juste pour faire disparaître Shawn et son équipe du SEAL.

Alors même qu'elle entendait plusieurs personnes traverser

les épais buissons pour les rejoindre, Roman ramassa une grosse pierre pour s'en servir d'arme et visa la tête de Shawn.

Le propre bras de Maggie prit de l'élan, sur le point de lancer son caillou sur Roman, mais elle n'eut que le temps de hoqueter car Shawn plongea puis, avec sa jambe gauche, donna à un coup de pied à son ex. Un puissant coup.

Sa botte rencontra la gorge de Roman.

Maggie entendit le bruit de gargouillis provenant de son ex puis il tomba en arrière dans l'eau, dans une énorme éclaboussure.

Au grand étonnement de Maggie, il ne se releva pas d'un bond immédiatement pour s'en prendre à Shawn ou elle. Il restait allongé dans l'eau, immobile. Le visage vers le haut, les yeux fixes.

Puis Shawn apparut devant elle, lui bloquant la vue de l'homme qui avait littéralement fait de sa vie un enfer. Les mains de Shawn lui saisirent fermement la tête.

— Maggie ? Est-ce que tu vas bien ? Tu peux respirer ? Pose la pierre, je te tiens. *Putain*, faut que je t'emmène à l'hôpital.

Elle leva les mains et attrapa ses poignets.

— Je vais bien.

En tout cas, c'était ce qu'elle avait voulu dire, mais dès que le premier mot sortit de sa bouche, elle se mit à tousser violemment.

— Preacher !

Leurs deux têtes pivotèrent pour voir Kevlar surgir de la végétation. Suivi de près par le reste de l'équipe du SEAL.

— Est-ce qu'elle va bien ? demanda Safe, en se laissant tomber sur les genoux à côté d'eux sur le sable humide.

MacGyver rejoignit ses coéquipiers de l'autre côté de Maggie, et elle sentit les mains de Blink sur son épaule qui se tenait derrière elle. Les hommes l'encerclaient complètement. Ils étaient en rang serré et elle ne doutait pas d'être protégée…

et aimée. Ces hommes étaient devenus sa famille et elle ne pouvait s'empêcher de se remettre à pleurer.

— Il est mort, annonça Kevlar, en extirpant le corps de Roman hors de l'eau pour l'amener sur le sable.

— Merde, jura Flash avant de regarder Maggie. Je ne suis pas contrarié par sa mort, juste que ce sera difficile à expliquer.

Elle avait la tête qui tournait. Elle était une criminelle condamnée. Se retrouver près d'un cadavre n'allait pas être de bon augure pour elle. Elle savait comment fonctionnait le monde. La première chose que les flics faisaient, c'était de vérifier le casier judiciaire de tout le monde. Et le fait qu'elle avait accusé Roman d'avoir mis les drogues lors de son enquête criminelle lui apportait une très bonne raison de le souhaiter mort.

Avant que quelqu'un puisse dire autre chose, le téléphone de Kevlar sonna. C'était un son étrange au milieu de cette scène de chaos.

— Kevlar à l'appareil. Hin-hin. Oui. Bien… Sans dec'? Putain, Tex, t'es incroyable! Oh, ah non? Eh bien je voudrais rencontrer cette nana et la remercier personnellement, dit-il avant de pouffer un peu. Nouveau-Mexique. Très bien. On peut le faire. Ouais, je leur dirai. À bientôt.

À la seconde où Kevlar mit fin à la connexion, il s'adressa au groupe:

— C'était Tex. Il a dit qu'une petite génie de l'informatique du Nouveau-Mexique avait piraté les satellites espions du gouvernement et enregistré tout ce qu'il s'y passait. La vidéo n'est pas nette, mais elle montre clairement Maggie et Robertson se battre sur la route, avant qu'il ne l'amène vers l'eau et la maintienne dessous jusqu'à ce que tu te pointes, Preacher.

Maggie fronça les sourcils, confuse. Une vidéo de l'espace? Ça semblait trop dingue pour être vrai.

— Sérieusement ? Bien. Non, *génial* ! réagit MacGyver.

— J'appelle le NCIS, dit Smiley.

Il avait éloigné de l'eau le corps de Roman et Maggie n'avait pas manqué de le voir donner un coup de pied accidentel sur le côté du corps pendant le processus.

Le NCIS... Elle se tendit. Les autorités devaient être contactées, elle le savait, mais les conséquences pourraient être mauvaises pour elle.

— Je suis sûr que Tex leur transfère la vidéo en cet instant, lui dit gentiment Shawn. Tout ira bien. Je m'inquiète davantage pour toi. Ton menton saigne et il a mis ta tête sous l'eau. Quelle quantité d'eau as-tu avalée ? Je dois t'emmener à l'hôpital.

Mais Maggie secoua la tête. Son menton la lançait là où elle avait heurté l'asphalte et son flanc était douloureux à cause du couteau de cet enfoiré... mais chose curieuse, elle se sentait bien, tout bien considéré.

— Tu es arrivé ici à temps. Je n'ai pas avalé d'eau.

— Putain, merci, souffla Shawn.

— Comment m'as-tu trouvée si vite ? ne put-elle s'empêcher de demander.

— J'ai mis un traqueur dans ton sac, lui avoua-t-il, honteusement. Tu es fâchée ?

— Fâchée ? Non. Je devrais ? Tu m'as sauvé la vie.

Et alors, elle éclata de nouveau en sanglots. Toutes les émotions ressenties ces dix dernières minutes l'avaient secouée et rendue complètement instable. Elle avait failli *mourir*. Son tortionnaire était mort et Shawn était à l'abri de tous les plans diaboliques que Roman avait prévus pour le futur.

Même si elle allait physiquement bien en majeure partie, Maggie ne pouvait cesser de pleurer. Après l'arrivée de la police, du NCIS et des secouristes, elle frisait l'hystérie. Les secouristes finirent par lui administrer quelque chose pour l'apaiser et Shawn insista pour qu'elle soit transportée à l'hôpital afin d'être examinée.

Des heures plus tard, après avoir eu deux points de suture sur le menton, les égratignures sur son flanc nettoyées par un docteur – elles n'étaient pas assez profondes pour être recousues –, après avoir parlé aux détectives du NCIS et avec son agent de probation – qui avait été dans tous ses états après avoir découvert qu'elle avait été attirée à son bureau et visiblement kidnappée ensuite –, et après avoir rassuré Wren, Josie, Remi, Caroline et toutes les autres filles qui s'étaient pointées à l'hôpital quand elles avaient appris ce qui était arrivé, Maggie fut enfin en mesure de se détendre pleinement.

Shawn l'avait ramenée chez lui et elle avait rencontré Jane Hillman, sa propriétaire, qui avait insisté pour leur apporter dans leur chambre deux grandes assiettes de tourte à la viande et à la purée qu'elle avait faite plus tôt ce soir-là. Elle était morte de faim, et cette nourriture réconfortante lui fit grand bien. Puis Shawn et elle avaient pris une douche pour se débarrasser du sel de l'eau de mer qui avait séché sur leur peau avant de se glisser sous les couvertures.

Shawn la tenait solidement contre lui, presque désespérément.

Aucun des deux ne parlait, mais en cet instant, ils n'en avaient pas besoin. Ils savaient tous les deux à quel point ils avaient failli se perdre l'un l'autre. Maggie avait vraiment été à quelques secondes de mourir. Roman avait failli réussir son plan machiavélique de se débarrasser d'elle une bonne fois pour toutes. Si Shawn n'avait pas réfléchi rapidement au bureau de son agent de probation et mis un traqueur dans son sac à main, il ne serait jamais arrivé auprès d'elle à temps.

À sa grande surprise, Maggie entendit le souffle irrégulier de Shawn. Levant les yeux, elle vit des larmes mouiller ses cheveux au niveau de sa tempe.

Sans un mot, sachant exactement comment il se sentait, elle posa la tête sur son torse et l'étreignit plus fort. Demain arriverait bien assez tôt pour discuter de tout ce qui était arrivé, pour tout démêler.

Pour l'instant, tout ce qu'elle voulait, c'était tenir l'homme qu'elle aimait et être enlacée en retour.

ÉPILOGUE

Une semaine plus tard, Maggie se trouvait à l'*Aces Bar and Grill*, absolument étonnée par tous les gens qui y étaient présents. Elle avait aujourd'hui un grand cercle d'amis et ça lui semblait presque irréel.

L'enquête sur Roman était en cours et durerait des années étant donné le nombre de missions des forces spéciales dans lesquelles le contre-amiral était impliqué, et chaque après-midi, quand Shawn rentrait à la maison, il avait une nouvelle occasion de confier à quel point son ex avait merdé avec quelqu'un. Des équipes du SEAL, d'autres membres du personnel de la Navy, d'anciennes petites amies... son règne de la terreur ne s'était pas limité qu'à Maggie, ce qui l'attristait un peu.

La génie de l'informatique, amie de Tex – dont le nom était Ryleigh et qui vivait apparemment dans un complexe du tonnerre au Nouveau-Mexique appelé « Le Refuge », destiné aux gens souffrant de troubles de stress post-traumatiques –, avait fini par retrouver la femme de Roman. Elle avait passé au crible le NamUS, le National Missing and Undentified Persons

System*, et usé de ses compétences pour affiner les possibilités jusqu'à cinq corps. Elle était indiquée comme retrouvée en Virginie-Occidentale. Un chasseur avait découvert par hasard son corps des années auparavant mais comme elle avait eu les mains coupées et n'avait aucun tatouage ni autre signe distinctif, elle n'avait pas pu être identifiée... jusqu'à présent.

Elle avait été assassinée. Étranglée. Bien que Maggie n'était pas du tout heureuse que cette pauvre femme ait fini morte, elle était soulagée qu'elle ait été finalement identifiée et puisse être rendue à sa famille.

Avec toutes les choses horribles que Roman avait faites éclatant au grand jour, Maggie et tous les autres avaient été soulagés de découvrir que le contre-amiral n'était pas celui qui avait envoyé l'équipe de Blink sur cette mission à la finalité funeste. Donc même s'il avait énormément de choses à se reprocher, les décès et blessures des coéquipiers de Blink n'en faisaient pas partie.

Comment un seul homme avait pu berner tant de gens était déroutant. Comment avait-il gagné autant de pouvoir au sein de la Navy ? Il ne semblait pas avoir été doté d'âme, prenant plaisir à tourmenter les autres et son passe-temps favori avait été de faire du chantage à ceux qu'il considérait comme inférieurs.

Ryleigh, l'amie de Tex, avait aussi trouvé une nouvelle avocate à Maggie, qui faisait de son mieux pour obtenir l'annulation de la condamnation pour crime. L'appel téléphonique que Maggie avait enregistré – durant lequel Roman l'avait menacée de mettre une « autre » planque dans sa voiture – était la preuve évidente que son ex l'avait piégée, selon son avocate.

Faire classer les accusations sans suite n'était pas une procédure simple ni rapide. Mais pendant que son dossier était traité

---

* Centre de documentation nationale des personnes disparues et non identifiées.

aux tribunaux et à cause des circonstances exténuantes, sa liberté conditionnelle avait été réduite, passant de un an à six mois. Alors il ne lui restait plus que deux mois pour voir son agent de probation puis ce serait terminé.

Même si la condamnation pénale *était* annulée, Maggie ne pensait pas redevenir pharmacienne, mais curieusement, ça lui allait très bien. Elle sentait qu'elle était une personne complètement différente de celle qu'elle était quelques années auparavant. Elle ne voulait pas retourner à sa vie d'autrefois. Maggie voulait aller de l'avant. Laisser le passé derrière elle.

— On dirait que tu es en train de te creuser la tête, dit Shawn en venant se placer à côté d'elle, lui tendant un verre d'eau et passant un bras à sa taille. Ça va ?

Maggie fit signe que oui et prit une gorgée d'eau. Cette dernière semaine, Shawn avait veillé de près. Il lui demandait constamment si elle allait bien, lui proposait de l'emmener voir un psychologue si elle en ressentait le besoin, la conduisait à son travail et revenait la chercher... Il se comportait globalement comme le compagnon parfait. Bien entendu, elle lui avait rendu la pareille. Après tout, ce n'était pas *elle* qui avait tué Roman. Même si Shawn disait que ça ne le perturbait pas le moins du monde, elle s'inquiétait tout de même des répercussions sur son psychisme sur le long terme.

Elle avait quasiment emménagé dans son appartement dans la maison de Jane Hillman, mais puisque la plupart de ses affaires étaient encore entreposées, elle n'en avait pas eu beaucoup à déménager. Adina reviendrait de son déploiement dans deux mois et Maggie était contente que son amie retrouve son appartement rien que pour elle à son retour.

Les choses allaient étonnamment bien dans la vie de Maggie... mais elle devait aborder un sujet avec Shawn. Et elle ne pouvait le faire dans ce bar bondé où ils étaient entourés de leurs amis et seraient certainement interrompus toutes les deux minutes.

Comme si ses réflexions l'avaient appelée, Caroline s'avança vers eux.

— Tu as l'air heureuse, dit la femme plus âgée en s'approchant.

Shawn recula d'un pas, tendit le bras pour lui prendre le verre d'eau des mains mais sans s'en aller complètement. Il lui donnait de l'espace mais restait néanmoins tout près au cas où elle aurait besoin de quelque chose. Maggie l'aimait encore plus pour ça.

Elle enlaça Caroline et répondit :

— Je le suis.

— Tant mieux. Tu as aussi l'air de quelqu'un que ça n'embêterait pas de partir.

— Oh, mais...

Caroline gloussa et leva une main.

— Je me souviens des jours qui ont suivi la première fois où Matthew et moi étions ensemble. Tout ce que je voulais, c'était être seule avec lui et pourtant, nous sortions sans arrêt avec sa bande ici, à l'*Aces*. Ne te méprends pas, j'adore ce bar et j'adore ces mecs, mais après tout ce que j'avais traversé, être seule avec mon homme me nourrissait l'âme comme rien d'autre n'aurait pu le faire. Allez-y... Sortez en douce par l'arrière. Je vous couvre.

— Je ne devrais pas partir sans rien dire, argumenta Maggie, qui désirait plus que tout accepter l'offre de Caroline.

Elle voulait *vraiment* être seule avec Shawn et pas seulement parce qu'elle l'aimait ; ils devaient avoir une discussion sérieuse.

— Je ne veux pas qu'on croie que j'ai à nouveau disparu.

— Ils ne croiront pas ça. Ils savent que Preacher te colle. Va. Je parlerai à Remi, Josie et Wren et m'assurerai que personne d'autre ne flippe et ne se lance dans une mission de sauvetage.

Maggie ricana.

— Caroline ?

— Ouais, ma grande ?

— Merci.

Maggie voulait en dire plus, mais elle ne savait pas par où commencer. Tout le monde avait été si génial à l'issue de son expérience de mort imminente... enfin, sa *seconde* expérience de mort imminente. Mais Caroline était passée la prendre à *My Sister's Closet* deux jours auparavant et l'avait conduite jusqu'à une plage bondée, pas très loin de la base navale. Pas celle à laquelle elle s'était rendue avec Shawn, *ni* celle sur laquelle Roman avait tenté de la tuer. Juste une bande de sable manifestement populaire et fréquentée par des gens profitant de la météo chaude et de l'eau calme. Elle avait encouragé Maggie à se balader sur le rivage. Curieusement, elle avait su qu'elle serait mal à l'aise sur les plages désormais.

Elles avaient marché ensemble sans dire un mot. Et quand elles étaient retournées à son énorme SUV, Maggie s'était sentie dix fois mieux.

— L'eau et le sable ne sont pas tes ennemis, lui avait dit Caroline, une fois revenues dans sa voiture. J'ai vécu la même chose que toi. J'ai failli mourir dans l'océan et j'ai eu énormément de mal à m'en approcher pendant très longtemps. Mais au bout d'un moment, j'ai réalisé que ce n'était pas la plage qui avait tenté de me tuer. C'était un homme. C'était vers lui que je devais orienter mon énergie négative, pas ce bel océan. Ce n'est pas bien d'avoir ces mauvaises énergies mais... mince, tu vois ce que je veux dire.

Caroline avait été sage et drôle en même temps et Maggie lui était reconnaissante pour sa compréhension et son aide.

Elles s'enlacèrent de nouveau puis Caroline fit faire à

Maggie un demi-tour et la poussa gentiment vers Shawn qui se tenait patiemment non loin de là.

— Allez, dit Caroline. C'est un ordre.

Maggie leva les yeux au ciel mais n'hésita pas à se rendre dans les bras de Shawn.

— Prêt à partir ? lui demanda-t-elle.

— Si tu l'es, lui répondit-il.

Il posa le verre d'eau sur une table proche puis guida Maggie vers la porte d'entrée.

— Caroline a dit que nous devrions passer par l'arrière.

— Hors de question. La dernière chose dont j'ai envie, c'est qu'un contingent du SEAL fasse irruption à la maison parce qu'ils ont cru que tu avais de nouveau disparu, dit Shawn en plaisantant.

— Nous ne sortirons pas de sitôt d'ici, se plaignit Maggie, les gens commençant à remarquer qu'ils s'approchaient de la sortie.

— Mais si, répondit Shawn.

Puis il porta deux doigts à sa bouche et un sifflement strident résonna. Tout le monde cessa de parler et se tourna vers eux.

Maggie pouvait sentir ses joues se réchauffer devant l'attention désormais focalisée sur Shawn et elle.

— On s'en va ! cria-t-il. On se reparle plus tard !

Il accorda à la salle entière un signe du menton puis se tourna et marcha jusqu'à la porte avec Maggie.

— Je n'arrive pas à croire que ça a marché ! s'exclama-t-elle, alors qu'ils se rendaient tous deux à la voiture de Shawn garée sur le parking.

Shawn pouffa.

— Tu avais raison, nous aurions dit au revoir à chacun d'entre eux pendant une éternité, je me suis dit que ce serait plus expéditif.

Maggie adorait cet homme. Tellement. Elle était différente avec lui. Elle n'était plus l'ombre de la femme qu'elle avait été à sa sortie de prison. Elle n'était plus la personne insouciante et presque naïve qu'elle était avant de rencontrer Roman. Avec Shawn, elle se sentait libre d'être qui elle voulait être. Et s'asseoir avec lui le soir, parlant de leurs journées, cuisinant ensemble, regardant la télé et s'enlaçant la nuit était exactement ce qu'elle avait cherché toute sa vie.

Une seule semaine était passée depuis qu'elle avait failli se noyer, mais c'était comme si cela faisait des années. La liberté qu'elle vivait grâce à la mort de Roman la faisait culpabiliser un peu... mais elle allait de l'avant.

La conversation qu'elle devait avoir avec Shawn déciderait si le bonheur qu'elle vivait actuellement continuerait. Elle se sentait nerveuse tandis qu'ils roulaient jusqu'à chez Shawn, mais elle ne pouvait ni ne voulait plus repousser ça. Shawn méritait de savoir ce qui lui arrivait.

Il se gara et ils marchèrent jusqu'à la maison, main dans la main. Au lieu de se rendre à la porte d'entrée, Shawn l'emmena à l'arrière, vers les escaliers que Jane avait fait installer pour que ses locataires puissent aller et venir sans avoir l'impression de l'importuner dans la partie principale de la maison.

Il la guida jusqu'à sa chambre et referma la porte derrière eux.

Maggie pivota et lâcha brutalement :

— On peut parler ?

— Bien évidemment, dit Shawn, n'ayant pas l'air inquiet quant à ce qu'elle avait en tête.

Il se rendit dans la petite cuisine et prit une bouteille d'eau dans le frigo et la lui tendit, avant de poser la main dans son bas du dos pour la guider vers le coin salon. Il s'assit avec elle sur le canapé et posa les pieds de Maggie sur ses genoux, puis lui retira les chaussures et commença à lui masser les plantes.

Maggie poussa un petit gémissement. Elle adorait qu'on lui masse les pieds. Depuis qu'il avait appris cette petite astuce sur elle, Shawn saisissait chaque opportunité de le faire.

— C'était trop ce soir ? demanda-t-il.

Maggie secoua la tête. Elle ne voulait pas jouer aux devinettes avec lui. Elle devait simplement aller droit au but avec ce qu'elle avait à l'esprit.

— À quel point es-tu attaché à cet endroit ?

Les mains de Shawn s'immobilisèrent sur ses pieds.

— *Cet endroit*, ça veut dire... ?

— Cette chambre.

Il reprit le massage.

— Aucunement. Enfin, j'aime bien Jane et cet endroit est proche de la base et pratique. Mais franchement, je peux vivre n'importe où, lui répondit-il avant de se pencher vers elle. Pourquoi ? Tu ne l'aimes pas ? Je me fiche de l'endroit où je vis, tant que tu es là.

Maggie déglutit. C'était plus dur que ce qu'elle imaginait.

— J'adore cet endroit. Il est cosy et il te correspond vraiment bien. C'est juste que... Quand je suis sortie de prison, la seule pensée que j'avais en tête, c'était de me barrer de la Californie. Je détestais tout dans cet État.

— Je ne peux pas partir, lui répondit calmement Shawn. Je vais là où m'envoie la Navy. Et pour le moment, nous sommes en contrat longue durée ici, à Riverton.

— Je sais ! réagit-elle rapidement. Je ne m'exprime pas très bien. Mais... Je ne veux plus jamais partir. C'est ce que j'essaie de dire.

— Merci, putain, souffla Shawn.

Maggie sourit. Il était adorable, mais la partie difficile de cette conversation n'était pas encore finie.

— Je demandais ça parce que, eh bien... cet appartement n'est pas l'idéal pour mettre en route un bébé.

Là. Elle l'avait dit.

Shawn la fixa un moment, le visage dénué d'expression.

— Tu veux avoir des enfants avec moi ? parvint-il enfin à demander avec un petit sourire. Je suis absolument partant pour ça. J'en veux aussi. Nous avons tout le temps qu'il nous faut pour trouver l'endroit parfait. Peut-être une petite maison. Ce serait plus loin de la base, mais ça ne poserait pas problème. On peut peut-être demander conseil et de l'aide à Caroline. Elle est ici depuis un moment et...

Maggie s'avança et posa une main sur celle de Shawn. Il cessa immédiatement de parler.

— Je t'aime, murmura-t-elle.

— Je t'aime aussi, lui retourna-t-il aussitôt.

— Mais nous n'avons pas tout le temps qu'il nous faut pour trouver l'endroit parfait, lui dit-elle avant de prendre une grande inspiration et de dire ce pour quoi elle tournait autour du pot. Parce que... je suis enceinte.

Shawn la dévisagea de nouveau.

— Enfin, c'est tôt. Sans doute trop tôt pour s'en réjouir vraiment, mais je me sentais bizarre et pour une raison étrange, l'idée que je puisse être enceinte m'a frappée, je ne sais pas pourquoi, alors j'ai fait pipi sur l'un de ces bâtons et il a affiché positif. Je n'ai pas vu de docteur, rien et je *jure* que je croyais que ce n'était pas la bonne période du mois quand nous avons fait l'amour... Je suppose que je me suis trompée. Et si tu ne veux pas de ça maintenant, un bébé, je veux dire, je comprendrai. La dernière chose que je veux, c'est que tu te sentes pris au piège. Ce n'est pas ce que je fais. Te piéger, je veux dire. C'est juste que... *je* veux ce bébé. Tellement ! C'est comme un nouveau départ pour moi et ça me terrifie parce que qu'est-ce que j'y connais en maternité ? Mais j'aime déjà tellement ça !

Shawn la surprit en retirant vivement ses pieds de ses genoux et, pendant une seconde, la panique pétrifia Maggie.

Était-il furieux ? Allait-il lui dire de se barrer ? Elle n'en avait aucune idée. Il se rendit à la table où il avait posé son téléphone en arrivant et le prit. Il appuya sur l'écran puis porta l'appareil à son oreille. Il plongea son regard dans le sien tout en parlant.

— Hé, Caroline, c'est Preacher. Ouais, elle va bien. Mais j'ai besoin de ton aide. Il nous faut une maison, à Maggie et moi. De préférence, une avec trois chambres. Deux salles de bains, ce serait bien. Si possible, si on peut être près de vous, j'adorerais... Car Maggie est enceinte et il va nous falloir plus d'espace que ce que j'ai là.

Les lèvres de Maggie tressautèrent quand elle entendit le cri suraigu et excité de Caroline résonner dans la pièce.

— Je me suis simplement dit qu'étant donné que tu étais là depuis des années, tu devais avoir des relations... Okay. Merci. Je dois y aller. À bientôt.

Shawn éteignit le téléphone, le jeta sur la table puis se rendit là où Maggie était assise sur le canapé. Il se mit à genoux devant elle, se plaça entre ses jambes puis l'enlaça et enfouit son visage sur ses genoux.

Maggie leva les mains et lui prit la tête comme pour la bercer.

Au bout d'un long moment, il la redressa.

— Un bébé..., chuchota-t-il.

Maggie acquiesça.

— Tu es un don. Un miracle. J'étais heureux... non, *ravi* de t'avoir à mes côtés. Mais ça ? Tu vas me donner un enfant ? Je ne... Je n'ai pas les mots.

— Mais... tu n'es pas en colère ? demanda-t-elle avec prudence.

— Je suis tout le contraire d'en colère ! dit Shawn, le sourire s'épanouissant. Je suis fou de joie ! Foutrement heureux... arf... *vachement* heureux, corrigea-t-il avant de froncer les sourcils. Attends, est-ce qu'il va bien ? Tu as manqué d'oxygène pendant un moment la semaine dernière ! Merde, il faut qu'on aille voir le médecin !

— Il est 20 h 30. On peut appeler demain. Je ne sais même pas qui appeler, cela dit.

— Nous appellerons Jessyka. Ou une autre fille. Elles nous donneront le nom d'un bon obstétricien. Je t'aime, Maggie. Tellement, putain !

Le soulagement la submergea. Elle avait tant redouté de révéler la nouvelle du bébé à Shawn ! Comme elle l'avait dit, c'était encore tôt. Mais elle ne voulait pas le lui cacher. Et... une part d'elle pensait que s'il ne voulait pas d'enfant, ça aurait été plus facile de rompre avec lui maintenant plutôt que dans quelques mois.

— Un bébé..., chuchota-t-il avant de se pencher en avant et d'embrasser son ventre plat. Nous nous marierons dès que je pourrai organiser ça. Quel genre de mariage tu souhaites ?

Le souffle de Maggie en fut coupé.

— Quoi ?

— Un mariage. Tu le veux grand et luxueux ? Ou peut-être quelque chose de plus sobre, genre à l'*Aces* ? Ou nous pourrions simplement nous rendre à la mairie... ce serait peut-être le mieux. Plus tôt je peux t'ajouter officiellement comme ma personne à charge, mieux...

— Shawn, dit Maggie, interrompant son charabia. Se marier ?

Son regard croisa brièvement le sien et il se remit à genoux et s'avança un peu plus près.

— Ouais. Se marier. Avec moi. Tu ne le veux pas ? demanda-t-il, soucieux.

— Je le veux. Plus que tu ne le sauras jamais. Mais les choses se sont passées à une vitesse de dingue entre nous. Tu es sûr de ne pas vouloir attendre ?

— J'en étais sûr au bout d'une semaine après t'avoir

rencontrée. Non, je crois que j'étais sûr cette toute première nuit, quand avec les gars, nous avons fait planter ton covoiturage.

Maggie ne put que le dévisager.

— Épouse-moi, Maggie. Fais de moi un homme intègre.

Elle ne put qu'acquiescer.

— Oui ?

— Oui, confirma-t-elle.

Shawn fit un immense sourire puis il se leva. Il se pencha et la souleva du canapé. Maggie laissa échapper un cri strident typiquement féminin.

Le chemin jusqu'au lit ne fut pas long, étant donné qu'il se situait juste derrière le canapé. Shawn la laissa tomber sur le matelas et entreprit aussitôt de la déshabiller.

— Qu'est-ce qui presse ? lui demanda Maggie en riant, faisant de son mieux pour l'aider à retirer ses vêtements.

Ce ne fut pas avant qu'ils soient tous les deux nus et qu'il soit plaqué sur elle qu'il dit :

— Je ne peux pas attendre d'être à l'intérieur de toi. J'en veux au moins trois.

— Trois ?

— Gosses. Peut-être plus. J'ai hâte de te voir enceinte de notre enfant. De me lever au milieu de la nuit avec eux. De te regarder donner le sein. Fêter l'arrivée du père Noël et des cloches de Pâques. Trébucher sur les jouets et poser le pied sur des Lego. J'aurais aimé que nous ayons ce bébé demain, voilà à quel point je suis enthousiaste.

Il était adorable et ce n'était pas un mot que Maggie associait généralement à son SEAL.

— Eh bien, il ou elle doit mariner encore un peu plus longtemps avant de sortir, lui dit-elle.

La main de Shawn descendit le long de son corps pour s'arrêter entre ses jambes. Il se mit à jouer avec son clitoris et dit :

— Alors... quel genre de cérémonie veux-tu ? Grande et fastueuse ?

Maggie rehaussa les hanches contre la main de Shawn. C'était ridicule, cette facilité avec laquelle il pouvait l'exciter ! Avec quelle vitesse elle mouillait quand il caressait son clitoris, exactement comme il le faisait maintenant.

— Mairie. Ensuite une fête à l'*Aces*.

— Conclu, répondit Shawn, satisfait. Je t'aime, Maggie. Tu n'imagines pas à quel point.

— Si, car je t'aime de la même manière.

Puis Shawn bougea, enfonçant son membre en elle. Elle ne mouillait pas tout à fait comme d'habitude, mais il parvint à s'introduire jusqu'au bout.

— Un bébé, souffla-t-il. Au moins, nous n'avons plus à nous en faire pour la contraception.

Maggie gloussa.

— C'est vrai.

— Merci, murmura-t-il. D'avoir été suffisamment forte pour résister aux tentatives de ce connard pour te faire taire. De ne pas avoir abandonné quand c'était vraiment la merde. De m'aimer. De me donner un bébé.

— Je crois que c'est *toi* qui m'as donné un bébé, plaisanta Maggie.

Il lui devenait plus difficile de rester concentrée sur ce qu'il disait alors qu'il lui faisait l'amour.

— Nous l'avons fait ensemble. De la même façon que nous ferons tout à partir de maintenant.

— Hmm hmm... Shawn ?

— Oui, mon amour ?

— Moins de bavardages et plus d'action, lui ordonna-t-elle.

Shawn éclata de rire mais opina du chef.

— Bien, m'dame.

Ils firent l'amour avec plus de profondeur cette fois.

Peut-être à la suite de la promesse dans laquelle ils venaient de s'engager, ou peut-être était-ce dû au fait de savoir que, à l'intérieur du corps de Maggie, une nouvelle vie se formait. Peu importait ce que c'était, Maggie savait qu'elle n'oublierait jamais cette nuit. Avoir été arrêtée et envoyée en prison avait signé la fin de sa vie... Mais dans les faits, cela avait été le début de quelque chose de beau.

* * *

Bree Haynes s'accroupit derrière une benne à ordures et jeta un coup d'œil dans le parking plongé dans l'obscurité. Il l'avait retrouvée... Elle avait cru être enfin en mesure d'échapper à son ex, cette fois. Ce connard qui l'avait *vendue*, putain ! Si on lui avait dit ça il y a quelques mois, elle se serait moquée rien qu'à l'idée d'une personne vendant une autre personne à cette époque. Et pourtant, voilà où elle en était.

Elle devait quitter Vegas. Mais elle avait le sentiment que cela n'arrêterait pas son ex. Il avait filé pas mal d'argent pour elle et puisque les enfoirés à qui il l'avait vendue n'avaient finalement pas reçu leur achat, ils menaçaient Carl. Ils disaient qu'il ferait mieux de rendre le fric qu'ils lui avaient donné ou de retrouver leur bien.

Elle savait tout ça car Carl le lui avait dit la dernière fois qu'il l'avait trouvée. Bree avait réussi à s'enfuir, mais elle avait juste eu de la chance. Elle ne serait pas capable de s'en sortir la prochaine fois. Carl la ligoterait, la bâillonnerait, lui banderait les yeux et la remettrait au proxénète avant qu'elle n'ait le temps de penser à s'enfuir de nouveau.

Sa voiture faisait lentement le tour du parking du casino tandis qu'il scrutait les moindres recoins sombres à sa recherche. Reculant derrière la benne et ignorant la puanteur qui en sortait, Bree se pinça les lèvres et essaya de réfléchir à ce qu'elle ferait ensuite. Elle avait de l'argent, mais ce n'est pas ce qui la protégerait de Carl.

Même quitter Las Vegas ne lui garantirait pas nécessairement la sécurité. Carl n'abandonnerait pas, jamais. Il estimait la posséder. Il la traquerait. Et elle ne pouvait pas se rendre chez sa sœur à Washington ; ce serait le premier endroit où il irait vérifier.

Il lui fallait un protecteur. Quelqu'un qui n'aurait pas peur de se placer devant Carl et ses potes criminels.

Un visage apparut soudain dans son esprit.

Jude Stark. Elle ne se souvenait pas de grand-chose de la nuit où Carl l'avait vendue, ni de l'effrayant gorille qui l'avait frappée et ligotée avant de la fourrer dans sa voiture. Alors qu'il s'éloignait de l'appartement de Carl, il lui avait dit qu'il lui restait un dernier truc à prendre puis qu'il irait ensuite livrer les deux femmes dans un bordel clandestin.

Et là, Jude Stark s'était pointé. L'avait fait sortir de la voiture de cet homme et l'avait mise à l'abri. Mais elle n'était pas restée là où il l'avait emmenée. Elle avait eu trop peur. Elle avait trop flippé. Elle avait juste voulu s'enfuir.

Et pourtant, le visage de Jude demeurait gravé dans sa mémoire. Tout comme tout ce qu'il lui avait dit ; qu'il était un Navy SEAL en poste à Riverton, en Californie.

C'était là qu'elle devait aller. Jude l'aiderait. Peut-être. Il l'avait fait une fois, peut-être qu'il le referait.

Bree ne savait pas comment elle trouverait cet homme. Il était possible qu'il soit parti sur une autre base navale ou qu'il ait été déployé ou pire, qu'il soit carrément marié à quelqu'un qui ne serait pas très ravi de découvrir une femme quelconque sur le seuil de leur maison... Toutes ces pensées lui passaient par la tête, mais elle les ignora.

Dans son esprit, Jude Stark était associé à la sécurité et c'était lui qu'elle devait trouver.

Bree jeta un coup d'œil de derrière la benne et ne vit Carl nulle part. Mais elle savait qu'il n'était pas parti. Non, ce connard était toujours aux aguets. L'un de ses sbires ou lui. Elle ne pouvait rester à l'hôtel sous sa propre identité, mais elle pouvait utiliser l'argent pour au moins aller à Riverton. Elle improviserait une fois arrivée.

Effrayée, sale et paniquée, Bree se leva prudemment. Elle faisait peut-être une nouvelle erreur – Dieu savait qu'elle en avait fait des tas récemment –, mais elle le ne pensait pas... Jude Stark serait soit son salut, soit une autre connerie colossale. L'un comme l'autre, elle serait sans doute mieux à Riverton qu'ici, à Vegas, où les larbins de Carl étaient partout.

— Rien qu'une fois, j'ai besoin d'une pause, murmura Bree avant de se fondre dans les ombres et de disparaître dans la nuit.

* * *

Addison Wentz baissa les yeux sur ses propres mains, actuellement dans celles Ricardo Douglas, dit « MacGyver », et se demanda ce qu'elle était en train de fabriquer.

— En vertu des pouvoirs qui me sont conférés, je vous déclare maintenant mari et femme. Vous pouvez embrasser la mariée.

Levant les yeux, elle entraperçut des iris noisette et une expression très sérieuse sur le visage de Ricky avant que ses lèvres ne se retrouvent soudain sur les siennes.

Elle n'avait pas regretté de prendre la décision de se marier à cet homme, jusqu'à cet instant.

L'électricité circula dans ses bras et ses jambes, lui faisant presque tourner la tête.

Elle avait toujours aimé Ricky, le trouvait drôle et gentil mais aussi bourru et grincheux en même temps. Elle l'avait rencontré dans un garage. Sa Coccinelle Wolkswagen faisait des caprices et il était là pour que sa Ford Explorer ait de nouveaux pneus.

Étonnamment, ils n'avaient pas arrêté de se croiser. À la station essence, au café, au *diner* et une fois, ils s'étaient même arrêtés l'un à côté de l'autre au feu rouge. Ricky avait fini par insister pour qu'ils s'échangent leurs numéros et en vérité, ils s'étaient vus assez souvent depuis. Elle avait veillé sur sa maison pendant ses déploiements avec la Navy et il avait même prétendu être son petit ami une fois quand ses parents lui avaient donné du fil à retordre, car elle avait trente-six ans et était toujours célibataire.

Ricky était l'une des rares personnes croisées au cours de sa vie à ne pas plaisanter sur sa taille. Elle faisait un mètre quatre-vingt et n'avait aucune compétence athlétique, d'aucune sorte. Alors elle avait passé sa vie à rire des questions qu'on lui posait, si elle était joueuse de basketball ou quel temps il faisait « là-haut ». Ricky faisait la même taille et jamais, pas une seule fois, il ne lui avait donné l'impression de ne pas être belle simplement parce qu'elle était grande. Eh oui, un tas d'autres hommes avaient fait ça. Ils avaient clairement senti leur masculinité menacée car elle était plus grande qu'eux et bien qu'intellec-tuellement, elle savait que c'était *leur* problème et pas le sien ; on l'avait taquinée toute sa vie à cause de sa taille, alors ça la blessait toujours.

Et puis il y avait Ellory. Elle aurait douze ans le vingt-six. Sa fille était toute la vie d'Addison. Mature pour son âge, intro-vertie et timide. Curieusement, Ricky avait brisé ses épais boucliers et lui avait donné le sourire dès leur première rencontre. Addison ne parlait pas beaucoup d'Ellory. Concer-nant sa maladie chronique et le nombre de nuits qu'elle avait passées dans divers hôpitaux. Mais Ricky savait. Ellory elle-même s'était ouverte à lui, lui avait tout raconté, à quel point elle détestait être malade.

Ce qu'ignorait sa fille, c'était qu'Addison avait des soucis d'argent. Et si Ellory retombait malade et devait retourner à l'hôpital, ce serait une cascade de problèmes financiers qui risqueraient de leur faire perdre leur appartement. Addison ne savait pas du tout quoi faire, elle n'avait jamais *refusé* la médecine dont Ellory avait besoin, ne l'avait *jamais* privée d'un médecin.

Quand Ricky avait appelé et dit qu'il devait lui demander quelque chose, Addison avait immédiatement pris la route jusque chez lui pour le retrouver. Il était l'un de ses meilleurs amis et pour tout ce qu'il voulait, pour tout ce dont il aurait besoin, elle serait heureuse de l'aider. La maison dans laquelle il vivait avait été achetée sur un coup de tête et il était en train de la rénover. Il était vraiment très habile de ses mains et Addison avait toujours été impressionnée par sa capacité à pouvoir transformer quelque chose de vieux et vétuste en quelque chose de nouveau et beau. Mais en général, c'était en bordel, rempli de gadgets et de câbles et d'autres trucs dont il se servait pour « bricoler ».

C'était un génie et Addison le trouvait adorable.

Elle ne s'était pas préparée à entendre sa question toutefois. Jamais, en un million d'années, elle ne se serait attendue à entrer chez lui et y voir trois enfants. Un garçon était assis sur le canapé avec une couverture sur lui, une fille plus jeune était à côté de lui, en train de jouer à la poupée Barbie comme si c'était la chose la plus fascinante qu'elle ait vue de sa vie. Et un second garçon, plus âgé, regardait la télé comme si celle-ci détenait toutes les réponses du monde... Elle-même n'avait rien contre *Mythbusters*, mais le garçon était si captivé qu'il n'avait même pas levé les yeux à son entrée.

Ricky l'avait conduite dans sa cuisine et sans tambour ni

trompette, ni même un trop-plein d'émotion, lui avait proposé de l'épouser.

Et voilà où elle en était...

Elle avait dit oui par la force des choses. Pour eux deux. Ricky avait besoin d'elle pour pouvoir garder les gosses et elle avait besoin de lui pour son assurance maladie. Au départ, Addison n'en avait pas fait tout un plat. Elle faisait une faveur à son ami et dans un an ou plus, ils divorceraient tranquillement et prendraient des chemins séparés.

Mais à la seconde où les lèvres de Ricky touchèrent les siennes dans la mairie, elle sentit clairement à quel point elle était idiote.

Addison aimait Ricky. L'avait aimé dès le moment où ils avaient croisé leurs regards dans cette salle d'attente au garage.

Il l'avait épousée car il lui fallait une nounou pour les enfants qu'il espérait adopter un jour et elle s'était mariée à *lui*... eh bien, il y avait plusieurs raisons. Mais avant tout, elle était folle amoureuse de cet homme.

Et il la considérait comme une amie. Quelqu'un qui lui avait rendu une faveur.

Il se recula et la regarda avec une expression qu'Addison ne pouvait interpréter. Puis il passa la langue sur ses lèvres et se tourna vers Artem, Borysko et Yana, les trois enfants qu'il avait sauvés d'Ukraine, ainsi qu'Ellory, et leur demanda :

— Quelqu'un veut s'arrêter prendre une glace avant de retourner à la maison ?

Les enfants répondant par l'affirmative avec enthousiasme, Addison tenta de retirer sa main de celle de Ricky, mais il ne la lâcha pas. En fait, ses doigts se resserrèrent. Il la regarda de nouveau avec cette étrange expression puis se tourna pour répondre à la question que lui avait posée Borysko.

Se léchant ses propres lèvres, Addison pouvait goûter Risky sur sa peau. Elle fut envahie de désir et elle faillit en gémir.

Elle ne pouvait pas faire ça... Elle ne survivrait pas en vivant avec cet homme et en se comportant comme son épouse pendant toute une année.

Mais il était trop tard. Elle avait dit oui et à partir de maintenant jusqu'à une date indéterminée dans le futur, elle était madame Addison Douglas.

Si elle survivait avec son cœur intact, ce serait un miracle.

* * *

Un mariage blanc ? Deux inconnus, quatre enfants et un gros paquet de manigances ! Découvrez comment tout cela se déroule dans le prochain roman de *Forces Très Spéciales* : *Alliance... Un protecteur pour Addison* !

DU MÊME AUTEUR

<u>Autres livres de Susan Stoker</u>

<u>Forces Très Spéciales : Alliance</u>

Un protecteur pour Remi

Un protecteur pour Wren

Un protecteur pour Josie

Un protecteur pour Maggie

Un protecteur pour Addison

Un protecteur pour Kelli

Un protecteur pour Bree

<u>Les Anges Gardiens</u>

Un ange pour Laryn (1 Juillet)

Un ange pour Amanda (4 Nov)

Un ange pour Zita

Un ange pour Penny

Un ange pour Kara

Un ange pour Jennifer

<u>*Le Fruit du Hasard*</u>

Le Protecteur

L'Aristocrate

Le Héros

Le Bûcheron

Hawaï : Soldats d'élite

Un paradis pour Élodie

Un paradis pour Lexie

Un paradis pour Kenna

Un paradis pour Monica

Un paradis pour Carly

Un paradis pour Ashlyn

Un paradis pour Jodelle

Sauvetage à Eagle Point

Un sauveteur pour Lilly

Un sauveteur pour Elsie

Un sauveteur pour Bristol

Un sauveteur pour Caryn

Un sauveteur pour Finley

Un sauveteur pour Heather

Un sauveteur pour Khloe

Le Refuge

Un soutien pour Alaska

Un soutien pour Henley

Un soutien pour Reese

Un soutien pour Cora

Un soutien pour Lara

Un soutien pour Maisy

Un soutien pour Ryleigh

Silverstone

Pour la confiance de Skylar

Pour la confiance de Taylor

Pour la confiance de Molly

Pour la confiance de Cassidy

<u>Delta Force Deux</u>

Un refuge pour Gillian

Un refuge pour Kinley

Un refuge pour Aspen

Un refuge pour Jayme

Un refuge pour Riley

Un refuge pour Devyn

Un refuge pour Ember

Un refuge pour Sierra

<u>Forces Très Spéciales : L'Héritage</u>

Un Sanctuaire pour Caite

Un Sanctuaire pour Brenae

Un Sanctuaire pour Sidney

Un Sanctuaire pour Piper

Un Sanctuaire pour Zoey

Un Sanctuaire pour Avery

Un Sanctuaire pour Kalee

Un Sanctuaire pour Jane

<u>Mercenaires Rebelles</u>

Un Défenseur pour Allye

Un Défenseur pour Chloé

Un Défenseur pour Morgan

Un Défenseur pour Harlow

Un Défenseur pour Everly

Un Défenseur pour Zara

Un Défenseur pour Raven

<u>Ace Sécurité</u>

Au Secours de Grace

Au Secours d'Alexis

Au Secours de Bailey

Au Secours de Felicity

Au Secours de Sarah

<u>Forces Très Spéciales Series</u>

Un Protecteur Pour Caroline

Un Protecteur Pour Alabama

Un Protecteur Pour Fiona

Un Mari Pour Caroline

Un Protecteur Pour Summer

Un Protecteur Pour Cheyenne

Un Protecteur Pour Jessyka

Un Protecteur Pour Julie

Un Protecteur Pour Melody

Un Protecteur pour l'avenir

Un Protecteur Pour Les Enfants de Alabama

Un Protecteur Pour Kiera

Un Protecteur Pour Dakota

À PROPOS DE L'AUTEUR

Susan Stoker est une auteure de best-sellers aux classements du New York Times, de USA Today et du Wall Street Journal. Elle a notamment écrit les séries Badge of Honor: Texas Heroes, SEAL of Protection et Delta Force Heroes. Mariée à un sous-officier de l'armée américaine à la retraite, Susan a vécu dans tous les États-Unis, du Missouri jusqu'en Californie en passant par le Colorado, et elle habite actuellement sous le vaste ciel du Tennessee. Fervente adepte des fins heureuses, Susan aime écrire des romans où les sentiments laissent place au grand amour.

http://www.StokerAces.com

 facebook.com/authorsusanstoker

 x.com/Susan_Stoker

 instagram.com/authorsusanstoker

 goodreads.com/SusanStoker